Carsten Henn

Das Apfelblütenfest

Roman

W0388811

PIPER

Mehr über unsere Autorinnen, Autoren und Bücher:
www.piper.de

Wenn Ihnen dieser Roman gefallen hat, schreiben Sie uns unter Nennung des Titels »Das Apfelblütenfest« an *empfehlungen@piper.de*, und wir empfehlen Ihnen gerne vergleichbare Bücher.

Von Carsten Sebastian Henn liegen im Piper Verlag vor:
Professor-Bietigheim-Krimis:
Bd. 1: Die letzte Reifung · Bd. 2: Der letzte Aufguss ·
Bd. 3: Die letzte Praline · Bd. 4: Der letzte Whisky ·
Bd. 5: Der letzte Champagner · Bd. 6: Der letzte Caffè

Niccolò & Giacomo-Krimis:
Bd. 1: Tod & Trüffel · Bd. 2: Blut & Barolo

weitere Bücher:
Birne sucht Helene · Gran Reserva. Ein Wein-Krimi ·
Das Apfelblütenfest · Eine Prise Sterne · Der Buchspazierer ·
Der Geschichtenbäcker

Inhalte fremder Webseiten, auf die in diesem Buch (etwa durch Links) hingewiesen wird, macht sich der Verlag nicht zu eigen. Eine Haftung dafür übernimmt der Verlag nicht.

Unser Versprechen für mehr Nachhaltigkeit
• Klimaneutrales Produkt
• FSC®-zertifiziertes Papier
• Hergestellt in Europa

FSC www.fsc.org
MIX
Papier | Fördert gute Waldnutzung
FSC® C083411

Überarbeitete Neuausgabe
ISBN 978-3-492-06388-3
© Piper Verlag GmbH, München, 2016, 2022
Dieser Roman erschien erstmals 2016 im Pendo Verlag in der Piper Verlag GmbH, München, und wurde für die 2022 erscheinende Ausgabe vom Autor überarbeitet.
Satz: Uhl + Massopust, Aalen
Gesetzt aus der Granjon
Druck und Bindung: CPI Books GmbH, Leck
Printed in the EU

This one goes out to the one I love.

Ich werde Dir Perlen aus Regen schenken,
die aus Ländern kommen,
in denen kein Regen fällt.
Ich werde in der Erde graben
bis ans Ende meines Lebens,
um Dich in Gold und Glanz zu hüllen.
Ich werde Dir ein Reich schaffen,
wo die Liebe regiert,
wo die Liebe Gesetz ist,
wo Du Königin bist.

Jacques Brel, »Ne me quitte pas«

Prolog

Er war der größte und mächtigste Baum im Apfelhain. Kein anderer rund um Beuvron-en-Auge streckte seine alten, knorrigen Äste so weit in den Himmel, keiner verzweigte sich so oft, keiner hatte ein Blätterdach, das es mit dem Kirchengewölbe von Saint-Étienne de Caen aufnehmen konnte. Die Blätter lagen so dicht an dicht, dass der Schatten darunter stets tief wie die Dämmerung war und dass man geborgen unter dieser Kuppel die Welt nur noch gedämpft wahrnahm. Äpfel trug er nur noch wenige, doch Jules Ligniers Vater brachte es nicht über das Herz, ihn zu fällen, denn sein Sohn liebte den Baum so sehr, weil er sich einst darin ein Baumhaus errichtet hatte, ganz oben, wo die Äste immer schmaler wurden, bis sie schließlich ganz verschwanden. Niemand wusste, wie alt der Baum war, doch alle kannten seinen Namen. Sie nannten ihn Louis XIV., weil keiner so viel Sonne abbekam wie er. Den alten Louis.

Jules rannte.

Er rannte, seit er an diesem Morgen ganz früh aus der Haustür des Gehöfts seiner Familie getreten war. Keinen Schritt war er gegangen, jeden gerannt. Er wollte zum alten Louis. So schnell wie möglich. Denn Jules war am Abend zuvor, beim Einschlafen, eine Idee gekommen.

Eine Idee, so glühend, so drängend, wie sie nur einem Neunjährigen kommen konnte. Eine Idee, die seine Welt wieder ins Lot setzen würde. Sie war ganz einfach, doch es war die richtige, das spürte er. Jules hatte nicht mehr schlafen können, nachdem sie ihm eingefallen war. Um die Stunden der Unruhe herumzubekommen, hatte er mit seiner kleinen roten Plastiktaschenlampe versucht, unter der Bettdecke zu lesen, *Asterix und der Arvernerschild*, bis die Batterien aufgebraucht waren. Jules hatte immer wieder die erste Seite gelesen, denn seine Gedanken waren längst beim alten Louis gewesen.

Nach dem Aufstehen hatte er als Erstes sein Schnitzmesser mit der ausklappbaren Klinge gesucht, das ganz unten in seiner Schatzkiste lag. Sie war im Kleiderschrank versteckt, hinter den alten Wintersachen, in die er schon lange nicht mehr hineinpasste.

Es lag in einer Zigarrenkiste seines Großvaters, einer kubanischen, das klang für Jules so verheißungsvoll nach Exotik und Abenteuer. Selbst jetzt, nach all den Jahren, duftete sie noch nach Ferne und nach Sonne. Er stellte sich immer vor, dass die Sonne in Kuba viel größer wäre als in der Normandie, ein riesiger Feuerball, der es das ganze Jahr Sommer sein ließ.

Unzählige Fußballsammelbilder seiner Lieblingsspieler hatte Jules auf die Kiste geklebt. Sie bewachten sie für ihn vor allen Angriffen. In ihr befanden sich ein paar Briefmarken, die er vorsichtig von Umschlägen gelöst hatte. Jules war sich ganz sicher, dass sie wertvoll waren, schließlich sahen sie wunderschön aus. Eine Feder vom Pfau im Jardin de Bagatelle in Rouen war darin. Sieben Steine, die er am Strand von Villers-sur-Mer gefunden hatte, beim Haus seiner Großeltern. Fünf besonders schöne Handschmeichler, darunter einen flachen, runden, der besonders gut titschen würde und den er sich für einen Wurf an seinem Geburtstag aufsparte, und schließlich einen, von dem Jules vermutete, dass darin Gold zutage trat, wenn man ihn aufschlagen würde.

Und ein Bild seiner Mutter war in der Kiste.

Jules hatte es gerettet. Es gab ansonsten keine Fotos seiner Mutter mehr im Haus. Sein Vater hatte sie alle verschwinden lassen, aber Jules nie gesagt, wohin. Er hatte den Anblick nicht mehr ertragen. Deshalb war das Foto Jules' allergrößter Schatz. Es war das letzte Passbild von vieren, die sie einst hatte machen lassen. Jules hatte es in einer Schublade gefunden, neben dem Gedichtband von Rimbaud, in dem sie immer wieder gelesen hatte. Auf dem Foto saß sie kerzengerade, die Brust herausgestreckt, ihre Locken adrett in Form gelegt, ernst in die Linse der Kamera blickend. Doch Jules sah das Lachen dahinter, sah, wie albern sie sich vorkam, und wusste einfach, dass sie laut losgelacht hatte, nachdem der Fotograf ihr endlich gesagt hatte, dass das Bild im Kasten sei. Dieses Lachen war bereits in ihren Augenwinkeln zu sehen und auf ihren Wangen, es wartete nur darauf, losgelassen zu werden. Seine Mutter hatte lachen können wie keine andere Frau auf der Welt.

Jules strich zärtlich mit den Fingerspitzen über das Foto, dann griff er sich das Schnitzmesser und klappte die Schatzkiste zu, ganz sanft, als würde er eine Bettdecke über seine Mutter legen.

Das Messer durfte er gar nicht haben. Er hatte es mit einem Schulfreund getauscht – für eine Flasche Calvados, die er im Lager des Vaters gestohlen hatte. Jules' Vater hatte sich als Junge beim Schnitzen den Zeigefinger der rechten Hand abgetrennt. Deshalb durfte Jules nicht schnitzen – und deshalb wollte er es unbedingt. Und heute gab es nichts, was er mehr brauchte als dieses Messer.

Er hielt es fest umklammert, als er zum alten Louis lief, er durfte es nicht verlieren.

Doch Jules war nicht der Einzige, der bereits wach und auf der Straße war. Auch Guillaume, der Sohn des Apothekers auf der Route des Forges de Clermont, und dessen beide Freunde fanden sich dort. Als sie ihn um die Ecke auf sich zulaufen sahen, grinsten sie, die Gesichter wie Fratzen, und sie bauten sich auf, um ihm den Weg zu versperren.

Sie durften das Messer nicht bekommen! Jules schob es sich in die Unterhose, ganz nach vorne.

»Guckt mal, wer da kommt. Der Junge ohne Mutter!« Guillaume tat, als wische er sich eine Träne fort. »Armer Jules, ist ganz allein. Armes Kind einer Selbstmörderin!« Die anderen folgten Guillaumes Vorbild und weinten ebenfalls theatralisch, dabei aber laut lachend.

Jules hatte sich damals im Kleiderschrank der Eltern versteckt. Sein Vater hatte ihn lange gesucht, doch er hatte nicht geantwortet. Jules hatte sie zuvor gefunden und bereute es. So hätte er sie niemals sehen sollen. Seine Mutter hatte am Fuß der Felsen gelegen, die man die Schwarzen Kühe nannte. Ihr Kopf wie eine Nuss gesplittert, die man geknackt hatte. Er hatte es vergessen wollen. Kein Wort darüber! Als sein Vater den Kleiderschrank öffnete, hatte er Jules in die Arme geschlossen und geweint. Es war das erste und einzige Mal, dass er seinen Vater hatte weinen sehen, das einzige Mal, dass er von ihm in die Arme geschlossen worden war. »Sag uns, Jules, warum ist sie denn gesprungen, deine Mutter?«

Jules wusste, was sie hören wollten, doch er presste die Lippen aufeinander.

»Ich sag dir, was alle im Dorf sagen, was jeder weiß: weil du so eine Enttäuschung für sie warst! Das hat sie nicht mehr ertragen. So einen erbärmlichen Sohn zu haben, über den alle lachen.«

Er spürte die Tränen, doch er hielt sie zurück. Diese Genugtuung wollte er ihnen nicht geben. Was sie sagten, konnte nicht wahr sein. Oder doch? Sein Vater hatte nie darüber gesprochen, warum sie gesprungen war. Und so gab es diesen Zweifel in Jules, der sich wie ein borstiges Insekt in sein Herz bohrte. Was, wenn sie recht hatten, was, wenn er nicht gut genug gewesen war? Nicht brav genug? Er hatte Widerworte gegeben, sich nicht immer die Hände vor dem Essen gewaschen, war häufig mit dreckiger Kleidung nach Hause gekommen, und auf dem Zeugnis hatten nicht nur gute Noten gestanden. Er hatte sie sogar einmal angeschrien, rund zwei Wochen bevor es passiert war. Jules war so wütend gewesen, weil sie ihm gesagt habe, er sei noch zu klein für ein eigenes Segelboot, das er sich so sehr wünschte, und dass er keines zum Geburtstag bekommen werde. Es sei auch sehr teuer. Heute wünschte er, er hätte sie damals umarmt, statt zu schreien. Nur eine Umarmung noch mit seiner Mutter, einmal noch ihre Geborgenheit spüren, nichts wollte er mehr.

Aber vielleicht war er schuld daran, und nur er allein, dass er diese nie wieder würde fühlen können.

Jules wollte zurück in den Kleiderschrank, wollte die Türen schließen und die Welt aussperren.

»Och, guckt, jetzt weint es, das Baby. Davon kommt deine Mutter auch nicht zurück! Hättest mal ein guter Sohn sein sollen!«

Jules rannte los, doch sie waren schnell, sie hielten ihn fest, die beiden Lakaien von Guillaume. Dieser krempelte seine Ärmel hoch und schlug ihn mit den Fäusten in den Bauch. »Das ist für deine Mutter.« Und dann trat er ihn ins Gemächt, das eingeklappte Messer bohrte sich in sein Fleisch, der Schmerz war unvorstellbar. Die Luft blieb ihm weg.

Doch sie ließen von ihm ab.

Jules versuchte zu laufen, doch er schaffte nur ein Humpeln, so sehr krümmte ihn der Schmerz zusammen.

»Muttermörder!«, rief Guillaume noch, dann rannten sie johlend Richtung Sportplatz.

Als er unter dem schützenden Blätterdach des alten Louis ankam, hatte die Luft wieder Platz in seinen Lungen gefunden und sein Rücken sich aufgerichtet. Jules' Gesicht war nass vor

Tränen. Die Welt war wie hinter einer Scheibe voll Regen gewesen, doch nun klärte sich sein Blick. Er stand vor dem Apfelbaum und klappte das Messer so andachtsvoll auf, als sei er ein Priester und hebe einen Kelch empor. Dann suchten seine Augen den Stamm ab, suchten die richtige Höhe und die schönste Stelle in der Rinde, ohne Unebenheiten, damit alles gut lesbar sein würde. Er nahm eine der wenigen, die von der Sonne beschienen wurden, damit jeder sie auch gleich sah. Wie eine Lichtreklame, so hell. Jules hatte den Text in der Nacht vorgeschrieben und bei jedem Wort überlegt, ob er es auch richtig schrieb. Es war wichtig, dass nichts falsch war, dass keiner es für einen Scherz hielt. Denn das war es nicht. Ganz im Gegenteil.

SUCHE NETTE HAUSHÄLTERIN FÜR MEINEN VATER,
DEM ALLES ÜBER DEN KOPF WÄCHST &
DER SEIN GLÜCK VERLOREN HAT. ALTER EGAL.
SIE MUSS IHN NUR WIEDER ZUM LÄCHELN
BRINGEN.

JULES LIGNIER
LE LIEU JOAN (GANZ AM ENDE)
BEUVRON-EN-AUGE
(SIE KÖNNEN AUCH SONNTAGS KOMMEN,
BIN FAST IMMER DA)

Es dauerte lange, bis er alles eingeritzt hatte, und danach begutachtete er ganz genau, was er geschrieben hatte. Das »J« von seinem Namen war etwas lang geraten, weil er mit der Klinge abgerutscht war, aber ansonsten war alles perfekt.

Jetzt würde alles gut.

Für seinen Vater. Und auch für ihn.

Den alten Louis kannten doch alle. Bald würde jemand lesen, was er geschrieben hatte, und kurze Zeit später würde es bei ihnen klingeln.

Er würde jetzt jeden Tag warten und nicht mehr hinausgehen, um sie nicht zu verpassen.

Jules würde die Tür öffnen, und sie würde ihn anlächeln.

Er wusste es. Denn er hatte es die ganze Nacht hindurch vor sich gesehen.

Der alte Apfelbaum
Die Blätter fallen wieder
Auch ohne Wind gen Boden

Gustave Eiffel

Vierundzwanzig Jahre später

Apfelblüte

Der alte lederne Reisewecker klingelte seit etlichen Jahren umsonst. Denn Jules war stets vorher wach, manchmal nur wenige Sekunden, ein andermal Minuten. Insofern war dieser 27. Mai ein ganz normaler Morgen im kleinen Ort Villers-sur-Mer an der normannischen Atlantikküste. Andererseits war es ein ganz besonderer, denn der zart-süße Duft geöffneter Knospen verriet, dass der Tag der Apfelblüte gekommen war.

Schon als Jules die Augen geöffnet und seine runde Brille umständlich aufgesetzt hatte, wusste er, dass Tausende zartrosa Blüten sich vor den blauen Holzfensterläden seines Hauses geöffnet hatten. Jules konnte das Summen der Bienen hören, die auf diesen Tag genauso sehnlich gewartet hatten wie er. Seine Mutter hatte den Austrieb so geliebt, dass sie darauf bestanden hatte, in der Zeit der Apfelblüte jede Mahlzeit im Freien einzunehmen, auch wenn sie im Mantel draußen sitzen mussten, weil eine Kaltwetterfront vom Atlantik über sie zog. Jules hielt diese Tradition aufrecht, indem er mit der Kaffeetasse an jedem Morgen der Blüte in den Garten trat.

Nach einer kalten Dusche, noch mit nassen Haaren und mit einem angebissenen Croissant in der Hand, öffnete Jules die Tür zum kleinen Garten der alten Villa in der Rue Alfred Feine, die einst seinen Großeltern gehört hatte, und sog die dank der vier Apfelbäume duftgeschwängerte Luft tief ein. Er hob die warme Kaffeetasse zuprostend gen Himmel, nahm dann einen langen Schluck, trat zum nächststehenden Apfelbaum und fuhr mit den Fingerspitzen über eine der fragilen kleinen Blüten. Er würde sie nun jeden Morgen begutachten, sie überschlägig zählen, den Flug der Bienen und anderer Insekten beobachten und das Wetter. Jules holte dafür das bereits auf dem Küchentisch bereitliegende Klemmbrett und notierte alles, um später möglichst genaue Voraussagen über die kommende Apfelernte treffen zu können. Je mehr bestäubt wurde, desto mehr würde wachsen. Der Frühling musste warm sein. Doch das neben der Tür zwischen Efeuranken hängende kupferne Außenthermometer zeigte nicht mehr als siebzehn Grad an. Jules klopfte dagegen, doch das Quecksilber stieg nicht höher. Er klappte einen der Gartenstühle auf und nahm einen weiteren Schluck aus der großen Tasse. Gleich würde er im Dorf ein paar Besorgungen machen und dann zu seinen Apfelhainen um Beuvron-en-Auge fahren, um zu sehen, wie es ihnen ging. Und dann musste er ins Büro. Hoffentlich hatte sich Schweden gemeldet, es wäre der wichtigste Auftrag seit Jahren. Sie wollten Cidre, Calvados und Pommeau von ihm importieren.

Ein altes, klappriges Fahrrad hielt vor der Gartentür. Es war so klapprig, weil der General auf ihm saß, ein Mann, der an Charles de Gaulle erinnerte – inklusive der Leibesfülle. Wie bei einem Baum kamen jedes Jahr neue Ringe um seinen Bauch hinzu. Eigentlich hieß er Gilbert Delacroix und war einst Soldat im 152. Régiment d'Infanterie in Colmar gewesen, seine Uniform wie die perfekt über die Halbglatze gestrichenen Haare erinnerten daran. Mit sechzig war er ehrenhaft aus dem Dienst ausgeschieden, und es hatte ihn zurück in die Heimat nach Villers-sur-Mer gezogen. Zum Sterben, wie er immer wieder sagte, während er und sein Fahrrad eine Apfelblüte nach der anderen erlebten.

»Wann geht es heute Abend los mit dem Fest?«, fragte er und zog an seiner filterlosen Gitanes. »Wird es wieder Maries Soupe de saumon du Mont-Saint-Michel geben? Und Claudettes göttliche Terrinée normande? Ja, oder? Muss es doch!«

»Morgen, General«, begrüßte Jules ihn, obwohl Gilbert diesen Rang nie bekleidet hatte. »Kannst du noch an was anderes als Essen denken?«

»An die Liebe, Jules! An die denke ich oft. Aber Liebe und Essen, das gehört zusammen. Das eine macht immer Appetit auf das andere. Und bei beidem gilt: Wenn es gut ist, dann kann man nie genug haben!« Der General lachte und nahm Jules die Tasse aus der Hand, um einen Schluck zu trinken. »Hast du heute schon Nachrichten gehört? Krisengebiete, Morde und Sportergebnisse. Stade Malherbe Caen hat wieder einmal verloren, es wird langsam zur schlechten Angewohnheit. Immer wieder dasselbe. Und über die Apfelblüte kein Wort, dabei gibt es nichts Wichtigeres!« Er breitete die Arme aus. »Ah. Dieser Duft, wie das Parfüm einer Cancan-Tänzerin.«

»Als hättest du mal an einer gerochen.« Jules nahm sich seine Tasse zurück. Sie war leer.

»Nicht nur an einer! Und ich kann dir sogar sagen, an welcher Stelle sie wie riechen. Und die Mädchen vom Lido rochen immer anders als die vom Moulin Rouge, damals, als ich in Paris stationiert war. Was für ein Sommer!« Er hob entzückt die buschigen Augenbrauen. »Ich glaube, ich fahr mal zu Claudette, vielleicht braucht sie Hilfe.«

Jules schüttelte belustigt den Kopf. »Sie braucht bestimmt niemanden, der in der Küche nascht und ihr ständig auf den Hintern schaut.«

»Du kennst die Frauen nicht, Jules, kein bisschen kennst du sie. Sie sagen, dass sie es nicht mögen, wenn man ihre Rundungen bewundert, aber nur, um nicht unanständig zu wirken. Doch sie genießen es. Und Männer, die in der Küche naschen, sind Männer, die leidenschaftlich sind, die genießen können, also gute Liebhaber sind. Die hat man immer gerne um sich. Das lernst du schon noch!«

Der General stieg wieder auf sein Fahrrad und radelte los. Es war ein gutes Stück Weg bis zu Jules' Cidre-und-Calvados-Hof, wo Claudette und ihre Mutter Marie für Essen und Sauberkeit sorgten. Er würde aber vor allem deshalb lange dorthin brauchen, weil vier Cafés und zwei Bars auf dem Weg lagen. Und in jeder musste er doch über die Liebe und die Frauen erzählen.

Das Landgut Saint-Ursules lag wie eine kleine Insel im Grün, das sich über die Hügel von Gonneville bei Beuvron-en-Auge erstreckte. Es war ein altes Gut, das mit jeder Generation Ligniers weiter angewachsen war. Das Ursprungshaus, kaum mehr als ein Schuppen, diente heute, neu isoliert, als Lager für jungen Calvados. Der neueste Anbau war ein gläserner Probierraum, durch dessen Fenster man Richtung Beuvron-en-Auge blicken konnte, viele Apfelhaine der Familie Lignier im Blick. Jeder sagte »Familie Lignier«, dabei gab es heute nur noch Jules, sonst niemanden. Aber »Familie Lignier« klang so viel besser und vollständiger. Insgesamt bildeten die Gebäude einen Vierkanthof mit nur drei Seiten. Vor der offenen befand sich nicht nur der größte Apfelhain der Familie, sondern auch ein kleiner Besucherparkplatz, auf dem eine ausrangierte hölzerne Apfelpresse unter einem schiefergedeckten Unterstand ein neues Zuhause gefunden hatte.

Alles wurde hier produziert, Cidre wie Calvados und Pommeau. Jules hatte darauf geachtet, dass alte wie neue Gebäude in einem Stil gehalten wurden, ein blaues Fachwerkmuster mit schwarzen Balken, Giebeldächer, Sprossenfenster mit Blumenkästen davor. Es sollte idyllisch wirken für die Besucher. Sie mussten nicht wissen, dass zur Rückseite des Westtrakts ein geteerter Weg führte, über den Lkw Äpfel und Birnen anliefern und Paletten mit Flaschen abholen konnten. Das Landgut Saint-Ursules wirkte so alt wie das bewusst vergilbt gestaltete und wie mit Füller von Hand geschriebene Etikett des Calvados »Petit Lion«, der hier erzeugt wurde. Diese Illusion wirkte nicht nur nach außen, sondern auch nach innen. Wer auf Saint-Ursules arbeitete, der tat es im Bewusstsein der Tradition und wollte diesem Etikett gerecht werden.

Jules stellte seinen Wagen hinter dem Südtrakt ab, auf dem Parkplatz für Mitarbeiter. In das Pflaster hatte er das Wappen des Landguts mit roten Steinen legen lassen: einen kleinen, auf zwei Beinen stehenden und die Zunge wie eine Flamme herausstreckenden Löwen, der eine rubinbesetzte Krone trug.

Er hatte gerade seinen Wagen abgeschlossen, als Marie vom Schuppen aus kommend an ihm vorbeiging. Sie trug vier Stühle und nickte ihm freundlich zu. Marie war siebenundachtzig Jahre alt und sprach nicht. Es war nicht, dass sie stumm war oder taub, nein, sie wollte nur nicht reden. Sie war der Meinung, es wurde schon genug überflüssiges Zeug geredet, da musste sie nicht auch noch dazu beitragen. Im Dorf erzählte man sich, dass sie beim Arzt redete und einmal auch beim Pfarrer der Kirche Saint-Martin gebeichtet hatte, 1973, aber ansonsten brauchte sie keine Worte. Doch manchmal summte Marie, kaum hörbar, wenn sie fröhlich war. Sie summte alte Chansons von Charles Aznavour und Edith Piaf, aber auch moderne Lieder, die sie in ihrem alten Radio hörte, das noch ein Weltempfänger war, von der Größe eines Ofens.

An diesem Morgen summte Marie etwas von Joe Cocker. Ihre Tochter Claudette hielt ihr die Tür auf, wischte sich dann die Hände an einem an ihrer Kittelschürze hängenden Tuch ab und begrüßte Jules mit einer langen Umarmung und drei Küssen auf die Wangen. Die Menschen in Villers-sur-Mer sagten, was die Mutter zu wenig rede, spreche die Tochter zu viel. Es gleiche sich in der Familie dadurch aufs Wunderbarste aus.

»Und? Bist du endlich beim Arzt gewesen?«, fragte Claudette, die mit ihrer Kleidung jeden Tag aufs Neue bewies, wie viele Schattierungen von Grau es gab. Claudette trug Grau nicht nur wie heute in Kleid und Kittelschürze, sondern auch in ihren Schals, Blusen, Strumpfhosen und Schuhen. Das höchste Eingeständnis an die Welt der Farben waren Graublau, Grüngrau sowie Gelbgrau. Mit einer Tendenz ins Graue. Jules wunderte sich immer wieder, dass die Frau mit der meisten Lebensfreude die freudloseste Kleidung trug. Claudette hatte nie geheiratet, doch obwohl viele es nicht glauben mochten, schien ihr nichts zu fehlen. Sie nannten sie im Dorf nur »die Nonne«. Claudette trug diesen Namen mittlerweile wie einen Ehrentitel.

»Es ist nichts«, sagte Jules und bemühte sich, die leichte Taubheit zu vergessen, die ihn daran erinnerte, dass etwas nicht stimmte in seinem linken Bein. »Ich muss doch nicht bei jedem Zwicken zum Arzt laufen.« Jules zog ein Tuch aus der Jackentasche und putzte sich seine Brille. »Wenn es schlimmer wird, gehe ich. Okay?«

»Versprochen?«

»Ja, Claudette, versprochen.«

»Hoch und heilig?«

»Alles, Claudette, ich verspreche dir alles.«

Claudette drückte ihm noch einen Kuss auf die Wange, einen festen Schmatzer, der sich wie ein Befehl anfühlte. Sie hatte ihr teures Rosenparfüm aufgelegt. Das Apfelblütenfest war immer ein ganz besonderer Tag für sie. »Und wehe, ich sehe dich abends mit dem Klemmbrett rumrennen und Bienen zählen! Heute wird gefeiert! Du putzt dich heraus und feierst!«

»Natürlich.«

»Ich habe auch die Töchter der Bauern eingeladen, die uns immer die Äpfel und Birnen liefern. Und die Erntehelferinnen. Da sind einige wunderschöne junge Damen dabei.«

»Nicht schon wieder, Claudette. Nicht heute! Bitte!«

»Doch, gerade heute. Ein so schöner Mann und keine Frau? Mit diesen blauen Augen? Das geht doch nicht. Wenn du heute bei keiner anbeißt, habe ich noch eine Cousine in der Bretagne. Ein Vollweib, die würde dich auf Trab bringen. Das sage ich dir!

Und kochen kann die, Eintöpfe, köstlich!« Claudette zog ihm den Hemdkragen gerade. »Wenn ich jünger wäre, würde ich dich selbst nehmen! Ich würde dir keine Chance lassen!«

»Wie gut, dass du so schrecklich alt bist.« Jules streckte ihr die Zunge raus.

»Na warte, du frecher Hund!«

Sie wollte ihn in die Seite zwicken, doch Jules war bereits durch die Tür ins Innere von Saint-Ursules entschwunden. Durch die Glasfront auf der gegenüberliegenden Seite konnte er sehen, dass die nun hoch am Himmel stehende Sonne die Abertausenden von Apfelblüten wie kleine Lampen erscheinen ließ, die man Girlanden gleich über die Bäume gehängt hatte. Marie stellte zwischen ihnen die Stühle auf. Weiße gestärkte Tischdecken lagen bereit, um die festliche Tafel zu schmücken.

Um in sein Büro zu gelangen, musste Jules durch das kleine Calvados-und-Cidre-Museum, in dem sich unter anderem alte Flaschen fanden, ein Modell des Landguts, eine kupferne Destillationsblase, viele Fotos und allerlei goldene Auszeichnungen für die Erzeugnisse des Hauses. Dunkle Holzbalken stützten die Decke, auch der Boden war aus Holzbohlen, an einem Tresen konnten die Schätze des Hauses verkostet werden. Das letzte Stück seines Wegs schmückte die Ahnengalerie von »Calvados Jules Lignier – Domaine Petit Lion«. Fünf Generationen Jules Lignier, immer mit einem Glas Calvados in der Hand, die ersten zwei Porträts waren gemalt. Gleichermaßen streng und stolz schaute Jules Lignier der Erste. Der Blick wurde mit jedem Bild, mit jeder Generation etwas weicher, fast wie bei einem Daumenkino. Es endete bei einem Lächeln auf dem Gesicht des aktuellen Jules Lignier. Über eine Stunde hatte es gedauert, bis der Fotograf mit Jules' Gesichtsausdruck zufrieden gewesen war. Am Tag danach hatte Jules Muskelkater im Gesicht gehabt.

Er ging schließlich durch eine Tür, die außen wie Holz aussah, aber sich nach dem Hindurchtreten als Plastik entpuppte – hier begann der angebaute Verwaltungstrakt. Jules begrüßte seine vier Angestellten in Buchhaltung sowie Vertrieb und auch die beiden aus der Produktion. Dann fuhr er seinen Rechner hoch, um sich mit dem zu beschäftigen, was die Herstellung von Cidre und Calvados wirklich ausmachte: Zahlen. Häufig in Kolonnen, die für nichts anderes Platz auf dem Bildschirm ließen. Seine Sekretärin brachte ihm einen Kaffee, schwarz, ohne Zucker. Schnell ging er die Mails durch. Noch keine aus Schweden. Er schaute im Spam-Ordner nach. Nichts. Aber heute würde die Nachricht kommen. Schweden hatte gesagt, diese Woche, und es war Freitag. Jules öffnete ein weiteres Fenster auf dem Bildschirm. Es zeigte einen Online-Schwedischkurs. In der heutigen Lektion ging es um das Thema Kulinarik. Er sprach leise mit: Meeresfrüchte – havets frukter, Erfrischungsgetränk – läskedrycken, Toast – rostade brödet, Weinberg – vingården.

Sieben Stunden später konnte er alle Vokabeln auswendig, hatte mit einigen seiner Händler telefoniert, die Ablage erledigt, Angebote für eine neue Apfelbaumpflanzung eingeholt – und hundertzwölfmal die Seite mit seinen Mails aktualisiert. Irgendwann hatte er den Schweden sogar geschrieben, doch immer noch keine Antwort. Draußen war es bereits dunkel geworden, und die fröhlichen Geräusche der anschwellenden Feier drangen bis zu ihm, doch Jules war nicht danach zu feiern. Ihm war danach, den Bildschirm zu aktualisieren. Oder zu lernen, wie man Wassermelone auf Schwedisch sagte.

Die Musik wurde stetig lauter, es waren Lieder, die jedes Jahr zum Apfelblütenfest gespielt wurden, seit Jules ein kleines Kind gewesen war. Sie ließen all die Jahre wieder aufleben, wie Fotos aus vergangenen Tagen.

Mit einem Mal stand Claudette bei ihm im Büro, das nur vom kühlen blauen Licht des Computermonitors erhellt wurde.

»Gefalle ich dir?«

Claudette trug ein zartgraues knöchellanges Sommerkleid.

Ihre langen grauen Haare hatte sie zu einem fast mädchenhaften Zopf geflochten.

»Ich weiß, was du mir sagen willst: dass ich rauskommen soll.«

»Gefalle ich dir?«, fragte Claudette nochmals mit Nachdruck.

»Ja, sehr, du siehst bezaubernd aus.«

»Danke.« Sie schenkte ihm ein Lächeln. »So, und jetzt sage ich dir, dass du rauskommen sollst. Du bist der Gastgeber, alle fragen nach dir, auch Babette Chalon aus Honfleur. Und du sitzt hier und arbeitest. Nie hast du etwas anderes im Kopf. Kannst du nicht einmal den Tag genießen? Schäm dich, Jules Lignier!«

»Schweden hat noch nicht geantwortet, aber Saarbrücken hat bestellt, und mit London habe ich heute ein Gespräch vereinbart. Denen kann ich nicht sagen, bei uns blühen die Bäume, und ich spiele Bienchen.«

Claudette spitzte die Lippen. »Ich denke, es wäre wirklich sehr an der Zeit, dass du mal wieder Bienchen spielst ...«

»Ach, Claudette!«

»Ich sag ja nur. Heute Abend kommen auch einige hübsche Blüten.«

»Hörst du auf damit!«

»Nur, wenn du jetzt rauskommst. Zeig dich. Du giltst sowieso als noch mürrischer als dein Vater. Als unnahbarer Eigenbrötler, als der Grummler aus Villers-sur-Mer.«

Jules blickte auf. »Mürrischer als mein Vater?« Er schaltete den Monitor aus und stand auf. Es war ein Scherz von Claudette gewesen, und trotzdem hatte es ihm einen Stich versetzt. »Das war unfair.«

Claudette hakte sich bei ihm unter. »Es ging einfach nicht anders.«

Er griff sich sein dunkelbraunes Sakko vom Garderobenständer, und hinaus ging es zum Fest.

Eine lange Tafel war mitten im Apfelhain aufgebaut worden,

sicher zwanzig Meter lang. Die gestärkten Tischdecken lagen darauf, jeder Platz war eingedeckt, zu Vasen umfunktionierte Gläser standen dazwischen, und in den Ästen der Bäume hingen bunte Lichterketten. Am Ende der Tafel hatte der General für sie Holzbretter zusammengehämmert und eine Tanzfläche geschaffen. In jedem der vergangenen Jahre hatte diese am Ende des Abends einem Sumpf geglichen. Aus hölzernen Cidrekisten hatte der General zudem ein kleines Podest gezimmert, auf dem nun ein Accordéon-Spieler aus Le Havre saß, der stets für die Musik sorgte und neben Musettes auch noch allerlei anderes beherrschte. Seit drei Jahren war auch sein Sohn dabei, der ihn auf einem Cajon, einer Art zum Schlagzeug umgewandelten Holzkiste, unterstützte.

Als Jules erschien, applaudierte die Gästeschar. Er hielt eine knappe Rede und tanzte zur verspäteten Eröffnung mit Marie, die während der ganzen Drehungen fröhlich mitsummte. Danach setzte er sich mitsamt einem Klappstuhl unter einen Baum und besah sich die Szenerie. Claudette brachte ihm ein großes Stück Tarte aux pommes und ein Glas Calvados Napoléon, strich ihm über den Kopf und ging schnellen Schrittes zurück auf die Tanzfläche. Der Kuchen war ebenso saftigfruchtig wie in der Süße fein balanciert, doch so schnell wie Jules aß, bekam er davon nichts mit. Der Calvados öffnete das Trou normand, das normannische Loch, in seinem Magen, wie es kein anderer Brand fertigbrachte, sodass er noch mehr essen konnte. Doch selbst er vertrieb nicht die Gedanken an das Schweden-Geschäft. Hier tanzten sie fröhlich, doch wenn es platzte, was es nicht würde, dann würde im nächsten Jahr weniger gejohlt.

Babette kam und fragte, ob er mit ihr tanzen wolle. Sie war eine Schönheit und ihr Lächeln strahlend, doch Jules verneinte, sein Bein mache heute Mucken, und das stimmte. Die Taubheit schien einige Zentimeter emporgekrochen zu sein. Babette nickte enttäuscht und forderte ihre zweite Wahl, Nicolas aus Houlgate, zum Tanzen auf. Jules sah, wie Claudette auf der Tanzfläche enttäuscht den Kopf schüttelte.

Nach einiger Zeit fiel ihm auf, dass der General immer wieder zu dem Accordéon-Spieler ging. Und zwar immer dann, wenn Claudette eng mit einem Mann tanzte. Der Musiker wechselte nach dem Gespräch mit Gilbert dann elegant in ein Stück, das einen schnelleren Takt besaß und Abstand zwischen den Tanzenden verlangte. Der General hatte sein Herz verloren und eine Kriegstaktik ersonnen, um die Auserwählte zu erobern.

Das Fest wurde immer lauter und immer fröhlicher, und immer mehr Beine fanden auf die Tanzfläche, immer mehr Calvados und Cidre in die Kehlen, doch Jules hatte kein Vergnügen an den Produkten seines Guts; er nippte nur daran, weil es von ihm erwartet wurde, und hoffte auf eine Gelegenheit, zurück in sein Büro zu kommen. Die Schweden würden sich heute sicherlich noch melden.

Plötzlich erklang Claudettes Stimme nahe bei ihm, er hatte sie gar nicht wieder kommen hören.

»Herr Geschäftsführer, hier ist jemand für dich.«

Er drehte sich um, und da war sie. Wenige Meter hinter Claudette, bunt beschienen von den kleinen Lampen der in den Bäumen hängenden Lichterketten. Die großen Augen der fremden Frau schienen gleichermaßen traurig wie glücklich, und er fragte sich unwillkürlich, welches Geheimnis wohl dahinter lag.

Einige Stunden früher, am Nachmittag desselben Tages, hatte Lilou Leflaive so laut gebrüllt, dass es noch am Chemin du Rond de Beuvron zu hören gewesen war, dem Waldwanderweg, der etliche Hundert Meter entfernt von ihrem kleinen Haus verlief.

»Nein, nicht dahin! Geh verdammt noch mal auf die Fliesen, Mademoiselle!«

Bis zu diesem Augenblick hatte Lilou es für einen herrlichen Tag gehalten, denn endlich hatten sich die Apfelblüten geöffnet. Nur wegen diesen hatte sie einen Apfelbaum vor dem Fenster der kleinen Küche gepflanzt. Eine Art natürliche Uhr, die ihr sagte, wann der Frühling in der Normandie wirklich begann. Sofort nach dem Aufstehen hatte Lilou das Fenster geöffnet, um den Duft hereinzulassen, ja, sie hatte sogar auf ihren Kaffee verzichtet, um den zarten Geruch der Blüten nicht zu überdecken. Doch nun drohte Mademoiselle, die würgend auf dem Boden saß, genau das zu erledigen.

»Nur zwei Schritte zur Seite! Nur zwei kleine Schritte!«

Aber Mademoiselle hörte nicht und erbrach sich auf die Rechnungen und Steuerunterlagen, die Lilou gestern Abend noch auf dem Küchenboden in gut zwei Dutzend Stapel thematisch sortiert hatte. Genau gesagt, hatte Mademoiselle die Mahnungen für ihren Mageninhalt auserkoren, fraglos eine gute Wahl. Doch beglichen wurden sie dadurch leider nicht.

Nun setzte sich die kleine dreifarbige Katze, die trotz ihres Alters immer noch aussah wie ein Teenager mit weichen Knochen, als sei nichts gewesen auf den kleinsten Stapel mit den Einnahmebelegen und begann, sich ausgiebig zu putzen. Vor drei Jahren hatte eine streunende, halbwilde Katze in Lilous Schuppen Junge bekommen, und Mademoiselle war ihr von diesen geblieben.

Lilou griff sich Küchenkrepp, beförderte das Unglück in den Müll und fing an, die Unterlagen vorsichtig zu säubern. Mit einem Mal stand Mademoiselle neben ihr, den Schwanz gereckt, ihr Köpfchen an Lilous Bein reibend, und maunzte.

»Aha, jetzt hast du also Hunger! Hättest du dich nicht erbrochen, wäre dein Magen proppenvoll.«

Aber natürlich gab sie Mademoiselle etwas von dem Huhn, das sie gestern für die Brühe gekocht hatte. Der alte Depardieu bekam es mit und tapste ebenfalls zu ihr. Depardieu war ein Mastiff, halb taub und halb blind, aber das glücklichste Wesen, das Lilou auf dieser Erde kannte. Seit Mademoiselle bei ihnen war, fungierte er als deren Kuschelkissen. Die kleine Katze schmiegte sich nicht nur an Depardieu, sie legte sich häufig sogar der Länge nach auf ihn. Und er genoss es. Auch Depardieu bekam nun etwas aus dem Topf mit dem Huhn. Es machte Lilou immer froh, wenn sie sah, wie es ihren beiden Lieben schmeckte.

Nachdem sie die Mahnungen zum Trocknen auf die Leine im Garten gehängt hatte, stellte sie ihren verwitterten Lehnstuhl unter den Apfelbaum und schloss für einen Moment die Augen. Dies war ihr neunundzwanzigster Geburtstag, ihr letztes Jahr unter dreißig begann. Sie wollte es feierlich begehen – wozu sicher nicht gehörte, Mademoiselles Unfall wegzumachen. Lilou wollte sich etwas gönnen, mit dem Rest des Geldes in ihrem Portemonnaie. Für heute wäre es egal, ob morgen vielleicht nichts mehr drin war. Lilou öffnete die Augen und schaute zu Depardieu, der zu ihren Füßen lag.

»Komm, wir gehen nach Beuvron-en-Auge ins ›La Houssaye‹. Da wollte ich immer schon mal hin. In diesem Restaurant gibt es nämlich Essen mit zwei Sternen!«

Depardieu blickte sehnsuchtsvoll Richtung Küche und Topf, trottete Lilou aber trotzdem hinterher, als sie sich den Mantel überwarf und zur Haustür ging. Kurz kontrollierte sie ihr Aussehen in dem bodentiefen Spiegel, der in der Diele hing. Oben rechts steckte ein Schwarz-Weiß-Foto von Audrey Hepburn aus *Frühstück bei Tiffany*. Nie würde sie so schlank und elegant sein, aber Lilou fand, ein paar Pfunde zu viel und dafür fröhlich war gar nicht mal so schlecht. Sie prüfte kurz, ob das auf ihrer blassen Haut alles Sommersprossen oder doch Krümel vom morgendlichen Baguette waren, bändigte ihre leicht gewellten, dicken roten Haare mit einem Gummi, zog ihr geblümtes knielanges Kleid zurecht, das sie extra wegen ihres Geburtstags trug, und fand, dass die roten Chucks hervorragend dazu passten. Und weil sie jetzt chic essen ging, legte sie noch die Halskette aus grünen Aventurin-Steinen an, deren Farbe ihren Augen so glich.

Ihr kleines Haus, das sie selbst mit Freunden aus Marseille

renoviert hatte, lag weit außerhalb Beuvron-en-Auges, mitten in den Feldern, selbst zur geteerten Straße führte nur ein kleiner grasbewachsener Weg. Genau so hatte sie es gewollt, was ihre Eltern nie verstanden und akzeptiert hatten. Vor allem, dass sie ihre Karriere fortwarf. Um Kräuterhexe zu werden, so hatte ihre Mutter es genannt. Eine einsame, verarmte Kräuterhexe. Und ihr Vater hatte geschwiegen und genickt, wie er es eigentlich immer tat, wenn Maman sprach, und sich eine Zigarette angezündet, um sich hinter dem Rauch zu verstecken.

Sie würden heute nicht anrufen. Wieder nicht. Irgendwo in Lilou glomm zwar immer noch etwas Hoffnung, doch diese verbat sie sich. Wenn sie nicht zu Hause war, würde sie weder merken, wenn ihre Mutter anrief, noch wenn sie es nicht tat. Also schnell fort.

Lilou nahm das alte schwarze Fahrrad, dessen Klingel nur noch mit Klebeband am Lenker hielt, und fuhr ganz langsam nach Beuvron-en-Auge, sodass Depardieu neben ihr hertrotten konnte. Am Ortseingang zögerte Lilou, welchen Weg sie nehmen sollte. Geradeaus wäre es am kürzesten, doch würde sie dann an der Praxis von Doktor Philippe Moreau vorbeikommen, diesem vielleicht sogar begegnen. Und darauf hatte sie gerade heute keine Lust. Es wäre sehr gut möglich, dass sie ihn nach allen Regeln der Kunst beleidigte. Moreau war vor einem Dreivierteljahr aus Paris nach Beuvron-en-Auge gezogen, der Mittfünfziger mit der bemerkenswert kartoffeligen Nase hatte beschlossen, die letzten Jahre seines Berufslebens auf dem Land zu praktizieren, wo er sich später auch zur Ruhe setzen wollte. Von alternativen Heilmethoden hielt er so viel wie Louis de Funès von unbeweglicher Mimik.

Lilou lenkte seufzend zum Umweg ein, doch dann entschied sie sich anders. An ihrem Geburtstag würde sie verdammt noch mal nicht klein beigeben! Fast fuhr sie über Depardieu, als sie entschlossen in die Pedale trat und das Lenkrad herumriss.

Schon von Weitem konnte sie sehen, dass Moreau nicht wie so

oft vor seiner Praxis stand und eine Filterlose auf Lunge rauchte. Stattdessen trat Madame Eugenie Duval aus dem Haus, die schon seit Langem wegen ihrer Naturheilkunde zu Lilou kam und stets zufrieden ging. Eine Frau mit gesunder Bauernschläue, beide Beine fest auf dem Boden, die wusste, wie der wichtigste Satz der Medizin lautete: Wer heilt, hat recht. Und Lilou heilte. Mensch und Tier. Und einmal auch eine Pflanze. Auch wenn es nur ein Olivenbäumchen war, das nicht richtig angegangen war.

Lilou konnte nicht anders als lächeln. Denn dass sie nun Madame Duval traf, bedeutete, dass es der Geburtstag doch gut mit ihr meinte.

»Bonjour, Madame Duval! Ist es nicht ein schöner Tag!«, rief Lilou ihr zu, doch Madame Duval antwortete nicht, sondern wechselte die Straßenseite. »Madame Duval?« Lilou fuhr zu ihr. »Ist etwas los?«

Madame Duval blickte sie an. »Sie sind los!«

»Wollen wir uns setzen und einen Kaffee trinken? Heute ist mein Geburtstag, und ich lade Sie ein.«

»Doktor Moreau sagt, Sie haben mich die ganzen Jahre falsch therapiert. Dass Sie mir mehr geschadet als genützt haben. Das hat er gesagt. Und dass ich Sie verklagen sollte.«

»Wir setzen uns und reden darüber, ja? Bei einem schönen Stück Kuchen.«

»Kuchen? Das ist so typisch für Sie! Meine Cholesterinwerte sind bodenlos, sagt der Doktor. Ich müsste eigentlich schon tot sein.«

»Aber Kuchen tut der Seele gut.«

»Die Seele, wenn ich das schon höre, die Seele hilft mir nicht, wenn ich auf dem Friedhof liege.«

»Aber meine Arzneimittel ...« Doch weiter kam Lilou nicht.

»Sprechen Sie nicht von Arzneimitteln bei dem Zeug, das Sie mir gegeben haben! Und sprechen Sie mich auch nie wieder an. Wir kennen uns nicht mehr. Und wenn Sie denken, ich werde niemandem davon erzählen, wie falsch Sie mich behandelt haben, dann irren Sie sich gewaltig. Jeder soll es erfahren! Jeder! Man muss die Leute vor Ihnen warnen, da hat der Doktor völlig recht.« Damit drehte sie sich um und ging.

Lilou blieb noch einige Zeit stehen und kämpfte mit den Tränen. Depardieu stellte sich neben sie und brummte. Er hatte großen Hunger, sonst tat er dies nie.

Lilou stieg auf und fuhr langsam weiter.

Das »La Houssaye« stand inmitten des zentralen Platzes von Beuvron-en-Auge und gab sich zugeknöpft statt einladend. Es logierte seit Ewigkeiten hier, war eine Institution, ein Tempel der klassischen französischen Kochkunst, in dem man Schnecken, Hummer, Langusten, Austern und Kaviar huldigte. Wo auf teurem Porzellan angerichtet und mit silbernem Besteck gegessen wurde, wo die Kellner livriert und so steif waren, dass es sich wie eine Theateraufführung anfühlte. Lilous Patienten hatten oft erzählt, wie es dort sei, wie dick die ledergebundene Weinkarte und wie dünn die großen Weinkelche. Sie stellte ihr Rad daneben ab und linste durch die dunklen Butzenscheiben hinein. Kerzen waren für das Mittagessen entzündet worden, es saßen bereits Gäste darin, die Männer in Anzügen, die Damen in Kleidern. Eine große Gesellschaft, viele davon kannte sie. Lilou wählte sich schon draußen ihren Platz, rechts hinten in der Ecke, ein kleiner Tisch wie für Verliebte, und daneben genug Platz für Depardieu, der sich gut benehmen würde. Natürlich wusste Lilou, dass Hunde in einem solchen Etablissement nicht erwünscht waren. Aber es war schließlich ihr Geburtstag, und Depardieu würde die ganze Zeit schlafen. Sie holte tief Luft und trat ein.

Lilou war kaum einen Meter drinnen, verlockende Düfte warmen Essens umspielten ihre Nase, da trat bereits einer der Kellner zu ihr, ein hochgewachsener Mann mit perfekt poliertem Schuhwerk. Er lächelte routiniert.

»Bonjour, Mademoiselle, haben Sie reserviert?«

»Heute ist mein Geburtstag«, antwortete Lilou.

»Und der verehrte Name?«

»Lilou Leflaive.«

Er blickte in das Reservierungsbuch, das auf einem hohen Tischchen am Eingang lag. »Leider kann ich Ihren Namen nicht finden.«

»Es war ein spontaner Entschluss. Wegen meines Geburtstags. Ich werde neunundzwanzig und will das feiern. Zusammen mit Depardieu.«

»Hunde sind bei uns leider nicht erlaubt.«

»Er ist auch ganz brav, keiner wird ihn bemerken.«

»Hunde sind bei uns leider nicht erlaubt.«

Lilou zeigte auf ihren Tisch. »Dahinten wird ihn nicht einmal jemand sehen.«

Jetzt wurde die Stimme des Kellners sehr fest. »Hunde sind bei uns nicht erlaubt. Bitte gehen Sie.«

Lilou blickte Depardieu an. »Dann mache ich ihn draußen fest.«

»Wir haben leider keinen Tisch mehr frei.«

»Aber …«

»Alle reserviert.« Der Kellner wurde vom Tisch der Gesellschaft gerufen. »Bitte entschuldigen Sie mich, der Bürgermeister. Verlassen Sie bitte mit Ihrem Köter unser Haus und beehren Sie uns nicht wieder.«

Er ließ sie stehen.

Was zu viel war, war zu viel. Lilou wusste, dass es keinen Sinn machte, den Deckel auf einen Kochtopf zu drücken, der drohte überzuschäumen. Und dieser hier brodelte, seit Mademoiselle sich auf die Mahnungen erbrochen hatte.

»Sie sind das arroganteste Arschloch, das mir je untergekommen ist! Ihren Scheißfraß können Sie sich in die gegelten Haare schmieren!« Die Gesellschaft blickte sie mit offenen Mündern an. Lilou senkte die Stimme zu einem Säuseln. »Allen anderen wünsche ich ein wundervolles Mahl!« Sie machte einen Knicks und verschwand.

Es ging ihr nur kurze Zeit besser. Schnell schwang sie sich auf ihr Fahrrad und radelte davon, falls der Kellner herausgeschossen kam, um sie zu beschimpfen. Sie wollte jetzt nicht beschimpft werden. Sie wollte nicht, dass jemand ihre Tränen sah, sie wollte so schnell fahren, dass sie trockneten, bevor sie ihre Wangen hinabfließen konnten. Depardieu kam kaum hinterher und bellte, doch Lilou radelte einfach weiter, bis sie weit aus Beuvron-en-Auge war und von der Straße in einen kleinen Feldweg abbog. Dort hielt sie an und ließ das Fahrrad auf den Boden fallen, um die Hände frei zu haben, in die sie weinen konnte. Dann stieß sie einen Schrei aus, dass die Vögel aus den Bäumen stoben und Depardieu hinter ihr erschöpft aufbellte. Sie drehte sich zu ihm um und ging in die Knie, wollte den großen, sabbernden Brocken von Hund in den Arm nehmen, doch dieser trottete an ihr vorbei und in einen Obstgarten voller Apfelbäume, der aufgrund der Blüte wirkte, als habe man überall überdimensionierte Blumensträuße in die Erde gesteckt. Depardieu ging es jedoch nicht um die Blüten und ihren Duft, Depardieu ging es einzig um den großen Baum in der Mitte, den er zielstrebig ansteuerte. Lilou wunderte sich über diesen Baum, denn in Obstgärten wurden die Bäume klein gehalten, damit die Kraft in die Äpfel ging und nicht in die Zweige und die Früchte leichter zu ernten waren. Dieser alte Apfelbaum machte keinen Sinn. Außer für Depardieu.

Lilou kamen schon wieder die Tränen, als sie begriff, dass es der schönste Moment des Tages war, ihren alten Hund zu sehen, der voller Glück das Beinchen an einem großen Baum hob.

»Das muss aufhören mit dem Weinen«, sagte sie zu Depardieu. »Sofort!« Und sie wischte sich die Tränen mit dem Handrücken fort.

Der Wind frischte auf, ließ die Zweige der Bäume tanzen und das Licht wie einen glühenden Schleier durch sie gleiten. Es wickelte sich um den Stamm des alten Apfelbaums, hob die Konturen seiner rauen Haut hervor.

Lilou ging darauf zu, streckte ihre Hand aus, und das Licht

begann zu spielen, jagte wie ein übermütiges Kind über die Rinde. Ihre Fingerspitzen berührten den schroffen Stamm und fuhren über Einschnitte, ausgetrocknet und verschorft.

»Das sind Worte, Depardieu. Da steht ...« Sie las es, ihre Lippen bewegten sich dabei, doch sie las es lautlos. Zweimal musste sie schmunzeln, weil etwas falsch geschrieben und verbessert war. Während sie las, wanderten ihre Fingerspitzen fast zärtlich über die Buchstaben in der Rinde. Zum Schluss strich sie über den ganzen Text wie einem Kind über den Kopf.

»Da gehen wir hin, Depardieu. Und zwar jetzt! Das muss doch ein Zeichen sein, oder? Irgendwas Gutes muss mir an diesem Geburtstag doch passieren.« Depardieu blickte zu ihr empor. »Aber eins musst du mir hoch und heilig versprechen: Wir verraten nicht, dass du an die Stellenausschreibung gemacht hast!«

Es war ein gutes Stück mit dem Rad, und als sie am Landgut Saint-Ursules ankamen, war Musik zu hören, die zum Tanz lockte. Und Lilou wollte tanzen, wollte sich drehen, bis sie alles vergaß, ihr schwindlig wurde, bis sie auf den Hosenboden fiel und sich die Welt immer weiter drehte wie auf einem Karussell. Sie stellte das Fahrrad am schmiedeeisernen Eingangstor ab, ordnete ihre vom Wind zerzausten Haare und zog die Kleidung zurecht.

»Sehe ich gut aus?«

Depardieu ließ sich auf die Seite fallen.

»Na, danke!« Sie kniete sich zu ihm und kraulte ihm den Bauch. Das mochte er sehr. »Und jetzt auf, du Faulpelz. Bewerbungsgespräch.«

Das Schwarz der Nacht mischte sich bereits wie starker Kaffee in den Himmel, und die bunten Lampionketten in den Baumkronen waren erleuchtet. Die Insekten hatten den Ball um sie herum genau wie die Menschen darunter bereits eröffnet. Ein alter Mann saß zusammengekrümmt auf einem Barhocker, sein

Accordéon in den Händen, und spielte. Ein junger Mann schlug begleitend auf eine Art Teekiste ein. Dazu tanzten zwei ältere Damen zusammen Walzer, während andere Gäste dieser Feier sich wie Tanzbären im Kreis drehten.

Lilou stand einige Zeit beobachtend im Schatten, ihre Schulter ruhte an einem Baum. Depardieu legte sich zu ihren Füßen in das hohe, ungeschnittene Gras. Sie atmete das Lachen, das Singen, die Freude ein, den festlich gedeckten Tisch mit all seinen Speisen, das Flackern der Kerzen im leichten Abendwind, den kunterbunt gemischten Haufen Menschen.

Als sei es ihre eigene Feier und dies ihre Freundesschar.

Ginge sie jetzt einige Schritte weiter, würde die Illusion wie eine schillernde Seifenblase platzen. Und das wollte Lilou nicht. Denn genau so hätte sie sich ihr Fest gewünscht: Freunde, die laut und herzlich lachten, Kinder, die unter die Tische krochen, Hunde, die kläffend zwischen den Tanzenden hochsprangen, und Cidre und Calvados bis zum Abwinken. Der Mann am Accordéon wäre ihr Onkel Jean, Schifffahrtskapitän a. D., und er würde seltene Briefmarken aus der Karibik sammeln. Die beiden tanzenden alten Damen wären ihre verrückten Großcousinen aus Marseille, von denen jeder wusste, dass sie gar nicht verwandt waren, aber keiner etwas dazu sagte. Die Kichernden unter dem Tisch wären die Kinder ihrer Schwester, und den Cidre auf dem Tisch hätte ihr Mann, Marc, gekeltert, neueste Ernte, und er schmeckte allen. Ihre Eltern saßen am Rand der Tanzfläche, sich an den alten, knittrigen Händen haltend und stolz auf ihre sich wirbelnde Tochter blickend.

Alles war gut.

Dann plötzlich stand jemand neben ihr.

»Kann ich Ihnen helfen?«

Das tun sie alle schon längst, wollte Lilou sagen, doch sie lächelte stattdessen wie ein beim unerlaubten Naschen ertapptes Kind. »Ich bin hier wegen einer Annonce von Jules Lignier. Ich weiß, die Uhrzeit ist sehr ungewöhnlich, aber das ist die

Annonce ja auch, und ich war gerade in der Nähe. Also, ich und Depardieu.« Sie deutete auf den friedlich schlafenden Mastiff.

»Eine Annonce? Davon wusste ich gar nichts.« Die komplett in Grau gekleidete Frau musterte Lilou. »Für was denn?«

»Als Haushälterin für seinen Vater. Sie war ganz süß formuliert.«

Die fein gezupften Augenbrauen der Frau gingen weit nach oben und bildeten zwei ratlose Halbmonde. »Da sprechen Sie am besten … mit unserem Geschäftsführer. Wenn einer etwas weiß, dann sicher er.«

»Welcher ist er?«, fragte Lilou und blickte zu den Feiernden.

Die Frau schüttelte den Kopf. »Er sitzt dahinten.«

Erst jetzt fiel Lilou auf, dass am Rande der Feier, genauso im Dunkeln wie sie selbst, ein Mann auf einem Klappstuhl saß. Das linke Bein hatte er lässig auf einen Cidre-Karton gelegt, das rechte wippte leicht im Takt. Er war groß, sicher über einen Meter achtzig, und trug sein dunkles Haar kurz, wie auch seinen Bart, alles ganz akkurat. Seine Züge waren kantig, seine Wangenknochen hoch. Das Brillengestell mit den runden Gläsern schien eher zu einem älteren Mann zu passen, doch es verlieh seinen Augen noch mehr Klugheit. Er war fraglos schön, und doch schien er dies nicht herausstellen zu wollen, vielleicht war es ihm nicht einmal bewusst. Obwohl der Weg über das Gras eben war, kam es Lilou vor, als ginge sie bergab, so leicht wirkten ihre Schritte zu ihm. Da der Vater des kleinen Jules vermutlich hier auf dem Landgut arbeitete, würde sie den Geschäftsführer sicher häufiger zu Gesicht bekommen.

»Herr Geschäftsführer, hier ist jemand für dich«, sagte die Frau zu ihm, und der Mann drehte sich zu ihr, schien wie aus einem Tagtraum zu erwachen. Er sah Lilou gleichermaßen überrascht wie interessiert an. »Kennen wir uns?« Die Stimme des Mannes war tief und sanft.

Lilou schüttelte den Kopf. »Ich suche den Vater des kleinen Jules.«

Der Mann stockte. »Tja«, setzte er an, doch Lilou unterbrach ihn, bevor er weiterreden konnte. Denn sie wollte ein Spiel mit ihm spielen.

»Ist es der am Accordéon?« Lilou zeigte hinüber.

»Philippe? Nein. Auch wenn das einiges erklären würde.«

»Dann der dort drüben mit dem Gehstock? Er hat schöne Augen. Auch im Alter noch sind sie schön. Er hat sie sicher an seinen Sohn vererbt.«

»*Étienne*?«

Nun sprach die Frau neben Lilou wieder. »Étienne hat tatsächlich schöne Augen. Damit hat er etliche Frauen rumgekriegt. Da hat sein Sohn Glück gehabt.«

»Aber jetzt hat er den grauen Star«, antwortete der Mann, dessen Augen, wie Lilou nun erkennen konnte, sie an dunkles Tropenholz erinnerten, aber nicht raues und unbehandeltes, sondern wie mit feinem Tuch zum Glänzen gebrachtes. »Sie haben mir noch gar nicht verraten, warum Sie Jules' Vater suchen?«

»Wegen der Annonce.«

Der Mann schüttelte den Kopf. »Soweit ich weiß, und ich bin gut informiert, was ihn angeht, sucht er niemanden. Es tut mir sehr leid, dass Sie sich umsonst die Mühe gemacht haben. Wenn Sie mögen, setzen Sie sich dazu und trinken etwas mit uns. Ich würde mich freuen!«

Sie würde sich nicht abspeisen lassen, nur weil dieser Geschäftsführer meinte zu wissen, was los war. Der kleine Jules hatte die Stellenanzeige ja aufgegeben, und was wusste ein Geschäftsführer schon von den Kindern seiner Angestellten? Nichts! »Bitte bringen Sie mich zu Jules oder zu seinem Vater. Sollen sie entscheiden.«

Die grauhaarige Frau stand immer noch zwischen ihnen, offensichtlich amüsiert, und blickte den Geschäftsführer erwartungsvoll an. Der stand nun auf.

»Sie haben recht, soll Jules' Vater entscheiden. Kommen Sie, es ist nicht weit zu ihm.«

Der Mann humpelte leicht mit seinem linken Bein. Bei jedem Aufsetzen des Fußes zog sich sein Gesicht kurz zusammen, obwohl er viel Energie aufbrachte, dass es niemandem auffiel. Doch gerade dadurch stach es hervor. Lilou hätte ihn lieber gestützt, statt ihm tatenlos zu folgen. Die beiden gingen auf den Trakt des Landguts zu, in dem sich laut den hölzernen Hinweisschildern der Verkaufsraum und die Verwaltung befanden. Alles lag völlig im Dunkeln.

»Schläft er etwa hier?«, fragte Lilou. »Bitte wecken Sie ihn nicht wegen mir! Ich komme morgen wieder. Wie sähe das aus, wenn er meinetwegen aufstehen müsste! Er wäre zu Recht sauer. Und das wäre es dann mit der Anstellung.« Sie machte kehrt, doch die Hand des Mannes schloss sich um ihren Arm.

»Ich wäre sehr überrascht, wenn Sie ihn wecken.«

»Aber seine Laune ...«

»... wird unverändert sein.« Er schloss die gläserne Eingangstür auf und hielt sie für Lilou offen. »Rechts den Gang entlang.«

Die Wände hingen voll mit historischen Fotos der Cidre-Produktion, die mit jedem Schritt den Gang entlang ein älteres Datum aufwiesen. Lilou fühlte sich wie in einem Zeittunnel. Da sie sich dem Lager näherten, wurde auch der schwere, reife Duft des Calvados mit jedem Meter voller, als wäre sie ein Wurm, der sich im Apfel dem Kerngehäuse nähert.

»Was ist das?«, fragte sie und deutete auf eine große Flasche mit Calvados, in der sich auch ein ganzer Apfel befand. Es sah aus wie ein Zaubertrick. Die Flasche stand einzeln in einer Vitrine und wurde angestrahlt.

»Pomme Prisonniere. Eine Spezialität von uns.«

»Ist der Apfel echt?« Lilou trat näher heran. »Wie bekommen Sie den bloß da rein?«

»Er wächst dort drin. Wir stülpen die Flaschen über die bestäubten Blüten und fixieren sie dort mitmilfe von Netzen.«

Lilou ging schnell daran vorbei. »Klingt irgendwie traurig.

Ein Apfel, der Wind und Sonne nicht auf seiner Haut gespürt hat.«

»Stopp«, sagte der Mann mit einem Mal. »Einmal nach rechts drehen. Den Blick senken. Darf ich vorstellen. Jules Lignier senior. Auch bekannt als der alte Grummler.«

Lilou blickte auf ein Foto, das einen groß gewachsenen Mann im Anzug neben einer gewaltigen Apfelpresse zeigte, die von drei schwitzenden Männern in weißen Unterhemden bedient wurde. Er hielt ein Glas mit Most in der Hand, vermutlich frisch aus der Presse, und lächelte in die Kamera. Ein ungeübtes Lächeln, die Muskeln in seinem Gesicht bekamen es nicht völlig überzeugend hin. Der Stolz hatte jedoch feste Furchen in sein Antlitz geschnitten, ein großer Stolz, lange gehärtet, fast versteinert. Ein Stolz, der den ganzen Mann hielt, seinen Rücken gerade machte, die Schultern hob und bis in die Haarspitzen zu führen schien.

Am unteren rechten Rand verlief quer ein Trauerflor.

»Oh«, sagte Lilou.

»Eine herzliche Erscheinung, nicht wahr?«

»Seit wann ist er …?«

»Es sind sieben, nein, acht Jahre. Herzinfarkt. Ganz plötzlich, bei der Arbeit im Büro. Deshalb war ich so überrascht, dass Sie ihn treffen wollten. Er gibt nämlich schon lange keine Stellenanzeigen mehr heraus.«

»Aber sie ist auch nicht von ihm, sondern von seinem Sohn.«

»Wovon reden Sie?«

»Die am Baum. Bei Beuvron-en-Auge.«

Der Blick verriet Unverständnis. »Wir sollten uns setzen. Kommen Sie, mein Büro ist gleich dort um die Ecke.«

Als Lilou den Namen auf der Bürotür las, musste sie laut auflachen. »*Sie* sind Jules Lignier? Der kleine Jules?«

»Mittlerweile schon etwas größer«, sagte Jules Lignier und bot ihr einen Stuhl an.

Lilou faltete die Hände vor den Lippen. »Wie peinlich.«

Jules Lignier ließ sich in seinen Sessel fallen. Kurz sah er etwas auf dem Bildschirm nach, ehe er sich wieder Lilou zuwandte. Er schien in Gedanken ganz woanders gewesen zu sein. »Was haben Sie gesagt, wo Sie die Annonce gesehen haben? In einem Wald?«

»An einem Apfelbaum. Bei Beuvron-en-Auge. Ein Junge, also Jules Lignier, also Sie ...« Lilou stockte grinsend. »Ich finde das, ehrlich gesagt, irre komisch.« Sie atmete tief ein und setzte sich. »Also er, Sie, suchte jemanden, der sich um seinen Vater kümmert, weil diesem alles über den Kopf wächst und er sein Glück verloren hat. Er suchte jemanden, der seinen Vater wieder zum Lächeln bringen würde.«

Lilou sah, wie die Erinnerung einem wärmenden Sonnenaufgang gleich über Jules Ligniers Gesicht zog und er langsam nickte.

»Ja, der Junge, das bin tatsächlich ich gewesen. Hatte es schon ganz vergessen.« Er zog die Schublade seines Schreibtischs auf und holte eine mit Fußballbildern beklebte Zigarrenkiste und aus dieser wiederum ein Schnitzmesser mit verrosteter Klinge heraus. »Und hiermit habe ich es geschrieben. Sie sind leider ein paar Jahre zu spät. Mein Vater hätte Sie gut gebrauchen können.« Er blickte nicht auf.

Es war Lilou, als falte sich ihr Herz zusammen. Sie hatte so gehofft, dass diese kleine Anstellung das Geschenk des Schicksals an sie sein würde. Doch nun war ihr Geburtstag nur eine Aneinanderreihung von Enttäuschungen mit der allergrößten zum Schluss. In diesem Moment wurde ihr klar, wie schnell und ohne Sicherheitsleine sie sich verliebt hatte in diese Gruppe von Menschen, in dieses Fest, und wie sehr sie ein Teil davon sein wollte, die Haushälterin des einsamen Apfelbauern. Lilou begriff, wie ein romantisches Ideal sie gepackt hatte, ohne dass sie seinen sanften Griff bemerkte hatte.

»Ich muss gehen«, sagte sie und stand auf.

»Lassen Sie mich Ihnen eine Flasche mitgeben für Ihre Mühe. Sie sind die Erste, die sich jemals darauf gemeldet hat.«

»Auf Wiedersehen.« Lilou drehte sich um. »Leben Sie wohl.«

»Warten Sie …«

Doch Lilou war bereits aus der Tür. Ihre Schritte wurden immer schneller, und es gelang ihr nur mit viel Kraft, nicht zu rennen.

Depardieu nagte unter seinem Baum entspannt an einem Knochen und ließ sich von ihr dabei nicht stören. »Wir gehen«, sagte sie. »Komm, mein Alter.«

Doch Depardieu kaute weiter.

Eine Hand legte sich auf Lilous Schulter. »Was ist mit Ihnen, meine Liebe? Sie sehen schlecht aus. Sind Sie krank?« Es war wieder die Frau von vorhin. Echte Sorge stand in ihrem feinen Gesicht.

»Nein, es ist nur mein Geburtstag.« Lilou wandte das Gesicht ab. Nicht wieder weinen.

»Was hat Jules zu Ihnen gesagt? Hat er Ihnen die Stelle nicht gegeben?«

»Es gibt keine Stelle! Es hat nie eine gegeben!«

Die Frau runzelte die Stirn. »Kommen Sie, wir gehen ein paar Schritte. Mögen Sie vielleicht ein Glas Cidre?«

Lilou schüttelte den Kopf und sah zum Fest. Sie wollte fort. Und doch nicht. Sie wollte fort, weil sie nicht bleiben durfte. Doch sie spürte, dass sie nicht in der Verfassung war, nun den weiten Weg zurückzufahren, dass sie erst wieder zur Ruhe kommen musste. »Darf ich vielleicht noch etwas für mich hier sitzen und einfach zuschauen? Wissen Sie, es ist ja mein Geburtstag, und es wäre wie ein kleines Geschenk für mich. Nur hier sitzen, ich tanze auch nicht oder so. Ich brauche auch nichts zu essen oder zu trinken. Nur sitzen und der Musik lauschen. Ja? Ginge das?«

Die Frau nickte. »Ich hole Ihrem Hund noch ein Schälchen Wasser. Nach dem großen Knochen wird er sicher Durst haben.«

Jules trat aus dem Südtrakt, sah der Frau nach, bis sie im Dunkel der Apfelbäume verschwand. Wie gern hätte er mit ihr noch ein Glas getrunken, doch sie war geflohen. Und er kehrte zurück zu seinem dunklen Büro mit dem blau strahlenden Bildschirm. Jules aktualisierte die Seite, mit einer Mischung aus Vorfreude und Vorenttäuschung. Immer noch nichts. Mittlerweile kam es ihm sogar vor, als würde beim Fest nicht französische Musik gespielt werden, sondern alte schwedische Volksweisen.

Mit einem Mal flackerte die Neonröhre über ihm und flutete den Raum mit kaltem Licht. Der General kam herein, doch er sprach nicht zu Jules, sondern steckte den Kopf, samt Zigarette im Mundwinkel, wieder aus der Tür hinaus.

»Claudette! Hattest recht! Hier steckt er. Kannst aufhören zu suchen.«

Kurze Zeit später standen Claudette und auch ihre Mutter neben dem General im Raum. Es war Claudette, die nun sprach. »Jules Lignier, du wirst diese Frau als Haushälterin einstellen. Für eine Probewoche.«

Jules winkte ab. »Darum dieser Aufstand? Ich brauche doch niemanden. Und wer sagt, dass sie das überhaupt kann? Hast du Referenzen gesehen?«

»Eine Woche.«

»Das geht niemals gut, Claudette.«

»Wenn du es nicht machst, kümmere *ich* mich ab jetzt um dich. Und das willst du ganz bestimmt nicht.«

Jules trat entschieden mit dem Fuß auf, um seine Gesundheit zu demonstrieren. Der Schmerz schoss wie ein Stromstoß durch seinen Körper, und er stöhnte auf.

»Da siehst du es. Dann sind wir uns ja einig«, sagte Claudette. »Sie fängt morgen an. Und jetzt sag es ihr.«

Sie blickte ihn an. Jules wusste, dass er es machen musste. Sonst gäbe sie keine Ruhe. Die eine Woche würde er schon rumkriegen. Immerhin würde er dadurch die Chance erhalten, diese Frau näher kennenzulernen. Sie würde danach schon selber einsehen, dass er keine Haushälterin brauchte, und Claudette wäre zufrieden. Der schwedische Auftrag würde zudem viel Arbeit bedeuten, da konnte ein wenig Entlastung tatsächlich nicht schaden.

»Hast du eine Telefonnummer, unter der ich sie erreichen kann?«

Claudette blieb ganz ernst. »Ja, die habe ich. Vierter Apfelbaum links. Und jetzt raus mit dir.«

Sie saß dort ganz in sich gekehrt, so ruhig, als wäre sie mit offenen Augen eingeschlafen. Jules wurde unsicher, als er sich ihr näherte. Zwar hatte er oft mit Anstellungen zu tun, doch diese hier fühlte sich anders an. Fast, als würde er ihr einen Antrag machen, dabei hatte doch nicht er, sondern sie sich um die Stelle beworben. Merkwürdig, was das Empfinden einem manchmal für Streiche spielte, dachte Jules und trat zu ihr. Die Frau blickte auf.

»Ich gehe schon.« Sie erhob sich.

»Nein, bleiben Sie bitte sitzen. Ich bin nicht hier, um Sie zu verscheuchen.« Jules drückte sie sanft wieder auf den Sitz und spürte die Anspannung in ihrer Schulter.

»Mademoiselle …«

»Lilou. Einfach Lilou. Leflaive, das sind meine Eltern.«

»Lilou, Sie bekommen eine Chance. Eine Woche.«

»Aber wie soll ich mich denn um Ihren Vater kümmern? Grabpflege?« Sie schaffte ein angedeutetes Lächeln. Es war wie die Flamme eines kleinen Teelichts in einer dunklen Winternacht.

»Ich selbst brauche Ihre Hilfe. Findet zumindest Claudette dort drüben.« Die Angesprochene stand in Sichtweite, die Arme verschränkt. »Lächeln Sie bitte etwas mehr, Lilou, sonst bekomme ich mächtig Ärger. Und für Ärger habe ich gerade gar keine Zeit. Ich muss wieder an den PC, ein wichtiges Geschäft.«

»Wollen Sie denn auch, dass ich eine Chance bekomme?« Ihr Blick war fordernd.

Jules zögerte. Er wusste eigentlich gar nicht, was er wollte. Trotzdem sagte er nun: »Ja, das will ich auch. Zurzeit habe ich etwas Probleme mit meinem Bein. Demnächst gehe ich zum Arzt, und dann wird bald alles wieder gut sein. Aber so lange wäre ein wenig Unterstützung nicht schlecht. Und Sie sind, nun ja, die einzige Bewerberin.« Er hob fragend die Augenbrauen, als Lilou nichts erwiderte. »Bitte?«

Lilou stand auf und reichte ihm mit einem breiten Lächeln die Hand. »Das war jetzt nicht unbedingt das Charmanteste, was ich je gehört habe, aber ich akzeptiere! Wann fange ich an?« Sie ließ keine Pause für Jules, um zu antworten. »Ich fange morgen an, das wird das Beste sein. Wann stehen Sie auf? Ich bin eine halbe Stunde vorher da. Legen Sie den Schlüssel unter die Fußmatte. Ich brauche nur noch die Adresse.« Sie holte einen Stift aus ihrer Tasche und schrieb sich die vom verdutzten Jules genannte Adresse auf den Arm.

Dann lief sie schnell zur Tanzfläche und tanzte mit dem nächstbesten Mann, bis ihr herrlich schwindlig wurde.

Der Hals wird warm
Weich und farbenfroh die Seele
Jedes Glas leert sich

Gustave Eiffel

Die Villa

Lilou blickte in den Spiegel, während die wärmenden Strahlen der Morgensonne durch das Fenster fielen, welches seit Wochen hätte geputzt werden müssen. Wie kleidete man sich als Haushälterin? Kam man in Schürze? Trug man einen matronenhaften Dutt? Audrey Hepburn blickte Lilou von ihrem Foto in der Ecke des Spiegels geheimnisvoll an. Die Hollywood-Diva würde wohl selbst als Haushälterin ein kurzes Schwarzes von Chanel tragen. Aber dies war die Normandie und nicht New York. Deshalb blieb Lilou bei Jeans und weißer Bluse mit hochgekrempelten Ärmeln, ihre wilden Haare steckte sie hoch. Ganz wichtig war zudem der richtige Blick. Lilou übte einen strengen, der den Schmutz im Haus von Jules Lignier in die Schranken weisen würde.

Lange hielt sie es nicht aus, bis sie lachen musste.

Mademoiselle saß auf der Dielenkommode und beobachtete sie mit ihren durchdringenden Katzenaugen, in denen sich Neugierde und Unverständnis über die Menschheit zu vermischen schienen.

»Da machst du große Augen, was? Ich als Haushälterin! Dabei weiß ich weder, was ich arbeiten muss, noch wann oder wie viel ich dafür bekomme. Nichts!«

Mademoiselle neigte den Kopf zur Seite und begann, sich die rechte Hinterpfote zu lecken.

»Ja, leck du nur deine Füße, Angeberin. Solange ich in Villers-sur-Mer bin, pass du bitte auf die Praxis auf. Ich schreibe ein Schild, dass heute Nachmittag ab drei Sprechstunde ist. Länger wird das wohl nicht dauern, oder? Ach, du hörst mir ja gar nicht zu. Sich die Pfoten zu lecken muss sehr faszinierend sein.« Sie entschied sich doch für einen Pferdeschwanz, der ihre Locken halbwegs zähmte. »Soll ich dir Depardieu hierlassen? Er hat deinen Napf übrigens schon ins Visier genommen.«

Mademoiselle blickte erschreckt auf und sprang von der Kommode. Lilou nahm es als Antwort.

In Villers-sur-Mer blieb sie noch einige Minuten in ihrem Auto sitzen, einem knallroten Renault, den sie vermutlich bald verkaufen musste, und blickte auf Jules Ligniers Belle-Époque-Villa. Die tannengrünen Fensterläden waren verschlossen, der Efeu rankte ungebändigt empor, der ganze Garten war ein Wuchern, dessen einziges Sinnen darin zu bestehen schien, das Haus unter sich zu bedecken. Von der Terrasse aus blickte man über die Uferpromenade auf den Nordatlantik. Auch die tosenden Wellen schienen es auf das Haus abgesehen zu haben, nach ihm zu trachten. Doch die Mauern der alten Villa wirkten fest und schwer. Es war ein Haus, das Sicherheit versprach, wie eine kleine Festung.

»Komm mit, Depardieu. Und benimm dich. Sabber nirgendwohin, ja?«

Herrgott, ich rede mehr mit meinen Tieren als mit Menschen, dachte Lilou. Das muss sich im neuen Lebensjahr ändern.

Jules Lignier hatte den Schlüssel unter den Kübel mit dem Buchsbaum geschoben, der in grauer Vorzeit die Form einer Kugel gehabt haben musste. Sie brauchte einige Kraft, um die alte Holztür aufzusperren, denn diese hatte sich verzogen. Drinnen war es kühl, der Boden mit weißen Marmorplatten gefliest, die Decken hoch. Vor ihr führte eine breite, dunkle Treppe empor, die ein gedrechseltes Geländer schmückte.

Das tapsende Geräusch von Depardieus Pfoten auf den kalten Fliesen hallte wie in einer Kirche wider. Lilou folgte ihm, denn er würde sicher schnurstracks zur Küche laufen.

Recht gehabt. Sie war so groß, dass darin ein Dutzend Köche Speisen für ein königliches Festmahl zubereiten könnten. Die eigentliche Küchenzeile war jedoch sehr klein. Lilous erster Griff galt dem Kühlschrank. Eine Packung Milch, Butter mit Salz aus Isigny, ein Stück Pont-l'Évêque, ein noch unberührter Livarot. Neben den beiden Käsestücken lagen Schinken und eine Andouille de Vire, die so eingeschrumpelt war, dass sie sich wahrscheinlich kaum anschneiden ließ. Dafür konnte man mit ihr sicher hervorragend Nägel in die Wand schlagen. Nach einigem Suchen fand Lilou in den Küchenschränken Kaffee, ein Tablett sowie ein wenig Brot und stellte daraus ein Frühstück zusammen, das sie mit einer kleinen Vase samt Blumen aus dem Garten die Treppe hochtrug, wo sich das Schlafzimmer befinden musste.

Sie klopfte an die erste Tür, keine Antwort, sie ging rein und fand ein Zimmer vor, dessen Möbel mit Bettlaken abgedeckt waren. Sie klopfte ans nächste Zimmer, dasselbe. Sie klopfte ans dritte, eine Abstellkammer. Sie klopfte nicht ans vierte, denn dessen Tür war nur angelehnt, und Depardieu drückte sich einfach hinein. Lilou folgte ihm.

Jules Lignier hing halb in seiner Hose. Lilou fand, es sagte alles über die Attraktivität eines Mannes, wenn er selbst in solch einer Pose gut aussah.

Er fuhr herum. »Können Sie nicht anklopfen?«

»Ich dachte, das sei ein leeres Zimmer wie alle anderen auch.«

Depardieu schnüffelte an Jules herum und drohte ihn aus dem Gleichgewicht zu bringen. »Und was macht dieser Hund hier? Seit wann bringt man Hunde mit zur Arbeit? Rufen Sie ihn bitte zurück. Das ist ja ein tollpatschiges Riesenvieh.«

Lilou konnte mit Kritik umgehen. Ihrer Meinung nach. Aber wenn es um ihre Tiere ging, wurde sie dünnhäutig.

»Hätten Sie nicht in einem der anderen drei Zimmer schlafen können? Da habe ich nämlich angeklopft! Verdammt noch mal …«

»Jetzt fluchen Sie doch nicht gleich!«

Aber Lilou war gerade sehr danach. Es sollte doch ein perfekter erster Arbeitstag werden. »Ich wollte Sie überraschen«, sagte sie ein wenig trotzig. »Sie liegen im Bett, ich komme leise rein, öffne die Fensterläden, Sie reiben sich verschlafen über die Augen, ich stelle das Tablett aufs Bett, der Kaffeeduft steigt Ihnen in die Nase, Sie lächeln verschlafen, alles ist gut. Aber nein, Sie müssen es kaputtmachen und hier halb nackt stehen, hinter einer Tür, die nicht mal geschlossen war!«

»Ich werde mich in meinem Haus ja wohl noch anziehen dürfen. Außerdem haben Sie in der Küche einen solchen Heidenlärm veranstaltet, dass ich unmöglich weiterschlafen konnte. Was war der laute Knall?«

»Eine Vase. Die stand unglücklich vor den Tellern.«

»Ach so, und weil sie da unglücklich stand, haben Sie sie von ihrem Leiden erlöst und auf den Boden geworfen?«

»Essen Sie jetzt, oder soll das alles kalt werden?«

Jules Lignier stieg mit seinem kranken Bein umständlich in die Hose, setzte seine Brille auf und blickte zum Tablett. »Das Einzige, was warm sein könnte, ist der Kaffee, und der«, er fühlte an der Tasse, »ist gerade mal lauwarm. Sind Sie eigentlich jemals als Haushälterin tätig gewesen?«

Lilou stellte das Tablett so wütend aufs Bett, dass die Kaffeetasse bedenklich wackelte. »Ich halte einen Haushalt, und alle Bewohner des Hauses sind sehr zufrieden mit mir.«

Depardieu sprang ansatzlos auf das Bett und verputzte das Croque Monsieur mit einem Happs.

Jules grinste. »Na sehen Sie, wenigstens einer freut sich über das Frühstück.«

»Hätten Sie es wie geplant gegessen, wäre das nicht passiert. Das ist allein Ihre Schuld!« Und damit drehte Lilou sich auf dem Absatz um und verließ das Zimmer. Auf der Treppe blieb sie kurz stehen. »Kaffee wird in der Küche serviert! Und reingelassen werden nur angekleidete Männer, die nicht rummäkeln!« Leider gab es auf der Treppe keine Tür zum Knallen.

Jules blickte ihr noch einige Zeit durch die offene Tür nach, dann setzte er sich kopfschüttelnd in den Korbsessel, der neben dem Kleiderschrank stand und welcher knarzte wie ein alter Mann mit morschen Knochen. Sein Bein fühlte sich tauber an, als er sich eingestehen wollte.

Der dicke Hund hatte unterdessen den Kaffee aufgeschlabbert und ließ sich mit einem zufriedenen Grunzen auf den Rücken rollen, alle viere von sich gestreckt. Jules beugte sich zu ihm und gab ihm einen freundschaftlichen Klaps auf die Seite. Er hätte ohnehin nichts essen können, nicht bevor er wusste, ob das Schweden-Geschäft klappte. Dass dieses Land einmal so wichtig für ihn werden könnte! Er war noch nie dort gewesen und hatte auch keinerlei Lust, in den hohen Norden zu reisen. Die Blumenküste war sein Zuhause, schöner konnte es woanders sowieso nicht sein. Doch die Menschen hier tranken nicht genug Cidre, Calvados und Pommeau, dass ihm Schweden egal sein konnte. Dabei tranken sie schon mehr als ordentlich.

Jules hatte das Gefühl, beobachtet zu werden, und schaute in die Richtung, aus der ihn der Blick zu treffen schien. Es war das Hochzeitsfoto seiner Eltern, das neben der Zimmertür auf einer kleinen Kommode stand. Sie, Eleonore, saß auf einem Stuhl, die Hände züchtig im Schoß um den Hochzeitsstrauß geschlossen. Er, Jules senior, stand dahinter, eine Hand auf ihrer Schulter, in der anderen seinen Hut haltend. Eine Pose, die damals schon hoffnungslos veraltet war. Seine Mutter blickte keusch, sein Vater streng und besitzergreifend. Es sah nicht aus wie ein Dokument des schönsten Tages im Leben. Es sah eher aus wie das Porträt zweier zum Tode Verurteilter. Jules hatte den Eindruck, der Vater blicke ihn an, vorwurfsvoll, wegen des schwierigen Schweden-Deals, als hätte er sich einen anderen Sohn gewünscht, der die Dynastie weiterführte. Auf dem Weg zum Badezimmer warf Jules sein Pyjamaoberteil über das Foto.

Der Kaffeeduft schlängelte sich wie eine lockende Schlange durch das Treppenhaus, doch Jules widerstand dem Drang, ihm in die Küche zu folgen, und ging stattdessen in sein kleines Arbeitszimmer, früher die Bibliothek des Hauses. Die ledergebundenen Bücher standen hier in Vitrinen, die Seiten von der Zeit gelb gefärbt, seit Jahren darauf wartend, nochmals gelesen zu werden. Er hatte seinen alten Firmen-PC gestern Abend mitgenommen und hier aufgebaut, die Internetverbindung war schlecht, aber um Mails abzurufen reichte sie. Doch nun dauerte es ewig, bis der Computer startete.

Es klopfte.

»Jetzt nicht«, rief Jules.

Lilou trat ein. »Kaffee. Heiß. Und ich habe angeklopft.«

»Und ich habe ›Jetzt nicht‹ gerufen.«

»Habe ich gehört. Aber später ist der Kaffee kalt, und dann ist das auch falsch. Deshalb wird der jetzt getrunken. Noch ein Croque Monsieur?«

Der Rechner fuhr immer noch die Systeme hoch. »Hat Ihr Hund nicht alles weggefressen?«

Lilou stellte den Kaffee ab und verschränkte die Arme vor der Brust. »Er hat nur das gefressen, was Sie nicht angerührt haben. Besser, als es wegzuschmeißen!«

Jules bemerkte, dass sie vor Zorn rote Wangen bekam. Es sah eigentlich ganz niedlich aus. Bevor er etwas erwidern konnte, sprach sie bereits wieder.

»Was ist eigentlich mit Ihrem Bein?«

»Ach, nichts, verstaucht oder so. Lüften Sie doch oben schon mal die Zimmer, oder putzen Sie die Treppe. Ich muss …«

Die Mails erschienen.

Eine kam aus Schweden.

»Ich kann mir das mal ansehen. Eigentlich bin ich Naturheilpraktikerin.«

»Jetzt nicht.«

Er klickte darauf. Es dauerte.

Die Frau kniete sich neben ihn und packte an sein Bein. »Es ist das linke, nicht wahr?«

Endlich öffnete sich die Mail. Jules las sie nicht Wort für Wort, er suchte nach Signalwörtern, nach der Zusage, der Bestellmenge, einem Terminvorschlag für ein Gespräch über die Details.

Doch nichts davon fand sich.

Es war eine Absage.

Die Frau rollte sein Hosenbein hoch.

»Gehen Sie bitte raus!«

»Es dauert nicht lange.«

»Gehen Sie verdammt noch mal raus! Sofort!«, brüllte er.

Sie zuckte zurück. »Aber ich wollte doch nur helfen!«

Jules zog sein Bein ruppig fort, ein Schmerz raste durch seinen Körper. *»Raus!«*

Sie ging.

Jules las die Mail abermals, vielleicht gab es einen Hoffnungsschimmer. Vielleicht eine Lücke, in der er einhaken konnte.

Irgendwo im Haus wurde eine Tür geknallt, und ein Hund bellte auf.

Es gab keine Lücke. Die Absage war endgültig. Sie hatten sich beim Calvados für einen Pays d'Auge von Château du Breuil entschieden, der immer doppelt gebrannt wurde, die höchste Stufe der Apfelverwertung, und beim Cidre für François David. Gute Erzeuger. Die normalerweise über seinen Preisen lagen. Sie mussten enorme Abschläge gewährt haben. Und er war raus.

Jules schloss die Mail. Und löschte sie. Und schaltete den Rechner aus. Dann starrte er auf den schwarzen Bildschirm. Er merkte, wie sein Brustkorb sich hob und senkte. Er hörte das Blut in seinen Ohren pulsieren. Er spürte die Taubheit in seinem Bein, die sich zu verfestigen schien wie ein Pelz, der sich von innen über jede Zelle legte.

Jules fuhr mit den Händen über seine Augen und weiter die Wangen herunter bis zum Kinn. Erst jetzt fiel ihm auf, dass er noch unrasiert war. Wie in Trance ging er die Treppe hinauf. Das Fenster in seinem Zimmer war geöffnet, das Bett aufgeschlagen, der Pyjama lag gefaltet auf der Matratze – und das Foto seiner Eltern stand umgedreht auf der Kommode. Im Badezimmer fand sich eine Vase mit Nelken und Narzissen, die seine Haushälterin im Garten geschnitten haben musste.

Er dachte schon an sie als seine Haushälterin. Dabei war sie das ja wohl schon nicht mehr. Sie war laut, sie war unverschämt, sie war aufmüpfig, sie war eine Besserwisserin. Sie brachte ihren verfressenen Hund mit zur Arbeit.

Und trotzdem vermisste er sie in der Stille des großen Hauses nun ein wenig.

Lilou drehte die Schiefertafel um, die nun verkündete, dass ihre Praxis geöffnet war. Das Wartezimmer bestand nur aus vier Stühlen, wobei noch selten mehr als einer besetzt war, sah man von Mademoiselle ab, die gerne auf dem Stuhl neben der Heizung lag. Lilou stand hinter der Eingangstür, deren obere Hälfte verglast war, und blickte hinaus auf den leeren Parkplatz vor ihrem Häuschen und den leeren Feldweg, der zu diesem führte. Sie hatte heute Nachmittag zwei Termine, dazu würden wohl drei, vier unangemeldet kommen. Bevor Doktor Philippe Moreau seine Praxis eröffnet hatte, waren es doppelt so viele gewesen, doch es würde reichen. Lilou blickte in die Richtung, wo Villers-sur-Mer lag. Sie brauchte den Job bei diesem Sturkopf nicht. Sie hatte gedacht, es sei ein Zeichen des Schicksals gewesen, dass sie die Schrift in dem Baum gerade an ihrem Geburtstag entdeckt hatte. Aber vielleicht gab es so etwas wie Schicksal nicht. Nur Zufälle, die man so deutete, sich zurechtbog, bis man das Gefühl hätte, es gäbe etwas, das es gut mit einem meinte, das dafür sorgte, dass es gerecht zuging. Aber man hatte wohl nur Glück oder Pech, und mit beidem musste man umzugehen wissen.

Ein Wagen fuhr auf den Feldweg. Es war Madame Becault, die Frau des Bürgermeisters, sie hatte chronische Rückenschmerzen. Doch Lilou dachte nicht »Chronische Rückenschmerzen«. Auch nicht »Asthma«, »Rheuma« oder »Haarausfall«. Sie sagte in ihrem Kopf Alain dazu, sie sagte Catherine, sie sagte Jean-Paul und Emmanuelle. Krankheiten waren ihrer Meinung nach gleich etwas weniger schlimm, wenn sie einen Namen hatten. Dann konnte man auch mit ihnen reden, konnte Alain sagen, dass er sich vom Acker machen sollte.

Madame Becault hatte Jérôme. Und zwar einen großen, breitschultrigen Jérôme. Aber selbst solch einen Jérôme konnte man dazu bringen, sich hinzulegen und zu schlafen, oder, wenn alles gut lief, ihn verscheuchen. Manchmal stellte sich Lilou vor, wie die Krankheiten neben ihren Patienten gingen. Die zierliche Madame Becault öffnete die Fahrertür und der riesige Jérôme die Beifahrertür. Während sie auf das Haus zusteuerte, schritt er hinter ihr her. Lilou sagte ihren Patienten jedoch nichts davon, es war so schon schwer genug, als medizinische Instanz akzeptiert zu werden.

Sie hielt Madame Becault die Tür auf. Und schloss sie wieder, bevor Jérôme hereintreten konnte.

»Wie geht es Ihnen heute, Madame Becault?«

»Gleich besser, jetzt, da ich bei Ihnen bin. Danke.«

»Sie können direkt durchkommen.«

Madame Becault sah zu ihr hoch. »Ich habe das vom ›La Houssaye‹ gehört. Was da gestern passiert ist.«

Lilou versuchte ein Lächeln. »Ich dachte mir schon, dass es sich herumsprechen würde.«

»Es war wirklich Ihr Geburtstag?«

»Ja, ich wollte mir etwas gönnen. Hat nicht funktioniert.«

»Ich kenne den Besitzer. Soll ich mal mit ihm reden?«

»Das ist sehr nett, Madame Becault, aber die Mühe brauchen Sie sich nicht zu machen. Die Sache ist es nicht wert. Dem Restaurant wird es nichts ausmachen, wenn ich nie dort essen gehe, und mir macht es nichts aus, nie dort zu essen.«

Madame Becault strich Lilou liebevoll eine Strähne aus dem Gesicht. »Wie Sie meinen, Kindchen. Und nachträglich herzlichen Glückwunsch.«

Lilou bedankte sich und half Madame Becault im Behandlungszimmer beim Entkleiden. Dann begann die Massage, Lilou ging tief in das Gewebe, all die Verhärtungen des Alltags waren in Madame Becaults Rücken wie Stein geworden, von Jahren der Arbeit. Lilou wusste, dass ihre Patientin aus armen Verhältnissen kam und die Hochzeit mit dem reichen Henri für viel Gerede gesorgt hatte. Sie hatte danach auf dem Hof der Familie geschuftet, ohne sich zu schonen, um allen zu beweisen, dass sie nicht die Falsche war, keine, deren Familie ihre Armut mit Faulheit und Charakterschwäche selbst verschuldet hatte. Madame Becault war immer vorbildlich gewesen, auch im Gemeindeleben. In ihren Muskeln konnte Lilou spüren, dass sie nie losgelassen hatte. Das hatte Jérôme so groß und breit werden lassen. Egal wie viel sie massierte, egal wie tief sie presste, wie viel Wärme sie erzeugte, Madame Becault würde mit Jérôme bis ans Ende ihrer Tage leben müssen. Aber Lilou konnte ihn etwas schrumpfen lassen. Vereinbart war nur eine Dreiviertelstunde Massage, doch Lilou ließ eine Stunde vergehen, ohne mehr zu verlangen.

Als sie sich wieder angezogen hatte, blickte Madame Becault ganz selig drein. »Ich weiß ja nicht, wie Sie das machen, aber ich fühle mich immer so viel besser, nachdem ich bei Ihnen war. Als könnte ich gerader stehen.« Jérôme stand dagegen nun leicht gebückt vor der Haustür. Lilou lächelte. »Ich stelle Ihnen noch einen Tee zusammen, den können Sie in einer guten Stunde abholen.« Der Tee war nicht für ihre Muskulatur, er würde die Verhärtungen in ihrer Seele etwas weicher werden lassen.

»O Kindchen, da kann ich nicht kommen, ich muss jetzt nach Cabourg zum Friseur. Aber ich schicke meinen Mann.« Nachdem sie das Restgeld eingesteckt hatte, sah sie Lilou noch einen Augenblick an und strich ihr über die Wange. »Passen Sie auf sich auf, ja?«

»Mach ich doch immer!« Lilou lachte und brachte Madame Becault zur Tür.

Als diese wegfuhr, kam ihr auf dem schmalen Feldweg ein quietschgelber Renault Clio entgegen, der ohne Diskussion bereit war, die halbe Strecke zurückzusetzen, damit Madame Becault vorbeifahren konnte. Lilou wartete hinter der Tür, um zu schauen, wer kam. Als sie es erkannte, drehte sie das Holzschild wieder auf »Fermé« und ging aus dem Behandlungs- in ihren Wohnbereich.

Kurze Zeit später klopfte es gegen die Tür.

»Mademoiselle Leflaive, ich habe Sie gesehen!«

Es war die grau gekleidete Frau vom Landgut Saint-Ursules, Claudette, und Lilou war klar, was sie wollte, deshalb blieb sie, wo sie war, füllte den Wasserkocher und stellte ihn an. Sie würde nicht antworten. Obwohl Depardieu sie jetzt fragend anblickte und Mademoiselle zur Tür ging, um von der Fensterbank zu schauen, wer da rief.

»Kommen Sie bitte, und lassen Sie uns kurz reden. Ich weiß, wie barsch er manchmal sein kann.«

Das Wasser fing langsam an zu kochen. Depardieu verließ ebenfalls die Küche, um zur Vordertür zu gehen.

Verräter. Beide.

»Nur auf einen Kaffee? Oh, ihr seid aber zwei Schöne!«

Lilou goss sich einen grünen Tee mit Kirschblüte auf. Der würde ihr guttun.

»Mir geht es gar nicht gut«, kam es plötzlich von vorne. Claudette änderte ihre Strategie. »Ich brauche Ihre Hilfe. Wollen Sie mich wirklich abweisen?«

Lilou stellte die große Keramiktasse ab. »Gegen Lügen gibt es leider keine Heilung!«

»Und wie sieht es mit Dickköpfigkeit und unverschämtem Verhalten gegenüber einer Haushälterin aus?«

»Auch unheilbar!«, rief Lilou und nahm einen Schluck Tee.

»Können Sie überhaupt etwas heilen? Oder ist das alles nur Schau? Wenn ein Mann einen guten Kern hat, kann es doch nicht so schwer sein.«

»Einen so guten Kern, dass er nicht einmal selber kommt, um sich zu entschuldigen? Unheilbar!«

Der Tee wärmte Lilou, und er spülte den Ärger hinfort, den sie seit dem Streit mit Jules Lignier in sich spürte. Den Ärger über diesen unfassbar unhöflichen Mann, der sich nicht helfen lassen wollte. Und sie wäre die Letzte, die sich jemandem aufdrängte! Sollte er mit seinem Bein doch bleiben, wo der Pfeffer wuchs.

»Er ist zum Arzt gefahren, nach Caen.«

Lilou ging schnellen Schrittes zur Haustür und öffnete diese. »Nach Caen? Dann muss es ernst sein.«

»Er traut keinem der Ärzte hier, weder in Villers-sur-Mer noch in Beuvron-en-Auge. Vor allem nicht diesem neuen *Parisien*. Den kann er auf den Tod nicht ausstehen.«

Lilou lächelte.

Claudette sprach nun leiser, obwohl niemand in der Nähe war, der sie belauschen konnte. »Jules weiß nicht, dass ich hier bin. Und ich will Sie auch gar nicht überreden zurückzukehren. Nur darum bitten, ihm zuzuhören, wenn er gleich nach dem Arzttermin angekrochen kommt. Und angekrochen kommen wird er.«

»Dafür haben Sie gesorgt, was?«

»Ich habe ihn nur höflich darauf aufmerksam gemacht, was gut für ihn ist.«

»Mit einem Nudelholz?« Lilou kraulte den sich an der Tür streckenden Depardieu hinter den Ohren.

»Wo denken Sie hin? So was würde ich nie tun! Ich habe nur mit einer harmlosen kleinen Gusspfanne gedroht.« Claudette lachte, wurde jedoch schnell wieder ernst. »Geben Sie ihm noch eine Chance, ja? Er braucht jemanden. Und ich habe ein gutes Gefühl bei Ihnen. Und mein Gefühl trügt mich nicht. Nie.« Claudette blickte kurz zu Boden. »Außer bei Männern, in die ich mich verliebe. Dagegen haben Sie wohl auch kein Mittel?«

Lilou schüttelte den Kopf. »Ich wünschte, es wäre anders. Dann würde ich vor lauter Geld in einem Schloss leben. Aber vielleicht brauchen auch nicht Sie eine Medizin. Sondern die Männer.«

Claudette spitzte die Lippen. »Sie geben ihm eine Chance, oder? Ja, das tun Sie ganz bestimmt. Ich muss schnell wieder fort, damit er mich hier nicht sieht. Machen Sie es gut, Mademoiselle Leflaive. Bis bald!«

Ohne einen weiteren Blick ging sie zu ihrem Wagen und fuhr langsam davon.

Was für eine bemerkenswerte und kluge Frau diese Claudette war.

Und wie schön, dass Jules Lignier gleich angekrochen kommen würde.

Lilou drehte das »Fermé«-Schild wieder um und schloss die Tür auf. Dann ging sie zu den großen schwarz lackierten Dosen, die nebeneinander in dem Regal hinter der kleinen hölzernen Theke standen, um mit der grammgenauen Mischung des Tees für Madame Becault zu beginnen. Doch mit den Gedanken war sie woanders. Sie ertappte sich dabei, wie sie sich Sorgen machte um Jules Lignier.

Eine gute Stunde später, sie war gerade im Kräutergarten, klingelte das Glöckchen über der Eingangstür. Sie wischte sich die Hände an ihrer Gartenschürze ab und ging nach vorne in Richtung Empfangszimmer. Kurz bevor sie durch die Tür trat, richtete sie sich die Haare. Doch im Zimmer stand nicht Jules Lignier, sondern Monsieur Henri Becault, der Bürgermeister von Beuvron-en-

Auge. Becault besaß einen Milchhof und lieferte an die Coopérative Laitière, wo er auch im Vorstand saß. Das Bürgermeisteramt hatte er schon so lange inne, dass einige dachten, es hätte nie einen anderen gegeben. Er war groß und schwer, auf eine Art, die sagte, dass er sich das Fett mit seinem schwer verdienten Geld angefuttert hatte. Die Fülle war Zeichen seines Reichtums. Becault konnte nicht anders, als laut zu sprechen, so als stände er auf einem Podium und hielte eine Wahlkampfrede.

»Ah, Mademoiselle Leflaive. Sie sind ja ein wildes Ding, also ich muss schon sagen.«

Lilou stellte sich hinter den Tresen. »Wie meinen Sie das?«

»Keine Sorge, ich mag das an Frauen.« Er zwinkerte ihr verschwörerisch zu.

»Sie meinen wegen gestern im ›La Houssaye‹?«

Er trat nahe zu ihr an den Tresen und stützte sich darauf ab. »Also, wie Sie es diesem Kellner da gegeben haben, Respekt. Sie sind eine Frau mit Pfeffer im Hintern.«

Lilou mochte nicht, dass Becault etwas über ihren Hintern sagte, egal in welchem Zusammenhang. »Ich habe den Tee für Ihre Frau schon fertig, er steht hier, vier Euro fünfzig bitte.«

Becault reichte ihr einen Zehneuroschein. »Stimmt so! Sagen Sie, Sie massieren doch?«

»Nach der Reiki-Methode. Das ist eine alte japanische Technik.«

Becault lehnte sich weiter vor. »Sie massieren doch sicher auch Männer. Ich würde mich nämlich gerne mal massieren lassen. Darf auch ruhig was kosten. Den ganzen Körper, wenn Sie verstehen, was ich meine? Damit die Verspannungen weggehen. Ich glaube, Sie könnten das sehr, sehr gut.«

Er legte seine fleischige Hand auf ihre.

Jules stieg nach dem Besuch der Arztpraxis in seinen Peugeot Transporter und stellte das Radio ab, welches sich mit der Zündung einschaltete. Er wollte jetzt nichts Fröhliches hören. Stattdessen kurbelte er das Fenster herunter und steckte sich eine Zigarette an, die er in einer alten, zerknautschten Packung im Handschuhfach gefunden hatte. Der sich in der Lunge heiß ausbreitende Rauch kam ihm vor wie reinigendes Feuer. Doch er kaute trotzdem auf den Worten herum, die ihm der Arzt gesagt hatte, als wären sie ein zäher, unverdaulicher Kaugummi.

»Wir müssen die Ergebnisse interpretieren. Es gibt zurzeit noch zu viele offene Fragen.«

»Mit anderen Worten, Sie haben keine Ahnung, was es ist?«

»Weitere Tests sind nötig.«

»Aber da ist etwas? In meinem Körper? *Mit* meinem Körper?«

»Ich will mich zurzeit nicht festlegen, verstehen Sie das bitte. Bevor ich etwas Falsches sage, sage ich lieber nichts.«

»Es ist keine übliche Erkrankung?«

»Auch für diese Aussage ist es zu früh. Ich weiß, dass Geduld manchmal schwer ist, aber ich muss Sie darum bitten.«

»Was kann die Krankheit in letzter Konsequenz für mich bedeuten?«

»Vielleicht ist es nichts. Es ist zu früh, um sich Sorgen zu machen.«

»Das schert meine Sorgen nicht. Die brauchen keinen offiziellen Startschuss.«

»Es tut mir leid, aber ich kann es wirklich nicht ändern.«

»Wann kann ich mit einem Ergebnis rechnen? Zucken Sie jetzt nicht mit den Schultern!«

»Aber mir bleibt nichts anderes übrig.«

»Ihr Ärzte wisst ja nicht, wie schlimm Ungewissheit ist.«

»Doch, das wissen wir. Aber Ungewissheit ist unser täglich Brot. Krankheiten sind nicht wie Mathematik. Wir bilden uns das ein, aber es ist leider viel komplizierter. Es ist nicht so, dass man Krankheit A an Symptom B erkennt und Medizin C verschreibt. Wir brauchen viel mehr Buchstaben, als das ganze Alphabet zu bieten hat.«

»Bleiben Sie mir bitte weg mit Ihren Vergleichen!« Jules wurde nun laut. »Geben Sie mir den Namen eines Kollegen. Ich will eine zweite Meinung.«

»Sie haben noch nicht einmal eine erste Meinung.«

Das Gespräch war danach ausfallend geworden. Aber es hatte Jules gutgetan zu brüllen, obwohl er wusste, dass Doktor Dupont tat, was er konnte. Und dass er ein guter Arzt war.

Doch Dupont hatte zu viel gesagt, was Jules nicht hören wollte.

Interpretieren!

Als wäre seine Krankheit ein Gemälde und sein Arzt ein Kunstkenner.

Jules sog lange an seiner Zigarette. Er wollte die Spitze glühen, das Papier sich in Rot verwandeln sehen. Er hasste den Geschmack von Zigaretten eigentlich, und er hasste sich, wenn er rauchte. War es etwa ein Raucherbein? Jeder hatte davon gehört, und doch wirkte es wie ein Mythos, wie Pest und Cholera. Sicher längst ausgerottet. Aber ein Raucherbein hätte Dupont erkannt. Da gab es keinen Interpretationsspielraum.

Jules warf die Zigarette fort und blies den Rauch schnell aus seiner Lunge.

Die Fahrt aus Caen führte ihn am neuen futuristischen Justizpalast im Stadtviertel Presqu'île vorbei. Es beherbergte das Tribunal de Grande Instance sowie das Tribunal d'Instance und sah mit seinen Glasfronten und geometrischen Formen wie das Raumschiff eines fernen Volkes aus. Wenn alles nach Plan gelaufen wäre, würde er dort heute als Rechtsanwalt arbeiten, nationales und internationales Seerecht, vielleicht gerade ein Plädoyer halten. Das war sein Traum gewesen. Viele Jahre. Doch dann war sein Vater erkrankt, und er hatte zurück nach Villers-sur-Mer gemusst, um ihn zu pflegen und das Landgut zu übernehmen. Die Ligniers hatten nicht nur viel Tradition, sie hatten auch Angestellte, und er hatte seinem Vater versprechen müssen, den Betrieb für sie alle und für die Familie weiterzuführen, die Juristerei dranzugeben. Nicht am Sterbebett hatte er das getan, sondern eine gute Woche vorher. Als es auf das Ende zuging, hatte sein Vater nur noch Unsinniges gelallt, hatte geflucht auf dreckigste Art und Weise, dann wieder die lieblichsten Dinge gesagt, bevor er mit dem Schweigen begonnen hatte und sein Atem immer langsamer und flacher geworden war. Jules war bis zum Schluss bei seinem Vater geblieben und hatte ihm die Augen geschlossen.

Nun blickte er geradeaus statt auf den Justizpalast. Das Leben hatte es eben anders mit ihm gemeint. Willst du Gott zum Lachen bringen, dann mach Pläne. So hieß es doch. Er musste Gott schon mehrfach herzhaft zum Lachen gebracht haben.

Erst als er bereits auf der Autoroute 13 Richtung Villers-sur-Mer fuhr, fiel ihm ein, dass er noch zu dieser Frau musste. Claudette würde ihn ansonsten vierteilen.

Sie war wie eine ältere Schwester. Immer schon gewesen. Claudette hatte sich seiner angenommen, als seine Mutter gesprungen war. Sie hatte das getan, was sein Vater nie konnte. Ihn in den Arm genommen, ihm über die Haare gestrichen und sanfte Küsse auf seinen Kopf gesetzt. Mit ihm geschwiegen. Er hatte Claudette nie gesagt, wie dankbar er ihr dafür war. Sie wusste es sicher auch so.

Die Abzweigung Richtung Beuvron-en-Auge tauchte auf, fast hätte er sie verpasst, so sehr war er in Gedanken versunken. Jules spürte ein Widerstreben. Es fühlte sich an, als müsse er sich bei Lilou Leflaive entschuldigen, dabei gab es dazu eigentlich keinen Grund. Sie war schließlich übergriffig geworden. Er wollte sich auch nicht entschuldigen.

Sicher würde sie dies zuerst tun.

Was hatte er schon gemacht? Sie des Hauses verwiesen. Das tat man eben manchmal in der Erregung! Jules wusste, dass er sich belog, doch er wollte die Wahrheit gerade nicht bei sich haben.

Nur ein kleines Schild wies auf den Feldweg hin zum Haus von »Lilou Leflaive – Médecines Alternatives Naturelles«. Es war nicht an einem groben Holzpfahl angebracht, sondern an einer Metallstange, und es war nicht handgeschrieben, sondern vierfarbig geprägt, mit einem Logo, das eine schön gemusterte Muschel zeigte. Er hielt kurz, um den Text zu lesen. Sie war tatsächlich eine ausgebildete Naturheilpraktikerin. Mit Zertifikat.

Jules fuhr weiter und hielt vor dem Haus neben einem glänzenden SUV, der dort parkte.

Als er zur Tür hereintrat, sah er den Mann, der über den Eingangstresen gebeugt stand und seine Hand auf die von Lilou Leflaive gelegt hatte, welche darunter völlig verschwand. Er schien Jules' Eintreffen nicht mitbekommen zu haben.

»Wir können nach Paris, dort gibt es viele Sternerestaurants. Viel bessere als das ›La Houssaye‹. Ich lade dich ein.«

»Nein danke. Ich muss jetzt auch ganz dringend wieder arbeiten. Grüßen Sie bitte Ihre Frau ganz herzlich von mir.« Lilou entzog ihm ihre Hand.

»Ich will aber gerade lieber über dich als über meine Frau reden.«

Jules räusperte sich.

Der Mann drehte sich um. Es war, als würde man einem Gebirge dabei zusehen, wie die tektonischen Platten es falteten.

»Herr Bürgermeister, ich wusste ja gar nicht, dass Sie sich auch für Naturheilkunde begeistern.«

Henri Becault lächelte, als habe Jules einen Scherz gemacht. »Hole nur etwas für meine Frau ab.« Er wandte sich wieder an Lilou. »Ich komme ein andermal wieder, dann reden wir weiter.« Er ging schnellen Schrittes zur Eingangstür.

»Das ist nicht nötig. Ihrer Frau wird es sicher bald besser gehen. Adieu!«

Becault drehte sich noch einmal um und zwinkerte ihr zu.

Bevor sie etwas dazu sagen konnte, war er bereits hinaus.

Jules sah sie erwartungsvoll an, offensichtlich hatte er ihr gerade aus einer unangenehmen Lage geholfen. Doch Lilou hob nur das Kinn.

»Ich warte.«

»Worauf?«

»Ihre Entschuldigung.«

»Ich habe Ihnen gerade den Bürgermeister auf Freiersfüßen vom Hals geschafft.«

»Indem Sie sich geräuspert haben? Wirklich heldenhaft! Also: Ich höre.«

Depardieu und Mademoiselle näherten sich nun dem Neuankömmling, jeder von einer Seite. Sie wirkten wie Löwen auf der Jagd.

»Sind das Ihre?«

»Lenken Sie nicht ab. Die Entschuldigung steht noch aus.«

Er ging in die Knie und strich den beiden über die Köpfe. »Ihr seid ja zwei Schöne.«

»Lassen Sie Ihre Komplimente mal stecken. Das eine ist Depardieu, der Ihr Frühstück wegfraß. Da fanden Sie ihn überhaupt nicht schön.«

Jules stand auf und trat zu Lilou. »Es tut mir leid, in Ordnung? Ich war gereizt, weil ein großer Auftrag ... Ach, ich will nicht darüber reden. Und dann fummelten Sie an meinem Bein rum. Und überhaupt, plötzlich jemanden im Haus zu haben. Das war so ungewohnt. Und dann sehen Sie mich auch noch in Unterhose. Das war nicht schön.«

»Dann sind wir schon zwei, die das nicht schön fanden.« Ein Lächeln umspielte Lilous Lippen.

»Ja, also, so war das. Ich sag das jetzt nicht zweimal.«

»Das war so ungefähr die mieseste Entschuldigung, die ich je gehört habe.«

Jules blickte sie an und musste grinsen. »Ja, das war sie, oder?«

»Ich glaube, mit Abstand. Und Sie haben noch etwas vergessen.«

»Was denn?«

»Dass Sie mich wieder einstellen wollen.«

»Ach, das versteht sich ja von selbst. Das muss ich nicht extra sagen. Man muss nicht alles aussprechen.«

»Das ist ein sehr männlicher Irrglaube.« Lilou ging um den Tresen zu Jules herum und gab ihm einen Kuss auf die Wange, bevor sie mit ihrem Mund ganz nahe an sein Ohr kam.

»Der war fürs Räuspern.«

Zuckersüß der Apfel
Zitronensauer die Miene
Ineinanderfließen

Gustave Eiffel

Wellen

Die Kämme der heranrauschenden Wellen zogen weiße Kreidestriche ins Meer, die der Schein des Mondes hell erstrahlen ließ. Sie näherten sich sanft, wie Streicheleinheiten für den Strand. Jules genoss ihren Anblick. Das hatte er immer schon getan. Obwohl sie damals auch unbeteiligt über den leblosen Körper seiner Mutter gestrichen hatten, als läge da kein Mensch am Strand, als wäre alles wie immer. Und hier, nahe den Klippen der Schwarzen Kühe, wurde er immer wieder daran erinnert. Deshalb blickte Jules nun in die andere Richtung, nach Le Havre, das weit in der Ferne mit seinen vielen Lichtern wie eine Stadt aus der Zukunft schien.

»Wie schmeckt er dir?«, fragte Claude und hob sein Glas empor, um den Mond hindurchscheinen zu lassen. »Zwanzig Jahre alt.«

»Er ist sanft«, erwiderte Jules, der sich anstrengen musste, denn es interessierte ihn kaum, wie etwas roch oder schmeckte. Calvados war eine Ware, die er verkaufen musste. Seine Leidenschaft für den Handel mit Schrauben oder Elektrokabeln wäre genauso groß gewesen. Er setzte die Brille kurz ab, weil es ihm half, sich ganz auf seine Nase zu konzentrieren.

»Und?« Claude beugte sich in seinem Rattansessel nach vorn.
»Noch mit einer klaren Apfelfrucht. Saftig.«
»Und?«
»Feine Haselnussaromen.«
»Und was noch?«

Jules nahm einen Schluck. »Ja, da ist noch etwas, du hast recht. Warte. Gleich habe ich es. Moment noch, ja, jetzt! Er … macht herrlich betrunken.« Jules blickte feixend hinüber zu dem alten Freund. »Du kannst es echt nicht lassen, oder? Ich komm mir ja vor, als wäre ich noch in der Schule.«

Claude lehnte sich schmunzelnd zurück und nahm ebenfalls einen Schluck, sehr langsam, und als der erste Tropfen über seine Lippen fuhr, schloss er die Augen. Erst nachdem er dem wärmenden Geschmack in Gaumen und Hals nachgespürt hatte, sprach er wieder. »Du weißt doch, die Schule des Lebens endet erst mit dem Tod. Aber statt eines Abschlusszeugnisses gibt es einen Sargdeckel. Willst du mir jetzt endlich sagen, was dich bedrückt?«

»Ist es so offensichtlich?«

»Ja.«

Jules nahm einen weiteren Schluck. »Ehrlich gesagt, mag ich nicht darüber sprechen.«

»So warst du früher schon. Hast immer alles für dich behalten, mit dir selbst ausgemacht.« Claude stand auf und trat an das aus Sandsteinen gemauerte Terrassengeländer. Seine Villa lag etwas höher als die von Jules, sie war beeindruckender, wies mehr Historie auf – und ihre weißen Fensterläden blieben fast immer geschlossen. Viele Menschen in Villers-sur-Mer dachten, hier lebe niemand mehr. Das pastellene Gelb der Hauswände blätterte an vielen Stellen ab, und die Dachziegel waren moosbedeckt. Claude ließ sich seine Lebensmittel vom Supermarkt an der Rue des Belges bringen, dessen Besitzer er gebeten hatte, nicht darüber zu reden. Sein Haus hielt er selbst sauber. Claude war gerne für sich, und Jules vermutete, dass ihr wöchentliches

Treffen am Donnerstagabend seinen einzigen nennenswerten Kontakt mit der Außenwelt darstellte. Doch Claude war keineswegs verlottert, ganz im Gegenteil. Er war stets penibel gekleidet, seine Haare sahen aus, als ginge er täglich zum Friseur, seine Finger, als führe sein Weg danach zur Maniküre. Er hielt sich auch mit seinen nunmehr dreiundsechzig Jahren in Form, absolvierte jeden Tag Turnübungen und kochte, als gelte es, drei Michelin-Sterne zu erringen. Claude war der perfekte Gentleman, häufig in Weiß gekleidet, mit Halstuch und fast nie ohne Sonnenhut anzutreffen. Selbst wenn er sich, wie es seine Art war, im Haus aufhielt. Claude war einst Lehrer gewesen, auch Jules' Lehrer. Dann hatte er geerbt, sein Unternehmen, welches Calvados produzierte, verkauft, und sich zurückgezogen. Er hatte nie gesagt, warum. Und Jules hatte mehr als einmal gefragt, wenn die Stimmung gelassen war, man sich Vertraulichkeiten erzählte und der Alkoholanteil in den Arterien und Venen über dem der roten Blutkörperchen lag. Doch Claude hatte stets nur gelächelt.

»Du behältst auch vieles für dich, Claude.«

»Ja, wir sind uns sehr ähnlich. Die Frage ist, ob wir dafür dankbar sein sollten. Was ist mit deinem Bein? Du ziehst es stärker nach als letzte Woche.«

»Das ist genau das, worüber ich nicht reden möchte.« Jules setzte sein Glas wieder an. Aber nicht, um über die Aromen des Calvados nachzudenken, sondern einfach nur, um ihn trinken.

»Dann über deine neue Haushälterin?«

Jules hätte sich fast verschluckt. »Woher weißt du denn davon?«

»Ich habe meine Quellen.«

»Darüber will ich auch nicht reden.«

»Hast du sie geküsst?«

Jules stand auf – und bereute es sogleich, denn sein Bein schmerzte durch die plötzliche Bewegung. »Was ist das für eine Frage? Sie war erst einen Tag bei mir, und ich habe sie gleich wieder rausgeschmissen. Da ist nichts zwischen uns.«

»Kannst du überhaupt noch eine Frau küssen? Wissen deine Lippen noch, wie das geht? Wie sie sanft und doch mit verlangendem Druck die der Auserwählten berühren müssen?«

»Sag mal, hast du dir was in den Calvados getan? Wie redest du denn?«

Claude schwenkte sein Glas, schnupperte an dem bernsteinfarbenen Elixier und nahm einen langen Schluck. »Ich habe sie gesehen. Als sie wütend davongebraust ist. Sie war sehr schön, als sie wütend war.«

»Claude, ehrlich, ich habe im Moment ganz andere Sorgen. Und weder ein Interesse an einer Beziehung noch an dieser Frau.«

»Weißt du, Jules, küssen lernt man mit jeder Frau neu. Also wenn man wirklich küsst, sich auf den Kuss einlässt. Es gibt schreckliche Küsser, die immer ganz genau gleich küssen. Es ist, als würden sie ein Band laufen lassen, das stets dieselbe Melodie spielt. Irgendwann leiert es dann aus. Das sind Küsse, die immer deprimierender werden, je öfter man sie spürt. Weißt du noch, wann du das letzte Mal geküsst hast? Ich meine das Jahr?«

»Ich. Will. Sie. Nicht. Küssen. Themawechsel. Bitte. Sonst bin ich gleich weg.«

»Das Jahr, Jules. Und ich rede nicht mehr darüber, ob du sie küssen solltest. Denn so etwas muss man in sich selbst spüren.«

»Ich weiß es nicht mehr.«

»Doch, du weißt es.« Claude kam zu ihm und legte den Arm um Jules' Schulter. »Aber wenn du mir dieses Jahr nicht sagen willst, dann verrate mir das Jahr deines ersten Kusses.«

»Wieso willst du das wissen? Ist das irgendeine Art von Kuss-Horoskop?«

»Verrat es mir einfach. Oder vertraust du mir nicht?«

Jules senkte den Kopf. »Ich würde dir mein Leben anvertrauen, Claude.«

Der alte Freund schluckte kurz. »Dann vertrau mir das Jahr deines ersten Kusses an. Du wirst es nicht bereuen.«

»Vorher muss ich noch einen trinken.« Jules schenkte sich nach. »Es ist nämlich etwas peinlich.« Er leerte das kleine tulpenförmige Glas in einem Zug.

Claude goss nach und stieß mit ihm an. »Du musst es nicht im Detail erzählen, das Jahr reicht.«

Jules holte tief Luft. »Es war mit Yvette, der Tochter von Reinier aus dem Blumenladen. Ich sollte einen Strauß für meine Mutter abholen. Sie stand im Laden, da ihr Vater kurz zur Post musste. Yvette sagte, sie müsse mir hinter dem Tresen etwas zeigen. Dort schubste sie mich dann um, setzte sich auf mich und drückte mir einen Kuss auf die Lippen.«

Claude schüttelte den Kopf. »Der gilt nicht. Ich meine deinen ersten richtigen Kuss.«

»Der erste richtige? Der erste voller Leidenschaft und Begehren? Der erste, der nicht mehr enden wollte?«

Claude nickte zufrieden. »Ja, den meine ich. Ich vermute ja, dass Chloé die Auserwählte war. Seit ihre Eltern aus Dijon hergezogen waren und sie in deine Klasse kam, hatte Chloé ein Auge auf dich geworfen. Obwohl das eigentlich alle Mädchen getan haben. Die Jungen wollten dich vermöbeln und die Mädchen dich küssen.« Claude setzte sich wieder hin und lud Jules mit einer Geste ein, ebenfalls wieder auf den Rattansesseln der Terrasse Platz zu nehmen. »War es Chloé?«

Jules setzte sich mit einem breiten Grinsen hin. »Nein, auch Yvette. Zwei Jahre später. Also jetzt vor, warte, neunzehn Jahren. Diesmal kam ich in den Laden, weil ich wusste, dass ihr Vater auf dem Blumenmarkt war und sie Dienst hatte. Ich hatte draußen gewartet, bis kein Kunde mehr drin war. Dann bestellte ich einen aufwendigen Strauß, den sie in dem kleinen Hinterraum binden musste. Als sie daran zugange war, küsste ich sie in den Nacken, und als sie sich umdrehte, auf ihre schönen Lippen. Und dann küssten wir uns, bis irgendwann ihr Vater neben uns stand. Ich bin noch nie in meinem Leben so gelaufen.«

Claude lachte. »Ein solcher Kuss ist ein wenig Laufen mehr

als wert!« Er stellte sein Glas ab. »Komm mit, ich will dir etwas zeigen.«

Sie betraten die Villa und gingen in den Blauen Salon, wo Claude die Kerzen eines goldenen, neunarmigen Leuchters entzündete. »Wo wir hingehen, gibt es kein elektrisches Licht.«

Jules erwiderte nichts, denn Claudes Stimme hatte einen feierlichen Ton angenommen. Er rechnete damit, dass der alte Freund ihn in den Keller führen würde, doch sie gingen den breiten Gang mit dem verblichenen Teppich entlang bis zu einem Zimmer am Ende, das er nur verschlossen kannte.

»Ich dachte, da drin sind alte Möbel.«

»Ja, das habe ich dir gesagt. Und auf eine Art war es nicht gelogen, auf eine andere aber weit von der Wahrheit entfernt.«

»Bin ich hier bei meinem alten Klassenlehrer Claude Villeneuve oder beim Orakel von Delphi?« Jules verbeugte sich spielerisch vor dem Freund.

Claude zog schmunzelnd einen großen, unhandlichen Schlüssel aus der Tasche. »Es ist die älteste Tür der ganzen Villa. Ich habe das Schloss nie erneuern lassen.«

»Du machst es ganz schön spannend.«

Die Tür öffnete sich ohne ein Knarren, wie alle im Haus wurde sie von Claude wohl regelmäßig geölt. Der Raum war deutlich kühler als der Rest des Hauses und viel größer, als Jules erwartet hatte. Das Licht der Kerzen schien sich nur langsam in ihm auszubreiten. In der Mitte stand ein Tisch mit einem Silbertablett und zwei tulpenförmigen Gläsern darauf. An den Wänden des Raums verlief ein schwarzer Marmorsims, und auf diesem standen Calvados-Flaschen, teils mit Staub bedeckt. Die Flaschen standen so exakt nebeneinander wie Kunstwerke in einem Museum. Jules erkannte die Etiketten sofort, denn sie gehörten den renommiertesten Häusern der Normandie.

Claude stellte den Kerzenleuchter auf den Tisch, von wo aus sich sein Schein in allen Flaschen spiegelte, deren goldener

Inhalt nun zu glühen schien. »Du brauchst nicht zu zählen, es sind genau dreiundsechzig.«

Ungläubig berührte Jules die ihm am nächsten stehenden Bouteillen mit den Fingerspitzen. Es handelte sich um seltene Jahrgangsabfüllungen. »Für jedes deiner Lebensjahre eine?«

Claude nickte langsam. »Andere führen Tagebuch.« Er blinzelte. »Es dauert immer etwas, bis sich die Augen an das Licht gewöhnen.«

Erst langsam erkannte Jules, dass die Wände leer waren. Es gab nur den Tisch, die zwei Stühle, den umlaufenden Marmorsims und die Flaschen. »Keine Bilder?«

»Benötige ich hier nicht. Die Bilder entstehen im Kopf. Wenn ich einen Calvados in diesem Zimmer trinke, ist es, als würde ich ein Fotoalbum aufblättern.«

Jules besah sich die Etiketten etwas genauer. »Du hast immer den Besten eines Jahrgangs gekauft. Aber warum jeweils nur eine Flasche?«

»Jedes Jahr geht einmal zu Ende. Auch in der Erinnerung. Es ist nicht gut, wenn man denkt, etwas würde niemals enden. Dann schätzt man den Wert nicht. Es ist wie mit dem Leben. Alles endet. Nichts geht immer weiter. Auch dieser Raum ist endlich und wird irgendwann voll sein. Vielleicht passen noch zwanzig, höchstens dreißig Flaschen hinein. Sehe ich die freien Plätze, sehe ich die Jahre, welche mir noch bleiben.«

»Das muss schrecklich bedrückend sein.«

Claude stand auf und griff, ohne hinsehen zu müssen, die Flasche mit dem Calvados aus dem Jahr von Jules' erstem richtigem Kuss.

Jules setzte sich langsam hin. »Diesen Raum hast du mir noch nie gezeigt. Warum jetzt?«

»Es fühlt sich einfach an, als sei nun der richtige Moment. Manchmal muss man seinen Gefühlen trauen. Eigentlich immer. Das Herz ist klüger als der Kopf.« Er goss in beide Gläser einen kleinen Schluck ein. »Hier, dein erster Kuss mit Yvette im

Raum zum Blumenbinden. Stell dir vor, es wäre nicht der Glasrand, den deine Lippen gleich berühren, sondern es wären ihre Lippen. Stell dir vor, es wäre nicht der Duft des Calvados, sondern ihr Duft. Sie hat sicher nach Blumen gerochen.«

Jules versuchte sich zu erinnern. Ja, das hatte sie tatsächlich. Yvettes ganze Kleidung hatte immer nach Blumen geduftet, je nach Jahreszeit nach anderen. Rosen, Nelken, Tulpen, Hyazinthen, Gerbera, Orchideen. Es war nicht nur ihre Kleidung, es war auch ihre Haut gewesen. Selbst ihre Lippen. Jules merkte gar nicht, wie er das Glas ansetzte. Yvette hatte ihn nach seinem ersten sachten Kuss auf ihren Nacken überrascht angeschaut, dann erfreut und schließlich aufgeregt und verlangend.

»Du musst auch trinken«, hörte er Claude sagen. »Es ist ein sehr guter Jahrgang. Ich bin froh darüber. Für seinen ersten Kuss sollte man einen solchen Jahrgang haben.«

Jules trank. Es war Calvados und kein magischer Trank, der ihn wieder jung werden ließ. Und doch hatte er seit Jahren nicht mehr so intensiv an diesen Kuss gedacht. Es war wie eine kleine Reise. Jules öffnete erst nach einiger Zeit wieder die Augen und blickte Claude an, der sein Glas gerade absetzte.

»Denkst du immer an Küsse?«

Claude schmunzelte. »In viel zu vielen Jahren habe ich nicht geküsst.« Er senkte den Kopf. »›Jahre, in denen ich nicht geküsst habe‹, das klingt so traurig. Chaplin sagte einst, ein Tag, an dem man nicht lache, sei ein verlorener Tag. Was ist dann erst mit Jahren, in denen man nicht küsst?«

»Und woran hast du bei diesem Jahrgang gedacht?« Jules hob das Glas.

»An den Segelausflug mit dir und den anderen deiner Klasse. Erinnerst du dich? Wir hatten eine kleine Regatta veranstaltet, und du warst der Schnellste. Vor Freude bist du ins Meer gesprungen, und das Boot fuhr von alleine weiter. Es war ein wundervoller Tag.«

Sie hatten das Boot einfangen können, und Jules hatte es in

den Hafen zurückgelenkt. Es war eine sehr glückliche und aufregende Erinnerung. Wenn auch kein Vergleich zu diesem ersten Kuss. Jules sah sich noch einmal in Ruhe um. Es gab ganze Jahrzehnte, aus denen Claude nicht viel getrunken hatte, andere dagegen waren fast geleert. Dies bedeutete jedoch nicht, dass der Füllstand niedrig war, denn Claude hatte für jedes bisschen Calvados, das getrunken worden war, kleine Glasmurmeln in die Flaschen gefüllt. Nur so konnte er, wie Jules wusste, sicherstellen, dass nicht zu viel Sauerstoff in der Flasche verblieb und das wertvolle Destillat oxidierte. Auch die Kühle und Dunkelheit des Raums erklärten sich nun. Die flüssigen Erinnerungen sollten erhalten bleiben.

Und dann entdeckte er eine Flasche, die noch verschlossen war. Er schaute zu allen anderen Jahrgängen. Es gab keine andere wie diese. Jules zeigte auf sie. »Was ist in dem Jahr passiert? Ist damals jemand gestorben?«

Doch Claude antwortete nicht auf die Frage. »Lass uns gehen. Ich bleibe nie lange hier. Ich will, dass es etwas Besonderes bleibt. Dass es nicht alltäglich wird.«

Jules nahm die Flasche in die Hand, vorsichtig, voller Angst, sie hinunterfallen zu lassen, aber auch voller Neugierde. »Selbst die Kapsel ist unbeschädigt. Du hast nicht einmal daran gerochen.«

»Ich erzähle dir ein andermal von ihr. Aber frag mich nie, ob du davon einen Schluck bekommen kannst. Ich will dir nicht Nein sagen müssen. Jeden anderen Calvados aus deinen Lebensjahren darfst du trinken, selbst den ältesten. Nur diesen einen nicht.«

Jules blickte lange auf das Etikett. »Kein herausragender Jahrgang.«

»Darum geht es auch nicht. Komm, lass uns schauen, ob das Meer noch da ist.«

Beim Hinausgehen sah Jules den alten Freund mit viel Wärme in seinen Augen an. »Danke, Claude. Für den Calvados und mehr noch für dein Vertrauen und am allermeisten für deine Freundschaft.«

»Für nichts davon musst du mir danken. Denn all das zu geben ist eine noch größere Freude als deine, es zu erhalten.«

Als sie wieder hinaustraten, traf die frische Brise sie wie ein Sommerregen. Sie stellten sich an das Geländer und blickten hinaus. Den Geschmack des Calvados hatte Jules immer noch auf den Lippen. Und damit den von Yvette, die kurz danach mit ihrer Familie weggezogen war, in den Süden, wo ihrem Vater eine lukrativere Arbeitsstelle in einem Floristikcenter angeboten worden war. Jules hatte nie wieder von ihr gehört. Und sie nie wieder geküsst.

Dann wurde er aus seinen Gedanken gerissen. »Das gibt es doch gar nicht!«

Claude sah ihn fragend an und ordnete das Seidentuch um seinen Hals. »Was meinst du?«

»Na, dahinten badet einer. Vielleicht sind es auch zwei. In der Dunkelheit ist es schwer zu erkennen.«

»Und das bei diesen Temperaturen? Mich schaudert's schon, wenn ich nur daran denke.«

»Diese Jugendlichen sind doch völlig verrückt. Sie werden sich den Tod holen.« Jules war kurz davor, etwas in ihre Richtung zu brüllen, doch er wollte niemanden in den Villen ringsum wecken.

»Die Jugend«, sagte Claude und ging zum Stuhl, um sein darüberhängendes Sakko anzuziehen, »denkt noch, den Tod gäbe es gar nicht.«

Amélie zündete sich eine filterlose Zigarette an und vergrub die Füße im kühlen, nächtlichen Sand von Villers-sur-Mer. Er war durchsetzt mit Muscheln und Steinen, was angenehm kitzelte.

»Du auch eine?« Sie hob die Zigarettenpackung in Lilous Richtung.

»Weißt doch, dass ich nicht mehr rauche.«

»Vielleicht änderst du irgendwann ja endlich wieder deine Meinung. Ich fühle mich immer schlecht, wenn ich alleine rauche. Und jetzt muss ich rauchen. Und du auch. Komm schon.«

Lilou balancierte mit nackten Füßen auf den algenbewachsenen Holzpflöcken ins Meer hinein, ihre Slipper in der rechten Hand. Sie blickte zurück zur Freundin, die mit den Händen Sand auf ihre Füße schob. Lilou hatte Amélie vom ersten Moment an gemocht, als sie bei einem Strandausflug Galettes normandes gekauft hatte, in der Bäckerei »La Josephine« an der Rue Michel d'Ornano. Lilou liebte die buttrigen Plätzchen, vor allem, wenn sie frisch gebacken waren. Amélie hatte bedient – und Lilou gefragt, ob sie eine Zigarette für sie habe. Sie hatte eine bekommen und Amélie ihr dafür die beste Stelle am Strand verraten, ein paar Schritte Richtung Westen zu den Falaises des Vaches Noires, den Klippen der Schwarzen Kühe. Und als eine gute Stunde später Amélies Schicht zu Ende war, tauchte sie selbst dort auf. Sie hatten die Zigarettenpackung zusammen leer bekommen. Und die Tüte Galettes auch.

Amélie war gelernte Bäckerin, liebte ihren Beruf, den Duft von Mehl und Hefe, von Teig, der aufging und gebacken wurde, bis seine Oberfläche golden glänzte. Sie liebte das Kneten, das Formen, doch vor allem liebte sie Bäcker. Große, breite Männer mit starken Unterarmen.

»Du musst heute eine mit mir rauchen! Ich weiß, du willst mir von deiner neuen Arbeit erzählen, und du hast noch was über diesen Schleimbeutel von Bürgermeister in Beuvron-en-Auge angedeutet, aber ich muss dir viel dringender etwas sagen. Und ohne Alkohol im Kopf und Rauch im Mund will ich das nicht.«

Lilou balancierte zurück und fing die Packung auf, die Amélie ihr zuwarf. »Aber nur eine. Und nur für dich. Und nicht auf Lunge.«

»Nie auf Lunge«, sagte Amélie und zog auf Lunge. Sie spitzte die Lippen und blies den Rauch in einem dünnen Band in den pechschwarzen Nachthimmel über dem Atlantik.

Lilou setzte sich ihr gegenüber und ließ die Füße in den Sand gleiten, bis ihre Zehen die der Freundin berührten. »Spuck's aus.«

»Lass uns erst noch etwas essen«, sagte Amélie. »Ich hab was für dich gebacken. Zum Geburtstag. Es tut mir leid, dass ich keine Zeit hatte zu kommen, aber ich hab etliche Male versucht, dich am Telefon zu erreichen. Keine Chance.« Diesmal warf sie nicht, stattdessen reichte sie Lilou fast sachte eine Tüte. »Pack aus.«

Das Mondlicht war hell genug, dass Lilou erkennen konnte, was sie da aus der Tüte zog. »Du hast Depardieu gebacken? Er sieht fantastisch aus!«

»Pack weiter aus, da ist noch was drin, Süße.«

Lilou konnte schon fühlen, was es war. »Mademoiselle, wie sie ... sich übergibt?«

Amélie lachte laut. »Ja, aber es sieht niedlich aus!«

Lilou warf breit grinsend etwas Sand auf Amélies Jeanshemd. »Du spinnst doch total.«

»Probier sie!«

»Ich kann doch nicht meine Tiere essen. Die bewahre ich auf!« Lilou schob sie vorsichtig zurück in die Tüte. »Und jetzt erzähl, bevor meine Zigarette aufgeraucht ist. Mehr als eine ist auf keinen Fall drin.«

Amélie fuhr sich mit der Hand durch die kurz geschnittenen, violett gefärbten Haare. »Bruno. Es geht um Bruno.«

»Bei dir geht es doch immer um Bruno.«

Amélie nahm einen langen Zug. »Ab jetzt wohl nicht mehr.« Sie blickte Lilou mit unsteten, traurigen Augen an.

»Was soll das heißen? Hat er dich verlassen? Er hat dich verlassen, oder? Ach, Amélie, komm her.« Sie stand auf, kniete sich zu ihrer Freundin und nahm sie in die Arme. »Er ist ein Vollidiot, wenn er das getan hat.«

Amélie weinte nicht, sie zog nur wieder an ihrer Zigarette und blickte dem Rauch nach. »Nein, ist er nicht. Der Vollidiot sitzt vor dir.«

Die Umarmung lösend, setzte Lilou sich zurück. »Was hast du getan?«

»Ich war tanzen, in Le Havre, Discothèque Forty One. Hab natürlich was getrunken, und da war so ein Typ, du weißt schon, genau mein Beuteschema. Und ich wollte einfach Spaß haben. Dachte, Bruno bekommt es nie heraus. Es war nur eine Nummer auf den Toiletten.«

»Ach, Amélie.« Lilou schüttelte den Kopf. »Warum machst du so was? Bruno ist doch genau der Richtige für dich. Nur Muskeln, und wenn er könnte, würde er sich ausschließlich durch Grunzen verständigen. Ein Kerl, wie du ihn immer wolltest. Der dich vor dem bösen Stamm aus der Nachbarhöhle verteidigen kann.«

»Ja, ja, ja.« Amélie warf ihre Zigarette fort und zündete sich sogleich mit zitternden Händen eine neue an. »Das musst du mir nicht sagen, das weiß ich alles. Trotzdem hatte ich in dem Moment Lust auf den Typen, und Bruno war nicht da. Aber einer seiner Kumpels, und der hat mich gesehen. Und jetzt ist Bruno seit drei Tagen nicht mehr in unserer Wohnung gewesen. Ich hab noch nicht mal eine Chance bekommen, alles klarzustellen, dieser Arsch! Echt!«

Lilous Zigarette war zu Ende. Sie nahm sich eine neue. »Ja, echt, der Arsch!« Amélie wollte jetzt sicher nichts anderes hören. Später vielleicht, aber nun war nicht der richtige Zeitpunkt. »Und ans Telefon geht er auch nicht?«

»Nee. Hab's auch bei seinen Freunden versucht. Da hab ich dann erst erfahren, was passiert ist. Von dem, der mich gesehen hat.«

Lilou presste die Lippen aufeinander. »Vielleicht renkt sich alles wieder ein. Vielleicht braucht Bruno nur etwas Abstand. Und dann wird er begreifen, was er an dir hat, und dass es nur ein Ausrutscher war.«

Amélie ließ sich rücklings in den Sand fallen. »Und wenn es keiner war? Wenn es zeigt, dass die Schmetterlinge alle weg sind? Dass ich mich wieder auf die Suche machen muss? Wie immer nach zwei, drei Jahren. Bei mir hat doch nichts länger gehalten. Es liegt an mir, Süße, ich bin nicht gemacht für: ›Und wenn sie nicht gestorben sind, dann leben sie noch heute.‹ Ich bin kein Schwan, der sein ganzes Leben mit einem Partner verbringt.«

»Das mit den Schwänen ist sowieso nur eine Legende. Willst du Bruno denn zurück?«

»Ja! Nein! Ach, ich weiß nicht. Ich will nicht, dass er sich einfach so verpisst, das will ich. Verstehst du das?«

»Klar verstehe ich das. Aber Männer sind komisch. Alle. Sie sagen immer, Frauen wären launisch und wüssten nicht, was sie wollen, dabei sind die Herren der Schöpfung kein bisschen besser.« Lilou stand auf. »Komm, lass uns schwimmen.«

»Jetzt? Willst du dir den Tod holen?«

»Nur kurz reinspringen!«

»Wir haben doch gar keine Badeanzüge dabei.«

Lilou lachte. »Seit wann bist du denn so prüde? Deine kleinen Brüste hat doch sowieso schon halb Villers-sur-Mer gesehen!«

»Boah! Du Biest!« Amélie sprang auf und rannte hinter Lilou her, die zum Meer sprintete und sich dabei das Hemd über den Kopf streifte. Sie rannte bis zu den Knöcheln ins Wasser und blieb erst stehen, als ihre Hose nass wurde.

»Jetzt zier dich nicht so. Nackt baden kannst du doch noch, oder brauchst du etwa Bruno dafür?« Lilou zog sich weiter aus, während Amélie an der Wassergrenze verharrte.

»Nein, aber ich brauche das jetzt nicht. Ich will lieber düstere Gedanken denken.«

»Du Memme!«, stichelte Lilou. Sie zog die Hose samt Slip aus und warf sie an den Strand. »Dabei ist es gar nicht so kalt.«

»Hast du mich gerade Memme genannt?«

»Supermemme!« Lilou sprang ins eisige Wasser – und unterdrückte den Impuls zu kreischen. »Ist echt total schön hier. Hatte ich schon erwähnt, dass du eine Memme bist?«

Amélie zog sich aus und sprang laut schreiend hinterher.

Die Kartoffeln tanzten im kochenden Salzwasser, und Lilou gönnte sich einen tiefen Atemzug, während sie den Kopf in den Nacken legte und auf die Deckenbalken in Jules Ligniers Küche blickte. Sie hatte mit Amélie in der Nacht noch Calvados getrunken, viel Calvados, mehr als in ihren Kopf passte. Und dafür revanchierte sich dieser nun.

Lilou hatte deshalb beschlossen, heute nur Wasser zu trinken. Sie versuchte, sich trotz des Pochens in ihren Schläfen auf das Kochen zu konzentrieren. Sie liebte Kochen, das Verwandeln verschiedenster Zutaten in etwas Neues, das viel mehr war als die Summe seiner Teile. Ein Zaubertrick, ja mehr noch, jedes Mal ein kleines Wunder zum Essen. Das Wunder, welches sie heute Mittag vollbrachte, liebte sie besonders: Normannischer Kartoffelsalat. In einer kleinen orangefarbenen Kasserolle erhitzte sie gerade eine Mischung von Cidre und Olivenöl. Und da die Dunstabzugshaube kaputt war, duftete es herrlich intensiv nach warmen Äpfeln.

Heute würde alles glattgehen, sie würde keinen Fehler machen, und Depardieu würde nichts fressen, was er nicht sollte. Um dies sicherzustellen, hatte sie seinen Napf am Morgen so lange immer wieder gefüllt, bis ihn der saftige Inhalt kein bisschen mehr interessierte. Gerade lag er unter dem Küchentisch und schlummerte leise schnaufend.

Das Wecken war diesmal ohne peinlichen Moment verlaufen. Sie hatte geklopft und gewartet, bis Jules sie hereinbat. Er hatte noch im Bett gelegen. Sein Bein hatte sie nicht angerührt. Und wenig gesprochen. Eigentlich gar nichts, bis auf »Guten Morgen«. Auch Jules war sehr still gewesen. Danach hatte er den Vormittag an seinem Rechner verbracht.

Lilou goss die Kartoffeln ab, ließ sie etwas abkühlen und

schnitt sie noch warm in dicke Scheiben. Sie spürte gern die Wärme an den Fingerspitzen und wie das Messer bereits durch ganz leichten Druck die Kartoffeln schnitt. Noch mehr mochte sie es, die Scheiben zu Cidre und Olivenöl in die Kasserolle gleiten zu lassen, sie zu salzen und zu pfeffern, zusammenzubringen, was zusammengehörte. Lilou gab noch einen Schuss Cidre hinzu und schwenkte alles. Die Flasche versteckte sie gleich danach wieder im Kühlschrank, denn sie stammte nicht von Jules' Landgut Saint-Ursules.

»Als Nächstes müssen Sie den Camembert schneiden, oder?«

Lilou drehte sich um und sah, dass Jules in die Küche getreten war und den Käselaib, der auf dem Tisch lag, in die Hand nahm.

»Und den Schnittlauch«, sagte Lilou, »dann können wir zu Mittag essen.«

»Wir?«, fragte Jules.

»Wenn Sie nicht möchten, dann ...«

»Doch, doch! Ich war nur überrascht. Es ist viel schöner, zusammen zu essen.«

Lilou nickte. »Sie können sich gerne schon raus in den Garten setzen. Ich habe bereits eingedeckt.«

»Im Garten? Aber ich esse nie ...«

»Ich kann auch alles wieder rein...«

»Nein, nein, das ist eine schöne Idee. Das Wetter ist ja auch gut!«

Lilou legte ihren Kopf schief »Wirklich?«

»Ja, unbedingt.«

»Sie sagen das jetzt nicht nur aus Höflichkeit?«

»Nein.« Jules reichte ihr den Käse und entschwand in den Garten.

Kurz überlegte Lilou, ob sie drinnen eindecken und ihn hereinrufen sollte, doch dann schürzte sie die Lippen, dachte kurz nach, entschied sich dagegen, schnitt den Camembert in fingerdicke Würfel und den Schnittlauch klein, den sie aus ihrem Kräutergarten mitgebracht hatte, bevor sie beides unter den warmen Kartoffelsalat hob. Alles kam in eine große Keramikschüssel, die sie im Backofen vorgewärmt hatte. Draußen im Garten würde der Salat noch etwas ziehen, der Camembert sich leicht verflüssigen, und nach einem letzten Unterheben würde sie alles lauwarm anrichten können. Köstlich!

Als sie hinaustrat, saß Jules bereits am Tisch. Er hatte eine Flasche Cidre doux von Saint-Ursules geholt und zwei Gläser, die er gerade füllte.

Lilou schüttelte sich innerlich, denn sie mochte die Cidres von Jules nicht, und den süßen schon mal gar nicht. Sie dufteten kaum, schmeckten flach, und ihre Säure war häufig aggressiv. Es war Cidre, den Touristen wegen der schönen Etiketten mit nach Hause nahmen. Schweres, sepiafarbenes Büttenpapier, darauf wie per Hand mit einem Füller geschrieben das Wort »Cidre«. Schwungvoll, aber etwas feiner darunter gedruckt der Name Jules Lignier. Alles andere wie Appellation, Alkohol, Inhalt, Adresse und der Hinweis »Product of France« ganz klein gehalten. Die teureren Magnumflaschen besaßen zusätzlich ein rotes Siegel mit dem Abdruck eines Apfels.

»Es riecht sehr gut«, sagte Jules.

Lilou fühlte sich unwohl. Heute gab es zwischen ihnen so viele Höflichkeiten, dass sie nicht mehr erkennen konnte, wann Wahrheiten gesprochen wurden. Sie setzte die Schüssel vor Jules ab und sich selbst auf den freien Gartenstuhl.

Die beiden füllten sich die Porzellanteller, wünschten einander einen guten Appetit und aßen schweigend. Der Normannische Kartoffelsalat roch nicht nur gut, er schmeckte auch so. Wie sich die Säure und Frucht des Cidre mit den weichen, warmen Kartoffeln und dem zerfließenden Camembert vereinten, war einfach herrlich. Lilou wusste nicht, was auf der Welt besser schmecken konnte. Anders ja, aber sicher nicht besser.

»Sie haben Ihren Cidre ja gar nicht angerührt«, sagte Jules und füllte sein leeres Glas nach. »Trinken Sie keinen Alkohol?«

»Doch«, sagte Lilou zögerlich. Als hätten ihre Schläfen mitbekommen, über was geredet wurde, fingen sie wieder an zu pochen.

»Aber keinen Cidre?«

»Doch ... schon.« Verdammt, aus dieser Nummer würde sie nie höflich herauskommen.

»Aber keinen süßen?«

Den Ausweg hatte sie gar nicht gesehen, deshalb war sie umso glücklicher, ihn nehmen zu können. »Nein, keinen süßen.«

»Dann tische ich morgen einen schön trockenen auf!«

Na, wunderbar.

Jules rieb sich sein linkes Bein. Oh, Lilou hätte es so gerne in die Finger bekommen. Sie wäre auch ganz vorsichtig! Vielleicht ließ er sie ja nun, sie müsste nur das Thema darauf lenken.

»Darf ich fragen, was Sie für Beschwerden haben? Also genau?«

Er zögerte einen Moment, bevor er antwortete. »Es fällt mir schwer, aus der Hocke hochzukommen, und auch das Treppensteigen ... Es ist einfach nicht mehr so wie früher.«

Das musste als Einleitung reichen. »Darf ich es mir heute vielleicht einmal ansehen? Bitte!«

»Nein, nicht. Es ist nicht, weil ich Ihren Heilkünsten, oder wie man sagt, nicht vertraue, aber ...«

»Ist schon gut.« Dabei war es nicht gut. Ganz und gar nicht. Und das hätte Lilou ihm am liebsten auch gesagt. Mehrmals. Aber sie hielt an sich. Sie wollte doch nur helfen! Und sie wusste, sie könnte es. Warum ließ dieser Sturkopf sie nicht? Diese neue Höflichkeit fühlte sich immer mehr an, als wäre sie in Fesseln gelegt. Und sie hatte nicht übel Lust, diese zu zerschneiden.

»Ich muss morgen wieder nach Caen zum Arzt. Sie wollen noch ein EKG machen und eine Elektromammografie.«

»Elektroneurografie!«, sagte Lilou etwas lauter als geplant.

Jules blickte sie lange an. »Ich weiß, glaube ich, viel zu wenig über Sie. Würde Sie gerne ganz viel fragen.«

»Aber jetzt habe ich Dienstschluss.« Lilou nahm, ihre Wut

unterdrückend, die beiden Teller und ging Richtung Küche. »Merken Sie sich Ihre Fragen.« Im Türrahmen blieb sie kurz stehen. »Und ab morgen ist die Schonfrist vorbei!«

Jules hörte, wie Lilou ging, dann wie sie zurückkam, um den unter dem Küchentisch vergessenen Depardieu mitzunehmen, und wie zum zweiten Mal die Haustür, diesmal etwas fester, geschlossen wurde.

Er schob den Teller von sich und die Schüssel mit dem normannischen Salat noch weiter. Dann stand er auf und blickte nicht zurück zum Tisch. Er wollte das Gericht nicht mehr sehen, jede Gabel davon war ihm schwerer als die davor gefallen. Doch Lilou hatte sich so viel Mühe damit gegeben, es so gut gemeint, er hatte die Freude in ihrem Gesicht gesehen. Und wollte diese um nichts in der Welt zerstören.

Woher hatte sie wohl das Rezept? Es hatte geschmeckt wie bei seiner Mutter damals. Lilou hatte es sogar genauso versalzen wie sie. Der Kartoffelsalat hatte Erinnerungen in Jules heraufbeschworen, jede dicke Kartoffelscheibe, jeder geschmolzene Camembertwürfel, sie hatten ihn mehr in die Vergangenheit gezogen, als Fotos es je geschafft hatten. Es war einerseits schön gewesen, das warme Gefühl in seinem Bauch, als könnte dieser sich ebenfalls an die Jugend erinnern. Das Gefühl, dass seine Mutter etwas für ihn gekocht hatte und er es essen würde, ganz schnell in sich hineinschaufeln, um ihr zu zeigen, wie gut es ihm schmeckte. Doch gleichzeitig aß er das Wissen um die Illusion, er aß den Verlust und den Schmerz. Zucker und Salz. Das Süße und das Salzige.

Zu schwere Kost heute. Er musste los.

Als Jules in der Rue des Belges vor der Pharmacie du Méridien eintraf, stand der General noch darin und redete mit der Apothekerin, einer jungen Frau, die es sehr genau nahm mit Rezepten. Er zog merklich den Bauch unter seiner alten Uniform ein, und die Zigarette schien ordentlicher als sonst in seinem Mundwinkel zu hängen.

Wie mit dem General verabredet, setzte Jules sich ins *Café de la Poste*, eine kleine, nicht besonders schicke Eckkneipe, aber auf dem Bürgersteig standen Bistrostühle, und der Kaffee war heiß und gut. Alle Straßen Villers-sur-Mers führten auf diesen Platz im Zentrum, von dem aus man das Blau des Atlantiks sehen konnte und ob Fischerboote draußen waren, um Crevetten in ihren Netzen zu fangen. Der etwas heruntergekommene Supermarkt war schräg gegenüber, die schöne alte Post mit den rot-weißen Backsteinen ebenfalls. Hier traf man sich. Statt des Generals, der immer noch auf sich warten ließ, kam nun der alte Gaston vorbei, wie stets schob er seinen mit etlichen Plastiktüten gefüllten Einkaufswagen. Jeder kannte Gaston, und Gaston kannte jeden. Seine Haare hielt er unter dem breitkrempigen Hut kurz, aber sein grauer Bart wurde jedes Jahr länger. Er band ihn alle paar Zentimeter mit bunten Haarbändern zusammen, was ihm etwas Ziegenartiges verlieh. Gaston winkte in die Runde, die Runde winkte zurück.

»Wie geht's?«, fragte jemand, und Jules fürchtete schon die Antwort.

»Heute schön fest!«, kam es von Gaston mit einer Stimme, als verkünde er die Gewinnzahlen der Nationallotterie.

»Das hört man doch gern!«, antwortete der Fragende, woraufhin von den Tischen Applaus kam.

Gaston sprach am liebsten über seinen Stuhlgang, und ganz Villers-sur-Mer wusste darüber Bescheid. Manche meinten, er gäbe Aufschlüsse über das Wetter des nächsten Tages. Die gerade von Gaston gemachte Aussage ließ demzufolge Sonne erwarten. Jules glaubte nicht daran, stellte sich aber nichtsdestotrotz auf einen warmen Tag ein.

»Hab etwas bekommen!«, sagte der General und setzte sich mit triumphierendem Grinsen zu Jules.

»Verrätst du mir, wie?«

»Betriebsgeheimnis!« Der General bestellte sich einen Pastis. »Ist Flupirtin, potentes Zeug bei Schmerzen. Deshalb auch verschreibungspflichtig.«

Jules hatte nicht in die Praxis nach Caen gehen wollen für ein Rezept, hatte nicht die Fragen hören wollen, wie es ihm ging, nicht die Untersuchungen des Arztes über sich ergehen lassen. Er wollte nur, dass die Schmerzen weggingen. »Was bekommst du dafür?«

»Einen Gefallen für einen Gefallen. Du legst ein gutes Wort bei Claudette für mich ein, ja?«

»General, ich fürchte, ein gutes Wort reicht da nicht...«

Dieser zwinkerte ihm zu. »Es wird nicht das einzige bleiben. Sie kommen jetzt von allen Seiten.«

Der Kellner brachte die Bestellung des Generals. Dieser goss kaltes Wasser in den Pastis, der sich daraufhin milchig trübte, und trank ihn in einem Schluck. »Warum bist du eigentlich so chic angezogen?«

Jules nahm eine Tablette und spülte sie mit seinem Café Crème hinunter. »Ich hab einen Termin, muss auch gleich weiter. Danke dir noch mal. Und zu keinem ein Wort, bitte.«

»Du kennst doch den General! Sagst du Claudette heute noch was Nettes über mich?«

»Sobald ich sie sehe. Versprochen!«

Der General lächelte zufrieden und bestellte sich noch einen Pastis.

Den Termin hatte Jules bei der Caisse d'Epargne Normandie, deren örtliche Dependance an der Rue du Maréchal Foch lag, nur wenige Meter vom *Café de la Poste* entfernt. Ein schmuckloser Flachbau, der so gar nicht ins geschlossene Straßenbild mit seinen alten, drei- bis vierstöckigen Gebäuden passte, die von einer Zeit vor Flugreisen kündeten, als Villers-sur-Mer ein mondäner Badeort war, in dessen Casino die Pariser viele Francs ließen und an dessen Stränden sie in der neuesten Mode flanierten.

Jules wartete vor der Tür, bis er die Wirkung der starken Schmerztablette spürte. Er würde nicht humpeln, wenn er zu Richard Conti, seinem Bankberater, ging. Sie waren einst zusammen zur École primaire Victor Duprez gegangen. Jules war eine Zeit lang mit Richards Schwester verbandelt gewesen, und Richard hatte ihn für die wenigen Monate als eine Art großen Bruder betrachtet. Doch gleich würde er ihm gegenüber auf dem niedrigeren Stuhl sitzen und gestehen müssen, dass der Schweden-Deal geplatzt war. Jules wollte es loswerden, wollte Pläne machen, wie es nun weitergehen konnte, wollte eine Perspektive. Er kam sich vor wie auf dem Weg zur Beichte, und Richard sollte ihm Absolution erteilen.

Jules wurde erwartet und durfte gleich zum Büro am Ende der Schalterhalle durchgehen. Kurz atmete er durch, dann klopfte er, das »Herein« kam fast zeitgleich.

Richard stand auf, um ihn zu begrüßen. Der Anzug sah bei ihm, der das Wachsen sehr früh eingestellt hatte, immer eine Nummer zu groß aus. Wie bei einer hölzernen Bauchrednerpuppe.

»Jules, grüß dich, schön, dich zu sehen. Setz dich doch. Wie geht es dir?« Richard lockerte kurz seine Krawatte und drückte Jules dann herzlich die Hand. »Ich habe gehört, du hättest Probleme mit einem deiner Beine?«

Jules trat mit dem Linken demonstrativ auf. Der Schmerz drang durch den weichen Schleier des Schmerzmittels. Er unterdrückte ihn und breitete die Arme wie ein Akrobat nach einer gewagten Artistiknummer aus. »Wie du siehst, ist alles gut. Und selbst?«

»Na ja, die Finanzmärkte spielen immer noch verrückt und schrecken die kleinen Sparer ab. Aber wir kommen schon über die Runden. Dein Geld ist sicher!« Richard lachte. Einen Hauch zu laut.

Jules hatte eigentlich wissen wollen, wie es Richards Familie ging, seiner Frau, den beiden Kindern, doch Richard schien sein

Wohlbefinden von der Wirtschaft abhängig zu machen. Der Leitzins war anscheinend zu seinem Stimmungsbarometer geworden.

Während sie sich setzten, sah Richard ihn ernster an, dann klopfte er mit dem Zeigefinger auf die Akte, welche vor ihm lag.

»Jules, ich will es kurz machen. Es hängt alles am Schweden-Deal. Wir können dir den Kredit sonst nicht genehmigen, die Expansion ist dann nicht drin. Und Stillstand bedeutet in deinem Geschäft Tod. Du weißt das ja, du musst modernisieren, brauchst weitere Apfelhaine, die klimatisierte Lagerhalle, das neue Calvados-Museum für die Touristen, um dir mit diesem Background die Märkte zu greifen, bevor es andere tun. Schweden ist nur der Anfang! Aber ohne Schweden gibt es keinen Anfang. Oder nur den Anfang vom Ende. Also: Was macht der Auftrag? Du darfst mir jetzt alles sagen, nur nicht, dass der Schweden-Deal geplatzt ist, klar?«

Jules schien es, als friere Richards Gesicht ein, in dem sich freundschaftliche Anteilnahme, wirtschaftliche Besorgnis und Erfolgsdruck vermischten. Auch Richard musste Ergebnisse liefern. Und wenn einer seiner Kunden schwächelte, hieß es für ihn Druck machen und es an die Regionalzentrale melden.

»Der Schweden-Deal hat geklappt«, sagte Jules und hielt seinen Blick unter Kontrolle.

»Gott, bin ich erleichtert.« Richard hob beide Daumen empor. »Jetzt kann ich es dir ja sagen: Wäre der geplatzt, wären wir in ganz gefährliches Fahrwasser gekommen. Du hättest Hypotheken aufnehmen müssen, vielleicht einen Teil der Gebäude oder der Firma verkaufen. Aber das ist ja jetzt kein Thema mehr. Läuft der Vertrag über drei Jahre?«

»Ja, die volle Zeit«, antwortete Jules.

»Ach, ich freu mich so! Wie gut, dass es die Schweden gibt. Ich werde in Zukunft nur noch Knäckebrot essen und meine Möbel bei Ikea kaufen.« Er lachte über seinen eigenen Witz. »Bringst du mir die Tage die schriftliche Bestätigung?«

»Das kann noch etwas dauern, vielleicht sogar ein, zwei Wochen. Sie haben mich angerufen und es mir gesagt, jetzt geht alles seinen bürokratischen Gang. Du kennst das ja.«

Richard winkte ab. »Auf die paar Tage kommt es jetzt auch nicht mehr an!« Er hob die Augenbrauen. »Dann haben wir eigentlich gar nichts mehr zu besprechen. Oder hast du noch was?«

»Nein, Richard. Ich habe alles, was ich brauche.« Er zwang sich ein Lächeln ins Gesicht. »Muss nur endlich Schwedisch lernen.«

Richard lachte befreit, Jules tat nur so. Es schmerzte im Gesicht.

Er rettete sich in die marmorgeflieste Toilette der Bank. Wie lange er dort auf dem heruntergeklappten Klositz verharrte und durchatmete, wusste er später nicht mehr. In ihm war Leere, wie ein Vakuum, das an den Rändern unglaubliche Kräfte ausübte. Irgendwann raffte er sich wieder auf, spritzte sich kaltes Wasser ins Gesicht und senkte den Mund zum Hahn, um etwas zu trinken. Als er wieder in die Schalterhalle trat, quittierte er den fragenden Blick der jungen Bankangestellten ob der langen Zeit in der Toilette mit einem nichtssagenden Lächeln und trat an die frische Luft. Sie roch gut. Das Meer lag kaum hundert Meter entfernt, Seevögel waren zu hören, eine große Mantelmöwe flog Richtung Land, über Jules hinweg, und er wünschte sich, dass sie ihn mitnähme. Einfach weg, egal wohin. Er blickte ihr lange nach, wie sie schreiend den Himmel durchquerte.

»Träumst du?«, fragte eine weibliche Stimme. Es war Claudette. Sie trug zwei schwere Einkaufstaschen, aus einer schauten die spitzen Blätter einer Ananas heraus. Ihre graue Bluse wirkte im hellen Frühlingslicht fast wie Silber.

»Hab nur der Möwe nachgeschaut.«

»So was kenne ich ja gar nicht von dir. Warst du bei Richard? Ihr hattet einen Termin, oder?«

»Bist du jetzt mein lebender Terminkalender?«

Claudette stellte die Einkaufstaschen kurz ab. »Alles gut bei der Bank?«

»Mach dir keine Sorgen.«

»Die mache ich mir immer. Da kannst du sagen, was du willst.«

»Soll ich dir beim Tragen helfen?«

»Mit deinem Bein? Nur über meine Leiche! Ich habe leider ein paar Sachen für den Tiefkühler gekauft, sonst hätte ich dich jetzt überredet, mich auf einen Café Serré einzuladen.« Sie gab ihm zum Abschied drei Wangenküsse. »Bis morgen auf Saint-Ursules. Dann musst du mir auch erzählen, wie es mit Lilou läuft.« Sie hob die Einkaufstaschen wieder an.

Jules nickte. »Und ich muss mit dir über den General reden, also über Gilbert.«

»Nicht du auch noch! Wollt ihr mich jetzt alle verkuppeln?« Claudette blickte klagend in den Himmel und rief: »Ich kann den Namen Gilbert nicht mehr hören!«

Der Plan des Generals klappte also prima.

Die Rinde der knorrigen Eiche an der Chapelle du Rossignol war rau, trotzdem presste Lilou sich nun daran. Denn sie wollte mit ihr verschmelzen und unsichtbar werden – doch selbst das Sichtbare im Blick behalten. Die Praxis von Doktor Moreau leerte sich, neue Patienten kamen keine mehr, die vorhandenen traten in unregelmäßigen Abständen heraus, viele mit leicht gesenktem Kopf, wohl diagnostiziert mit einer Krankheit, von der sie vorher nie gehört hatten. Manche aber auch zuversichtlich, was Lilou verärgerte. Obwohl sie selbst gleich genauso aus dem Haus treten wollte, dessen Blumenbeete so penibel gepflegt waren, dass ihnen sämtliche Natürlichkeit abging.

Endlich stolzierte auch die ebenso blonde wie junge Sprechstundenhilfe aus der Eingangstür. Nur noch Philippe Moreau konnte sich in der Praxis aufhalten. Lilou wollte dort eigentlich nicht hineingehen, nichts wollte sie weniger, in diesem Moment und überhaupt. Sie würde sich fürchterlich zusammenreißen müssen, um Moreau nicht die Meinung zu sagen, was schon längst mal jemand getan haben sollte. Aber sie würde freundlich sein. Sie würde sich nicht an seinen unverschämten Beleidigungen stören. Und vielleicht würde sie dann das zu hören bekommen, weswegen sie hier war. Lilou konnte immer noch nicht fassen, dass ihre Internetrecherche über Experten der Sportmedizin, die sich mit Muskeln, Knochen und Nerven auskannten, ausgerechnet Moreau als regionale Koryphäe ergeben hatte. Sie holte noch einmal tief Luft und ging dann, den gesenkten Kopf voran, über die Straße. Lilou blickte nicht nach links und rechts, sie wollte es schnell hinter sich bringen und jetzt bloß nicht nachdenken. Denn wenn sie nachdachte, überlegte sie es sich mit Sicherheit anders.

Sie stürmte auf die Tür zu, drückte die Klinke und stoppte abrupt. Verschlossen.

Moreau musste das Geräusch gehört haben.

»Ich habe zu. Kommen Sie morgen wieder.« Seine Stimme war von Jahrzehnten des Kettenrauchens aller Höhen und Tiefen beraubt und nur mehr ein sonores Krächzen.

Lilou merkte, wie ihre Kehle trocken wurde. Sie kam sich vor, als würden die Blumenbeete sie einkesseln, als wären ihre Blätter messerscharf und ihre Blüten wie Dolche.

»Nur eine Frage, Doktor Moreau.«

»Morgen«, kam es von drinnen.

»Dauert nicht lange.«

»Ich muss auch einmal Feierabend haben.«

Immer noch war Moreau nicht hinter der Tür erschienen, an der Lilou den Spion mit der Hand zuhielt.

»Haben Sie keinen hippokratischen Eid abgelegt? Oder gilt der nur bis Dienstschluss?«

Schritte näherten sich, dann trat eine Pause ein, von der Lilou vermutete, dass sie Moreaus Blick durch den Spion geschuldet war, woraufhin die dreifach verschlossene Tür geöffnet wurde.

»Sie!«

Von so Nahem hatte Lilou ihn noch nie gesehen. Das Leben hatte tiefe Furchen in Moreau geschnitzt, doch keine schienen vom Lachen zu stammen. Seine Augen waren tief in die Höhlen gesunken und sahen aus, als wären sie eingetrocknet, wie Rosinen. Die Zeit schien Moreau ausgesaugt zu haben.

»Ja, ich. Genau ich.«

»Wir haben nichts miteinander zu besprechen!«

»Es geht um einen guten Freund, der etwas am Bein hat.«

»Dann soll Ihr guter Freund selbst herkommen. Wobei ich bezweifle, dass jemand wie Sie so etwas wie gute Freunde hat.«

»Seien Sie doch nur einmal nicht solch ein Widerling!« Lilou stieß ihren Fuß in den Türspalt. »Er hat Muskelbeschwerden beim Treppensteigen oder Aufstehen. Manchmal gibt es wohl auch Taubheitsgefühle. Alles im linken Bein.«

Moreau tippte mit dem Finger auf ihr Brustbein. »Er. Soll. Selbst. Herkommen.«

»Seine Ärzte wissen nicht weiter.«

»Und. Sie. Auch. Nicht.« Moreau hörte nicht auf mit dem Tippen. Sein knochiger Finger war hart wie Stahl.

»Hören Sie auf damit. Es hat mich viel Überwindung gekostet herzukommen. Sie machen mich ununterbrochen schlecht, dabei haben Sie keine Ahnung, wie ich arbeite.« Lilou schluckte. »Welche Informationen brauchen Sie, damit Sie eine Ferndiagnose stellen können? Oder zumindest sagen, welche Krankheiten infrage kämen? Bitte springen Sie über Ihren Schatten, Doktor Moreau, ich habe es gerade nämlich auch getan.«

»Sie hauen jetzt ab. Und zwar sofort.« Schon wieder tippte er mit dem Zeigefinger fest auf ihr Brustbein. »Ihnen. Sage. Ich. Nichts. Sie Betrügerin.« Er trat mit seinem Fuß auf ihren und versuchte, die Tür zuzudrücken.

Lilou spürte, wie ihre Faust sich ballte. Und dann schlug sie Moreau ins Gesicht, erwischte ihn am rechten Auge und seiner Nase. »Sie Arschloch.«

Sie zog nicht nur den Fuß zurück, sondern auch die Tür zu.

Dahinter hörte sie Moreau fluchen und etwas von Polizei und einem Rechtsanwalt rufen.

Sie trat noch einmal heran. »Machen Sie das nur! Sie werden zum Gespött von ganz Beuvron-en-Auge werden, wenn herauskommt, dass die kleine Kräuterhexe Sie ausgeknockt hat.«

Moreau wurde stumm.

Lilou verließ das Grundstück mit viel leichterem Schritt, als sie gekommen war.

Doch einen Rat für Jules Lignier hatte sie immer noch nicht.

Die Natur der Normandie schien heute zu explodieren, überall spross es in die Höhe, das Grün konnte gar nicht schnell genug aus dem Boden schießen, die Blüten platzten geradezu auf. Die Erde war so voller Kraft, als wolle sie nie mehr aufhören, die Welt mit Pflanzen zu füllen. Lilou liebte den Frühling und sog die pollengeschwängerte Luft tief in die Lungen. Würde sie nicht auf dem Fahrrad sitzen, wären ihre Augen nun geschlossen. Die Luft machte vieles wieder heil, was eben in ihr kaputtgegangen war, sie war wie eine Kur für die Seele.

Als sie an ihrem Hexenhäuschen ankam, freute sie sich sehr darauf, Mademoiselle schnurrend auf dem Schoß zu haben und Depardieu hinter den Ohren zu kraulen. Heute Abend würde sie im Internet nach anderen Fachärzten suchen, und wenn die in Straßburg oder Bordeaux saßen, dann würde sie da eben anrufen. Niemand brauchte Moreau.

Sie stellte ihr schwarzes Hollandrad in den kleinen Holzschuppen, den sie selbst neben dem Haus gebaut hatte, und schloss danach schnell die Haustür auf. Wie zu erwarten war keiner ihrer zwei Mitbewohner zu sehen. Wahrscheinlich hatten sie sich an diesem herrlichen Tag in den Kräuter- und Gemüsegarten hinter dem Haus verzogen, um dort faul in der prallen Sonne zu liegen.

Als sie durch die Küche zur Hintertür ging, um die beiden zu suchen, hörte sie von draußen ein merkwürdiges Geräusch, das weder von Mademoiselle noch von Depardieu stammen konnte. Nur zögerlich öffnete sie deshalb die Tür und blickte sich um. Links stand eine große hölzerne Bank, auf der die kleine Katze gerne eingerollt lag. Doch diesmal schlummerte sie nicht da, diesmal saß dort ein Mann, unter dem die massive Bank fast wie ein Kindermöbel wirkte. Ihm liefen Tränen die Wange herunter.

»Bruno? Was machst du denn hier?« Lilou setzte sich neben ihn, kramte in ihrer Hosentasche und reichte ihm ihr Stofftaschentuch.

»Weiß nicht, wo ich hinsoll«, sagte Bruno, dessen Stimme viel höher war, als man es bei solch einem Kerl erwarten würde.

»Wie bist du hergekommen? Dein Auto steht gar nicht vor dem Haus.«

Er wies mit seiner großen Hand über das Feld. In der Entfernung stand ein rotes Citroën DS3 Cabrio, einfach am Straßenrand geparkt, im Dreck, obwohl er seinen geliebten Wagen doch so hegte und pflegte.

»Hast du mit Amélie gesprochen?«

Er schüttelte den Kopf.

»Ich mach dir erst mal einen Tee. Der wird dir guttun.«

Bruno hielt sie am Arm fest. »Keinen Tee. Antworten. Was soll ich tun, Lilou?«

Sie setzte sich wieder. »Was willst du denn tun, Großer?«

»Ich will zu ihr zurück.«

»Dann geh doch. Du hast einen Schlüssel.«

»Sie hat mich betrogen. Da kann man nicht einfach so tun, als wäre nichts gewesen. Das hat sehr wehgetan. Tut es immer noch.«

Lilou stand auf. Der Große brauchte einen Tee, ob er wollte oder nicht. Sie setzte eine selbst zusammengestellte Mischung mit Melisse, Kamille, Süßholzwurzel, Lavendelblüten, Jasmin und Rooibos auf. Es war immer ein kleines Schauspiel, wie das warme Wasser die Blüten wachküsste, sie zum Leben erweckte, wie das betörende Aroma aus der Tasse dampfte und ihre Nase umspielte. Wenn sie diese Teemischung trank, ging es ihr immer besser, und die Welt, die vorher aus der Balance schien, richtete sich wieder etwas zurück in die Horizontale.

Sie reichte Bruno die große, warme Tasse. Dieser hielt sie in den Händen, als wüsste er nicht, was er damit anfangen sollte. Mademoiselle und Depardieu waren zwischenzeitlich auch zur Bank gekommen, von woher auch immer, und schienen ihren interessierten Blicken nach zu denken, dass es etwas zu essen gab.

»Du musst mit ihr reden«, sagte Lilou.

»Bin doch nicht gut im Reden.«

»Ohne Reden geht es nicht. Trink etwas.« Sie hob Brunos Tasse mit ihrer Hand seinem Mund entgegen.

»Ist da Alkohol drin?«, fragte Bruno.

»Wie kommst du darauf? Das ist Rooibos-Tee.«

Bruno grunzte. Alles ohne Alkohol war für ihn kein vollwertiges Getränk. »Schmeckt komisch.«

»Tut aber gut. Fahr zu ihr. Sag ihr, was du für sie fühlst und dass du nicht weiterweißt, dass du sie nicht verlieren willst, aber dass so was wie in Le Havre nicht geht.«

»Geht gar nicht!«

Sie strich ihm einige Haare aus der Stirn. »Liebst du sie trotzdem?«

Bruno nickte. »Aber das ist dumm!«

»Intelligenz und Liebe haben weniger gemeinsam als Essig und Öl. Und das ist auch gut so.«

Er nahm einen Schluck. »Meinst du, sie macht so was wieder?«

Sollte sie ihm die Wahrheit sagen? Diesem großen Kerl mit der Seele eines Kindes. Sollte sie ihm die Hoffnung lassen oder ihn vor Amélie schützen? Vor Amélie, die sagte, sie wisse nicht, was sie wolle. Und das war eigentlich Selbstbetrug. Wenn Amélie nicht wusste, ob sie Bruno wollte, dann wollte sie ihn nicht genug. Amélie war sprunghaft, brauchte den Kitzel im Bauch, wenn die Schmetterlinge vom vielen Flattern müde waren. Man konnte tatsächlich die Uhr danach stellen. Zweieinhalb Jahre, dann klappte auch der letzte Falter die Flügel zusammen.

Bruno sah sie an mit seinen großen Augen. Er wollte eine Antwort. Nein, falsch, er wollte Hoffnung. Er war noch nicht bereit, Amélie gehen zu lassen, das sah Lilou nun. Wahrscheinlich wäre es besser für ihn, es würde das Unausweichliche nicht hinauszögern, denn das würde nur noch mehr Enttäuschung und Verletzungen bringen. Aber Bruno konnte noch nicht loslassen. Aus einem ganz einfachen Grund: Er liebte Amélie. Und diese Liebe würde ab jetzt mehr schmerzen als ihn glücklich machen. Dabei war Bruno der Richtige für diesen Dickkopf von Amélie. Und irgendwann würde sie das vielleicht doch noch begreifen. Die Hoffnung darauf war klein, doch sie existierte.

»Geh zurück, Großer. Geh zu ihr. Bring ihr Blumen, geh mit ihr essen.«

»Aber *sie* hat *mich* betrogen! Das sieht dann ja so aus, als hätte *ich sie* betrogen!« Bruno blickte nicht auf, sondern weiter in die mittlerweile leere Tasse zwischen seinen Pranken.

»Zeig ihr, dass es keinen Grund gibt, dich zu betrügen, dass du alles bist, was sie braucht. Und wenn Amélie das begriffen hat, dann sag ihr, wie sehr sie dich verletzt hat.«

»Das verstehe ich nicht.« Bruno stellte die Tasse auf den Boden. Dort wurde sie sogleich von Mademoiselle und Depardieu untersucht.

Lilou legte ihren Arm um ihn, er reichte kaum aus dafür. »Vertraust du mir?«

»Ja, Lilou. Du bist eine kluge Frau.«

Depardieu legte sich quer über Brunos Schuhe, Größe 51. Es konnte unmöglich bequem sein, doch der Mastiff schloss zufrieden die Augen.

»Dann tu einfach, was Lilou dir sagt. Depardieu mag es übrigens, gestreichelt zu werden, selbst wenn er schläft. Hinter den Ohren bitte.«

Tee und Depardieu, es sollte sie auf Rezept geben, fand Lilou.

»Sag mal, du lebst doch schon länger in Villers-sur-Mer. Kennst du einen Jules Lignier?«

Bruno kraulte Depardieu, der dafür genießerisch den Kopf hob. »Klar.«

»Was weißt du über ihn?«

»Wieso?«

»Ich arbeite jetzt für ihn als Haushälterin.«

»Wusste gar nicht, dass du so was machst.«

»War eine spontane Eingebung. Wegen eines Apfelbaums. Erzähle ich dir ein andermal in Ruhe.«

»Okay.«

»Erzähl mir von ihm!«

»Da gibt es nicht viel.«

»Alles, was du weißt.«

Bruno blickte auf, er schien sein Gehirn im gemächlichen Tempo zu durchforsten, die Spinnweben beiseitestreifend, um freien Blick auf die Erinnerungen zu haben.

»Er war früher Segler. Sehr gut war der. Sogar in der Nationalauswahl.«

»Warum hat er aufgehört?«

»Musste den Betrieb übernehmen, weil sein Vater starb. Herzinfarkt.«

»War er mal verheiratet?« Aktuell zumindest war kein Ring an seinem Finger, und auch im Haus war Lilou bislang auf keine Spur einer Frau gestoßen.

»Keine Ahnung. So was interessiert mich nicht. Aber ich kann mich nicht erinnern, dass er je mit einer Frau zu uns in die Boulangerie gekommen ist. Das ist so einer, der für die Arbeit lebt. Hab den auch nie abends in der Bar gesehen oder so.« Bruno blickte sie an. »Ich fahr zu Amélie. Sofort. Sie kommt gleich nach Hause. Und ich muss noch Blumen kaufen!«

»Guter Junge«, sagte Lilou und gab ihm einen Kuss auf die

Wange. »Warte, einen Gefallen müsstest du mir noch tun. Es geht um morgen früh.«

Und nachdem Lilou ihm erklärt hatte, worum es ging, sagte Bruno seine Hilfe ohne Zögern zu.

Sternschnuppen trinken
Der Cidre prickelt im Glas
Verdunstungswärme

Gustave Eiffel

Windstill

Am nächsten Morgen fuhr Lilou eine Stunde früher in die alte Lignier-Villa, um für ihren Plan alles in Ruhe vorbereiten zu können. Sie war ganz still dabei, um Jules nicht aus dem Schlaf zu reißen.

Fünf Minuten vor der vereinbarten Weckzeit stand sie vor seiner Zimmertür und schaute immer wieder auf ihre Armbanduhr. Lilou konnte nicht erwarten, dass es endlich losging, und fühlte sich wie vor einer roten Ampel, die nicht umschlug, solange man sie anschaute. Vor lauter Ungeduld rückte sie alle Bilder im Flur der ersten Etage zurecht, obwohl keines von ihnen schief gehangen hatte.

Dann war es endlich so weit, sie konnte klopfen. Lilou lauschte drei, vier, fünf Sekunden, dann trat sie ein, ohne auf das »Herein« zu warten.

Jules lag noch im Bett und setzte sich schläfrig die Brille auf. »Ich habe doch noch gar nichts gesagt.«

»Sie haben nicht geantwortet, da habe ich mir Sorgen gemacht.« Lilou zwinkerte ihm zu. »Und außerdem sagt man erst mal: Guten Morgen.«

»Guten Morgen.« Er gähnte lange.

»Geht doch.« Sie öffnete schmunzelnd die beiden Schlafzimmerfenster, klappte die Läden auf und setzte sich danach zu Jules aufs Bett. »Wir müssen reden. Das heißt, ich muss reden. Und Sie müssen zuhören. Sagen Sie erst mal nichts. Also: So geht das nicht weiter. Ich kann das nicht. Dieses gewollt Höfliche. Das bin ich so gar nicht. Da werde ich verrückt. Entweder ich darf Lilou sein, oder Sie müssen sich jemand anderen suchen. Und Siezen finde ich auch doof, da komme ich mir wie eine Magd vor. Duzen oder gar nichts.«

Jules lächelte verschlafen. »Sonst noch was? Ein Vertrag mit geregelten Arbeitszeiten, Lohnfortzahlung im Krankheitsfall, Urlaubstagen, Weihnachtsgratifikation?«

»Ja. Ja. Ja. Ja. Da hatte ich noch nicht drüber nachgedacht. Aber das habe ich ja jetzt. Also viermal ja. Und schreiben Sie, also schreib du rein, dass ich dich beschimpfen darf, wenn ich es für angebracht halte.«

Jules stutzte. »Und was ist, wenn ich es nicht für angebracht halte?«

»Das ist egal.«

»Bitte?«

»Und diese Zusatzregelung sollte auch in den Arbeitsvertrag.«

»Das ist aber sehr ungewöhnlich.«

»Ich bin auch sehr ungewöhnlich, und das werden … wirst du gleich sehen.« Sie gewöhnte sich erst langsam an die vertraulichere Form. Sie fühlte sich an wie ein neuer Schuh, der mit jeder Sekunde besser passte, weil sich das Leder an den Fuß gewöhnte. Bald würde sie herrlich darin laufen können.

»Ich werde es sehen?«, fragte Jules nun nach. »Ich hoffe, erst nach dem Frühstück?«

»Nein. Beim Frühstück. Heute ist Samstag, das heißt, du musst nicht nach Saint-Ursules. Als deine Hausdame habe ich deshalb einen Ausflug angeordnet.«

»Hausdame?«

»Gefällt mir besser als Haushälterin. Klingt eleganter. Und besser bezahlt.«

»Und du hast den Ausflug *angeordnet*?«

»Hausdamen dürfen anordnen. Hatte ich vergessen, das zu erwähnen?«

»Und wer bin ich in diesem merkwürdigen Spiel?«

Lilou blickte ihn an. Darüber hatte sie noch gar nicht nachgedacht.

Jules half ihr aus. »Hausherr möchte ich nämlich dann auch nicht mehr sein. Das hat viel zu wenig Glanz, wenn man eine Hausdame beschäftigt.«

»Das stimmt.«

»Ich wäre gerne ein Marquis.«

Lilou schüttelte den Kopf. »Für einen Marquis würde ich nicht arbeiten, das wäre unter meiner Würde. Sie sind ein Duc!«

»Du hast Sie gesagt.« Jules lachte vergnügt.

Er hatte ein wirklich schönes Lachen. Es war ganz befreit. Gar nicht so kontrolliert, wie er sich sonst gab. Und seine schönen braunen Augen waren mit einem Mal voller Leben.

»Verdammt!« Lilou musste nun auch lachen. »Ich hab nur wegen des Adelstitels gesiezt! Und jetzt zieh dich schnell an. Wir haben schließlich etwas vor. Wie geht es denn deinem Bein heute?«

»Besser!« Er lächelte sie an.

Und er log. Lilou konnte es sehen. Sie mochte es, wenn man Männern das Lügen ansah. Das machte es leichter, sie zu durchschauen. Man musste sie aber im Glauben lassen, genau dies nicht zu tun.

»Wunderbar! Dann sehen wir uns in einer Viertelstunde unten. Und zieh bloß keine von deinen guten Klamotten an.«

Als Jules mit Lilou den Strand betrat, befahl sie ihm, die Augen zu schließen und ihre Hand zu nehmen, um sich zu der von ihr geplanten Überraschung führen zu lassen. Jules wollte zuerst nicht, doch Lilou bestand darauf. Sehr nachdrücklich. Es war nur eine kleine Berührung ihrer Hände, und doch fühlte es sich nah an, als verbänden die Hände sie im Ganzen. Eben, auf dem Weg her zum Strand, war ihm aufgefallen, dass es ihm gefiel, wie sie sich bewegte. Er hatte sich nie in Beine verliebt, nie in Pos und Busen, ja nicht einmal in Lippen und Augen. Er hatte sich stets in Frauen verliebt, weil er mochte, wie sie sich bewegten. Es ging nicht um einen kecken Hüftschwung oder ein Wackeln des Hinterteils, ganz im Gegenteil. Er liebte es, wenn Frauen gingen, als könnten sie jeden Augenblick beginnen zu tanzen. Wenn etwas Beschwingtes in ihrem Gang war, in ihren Bewegungen, wenn er ihnen einfach zuschauen musste. Freunde hatten ihn immer wieder mal nach seinem Typ gefragt, doch wie sollte er die Bewegungen beschreiben, welche sein Herz beschleunigten? Man sagte immer, die Seele eines Menschen spiegelte sich in seinen Augen, doch Jules bezweifelte das. Zu oft hatten schöne Augen ihn getäuscht. Doch wie ein Mensch sich bewegte, sagte so viel mehr aus.

Lilou bewegte sich nicht, als würde sie gleich beginnen zu tanzen. Sie bewegte sich, als liefe sie gleich los und spränge dabei immer wieder hoch in die Luft.

»Gleich sind wir da«, hörte er sie sagen. Lilou hatte darauf bestanden, dass er Schuhe und Socken auszog. Der Sand war an der Oberfläche bereits warm von der Morgensonne, doch schon wenige Zentimeter darunter noch kühl von der Nacht. Seine Zehen versanken tief, manchmal berührten die Fußsohlen Muscheln oder kleine Steine. Zuerst zuckte er zurück, doch nach kurzer Zeit genoss er die kleinen Überraschungen, die der Strand von Villers-sur-Mer zu bieten hatte – zumindest solange sie nicht allzu spitz waren.

Sanft zog ihn Lilous Hand, doch dann löste sie diese, und er vermisste sie sogleich ein wenig.

»Noch einen Schritt mit geschlossenen Augen. Und nicht erschrecken!«

»Wieso erschrecken?«, fragte Jules. Dann spürte er das kühle Wasser des morgendlichen Atlantiks und erschrak. Jules öffnete die Augen.

Vor ihm bewegte sich ein Ruderboot sanft auf und ab. Der mit einem Tau daran befestigte Anker lag auf dem Strand. »Ein Ruderboot? Das ist die Überraschung?«

»Wir frühstücken auf dem Meer! Weil du früher Segler warst.«

Jules lachte und krempelte sich die Jeans hoch.

»Warum lachst du jetzt?«, fragte Lilou.

»Weil ich Segler war und nicht Ruderer. Das ist ungefähr so, als würdest du einem überzeugten Motorradfahrer einen Traktor vor die Haustür stellen. Und ich habe auch nie auf einem Segelboot gefrühstückt. Das war Sport damals.«

Lilou zuckte mit den Schultern, dann raffte sie ihren dunkelblauen Rock etwas hoch, den sie zu ihrem T-Shirt mit van Goghs Sternenhimmel trug, und kletterte mitsamt dem Picknickkorb an Bord des Ruderboots, das Bruno auf den Namen seines Lieblingsfilms getauft hatte: »Terminator«. »Ist mir alles völlig egal. Du ruderst mich jetzt aufs Meer, und dann wird gefrühstückt. Wir können uns ja einfach vorstellen, dass es ein Segelboot wäre.«

»Du könntest ein Taschentuch hochhalten, das würde es mir erleichtern.«

Lilou streckte ihm die Zunge raus. »Wenn du nicht rudern kannst, dann sag es einfach. Ich habe mir wirklich Mühe mit dieser Überraschung gegeben. Du hast dich nun darüber zu freuen!«

Jules sah ein, dass es besser war, an Bord zu gehen und nichts weiter zu sagen.

»Wieso sagst du nichts mehr?«, fragte Lilou und blickte ihn von der Sitzbank des Ruderboots aus an.

War wohl doch nicht besser so. »Ich freue mich auf unseren Ausflug. Ein wenig rudern kann ich auch.«

»Dann ist ja alles gut. Denn rudern wirst du. Ich bin nämlich die Smutje an Bord.«

»Lass mich raten, das muss auch in den Arbeitsvertrag?«

Lilou nickte zufrieden. »Langsam kapierst du es.«

Und dann ruderten sie hinaus auf den Atlantik. Links hinter ihnen wurden die Schwarzen Kühe immer kleiner, rechts die sich weit erstreckende Uferpromenade Villers-sur-Mers. Zuerst der historische Teil, der sich nicht zwischen pittoreskem Fischerdorf und mondänem Seebad entscheiden konnte, dann der unentwegt wuchernde neue Teil mit den Ferienwohnungen der Pariser, die in austauschbaren Wohnkomplexen nur eins wollten: nicht auf andere Wohnkomplexe blicken, sondern auf das sich stetig wandelnde Meer.

Die Luft wurde salziger, der Wind stärker, die Wellen höher, je weiter Jules hinausruderte, und irgendwann befahl Lilou, den Anker zu werfen. Um keine Diskussion über Cidre zu eröffnen, hatte sie sich für einen Poiré entschieden, einen Birnenwein, den Jules' Hofgut nicht herstellte. Sie hatte eine Kühlmanschette darumgelegt, öffnete die Flasche nun mit einem vielversprechenden Plopp und goss die prickelnd goldene Flüssigkeit in zwei zuvor von Geschirrtüchern geschützte Gläser.

»Ich weiß, dass Alkohol am Steuer verboten ist. Aber das hier sind ja nur Ruder, deshalb dürfen wir.«

Jules schüttelte ungläubig den Kopf.

»Warum machst du das?«, fragte Lilou.

»Weil ich dich nicht fassen kann. Ehrlich gesagt, verstehe ich dich nicht. Und wissen tu ich kaum etwas über dich.«

»Erst mal anstoßen!« Die Gläser erklangen hell. »À ta santé! Und dazu, dass du mich nicht verstehst und nichts über mich weißt: Das ist doch immer so, wenn man jemanden neu kennenlernt.« Sie tranken beide einen Schluck.

»Findest du? Manche Menschen kennt man, bevor man erstmals ein Wort aus ihrem Mund gehört hat. Man weiß genau, was sie sagen, was sie denken, was sie tun.«

»Wie langweilig. Aber du hast Glück, mich kannst du ganz viel fragen und dich ganz viel überraschen lassen.« Sie strahlte ihn an.

Jules war sich nicht sicher, ob Lilou mit ihm flirtete oder es einfach ihre Art war, dieses Spielerische, dieses Leichte. Und er wusste nicht einmal, ob er selbst flirtete oder einfach bei dem Spiel einstieg.

»Los, frag! Irgendwas!«, sagte Lilou nun, während sie das Frühstück aus dem Picknickkorb holte und auf der Sitzbank drapierte.

»Was gibt es zu essen?« Jules lächelte sie frech an. Egal, ob es Flirten oder ein Spiel war. Er genoss es. Wie lange war es her, dass er so unbeschwert mit einer Frau zusammen gewesen war? Jules wollte die Jahre nicht zählen.

»Schwache Frage«, sagte Lilou. »Aber die Antwort ist umso besser: Es gibt Baguette, Croissants, Aufschnitt, Käse sowie selbst gemachte Marmeladen von mir, aber der Höhepunkt sind fünf Œufs Cocotte – und die sind sogar immer noch warm, da ich sie gut eingepackt habe. Probier!«

Lilou reichte ihm stolz eines der Gläschen. Jules brach ein Stück Baguette ab und tunkte es in die Melange aus gehobelten Perigord-Trüffeln, flüssigem Eigelb, dem gerade so gestockten, herrlich weichen Eiweiß und dem darunterliegenden Livarot, der mit fein geschnittenen Schalotten und Crevetten vermischt war. Es war ein Gericht, das so viel erzählte von der Reichhaltigkeit der Normandie, vom Meer und vom Land. Die wie feinster Waldboden duftenden schwarzen Trüffel stammten zwar nicht aus der Umgebung, aber gegen die hatte er nichts einzuwenden.

»Schmeckt es dir?«, fragte Lilou.

Jules nickte, denn das tat es. »Ich hätte nicht gedacht, dass du so gut kochen kannst.«

Lilou streckte ihr rechtes Bein aus und trat ihn spielerisch gegen die Wade. »Sag mal! Hast du etwa meinen tollen Normannischen Kartoffelsalat schon vergessen?«

Verdammt, jetzt hatte sie ihn. »Ich meine ja … alles zusammen. Also deine gesamten Kochkünste.«

»Das klang aber gerade ganz anders!« Sie hob drohend den Zeigefinger.

»Lag sicher am starken Wind.«

Lilou grinste. »Gerade ist es doch total windstill.«

»Es sind launische Winde. Typisch für diesen Abschnitt des Atlantiks. Das musst du mir schon glauben.«

»Oho, das war ja ein Witz, Monsieur Lignier.« Lilou stellte schmunzelnd ihr leer gelöffeltes Glas zurück in den Picknickkorb und nahm sich ein neues. »Auch noch eins?«

»Ja, gern. Und Witze sind nicht ungewöhnlich für mich.«

»Du erschienst mir bei unserer ersten Begegnung sehr ernst.« Sie goss Jules ungefragt Poiré nach, bis ganz an den Rand des Glases, weswegen er gleich etwas verschüttete. »Aber wenigstens erschienst du mir nicht so tollpatschig wie jetzt!« Lilou reichte ihm eine der von ihr eingepackten Servietten.

»Das war nicht meine Schuld!« Er sah, dass sie ihre Augenbrauen wie eine strenge Lehrerin emporgezogen hatte, die mit seiner gerade getätigten Aussage ganz und gar nicht zufrieden war. »Okay. Ich gestehe. Alles. Zufrieden?«

»Vorerst«, sagte Lilou, nahm einen Schluck und lehnte sich etwas zurück, das Gesicht zur Sonne. »Erzähl mir, warum du sonst so ernst bist. Das muss ich als deine Hausdame wissen.«

Was sollte er ihr sagen, dieser Frau, die ihn nun so herausfordernd ansah? Es war, als locke sie ihn dazu, sein Blatt Spielkarten aufzudecken und ihr einen charmanten Vorteil einzuräumen. Jules blickte in ihre Augen, denn er wollte sehen, ob sich dort wirkliches Interesse an ihm verbarg. Jules erzählte seine Lebensgeschichte nicht gerne, denn dadurch wurde sie ihm immer etwas fremder. Die Formulierungen wiederholten sich, die traurigen Pointen wurden zu schlechten, ausgeleierten Witzen. Wie viele Male konnte er sie in seinem Leben noch erzählen, bis er dabei nichts mehr fühlte? Einerseits wäre das gut, all den

Schmerz, all die Wut für immer hinter sich zu lassen, die es sich so bequem in ihm gemacht hatte, dass sie wie ein Organ wirkte, ohne das er nicht mehr leben konnte. So, wie das Herz Blut und Leben durch seinen Körper schickte, so war dieses für die Melancholie zuständig, die immer mitschwang, wenn er atmete. Andererseits war all dies zu wichtig, um es zu einem Thema für Small Talk zu machen. Es war etwas, das man einem besonderen Menschen anvertraute. Ehrlichkeit, hatte Claude ihm einmal gesagt, musste man sich verdienen. Diese Frau, die ihn nun neugierig anschaute, während sie einen Schluck des köstlichen Poirés nach dem anderen trank, hatte sich in kürzester Zeit viel seiner Ehrlichkeit verdient. Er spürte, dass er ihr noch mehr gewähren wollte, ganz viel sogar, sie ihr anvertrauen, sie mit ihr teilen. Und doch war die Angst in ihm stärker. Wenn Lilou es wert war, dann würde sie auch noch warten können, dann würde sie es verstehen.

Jules schob seine Brille auf dem Nasenrücken empor. »Ich bin so ernst, weil der Beruf eines Cidre- und Calvadosproduzenten ernst ist – auch wenn er sich um etwas Schönes dreht.«

»Lahme Antwort.« Lilou strich sich die roten Locken zurück. »Es gibt etliche Unternehmer, die gut gelaunt sind. Also weiter, da steckt doch noch mehr dahinter. Spuck es aus. Cidreproduzent ist gar nicht das, was du werden wolltest, oder? Dein Herzblut steckt nicht drin. Stimmt's?«

»Du hast mit Claudette geredet! Das ist schändlicher Betrug!« Jules senkte seine Hand ins kühle Wasser des Atlantiks und spritzte sie nass.

»Stimmt gar nicht!«

Er merkte, wie sein Wunsch, ihr etwas von sich zu erzählen, stärker wurde als die Angst. »Na gut, es stimmt. Ich wollte diese Aufgabe nicht. Da hast du recht. Oder Claudette. Spritz mich nicht nass!« Er hob die Hände – doch Lilou spritzte erst, als er sie wieder senkte. »Das habe ich wohl verdient.«

»Hast du. Und mehr noch.«

»Also, eigentlich wollte ich ans Gericht. Dort für Gerechtigkeit sorgen. Dass den guten Menschen Gutes und den Schlechten Schlechtes widerfährt. So habe ich mir das als Kind vorgestellt. Wie ein Rächer in schwarzer Robe. Aber dann starb mein Vater, und ich musste ran. Ende der Geschichte.« Er blickte hinaus auf den Ozean und nach einem Atemzug zurück zu ihr. »Jetzt du. Immer schön abwechselnd.«

Lilou verzog das Gesicht zu einer gefährlichen Fratze. »Das ist ja wie in *Das Schweigen der Lämmer*.«

»Dann sag etwas, Hannibal Lector.«

»Du willst etwas über mich wissen, Duc? Ich bin eine Enttäuschung. Für meine Eltern, weil ich mein Biologiestudium an der Sorbonne geschmissen habe, für meine Freunde, weil ich Paris für die provinzielle Normandie verlassen habe. Für meinen Exfreund, weil ich aus unserer gemeinsamen Wohnung im 5. Arrondissement ausgezogen bin, die er ohne mich nicht halten konnte. Das alles ist jetzt gute vier Jahre her.«

Jules besah sich die Frau, die eine Enttäuschung war und sich für ihn so gar nicht wie eine anfühlte. »Und für dich? Bist du für dich eine Enttäuschung? Das ist doch das einzig Wichtige.«

Lilou schüttelt entschieden den Kopf. »Ich sitze bei strahlendem Sonnenschein in einem kleinen Ruderboot und esse die besten Œufs Cocotte der Welt. Wie könnte ich enttäuscht sein? Oder sind das etwa nicht die besten Œufs Cocotte?«

»Dazu wirst du von mir keinen Widerspruch hören.«

»Das wollte ich auch gehofft haben!« Sie lachte. Dabei bildeten sich kleine Grübchen neben ihren Augen, die ihr Lachen noch schöner werden ließen. Sie griff in den Picknickkorb. »Oh, nur noch eins da. Ich hab eine Idee: Wir spielen ein Spiel. Man darf nur mit Ja oder Nein antworten. Egal, wie die Frage lautet. Der Erste, der etwas anderes sagt, verliert das letzte Œuf Cocotte! In Ordnung?«

»Ja«, sagte Jules. Und meinte nicht nur »Ja« zu dem Spiel. Er meinte, dass er ihr so vieles sagen wollte, auf diesem Ruderboot, dass er mit ihr hierbleiben wollte, bis die Sonne unterging – und sie immer mal wieder nass spritzen.

Lilou setzte das letzte Œuf Cocotte genau zwischen sie ins Boot.

In diesem Moment klingelte sein Handy. Er hatte gar nicht darüber nachgedacht, dass es hier Empfang geben würde.

»Spreche ich mit Jules Lignier?«

»Ja.«

»Hier ist Mademoiselle Santini von der Praxis Doktor Dupont.«

»Ja?«

Lilou zeigte mit beiden Daumen hoch. »Das waren schon drei Ja«, flüsterte sie.

»Wir haben nun die Ergebnisse Ihrer gestrigen Untersuchungen.« Ein kurzes Rauschen unterbrach die Leitung. »Sind Sie noch da?«

»Ja.« Erst jetzt fiel ihm auf, dass er sein taubes Bein völlig vergessen hatte.

»Doktor Dupont möchte Ihnen die Ergebnisse so schnell wie möglich erläutern. Heute noch. Können Sie kommen?«

»Ja.«

»Am besten kommen Sie direkt. Leider ist die Praxis voll, aber wir nehmen Sie dran, sobald es geht.«

»Danke.« Jules legte auf.

Lilou riss die Arme in die Höhe. »Verloren! Verloren! Ich bekomme das letzte Œuf Cocotte.« Sie beugte sich weit nach vorn, um es sich zu nehmen. Das Boot schwankte, und Lilou schwankte, berührte sein Bein, seinen Schoß. Jules spürte die Wärme ihres Körpers, die Zartheit ihrer Haut. Sie drohte das Gleichgewicht zu verlieren. Um sie festhalten zu können, ließ er das Handy los, ließ es ins Meer hineinfallen, wo es sofort versank. Er nahm Lilou nicht in den Arm, obwohl er in den Arm genommen werden musste. Er sagte ihr nicht, sie solle bei ihm bleiben, obwohl er nicht allein sein wollte, er teilte ihr nicht mit, was los war, obwohl er wusste, dass Teilen die Angst ein wenig leichter machen würde.

Er sagte nur: »Wir müssen sofort zurück.«

Und der Zauber war gebrochen.

Caen hatte den Ruf, nach der großen Schlacht im Zweiten Weltkrieg allzu schnell wieder aufgebaut worden zu sein und nahezu sämtlichen Charme verloren zu haben. Auf den aseptischen Stadtteil, in dem Jules sich nun befand, traf es mit Sicherheit zu. Die hohen, verspiegelten Türme sahen aus wie klinisch saubere Hühnerställe.

Jules stand vor einem dieser modernen Bürogebäude und blickte auf das weiße wetterfeste Schild mit dem Namen von Doktor Dupont und dessen Sprechzeiten. Er wusste nicht, wie er es nach Caen geschafft hatte, ohne mit dem Wagen von der Fahrbahn zu geraten. In seinem Kopf war das Telefongespräch mit der Arzthelferin in Endlosschleife gelaufen, und er hatte sich immer wieder gefragt, wie ihre Stimme geklungen hatte. War sie besorgt, betroffen oder einfach nur desinteressiert und professionell zu ihm gewesen? Zum Schluss war er sich sicher: Sie hatte zu langsam gesprochen, als dass sie nichts wüsste. Es war der vorsichtige Umgang mit jemandem, dem es nicht gut ging, den es zu schonen galt.

Erst als er zurück zu seinem Wagen blickte, dem seit sieben Jahren am rechten Kotflügel verbeulten himmelblauen Peugeot 508 seines Vaters, sah er den General Zigarette rauchend am Steuer sitzen und in einer Ausgabe der *Ouest France* lesen. Jules erinnerte sich wieder, dass er zum *Café de la Poste* gegangen und diesen von seinem nebligen Pastis weggeholt hatte, damit er den Wagen fuhr. Der General hatte nicht gefragt, warum Jules sich dazu nicht selbst in der Lage sah. Sein Gesicht musste Zeichen genug gewesen sein, dass es Fragen gab, die er nicht beantworten wollte. Der General hatte schnell den Pastis heruntergekippt, die Münzen passend auf den Bistrotisch gelegt, seine alte Uniform stramm gezogen und war mit Jules zum Wagen gegangen. Auf der Fahrt hatte er geraucht und Jules geschwiegen.

Vorsichtig drückte Jules' Finger nun den Klingelknopf, im selben Moment ertönte bereits der Türsummer, und er konnte eintreten. Erste Etage, er wartete nicht auf den Aufzug. Jules wollte es jetzt nur noch hinter sich bringen, das Urteil hören.

Vielleicht war es auch gar nichts.

Falscher Alarm.

Ein paar Massagen und alles wieder im Lot.

Er schaffte es kaum den Bruchteil einer Sekunde, daran zu glauben. Als er in die Praxis trat, blickte Mademoiselle Santini, die brünette Sprechstundenhilfe mit den großen goldenen Ohrringen, zu ihm, auf denen er sich immer kleine rote Papageien vorstellte. Sie war es, die ihn eben auf dem Ruderboot angerufen hatte. Als er eintrat, blickte sie nur kurz auf und dann sofort wieder nach unten. So schnell, als wolle sie ihr Gesicht verbergen.

Das Wartezimmer der kleinen Praxis, das sich direkt nach der Eingangstür auf der linken Seite befand, war bis auf den letzten Stuhl gefüllt mit Leiden. Jules würde dort warten müssen, auf den Stühlen, deren Polsterung blattdünn war, im Angesicht der anderen Kranken und im Geruch von Desinfektionsmittel und Mullbinden, der sich in die Nase bohrte wie ein penetrantes Insekt.

Es war wie ein Spießrutenlauf, nun an den anderen Patienten vorbeizugehen, ihre Blicke zu spüren, die seinen Körper nach einer Krankheit absuchten, abschätzten, ob es ihm besser oder schlimmer ging als ihnen selbst.

Die Sprechstundenhilfe sah nicht auf, als er an ihrem Tresen stand, sondern konzentriert auf ihren Bildschirm, während sie etwas tippte. Jules beugte sich so weit vor, dass er sehen konnte, wie sie in Facebook eine Nachricht schrieb.

»Jules Lignier, Sie hatten mich angerufen.«

»Nehmen Sie bitte Platz.«

Jules besah sich die Sprechstundenhilfe genauer. Ihre Ohrringe waren Modeschmuck, die Färbung am grauen Haaransatz noch nicht erneuert, und ihr Parfüm duftete nicht subtil, sondern laut und breit. Sie musste in einem Viertel der Stadt wohnen, wo die Menschen sich nicht mehr leisten konnten.

Er fasste einen Entschluss und beugte sich noch weiter vor. Seine Worte wurden fest, wie Wasser, wenn es gefror. »Nein. Ich werde mich nicht setzen.«

Die Sprechstundenhilfe blickte ins Wartezimmer. »Ja, stimmt, ich fürchte, Sie müssen leider stehen, Monsieur Lignier.«

Er sprach leise. »Sie wissen, wie die Diagnose ist.«

»Der Doktor wird Ihnen gleich alles erläutern.«

»Ich will aber, dass Sie es mir sagen.« Sein Mund war trocken, kein Nachklang mehr zu spüren von den köstlichen Œufs Cocotte, kein Schmelz mehr, keine Würze, keine Wärme. Die Zunge war stattdessen wie nach einer unruhigen Nacht mit dem gräulichen Geschmack des Schlafs bestrichen.

»Dazu bin ich nicht befugt.«

Er griff in die Hosentasche, zog das Portemonnaie heraus und legte einen Hunderteuroschein so vor sie hin, dass keiner der anderen Patienten ihn sehen konnte.

»Niemand wird je erfahren, dass Sie mir etwas gesagt haben. Stecken Sie ihn schnell ein, bevor ihn noch jemand sieht. Tun Sie es schon. Ich will nur den Namen der Krankheit. Sonst nichts.«

Sie rollte mit ihrem Stuhl nach hinten und blickte zur Tür des Behandlungszimmers. Dann rollte sie wieder vor, steckte den Geldschein ein und begann leise zu sprechen.

»Es ist etwas Neurologisches. Sie haben das Guillain-Barré-Syndrom. Ist wohl auch bekannt als ›Aufsteigende Lähmung‹.«

Jules hatte damit gerechnet, dass ihn ein Schlag treffen würde, und doch war er nicht auf die Wucht gefasst gewesen. Dieser Name, er war bedrohlich, er sagte, dass es schlimmer werden würde.

»Was bedeutet das?«

»Sie wollten doch nur den Namen! Das ist er!«

»Ist es heilbar?«

»Das soll Ihnen der Doktor …«

Jules wurde lauter. »Ist es heilbar?«

Die Patienten im Wartezimmer blickten zu ihnen. Einige ganz offen, andere verstohlen hinter ihren Brillen und Zeitschriften den Blick auf Jules richtend.

»Nehmen Sie Ihr blödes Geld wieder. So einen Mist hätte ich nie tun dürfen«, zischte sie nun.

»Ist es heilbar?« Diesmal rief er fast.

»Ich kenne mich da doch nicht aus! Wir hatten so einen Fall noch nie. Ist eine seltene Sache. Sterben wohl manche dran. Aber fragen Sie den Doktor besser selbst.«

»Ist die Krankheit bei mir schon weit fortgeschritten?«

»Ich weiß es doch nicht!«

»Ist die Krankheit …«

Diesmal war es die Sprechstundenhilfe, die laut wurde. »Ich weiß es doch auch nicht!«

Doktor Dupont trat aus dem Behandlungszimmer.

Jules ging ohne ein weiteres Wort.

Er lief nicht zurück zu seinem Wagen und dem General, er ging einfach weiter geradeaus. Gehen. Solange er noch konnte. Auch wenn ihm sein Bein nun wie tot erschien. Weiter. Schritt um Schritt. Gehen und nicht denken. Mit diesem Bein, mit dieser aufsteigenden Lähmung. Es war tatsächlich schlimmer geworden, das tote Gefühl sein Bein emporgekrochen, es fühlte sich nun an wie ein viel zu enger Strumpf, der ihm das Blut abpresste. Jules stellte sich sein Bein fahl vor, wie weiße Asche. Er trat stärker auf, spürte den Schmerz und hoffte, mit ihm das Leben wieder in sein Bein hineinzudrücken.

Unbewusst lief Jules der Sonne entgegen, die unentwegt in sein Gesicht schien und es erwärmte. Irgendwann öffnete sich die Straße vor ihm und wurde zu einem Platz, der wie eine große offene Wunde in der Stadt lag, mehr Verkehrs- als Ruhepol. Die aus hellem gelbem Stein errichtete Burg von Caen thronte vor Jules auf einem grünen Hügel. Jules kannte nichts, das so massiv wirkte wie sie. Ihre Mauern waren so breit errichtet, dass einem die ganze Anlage wie aus Fels geschlagen erschien, als sei die Burg selbst Teil des steinernen Berges. An ihrer Nordostseite ging es ganz gerade nach unten, wie bei einer Steilwand.

Er stieg hinauf zu ihr, trat durch das riesige Tor, wollte ganz nach oben, auf die Zinnen der Burgmauer. Im Inneren gab es mehrere Gebäude, Museen, die Kirche des heiligen Georg, auf Wiesen lagen Studenten und genossen den warmen Frühlingstag, Eltern spielten mit ihren Kindern Fangen, und Verliebte lagen auf Decken aneinandergeschmiegt, die Beine ineinandergeflochten.

Jules nahm die steinernen, von Jahrhunderten voller Schritte mittig abgetragenen Stufen schnell, als müsse er rasch ans Ende gelangen.

Als er schließlich vom höchsten Abschnitt der Burgmauer hinunterblickte auf die Stadt, die sich hinter dem Abgrund in den Horizont erstreckte, da wusste er nicht, warum er emporgewollt hatte. Die Höhenangst drückte seinen Magen zusammen wie einen weichen Schwamm. Doch gleichzeitig ging ein Ziehen von der Tiefe aus, versprach sie ihm etwas, lockte ihn und ließ Adrenalin durch seinen Körper rauschen. Jules beugte sich vor, und seine Muskeln krampften sich zusammen, doch gleichzeitig erschien es ihm wie eine süße Versuchung, das Gleichgewicht zu verlieren und hinunterzufallen. Alles einfach zu beenden.

Von irgendwoher wehte der Duft von Normannischem Kartoffelsalat herüber.

Als Jules sich umdrehte, um zu schauen, wer ihn aß, ob Lilous Gabel sich gerade hineinsenkte, kippte er hintenüber.

Das Glas fiel wie in Zeitlupe, drehte sich dabei, die Bewegung hatte etwas Schönes, Elegantes. Das Licht bestrich es wie zum Abschied, als es auf den Boden traf, mit voller Wucht, und in Tausend Stücke zerbrach.

Lilou blickte auf die Scherben, dann auf die dreifarbige Übeltäterin, die immer noch ungerührt am Rand der Spüle hockte, und pustete ihr in das kleine Gesicht, woraufhin Mademoiselle heruntersprang und aus der Küche raste.

»Das ist das Dritte diesen Monat!«, rief Lilou ihr nach. »Kannst du verfressene Tante nicht mal vorsichtiger beim Ablecken sein? Und übrigens mögen Katzen keinen Cidre! Nur dass du es weißt!«

Scherben brachten angeblich Glück. Doch in diesem Moment hätte sie auf das Glück gern verzichtet, denn zu diesem gehörten Handfeger und Kehrschaufel, die sie erst im Schuppen holen musste.

Als sie die Scherben aufkehrte, fühlte sie sich auf eine merkwürdige Art unwohl, als stimme irgendetwas nicht, als hätte die Welt einen Herzschlag lang ausgesetzt. Lilou schüttelte den Kopf, um diesen dummen Gedanken herauszuschleudern, und widmete sich wieder der Zubereitung des Normannischen Kartoffelsalats. Der hatte Jules doch so gut geschmeckt, deswegen hatte Lilou entschieden, ihn nun mindestens einmal pro Woche zuzubereiten. Und ein wenig mit Kräutern und verschiedenen Cidresorten zu experimentieren. Sie hatte sich von Claudette sogar das Rezept besorgt, nach dem Jules' Mutter ihn immer zubereitet hatte. Er würde sich so freuen!

Lilou lächelte kurz, doch dann wurde dieses Lächeln fest, und es fiel in sich zusammen wie ein aufgestochener Luftballon. Warum gab sie sich überhaupt solche Mühe? Er hatte zusammengezuckt, als sie ihn auf dem Boot aus Versehen berührt hatte. Sie war ihm ganz nah gewesen, sein Mund nur wenig von ihrem entfernt, eine Gelegenheit, wie sie sich nur selten ergab. Sie war in diesem Moment bereit gewesen, ihre Lippen auf die seinen zu legen und den Geschmack des Poiré auf diesen zu schmecken, mehr noch, sie hatte es sich sogar gewünscht. Der Moment, er war so perfekt gewesen, auf dieser kleinen Nussschale von Ruderboot, mit dem leichten Wind, dem strahlend blauen Himmel und dem sanften Wellengang, der sie gewiegt hatte wie kleine Kinder. Und doch hatten sie sich nicht geküsst. Wenn ein Mann eine solche Gelegenheit nicht nutzte, dann würde er vielleicht nie eine nutzen. Lilou hatte zuvor nicht darüber nachgedacht, ob sich da etwas entwickeln konnte mit Jules, aber unterbewusst hatte etwas in ihr gewirkt, sie vorangetrieben, ohne dass es ihr klar gewesen war. Ihr Herz hatte die Kontrolle übernommen, Pläne mit ihrem Hirn geschmiedet. Doch nun war Schluss damit. Sie würde ihm eine gute Haushälterin sein, aber mehr nicht. Nicht auf dem Boot geküsst worden zu sein war eine Beleidigung. Und zweimal würde sie sich nicht beleidigen lassen!

Mademoiselle schlich leise wieder in die Küche und blickte so unschuldig, als könne sie kein Wässerchen trüben.

Da klingelte es an der Tür ihrer Praxis. Sturm. Es gab nur eine Person, die dermaßen heftigen Kontakt mit dem Klingelknopf schätzte. Lilou wischte sich die Hände kurz an dem naturfarbenen Geschirrtuch aus Leinen ab und ging zur Tür, wo sie zunächst über Depardieu hinwegsteigen musste, der wie immer direkt davor und damit mitten im Weg lag.

»Komm ja schon!«

»Ich hab dir was zu erzählen!«, rief Amélie durchs Glasfenster der Tür und klingelte weiter, obwohl sie Lilou bereits kommen sah. Sie wippte aufgeregt auf und ab, die Augen weit aufgerissen.

»Es sieht eher aus, als müsstest du dringend auf die Toilette«, sagte Lilou lachend und schloss die Tür auf. »Hinten rechts, du kennst ja den Weg.«

»Es ist eine Bombengeschichte«, sagte Amélie und küsste Lilou zur Begrüßung dreimal auf die Wangen. »So eine, bei der alle fragen: ›Echt? Nicht wahr!‹«

»Echt? Nicht wahr!«

»Ach, du bist blöd!« Sie knuffte Lilou auf den Oberarm. »Machst du mir einen Kaffee, Süße?«

Sie setzten sich zusammen auf die kleine Terrasse, von der aus man auf die Kräuter- und Gemüsebeete blickte. Jeden Tag verändert sich etwas, dachte Lilou, und manchmal bekommt man es gar nicht mit.

»Also«, setzte Amélie an. »Halt dich fest, ja?«

Lilou hielt sich an der Holzbank fest. »Gesichert.«

»Bruno ist zu mir gekommen, um zu reden. Und er hatte ...« Sie ließ die Pause wie eine leere Comic-Sprechblase stehen.

»Ja?«, fragte Lilou und machte das Spiel mit. »Was hatte Bruno?«

»Er hatte Rosen dabei! Ist das zu glauben? Er bringt mir Rosen. Ich betrüge ihn, und er bringt mir Rosen!«

Lilou musste lächeln. »Hat er gesagt, warum?«

»Er sagt, er hätte nachgedacht. Pff! Nachgedacht? Das kommt mir verdächtig vor. Wahrscheinlich hat seine Mutter ihm den Kopf zurechtgerückt. Ist aber auch völlig egal. Er sagt, ich sei sicher nur deshalb fremdgegangen, weil mir bei ihm etwas gefehlt habe, und er wolle mich nicht verlieren, ich solle ihm sagen, was ich mir wünsche. Und dann hat er sogar etwas geweint, dieser große Bär. Ich hab mich so schlecht gefühlt, Lilou, das kannst du dir gar nicht vorstellen.«

Amélie saß am selben Platz wie Bruno nur einen Tag zuvor. Und obwohl Lilou es ihr nie und nimmer sagen würde, hielt sie die Tasse genau wie ihr großer Bär.

»Und was willst du jetzt tun? Ihn verlassen?«

»Hältst du mich etwa für bekloppt? Wer verlässt einen Mann, der einem nach einem Seitensprung Rosen bringt? Und ich glaube, er hat den ganzen Laden leer gekauft, so groß war der Strauß!«

»Ich würde aber nicht davon ausgehen, dass er dir auch bei den nächsten Seitensprüngen Rosen bringt ...«

»Seitensprünge und ich, wir sind jetzt so.« Sie streckte die Arme weit auseinander. »Und jetzt stell dir eine dicke Mauer dazwischen vor!«

Lilou lehnte sich zufrieden zurück und trank einen Schluck Kaffee. Wenigstens Amélie hatte den Deckel für ihren Topf gefunden. Einen groben, schweren Deckel, aber er passte genau.

»Was hat es eigentlich mit dem Geschenk auf sich?«, fragte ihre Freundin nun.

»Welches Geschenk?« Lilou stand auf, um etwas Spitzwegerich auszurupfen, der sich unerlaubt zwischen ihre Auberginen gesetzt hatte.

»Na, das draußen neben der Tür steht. Was macht das da?«

»Ich weiß nichts von einem Geschenk. Ist das ein Trick? Steht da was von dir? Hast du mir wieder was gebacken?« Und hast du es aus Dankbarkeit getan, weil du doch weißt, dass ich es war, die Bruno den Kopf zurechtgerückt hat? Doch das fragte sie nicht laut, das dachte Lilou nur. Denn sie würde die Antwort darauf durch das erfahren, was Amélie gebacken hätte.

»Ich bin ja so gespannt!«, sagte Lilou und fächelte sich mit der Hand theatralisch Luft zu.

»Das ist nicht von mir, ehrlich! Sonst würde ich es sagen.«

»Ja, klar.« Sie wuschelte Amélie durch die kurzen Haare, was diese gar nicht mochte. »Ich hab dich längst durchschaut.«

Lilou ging nicht durchs Haus, sondern außen herum. Als sie um die Ecke blickte, erwartete sie, eine Papiertüte zu sehen und darin ein kleines Backkunstwerk, das einen Bären und eine Hexe Arm in Arm zeigte. Doch dort stand tatsächlich ein Geschenk. Es war klein, rechteckig, eingepackt in schwarz glänzendes Geschenkpapier und mit einer roten Samtschleife versehen.

»Vielleicht das Dankeschön einer zufriedenen Patientin?«, vermutete Lilou. »Ach, das freut mich. Gerade heute. Wo ich so einen komischen Moment mit Jules hatte, dem Mann, für den ich in Villers-sur-Mer arbeite. Manchmal sorgt das Schicksal eben doch dafür, dass alles in Balance bleibt!«

Sie packte das Geschenk schnell aus. Es enthielt eine glitzernde Packung, auf die ein roter Kussmund gedruckt war.

»Ist das nicht Erotique? Dieses Billigparfüm aus dem Supermarkt?«, fragte Amélie und zog die Nase kraus.

»Ja, das ist es wohl«, antwortete Lilou verwundert und öffnete die Packung, um zu sehen, ob dies nur ein Scherz war und sich etwas anderes darin verbarg. Doch es war Eau de Toilette von Erotique. Das Teenager ihren Freundinnen schenkten, um ihnen einen Wink mit dem Zaunpfahl zu versetzen.

Es klebte sogar noch der Preis dran.

»Da ist was rausgefallen«, sagte Amélie. »Liegt jetzt hinter dir.«

Lilou drehte sich um. Eine kleine weiße Karte. Zögernd und ängstlich statt aufgeregt hob sie diese hoch. Sie wollte die in dicken Großbuchstaben geschriebenen Lettern nicht lesen, irgendetwas schien ihr falsch mit ihnen.

Dieser Duft wird einer so aufregenden Frau wie Ihnen hervorragend stehen. Ich freue mich schon darauf, ihn bei unserer nächsten Begegnung an Ihnen zu riechen. Bis ganz bald, H. B.

Lilou merkte nicht, wie Amélie ihr die Parfümpackung aus der Hand nahm, um daran zu schnuppern.

»Voll eklig. Ob das auf der Haut auch so schlimm riecht?« Amélies Hände fuhren über die knisternde Zellophanfolie, um den Punkt zu finden, wo diese übereinandergeklebt war und aufgerissen werden konnte.

»Nicht auspacken!« Lilou riss es ihr aus der Hand und kontrollierte panisch, ob die Verpackung bereits beschädigt war.

»Was ist denn mit dir los?«

»Ich will das nicht haben.«

»Willst du nichts von dem Typen, der dir das geschenkt hat?«

»Bist du wahnsinnig? Das ist der Bürgermeister von Beuvron-en-Auge.«

»Keine schlechte Partie.« Amélie hob anerkennend die Augenbrauen.

»Er ist widerlich! Und seine Frau ist unheimlich nett und meine Patientin.«

Lilou erzählte ihr von der letzten Begegnung mit Henri Becault, wobei Amélie immer mehr das Gesicht verzog.

»Dann bring es diesem Schleimer zurück!«

»Damit würde ich seine Frau bloßstellen.«

»Dann bring es ihm eben, wenn sie nicht da ist.«

»Und wenn ich von Nachbarn gesehen werde, wie ich ins Haus gehe, oder wenn sie zufällig kommt? Das sähe aus wie in flagranti ertappt.«

»Du kannst doch alles erklären.«

»Ich will aber nichts erklären müssen. Der soll mich in Ruhe lassen.«

»Dann schmeiß es weg.«

»Das geht doch auch nicht. Wenn ich es ihm nicht zurückgebe, denkt er, ich nehme das Geschenk an. Der deutet das noch als Einwilligung zu einer Affäre mit ihm!«

»Okay, jetzt sehe ich ein, dass es eine Dreckssituation ist.«

Lilou hielt das Parfüm in der Hand wie eine Zeitbombe. »Ich kann es ihm nicht zurückgeben, und ich kann es nicht behalten, und wegschmeißen kann ich es auch nicht. Aber ich will es nicht bei mir haben, nicht mal im Haus.«

Hinter ihr quietschte die Tür des kleinen Holzverschlags, und Mademoiselle kam heraus, stolz eine Maus in ihrem Maul tragend.

»Ja, so machen wir es«, sagte Lilou und strich Mademoiselle über das Köpfchen, als diese die Beute vor ihr ablegte.

»Wie machen wir es?«, fragte Amélie. »Habe ich irgendwas verpasst?«

»Nur eine Unterhaltung zwischen Mensch und Katze.«

»Ein bisschen verrückt bist du schon, Süße. Ich hoffe, du weißt das.«

Lilou ging mit Parfüm, Geschenkpapier und Karte zum Verschlag und stellte dort alles auf ein Regalbrett. »Da kommt es jetzt hin. Und wenn Becault wieder mal vorbeikommt, und das wird er sicher, drücke ich ihm alles in die Hand.«

»Genau! Und dann sagst du dem Arschloch auch, dass du nichts von ihm willst und er mit diesem Dreck von Parfüm seine Olle einreiben soll. Oder so.«

»Oder so«, sagte Lilou und musste wieder lächeln. »Danke, dass du meine Freundin bist.«

»Ich brauch doch jemanden, der meinem Freund sagt, wo es langgeht.«

Jetzt mussten sie beide lachen. Und es tat unglaublich gut.

Als Lilou am nächsten Morgen mit hoher Geschwindigkeit zum Landgut Saint-Ursules abbog, kam es ihr merkwürdigerweise schon ein wenig vor, als käme sie nach Hause. Dabei war es nicht lange her, dass sie es zum ersten Mal gesehen hatte, in dieser Nacht, als die Apfelblüte gefeiert wurde und das Schicksal Lilou zum Ende ihres Geburtstags eine kleine, wenn auch zuerst widerwillige Freude gegönnt hatte.

Lilou parkte auf dem Kiesweg direkt vor dem Eingang, was ein Schild als verboten bezeichnete. Sie nahm sich nicht die Zeit abzuschließen, ließ die Fahrertür sogar offen stehen und rannte ins Büro. Im Gang mit den Porträts von Jules' Vorfahren, die alle so bedrückt dreinschauten, traf sie auf Claudette und deren schweigsame Mutter Marie, die gerade putzten.

»Ist er da?«, fragte Lilou atemlos.

»Wer? Jules? Setz dich doch erst mal hin, du bist ja ganz blass.« Claudette lehnte den Wischmopp an die Wand.

Aber Lilou wollte sich nicht setzen. Setzen würde sich ganz falsch anfühlen. Sie musste sich bewegen, sie musste etwas tun.

»Ja, Jules. Ist er hier?« Seinen himmelblauen Citroën hatte Lilou nirgends gesehen, doch sie musste die Frage trotzdem stellen, der Hoffnung eine Chance geben.

»Was ist denn mit dir los?« Claudette legte die Hände beschwichtigend auf ihre Schultern, doch Lilou nahm sie fort.

»Jetzt sag doch endlich: Ist er hier?«

»Nein. Noch nicht.«

Lilou ballte die Fäuste, als wollte sie gegen die Antwort ankämpfen. »Zu Hause ist er auch nicht. Das Bett ist nicht angerührt, der Wagen weg, keine Nachricht, weder auf meinem Telefon noch ein Zettel im Haus, nichts in der Art. Und er war gestern so komisch, als wir auf dem Boot waren, ganz plötzlich wurde er so, nach einem Anruf, aber vielleicht war auch ich schuld, weil ich … Ist ja auch egal. Auf jeden Fall ist er nicht da. Ist das seine Art? Einfach zu verschwinden?«

Claudette schüttelte den Kopf. »Jules ist wie ein Uhrwerk. Ich dachte, es läge an dir, dass er heute noch nicht da ist. Dass du vielleicht ein großes Frühstück gemacht hast und er aus Höflichkeit viel isst. Hast du es schon auf dem Handy …«

»Nein, das ist ja ins Meer gefallen.«

Auf Claudettes Stirn bildeten sich Sorgenfalten. Es sah aus, als tauchten in einem spiegelglatten Meer mit einem Mal Wellentäler auf. Lilou sah es. »Jetzt machst du dir auch Sorgen.«

»Höchstens ein bisschen, er ist ein erwachsener Mann. Aber natürlich ein Mann. Und die sind immer auch kleine Jungen, ein Leben lang. Kleine Jungen machen dumme Dinge.« Sie blickte Lilou an. »Einen Kaffee? Ich brauche auf jeden Fall einen.«

»Dann nehme ich auch einen«, sagte Lilou.

Claudette drehte sich zu Marie. »Bin gleich wieder da, Mutter. Soll ich dir auch einen Kaffee mitbringen?«

Marie schüttelte den Kopf und summte »Le Vagabond« von Edith Piaf. Lilou wusste nicht, ob es ein Redebeitrag war, ihre Art zu sagen, dass Männer sich manchmal durch die Betten trieben, oder sie gerade einfach Freude an der schönen, leicht melancholischen Melodie hatte.

»Zucker?«, rief Claudette aus dem Frühstücksraum.

Doch Lilou antwortete nicht. Stattdessen rief sie: »Da kommt er!«, denn Jules' Citroën fuhr die Einfahrt hinauf.

Am Steuer saß jedoch der General, der seine Kippe aus dem offenen Fahrerfenster schnippte, als er anhielt. Jules saß auf dem Beifahrersitz und sortierte seine Haare im Schminkspiegel, doch sie wollten sich nicht sortieren lassen, die Nacht hing noch schwer in ihnen. Bartstoppeln säumten seine Wangen, und die Augen waren rot und trüb hinter den Brillengläsern. Jules' Kleidung war genauso zerknittert wie er selbst. Auch diese versuchte er zu ordnen, glatt zu streichen. Der General knöpfte seine Uniform noch im Aussteigen bis oben hin zu und strich sich mit Spucke über die struppigen Augenbrauen. Doch aus einem abrissreifen Haus machte selbst ein wenig Farbe keinen Neubau.

Beide stanken nach Alkohol.

Marie nahm den General ins Visier, der es nicht schaffte, ihrem durchdringenden Blick standzuhalten. »Egal, was du denkst, Marie, es ist falsch. Ich bin kein so schlechter Kerl, wie du glaubst.«

Marie schüttelte den Kopf, als sei dies das Dümmste, was sie je gehört habe. Dann schlug sie mit ihrem Schrubber nach dem General, um ihn fortzuscheuchen. Dieser hob neckisch drohend den Zeigefinger. Marie holte noch einmal aus.

Nun kam auch Claudette aus dem Haus gelaufen und trat auf Jules zu, doch dieser hob abwehrend die Arme. »Ich will nicht darüber reden.«

»Du warst beim Arzt, oder?« Als Jules nicht antwortete, wandte sie sich dem General zu. »Und was hast du damit zu schaffen? Bist sein Saufkumpan, was? Ist das deine Vorstellung von Freundschaft? Ein feiner Freund bist du mir.«

Lilou sah, wie dieser Jules anblickte und entschuldigend die Schultern hob. Sie sah auch, wie Jules ganz langsam, eindringlich den Kopf schüttelte. Doch der General wandte sich trotzdem zu Claudette.

»Er kam gestern Nachmittag zu mir, damit ich ihn zum Arzt nach Caen fahre.«

»Was hat der Arzt gesagt?«, wollte Claudette von Jules wissen. Dieser lehnte sich an die Kühlerhaube seines Wagens und blickte zu Boden. »Erzähl es ihr, General, sonst gibt sie ja doch keine Ruhe.«

Lilou kam sich in alldem wie eine Zuschauerin vor, die den ersten Akt verpasst hatte und nicht ganz verstand, was zwischen den Figuren auf der Bühne vor sich ging.

»Als er aus der Praxis kam, ging er am Auto vorbei«, fuhr der General fort, während er sich routiniert eine filterlose Zigarette mit seinem vergoldeten Feuerzeug anzündete. »Ich dachte, er wollte irgendwo einen trinken gehen, und bin hinterher. Aber er wollte gar nicht trinken, er wollte nur gehen. Irgendwann standen wir dann ganz oben auf der Burg von Caen, und er ...« Der General zog lange an seiner Zigarette und blickte fragend zu Jules.

»Ich wollte nicht springen«, sagte dieser mit Nachdruck. »Bin nur gestolpert. Das war alles, in Ordnung?«

Der General blies eine lange Rauchfontäne in die Frühlingsluft. »Auf jeden Fall war ich rechtzeitig bei ihm und habe ihn festgehalten, damit nichts Schlimmeres passiert. Und dann haben wir endlich getrunken. Die ganze Nacht, und dann im Wagen gepennt, weil wir nicht mehr fahren konnten. Also verantwortungsvoll! Wir haben auch keinen Fusel getrunken, nur Gutes!«

»Na wunderbar, das klingt ja, als wäre eure Sauftour eine Kur gewesen!« Claudette trat zu Jules, der mit dem rechten, dem guten Fuß Linien und Querstriche in den Kies zog, ein immer größer werdendes Gittermuster. »Und jetzt endlich raus damit: Was hast du?«

Jules blickte auf, und Lilou wusste in diesem Moment, was er dachte. Dass er nun in großer Runde sagen musste, was er für sich behalten wollte. Und sie sah, wie er resignierte, wie er aufgab. Sie hätte ihm am liebsten den Mund zugehalten, damit er es für sich behalten und lernen konnte, damit zu leben und es erst dann anderen mitzuteilen, wenn er wusste, wie er sich trotz des Gewichts dieses Wissens gerade halten konnte.

Jules erhob sich, wie um zu zeigen, dass alles gar nicht so schlimm war und er stehen konnte wie eh und je. »Es ist eine Art von Lähmung, und bevor du fragst, Claudette: Sie ist heilbar, und nur ganz selten stirbt jemand daran. Bei mir ist sie früh genug diagnostiziert worden, also alles gut. Du musst jetzt nicht weinen. Bitte tu das nicht, es gibt keinen Grund dafür.«

Jules log wieder schlecht, das konnte Lilou sehen. Er blickte Claudette nicht in die Augen, und seine Stimme war flehentlich, eine Bitte, ihm zu glauben. Es war nicht der gerechte Zorn desjenigen, der die Wahrheit sagte und dem man sie nicht abnahm. Und das bedeutete, dass es schlecht um ihn stand. Und Lilou fühlte, wie ein Weinen aus ihren Eingeweiden, ganz tief drin, in ihr aufstieg, wie es sich auf ihre Lungen legte, ihr die Kehle zuschnürte und über die Wangen in ihre Augen drang. Die Traurigkeit wurde noch größer, weil rundherum ein so herrlicher Frühlingstag erblühte, ein Tag, der mit allem gelebt werden wollte, was man hatte. Der völlig falsche Tag, um krank zu sein. Der Tag um sie herum war ein fröhliches Chanson, doch Jules sang eine düstere Ballade.

Lilou drehte den Kopf zur Seite, Claudette wischte ihre eigenen Tränen fort und ordnete Jules die Haare, legte sie ordentlich in Reih und Glied. »Und was hat der Arzt gesagt, was du jetzt tun sollst? Physiotherapie, Medikamente?«

Jules zögerte.

»Du weißt es nicht? Bist du etwa gegangen, ohne dass er es dir sagen konnte? Schon als Kind bist du immer vor allem weggelaufen. Du wolltest es nicht hören, oder? Wolltest alleine für dich sein! Wirst du eigentlich jemals erwachsen?«

»Ich muss jetzt ins Büro, und rechtfertigen muss ich mich bei niemandem und für nichts. Auch nicht bei dir, Claudette.« Er ging an ihr vorbei. Lilou erwartete, dass Claudette ihn am Arm packen würde. Doch sie sprach nur, jetzt leiser, fast drohend, wie eine brummende Katze.

»Jules Lignier, das heißt, du tauchst hier auf, ohne zu wissen, was du jetzt tun musst, um wieder gesund zu werden? Weißt du eigentlich, wie unverantwortlich das ist? Oh, das macht mich so wütend.«

Jules zögerte kurz, dann ging er weiter und achtete dabei ganz bewusst darauf, das Bein nicht nachzuziehen, wie Lilou sehen konnte.

»Mich macht es auch wütend«, sagte Claudettes Mutter Marie.

Alle blickten sie fassungslos an.

Jules seufzte, ging zurück zu seinem Wagen und fuhr nach Caen.

Die Sonne lacht im Mund
Zuckersüß zitronensauer
Nur wer trinkt, wird satt

Gustave Eiffel

Die Wärme der Blumenküste

Es war Abend, und die Wellen rollten so langsam ans Meer, als seien sie müde von der immer gleichen Arbeit des Tages.

»Bist du nun so weit, oder wollen wir noch etwas gehen?« Claude rückte seinen weißen Borsalino zurecht, den der Atlantikwind etwas zu weit nach rechts gedrückt hatte.

»Lass uns noch etwas gehen. Bitte«, antwortete Jules, der froh war, dass er den Freund wegen der Dunkelheit zu einem Spaziergang überreden konnte.

»Es ist doch immer erstaunlich, am Strand zu flanieren. Blickt man nach rechts zu den Häusern, dann bemerkt man, wie man vom Fleck kommt. Doch schaut man zum Meer, dann ist es, als würde man sich gar nicht bewegen. Ich schaue trotzdem lieber auf das Meer.«

Jules blickte auf seine Füße, wie die Zehen im feinkörnigen Sand versanken und sich aus diesem wieder erhoben, wie sie Spuren hinterließen, die sich direkt mit Sand füllten, der von den Rändern hinunterfloss. Der Wind würde sie vollends zudecken. »Ich habe dich nie über eine Krankheit reden hören, Claude.«

»Über Krankheiten rede ich nur mit mir selbst. Dann ist immer gesichert, dass mein Gegenüber genau weiß, wovon ich spreche.«

»Aber es gibt Schmerzen. Die kann man doch nicht überspielen. Das müsste ich doch mitbekommen haben, wenn du mal krank warst.« Jules spreizte die Zehen, der Sand drang in den Zwischenräumen nach oben, es fühlte sich schön an.

»Ja, Schmerzen gibt es. Ob ich sie zeige oder nicht.«

»Du bist ein merkwürdiger Mann.«

»Wir sind alle merkwürdige Menschen. Eine ganze Welt voll davon.« Einen Moment gingen sie schweigend nebeneinanderher, ehe Claude erneut das Wort ergriff. »Es ist ernst, oder?«

Jules spürte mit einem Mal wieder das volle Ausmaß der Taubheit, als sei sie durch die Worte seines Freundes angeschaltet worden. Und er blieb stehen. »Ich war noch mal beim Doktor Dupont. Eigentlich wollte er mir Vorwürfe machen, weil ich seine Sprechstundenhilfe bestochen habe, aber er brachte es nicht übers Herz. Da wusste ich, dass es ernst ist. Sehr ernst. Was soll ich jetzt machen? Die Firma braucht mich. Wir müssen expandieren, neue Aufträge müssen her, und gerade jetzt werde ich krank.«

»Du gehst vor.«

»Nein. Von der Firma hängen viele Menschen ab.«

»Nein, ich meine es wörtlich: Du gehst vor. Ich folge dir, du gibst das Tempo vor. Ich möchte in Bewegung bleiben.«

Jules ging wieder los und blickte den alten Freund an. »Du willst mir etwas damit sagen, oder? Dass es weitergeht, man nicht stehen bleiben kann und so. Und dass ich vorgehen muss, auch wenn das Bein schmerzt. Du bist verdammt raffiniert, alter Mann.«

Claude lachte. »Nein, ich hatte nur kalte Füße vom Sand.«

Jules musste auch lachen. Es tat gut. Seitdem ihn der Anruf auf dem Ruderboot erreicht hatte, war kein Lachen mehr in seinem Bauch gewesen.

»Aber wenn ich es aus den von dir genannten Gründen gesagt hätte, wäre ich sehr weise.«

Sie gingen weiter, bis das Lachen langsam verebbte und Stille eintrat, in der sich Ernsthaftigkeit auflöste, wie Salz in einer dicken Suppe.

»Macht eine Kur Sinn?«, fragte Claude.

Jules schüttelte den Kopf. Nur einmal und langsam. »Ich habe GBS, das Guillain-Barré-Syndrom. Ist sehr selten. Ich werde eine Immuntherapie erhalten. Zuerst wollen sie mir Antikörper verabreichen, und falls das nicht reicht, etwas mit meinem Blutplasma machen. Der Arzt wollte ganz viel erklären, aber ich wollte es nicht hören. Am liebsten wäre mir, sie machen eine Vollnarkose und dann, was immer sie für nötig halten. Und wenn ich aufwache, kann ich nach Hause gehen, und wir reden nicht mehr darüber.«

Claude bückte sich und hob eine der vielen Stabmuscheln auf, die wie gesplitterte Mikado-Stäbe am Strand lagen. »Weißt du, dass kleine Kinder denken, man würde sie nicht sehen, wenn sie sich selbst die Augen zuhalten?«

»Aber das macht doch gar keinen Sinn.«

»Ja, nicht? Das, was du machst, aber auch nicht. Deine Krankheit geht nicht davon fort, dass du sie verschweigst. Vor dir und der Welt. Du kannst sie nicht nur beim Arzt haben. Und sie zwischen den Besuchen wegignorieren. Sie ist kein Schal, den man an- und ablegen kann. Wenn du sie verschweigst, dann wird sie immer mächtiger und unkontrollierbarer. Wie das Unbewusste. Wie die Liebe.«

»Liebe und Krankheit haben nichts miteinander zu tun.«

»Liebe ist auch eine Krankheit. Zumindest hat sie die Symptome einer Krankheit, oder? Herzrasen, Schweißausbrüche, Kreislaufprobleme, Schlaf- und Appetitlosigkeit. Und wenn du sie verschweigst, ist es wie mit der Krankheit, sie beherrscht dich, ohne dass es zu einer Lösung kommt. Glaub einem alten Mann.«

»Ach, nun hör aber auf.« Jules gab Claude einen leichten Schubs, der daraufhin nach rechts und links wankte wie ein Seiltänzer, den ein starker Wind aus dem Gleichgewicht gebracht hatte.

»Die Villa hat mich konserviert wie ein Kühlschrank, aber sobald ich an die frische Luft komme, holt mich die Zeit ein.«

»Du bist doch kein Steak.« Jules lachte und spürte, wie froh er war, flachsen zu können. Über die Krankheit zu reden kostete ihn Kraft. Lachen aber war wie ein Sauerstoffzelt, es nahm den Druck von den Lungen.

»Manchmal fühle ich mich aber tatsächlich wie eines – das man geklopft hat. Und deshalb müssen wir nun schnell zurück und uns innerlich einreiben.«

»Innerlich einreiben? Lass mich raten: mit Calvados?«

Claude hob die Hände zum Himmel wie zum Dank. »Es gibt keine bessere Medizin!«

»Du denkst wirklich nur ans Trinken. Egal, über was wir reden, zum Schluss müssen wir einen heben.«

»Willst du dich darüber etwa beschweren?«

»Das habe ich mit keinem Wort gesagt! Welches Jahr wird es heute sein?«

»Zuerst das meiner Pensionierung und dann das meiner Liebesnacht mit deiner Erdkundelehrerin.«

Jules fuhr mit den Händen seinen Körper entlang und fügte einige Rundungen hinzu. »Meine Erdkundelehrerin, die dir all ihre Ländereien gezeigt hat?«

Jetzt lachten sie laut, und ihr Gelächter ging weit auf den Atlantik hinaus.

Doch Jules merkte, dass er nicht mehr ganz so befreit lachen konnte wie früher. Selbst im anzüglichsten Scherz lag nun am Grund, wo es keiner sah, ein dunkler, schwerer Stein. Er konnte nur hoffen, dass der Calvados ihn fortspülen würde.

Auf dem Rückweg zu Claudes Villa kamen sie an Gaston vorbei, der oben auf der Promenade auf einer Bank saß und etwas in einer der Plastiktüten suchte, die seinen Einkaufswagen bevölkerten, als wären sie eine Kolonie von bunten, fremdartigen Pflanzen. »'n Abend, die Herren«, rief er ihnen zu.

Diesmal war es Claude, der fragte, wie der Stuhlgang denn gewesen sei.

»Habt ihr es denn nicht gehört? So einen Langen hab ich seit über drei Wochen nicht mehr geschafft! Und es war ein Kringel!«

»Und was bedeutet das?«, fragte Jules, der es eigentlich gar nicht wissen wollte.

Gaston zuckte mit den Schultern. »Keine Ahnung. So was habe ich noch nie gehabt. Louis ist extra vorbeigekommen, um ein Foto zu schießen! Zeigt er euch sicher gerne.«

»Kann es kaum erwarten«, rief Jules.

»Aber du hast doch bestimmt eine Vermutung, wie das Wetter wird?«, hakte Claude nach.

»Würde mal schätzen: entweder strahlender Sonnenschein mit Hitzerekord für diesen Monat oder ein Sturm.«

In dem, dachte Jules, stecke ich bereits. Und keiner von Gastons kommenden Stuhlgängen würde daran etwas ändern.

Als Lilou am nächsten Morgen in die Rue Alfred Feine nach Villers-sur-Mer fuhr, strahlte die Sonne mit einer Wärme über der Blumenküste, die sie ihr in dieser Jahreszeit nicht zugetraut hätte. Doch die Strahlen schafften es nur bis zu ihrer Haut, drangen nicht ein, wärmten sie nicht im Innern. Lilou öffnete in der Villa keine Fenster, nicht die Terrassentüren. Ihr war nicht danach, den Frühling zu riechen, dessen Duft sie doch so liebte. Sie wollte den schweren, dunklen Geruch des Hauses einatmen, in dem seit so langer Zeit nur ein Mensch wohnte und viele Zimmer unbelebt blieben. Lilou wollte auch nicht, dass es hell wurde, wollte stattdessen, dass die Beleuchtung zu ihrer Stimmung passte. Sie ließ das Radio beim Arbeiten nicht laufen, und kein Lied fand den Weg auf ihre fest geschlossenen Lippen.

Sie redete nicht einmal mit Depardieu. Und als sie in Jules' Zimmer nach dreimaligem Klopfen und dem kurz danach folgenden »Herein« eintrat, nickte sie nur kurz zur Begrüßung, bevor sie das Holztablett mit dem Café und dem Croissant auf dem Nachttisch absetzte, die Fensterläden öffnete und das Zimmer wieder verließ.

Heute gab es nicht viel im Haus zu tun, denn es war der Wochentag, an dem Jules mittags in Saint-Ursules mit seinen Mitarbeitern speiste. Reihum musste jeder einmal kochen. Lilou ging deshalb nur kurz durch den Garten und schaute, wo neues Unkraut seine Knospen und Blätter aus dem Boden drückte.

Als sie gerade damit fertig war, sich vom Knien erhob und die Hände an der grünen Kittelschürze für die Gartenarbeit abwischte, stand er neben ihr.

»Habe ich dir irgendetwas getan?« Jules hatte nur seinen Pyjama an und war unrasiert.

»Nein.«

»Warum sagst du dann nicht einmal Guten Morgen zu mir?«

»Ich wollte dich nicht stören.«

»Das kümmert dich doch sonst nicht.«

Lilou kehrte ihm den Rücken zu und ging zu dem Messingwasserhahn in Form eines Drachenkopfs, um sich dort die Hände zu waschen.

»Du bist sauer wegen gestern, oder? Ich hatte auf dem Boot den Anruf von der Arztpraxis erhalten.«

»Das kann ich mir mittlerweile denken. Gestern aber nicht. Du musst mir natürlich nichts sagen, ich bin ja nur die Haushälterin.«

»Ich war durcheinander.«

Lilou drehte sich um. »Ich etwa nicht?« Sie band sich die Kittelschürze ab und warf sie ins Blumenbeet auf die erblühenden Hyazinthen.

»Sag mal, was ist das hier?« Jules runzelte die Stirn. »Das kann nicht dein Ernst sein?«

»Ist es aber. Denn so bin ich einfach. Und du mach, was du willst. Lässt dir nicht von mir helfen und erzählst nichts. Ich dachte an so etwas Dummes wie Schicksal, oder Vorsehung, die mich bei eurem Fest zu dir geführt hat. Aber es war einfach nur Pech.«

Er packte sie sanft an den Schultern. »Lilou, es tut mir leid.«

Sie schwieg und blickte demonstrativ zur Seite.

»Was ist denn jetzt noch? Was muss ich machen? Mich vor dir in den Staub werfen? Dir die Schuhe küssen?«

Jules war mit jedem Wort lauter geworden. Was Lilou anging, war das gut so, denn es gab ihr die Möglichkeit, endlich selbst mit aller Kraft und Lautstärke die Worte auszusprechen, die aus ihr herauswollten.

»Du sollst reden! Deinen Mund aufmachen!«

»Was meinst du damit? Du weißt doch alles!«

»Ich weiß nichts, gar nichts. Du bist krank. Aber was das bedeutet und wie die Krankheit verläuft und sie behandelt wird, darüber weiß ich nichts. Weil ich ja nur die dumme Putze und Köchin hier bin.« Lilou fühlte gerechten Zorn in sich aufsteigen, und es war unheimlich befriedigend, ihn herauszulassen. Sie spürte, wie ihre Wangen rot wurden, wie ihr Puls raste – und merkte, dass sie sich auf die Zehenspitzen gestellt hatte, um den Höhenunterschied zu Jules' Augen zu verringern.

Er hob abwehrend die Hände. »Ich bin niemandem Rechenschaft …«

Auf diese Aussage hatte Lilou nur gewartet. »Zwischen keine Rechenschaft schuldig sein und einem anderen etwas sagen wollen ist ein riesiger Unterschied. Und wenn du mir schon nichts über deinen gestrigen Arztbesuch sagen willst, weil du mich magst und dich mir anvertrauen willst, dann weil ich für dich arbeite und wissen sollte, was mit dir los ist, damit ich darauf Rücksicht nehmen kann.« Der Frühlingswind wehte ihr stetig Haarsträhnen ins Gesicht, die Lilou immer und immer wieder fortstreichen musste.

»Was mit mir los ist?«, fragte Jules nun mit hochrotem Kopf. »Du willst also wissen, was mit mir los ist?«

»Ja, genau das will ich!« Lilou merkte, wie sie sich dem Punkt näherte, an dem ihre Wut in ein Lachen über die Absurdität der Situation umschlagen konnte. Nicht jede Wut brach sich wie eine Welle, die ihren höchsten Punkt erreicht hatte und deren Kamm dann krachend zusammenfiel, dabei von dunklem Blau in helles Weiß wechselnd, von Wasser zu Gischt. Doch diesmal schien sich der Aggregatzustand ihres Gefühls zu ändern. Sie würde gleich über sich selbst lachen müssen, wie sie Jules anschrie, nur weil dieser nicht über seine Probleme reden konnte. Es hatte vielleicht gar nichts mit ihr zu tun, und Jules war nur aus der Übung. Doch sie brachte ihn nun an den Rand seiner Geduld.

Jules brüllte jetzt fast. »Ich sage dir, was mit mir los ist, Lilou!«

»Ja, tu das«, sagte Lilou und unterdrückte ihr Lachen. Doch lange würde ihr dies nicht mehr gelingen.

Jules wurde wieder ganz leise. Seine Stimme nur noch ein Hauch, kaum lauter als der Wind. »Ich werde sterben, Lilou. In sieben Monaten, vielleicht auch in acht. Das nächste Jahr werde ich ganz sicher nicht mehr erleben. Das ist mit mir los, Lilou. Und ich möchte nie mehr in der Zeit, die mir bleibt, darüber reden müssen.«

Sie hatte gesagt, dass es ihr leidtue und sie sich wie eine dumme Gans verhalten habe – doch da war er schon fort gewesen. Denn kein Wort hatte sie herausgebracht, nachdem er aufgehört hatte zu sprechen, nichts, als er seinen Mantel nahm, zum Auto ging und nach Saint-Ursules fuhr.

Lilou putzte das Haus, so sauber es nur ging, sie schlug Jules' Daunendecke auf, bis keine Feder mehr an einer anderen haftete, und richtete ihre genaue Lage auf der Matratze fünf und schließlich auch ein sechstes Mal aus. Sie goss die Blumen und rupfte das Unkraut, bis der Garten perfekt war, sie kaufte Lebensmittel ein, damit der Kühlschrank gefüllt war und sie ihm alles kochen konnte, was er wollte. Doch irgendwann war alle Arbeit getan, sogar doppelt, und Jules nicht zurückgekommen.

Und so fuhr Lilou zurück in ihr Haus.

Mademoiselle strich sofort schnurrend um ihre Beine, doch Lilou kniete sich nicht zu ihr, ging stattdessen durch in den Garten, wollte nicht, dass ihre Hände stillstanden. Denn wenn sie das taten, würden sich stattdessen die Gedanken in ihrem Kopf wieder bewegen.

Sie arbeitete noch nicht lange im Gemüsebeet, da hörte sie die kleine kupferne Türglocke klingeln, die einen Patienten ankündigte. Warum hatte sie bloß vergessen, das »Fermé«-Schild aufzuhängen? Lilou war nicht danach zu reden, doch leider war Reden einer der wichtigsten Teile ihrer Arbeit. Reden und noch mehr zuhören. Das, wozu Schulmediziner kaum Zeit hatten, weswegen die Patienten sich bei ihnen nicht aufgehoben fühlten.

Lilou wollte jetzt für sich sein. Und doch wusste sie, dass sie nun für jemand anderen da sein musste. Wenn sie ihre Profession zu leichtnahm, würde sie irgendwann nicht mehr so in den Spiegel schauen können wie bisher.

Als sie nun in den Praxisteil ihres Hauses ging, kontrollierte sie ihre Haare nicht oder ob sich Dreck in ihrem Gesicht befand. Es war ihr völlig egal.

Im Raum stand ein alter Mann, den sie noch nie gesehen hatte – aber gerochen, bevor sie ihn zu Gesicht bekam. Ein Gemisch aus Rauch, Schmutz, Alkohol und Fisch. Die Gerüche schienen lange Zeit gehabt zu haben, um sich in seiner Kleidung und auf seiner Haut näher zu kommen und eine ganz eigene Form von Odeur zu schaffen.

»Hallo, Mademoiselle Lignier«, sagte der alte Mann und verbeugte sich. »Ich bin hier wegen meines Stuhlgangs.«

»Mademoiselle heißt meine Katze, ich bin Lilou«, sagte sie und reichte ihm die Hand. An der Schüchternheit, mit der er diese ergriff, erkannte sie, dass ihm schon lange niemand mehr die Hand gegeben hatte.

»Ich heiße Gaston, Mademoi... Lilou. Ich habe kein Geld, aber einige schöne Dinge in meinen Tüten. Ein ganzes Set alte Pétanque-Kugeln zum Beispiel, mit denen man noch gut spielen kann. « Er wies hinaus, und erst jetzt fiel Lilou auf, dass dort kein Auto oder Fahrrad, sondern ein Einkaufswagen stand.

»Setzen Sie sich erst einmal. Wir werden uns schon einig. Was führt Sie denn genau zu mir? «

Der Mann blieb stehen. »Die Leute sagen, Sie können heilen. Und, na ja, ich hab was zu heilen. Meinen Darm nämlich, da kommt nichts mehr raus. Ich sage es keinem, denke mir was aus, hab gestern sogar Hundekot aufgesammelt, als Beweis, damit sie nicht merken, was mit mir los ist. Jeden Tag fragen sie mich, was ich gemacht habe. Ganz genau wollen sie es wissen, reden mit mir über nichts anderes. Immer nur: Wie war es heute? War es fest? Und wenn es flüssig war, dann raunen sie. Am liebsten mögen sie es, wenn ich sage, dass es lang und groß war, dann lächeln sie. Und ich muss dann auch lächeln.«

»Und jetzt können Sie ihnen eigentlich nichts mehr sagen.« Lilou wies auf das grüne Chesterfield-Sofa in der Ecke, und Gaston setzte sich ganz schicklich auf die Vorderkante, die Hände gefaltet und den Rücken gerade, wie ein Kommunionkind vor der Beichte. Nachdem sie zwei Gläser mit Zitronenwasser gefüllt hatte, nahm Lilou ihm gegenüber Platz.

»Seit vier Tagen kann ich nicht mehr«, fuhr Gaston fort. »Ich hatte gehofft, das kommt schon wieder. Hört man ja oft, dass es im Alter nicht mehr täglich geht. Aber ich hatte immer eine sehr gute Verdauung, wie mein Vater und mein Großvater. Alle Männer in der Familie konnten regelmäßig auf den Topf gehen.«

»Da kann man zu Recht stolz darauf sein«, sagte Lilou.

Gaston beugte sich vor und ergriff ihre Hände. »Ich will wieder kacken können.«

»Das kriegen wir hin.«

»Aber ich habe Angst, dass mir der Arsch platzt, so viel wie da jetzt drin ist.«

Lilou musste lachen, ganz laut lachen. Es tat ihr leid, denn der alte Gaston blickte drein, als ginge ein Platzregen über ihm nieder.

Doch dann lachte auch er. Bis er sich den Bauch hielt. »Das tut weh mit dem Scheißdarm, aber auch gut.«

»Ich koche Ihnen etwas zu essen«, sagte Lilou. »Mit allerlei Ballaststoffen. Und dazu trinken Sie viel. Das ist der Anfang. Und dabei erzählen Sie mir von sich.« Sie musste ausschließen, dass es sich um Diabetes, Multiple Sklerose oder eine Schilddrüsenunterfunktion handelte. Verstopfung konnte viele Ursachen haben. Doch da Gaston normalerweise keine Probleme damit zu haben schien, hielt sie eine ernsthafte Erkrankung für unwahrscheinlich. »Kommen Sie, wir gehen in meine Küche, da ist es netter. Und treten Sie nicht auf Hund oder Katze – die legen sich nämlich mit Vorliebe in den Weg.«

Nach dem ausgiebigen Essen gab sie ihm Sauerkirschen, Dörrpflaumen und getrocknete Feigen mit sowie eine Mischung aus Weizenkleie, Flohsamen, Faulbaumrinde, Kreuzdornbeeren und Rhabarberwurzel. Lilou wollte von Gaston eigentlich nichts dafür haben, doch sie spürte, dass es ihn beleidigt hätte, und nahm deshalb etwas aus seinen Tüten an. Einen Aschenbecher mit Campari-Logo. Gaston musste ihn vor seinem Besuch extra geputzt haben, denn im Gegensatz zu den restlichen Dingen glänzte dieser geradezu. Er war aus massivem Stein und wirkte wie ein spitzes Gebirge mit kleinen Flächen zur Zigarettenablage und einem Krater in der Mitte. Es war der unpraktischste und hässlichste Aschenbecher, den Lilou je gesehen hatte – und doch freute sie sich sehr darüber.

Lilou sah Gaston lange nach, während er seinen Wagen über den Kiesweg mehr drückte als schob.

Und als sie ihn nicht mehr sehen konnte, da er in das Waldstück eingetaucht war, durch das es nach Beuvron-en-Auge ging, vermisste sie Jules. In ihre Wut auf sich selbst mischte sich nun wie eine Komplementärfarbe Traurigkeit, und sie wollte wieder zu ihm, ihn in die Arme schließen und nicht reden. Einfach halten. Weil er es brauchte. Und sie es brauchte. Weil da etwas war zwischen ihnen und sie es jetzt, da er ihr gesagt hatte, er würde sterben, viel mehr fühlte. Jules' baldiger Tod kam ihr unwirklich und surreal vor, wie ein Druckfehler im Buch des Schicksals.

Sie ging zurück ins Haus und griff sich ihre Handtasche, wollte sofort fahren, doch dann legte Lilou sie noch einmal fort und holte Futter für Mademoiselle und Depardieu, die beide ihre Näpfe leer gegessen hatten. Danach nahm sie eilig wieder ihre Tasche. Sie wollte jetzt nichts anderes als nach Saint-Ursules fahren. Und wenn es unsinnig war, dann wollte sie jetzt Unsinniges tun. Denn das gehörte dazu, wenn man sich verliebt hatte, oder nicht? Dummes zu tun. Je mehr, umso besser.

Doch als sie gerade die Haustür abschloss, fuhr ein SUV über den Feldweg auf sie zu.

Er fuhr viel schneller, als es der Weg zuließ, wirbelte Staub auf, der hoch in die Luft stieg und den Himmel gelb werden ließ. Als der Wagen mit heftiger Bremsung vor ihr zum Stehen kam, stoben ein paar Krähen empor, die sich im Feld niedergelassen hatten.

Es war Henri Becault. Und er sprang nun aus dem Wagen, viel dynamischer, als man es ihm zugetraut hätte.

»Lilou, was bin ich froh, dass du da bist.«

»Herr Bürgermeister. Ich bin gerade auf dem Weg nach …«

Becault hob den Zeigefinger, als würde er sie rügen. »… auf dem Weg zurück ins Haus. Meine Frau ist bis morgen Abend bei Verwandten in Calais. Ich habe also alle Zeit der Welt.« Er legte seinen Arm um sie. »*Wir* haben alle Zeit der Welt.«

»Hören Sie, ich will …«

Doch er überfuhr sie einfach mit seinen Worten, die es gewohnt waren, andere Worte unter sich zu begraben. Er drehte den Schlüssel im Schloss und drückte Lilou vor sich durch die Tür, obwohl sie versuchte, ihn von sich zurückzuschieben.

»Zuerst war ich mir nicht sicher, ob deine Ablehnung bei unserem letzten Treffen echt oder nur kokett gespielt war. Aber dann sah ich dieses Parfüm. Mir gefiel der Name. *Erotique*. Da musste ich gleich an dich denken. Und ich dachte: Schenk es ihr einfach. Mach ihr eine Freude. Und du wirst sehen, wie sie reagiert.«

Wie Gaston roch auch Becault nach Alkohol, aber seine Fahne war frisch. Kein Cidre, kein Calvados, stattdessen Rotwein, die Aromen stark. Der Wein musste gerade erst seine Kehle hinuntergeflossen sein. Er hatte sich Mut angetrunken.

»Als du es mir nicht zurückgegeben hast, da habe ich gewusst, dass du … Nein, sag jetzt kein Wort. Nicht reden.« Er legte ihr die Hand auf den Mund. »Reden habe ich zu Hause. Immerzu. Mit dir will ich das nicht. Mit dir will ich etwas anderes. Und du willst es auch, das spüre ich.«

Lilou fühlte sich wehrlos, und sie wünschte, sie würde etwas anderes tragen als ein leichtes Sommerkleid. Es war zu wenig Stoff zwischen ihr und ihm. Jeder ihrer Versuche, sich von ihm zu entfernen, ließ ihn nur noch näher heranrücken.

»Hat dir das Parfüm gefallen? Ja, nicht? Ich hatte sehr gehofft, du würdest es heute tragen. Aber natürlich wusstest du nicht, dass ich komme. Ich möchte es jedoch an dir riechen. Auf deiner Haut.«

Er nahm die Hand von ihrem Mund, aber nur um seine Lippen darüberstülpen zu können. Sie waren wie zwei nasse Schläuche.

Lilou hörte, wie die Haustür ins Schloss fiel.

Es ging alles so schnell. Eben war der alte Gaston noch bei ihr gewesen, und nun rieb sich Becault an ihr. Lilou spürte den Tresen hinter sich und bekam es mit der Angst zu tun, denn sie konnte nicht zurück, war eingekeilt. Sie wuchtete den Kopf zurück, fort von diesen Lippen, fort von Becault. »Lassen Sie mich auf der Stelle los!«

Becault lächelte. »Du spielst wieder Wildkatze. Das mag ich. Ich finde es schöner, wenn du dich wehrst.« Er sprach die Worte, während er versuchte, mit seinen wulstigen Lippen wieder auf ihr Gesicht zu kommen.

»Ich rufe die Polizei. Raus mit Ihnen! Sofort!«

Er griff ihr zwischen die Schenkel, so, wie Metzger ein Stück Fleisch anpackten, fest und roh.

»Ich will dich nehmen, Lilou. Jetzt und hier. Will nicht mehr warten. Bist du schon feucht?«

Lilou wand sich, kratzte ihn, vergrub ihre Fingernägel in seinem Fleisch, schrie, biss ihn in die Schulter, kreuzte ihre Beine, um seine Hand abzupressen. Doch nichts half, nichts hinderte ihn daran, weiterzumachen. Er zog ihren Slip herunter und knöpfte sich die Hose auf. Lilous Hand suchte etwas, mit dem sie sich wehren konnte, irgendetwas. Sie dachte nicht mehr nach, war nur noch im Fluchtmodus, war Angst und Panik. Ihre zitternden Finger griffen ins Leere, sie streckte sich, bis ihre Schultern schmerzten, doch da war nichts, die Theke leer, so, wie sie es liebte, nichts Überflüssiges dort. Becault lockerte den Druck für einen Sekundenbruchteil, um sich die Hose abzustreifen, Lilou beugte sich zur Seite, ihre Finger fanden etwas, zogen es zu sich, umschlossen es und hoben es hoch. Es war schwer, doch das bemerkte Lilou nicht, auch nicht, dass es der scharfkantige Aschenbecher von Gaston war, sie hob ihn, um ihn Henri Becault an die Schläfe zu schlagen.

Lilou holte aus, so weit es nur ging. Becault streifte sich die weiße Unterhose ab. Sie konnte seinen ungewaschenen Schwanz riechen und ihn an der Innenseite ihrer Schenkel spüren.

Lilou setzte zum Schlag an.

Becault sah es. Haute gegen ihren Arm. Der Aschenbecher fiel ihr aus der Hand, auf den Boden.

Fort.

Lilou schrie wie irre, hoffte, dass irgendwer käme, dass Mademoiselle ihm auf den Rücken sprang, Depardieu in seine

Waden biss, irgendetwas passierte. Als sie begriff, dass nichts davon geschehen würde, überwand sie all ihren Ekel und küsste Becault. Ihre Hände fuhren zärtlich über seine Arme.

Er ließ etwas locker.

Und sie rammte ihm das Knie in die Eier.

Er schrie vor Schmerz, torkelte. Sie trat gegen sein Schienbein, schlug ihm ins Gesicht. Becault taumelte, dann fiel er rücklings auf den Boden.

Lilou hörte ein Knacken.

Dann war da plötzlich Blut. Viel Blut. Wie ein roter Heiligenschein erschien er unter Becaults Kopf und breitete sich aus. Seine Augen blickten ins Leere.

Lilou bewegte sich nicht. Das Zittern wollte nicht aus ihrem Körper weichen, die Angst floss noch in ihren Blutbahnen, der Schmerz war noch in ihrer Scheide.

Das Blut floss bis zur Tür, es war so viel.

Mademoiselle trat ein, schmiegte sich an Lilous Beine, dann ging sie vorsichtig auf das Blut zu, den Kopf neugierig gesenkt.

»Nicht«, sagte Lilou und hörte, dass ihre Stimme ein heiseres Krächzen war, wund von all den Schreien. Auch in ihr drin war alles wund, vom Rasen des Herzens, vom Krampfen des Magens, von all der Angst, die immer noch wie Quecksilber durch ihre Adern floss.

Sie sah, wie ihre Hände zitterten, als sie den Slip emporzog. Dann nahm sie Mademoiselle auf den Arm, drückte das kleine, weiche Wesen an sich, ging seitlich an Becault vorbei, dorthin, wo das warme Blut noch nicht hingeflossen war, und ging in die Knie, um seinen Kopf besser sehen zu können.

Was sie sah, war der Aschenbecher von Gaston.

Er steckte bis zur Hälfte im Kopf des toten Bürgermeisters. Lilou schossen Tränen aus den Augen, und jede einzelne schien aus Schmerz zu bestehen. Sie brach in sich zusammen wie ein Haus, das von einem Augenblick auf den anderen keine tragenden Wände mehr besaß.

Die Äpfel wachsen
Eine Katze schläft im Baum
Es ist still im Hain

Gustave Eiffel

Der nächste Tag

Mademoiselle

Lilou öffnete die Augen. Sie fühlten sich viel zu groß an für ihre Höhlen, als hätten sie alle Tränen aufgesogen und würden nun überall drücken. Lilou wusste nicht, warum sie aufgewacht war, denn Müdigkeit schien immer noch wie Blei an ihren Knochen zu haften und hielt sie im Bett. Alles erschien ihr dumpf, und die Brust schmerzte noch immer von den Heulkrämpfen, die sie durchgerüttelt hatten. Erst als sie Amélies Hand auf dem Kopf wahrnahm und ihr warm lächelndes Gesicht sah, wusste Lilou wieder, wo sie war.

»Ich habe uns Kaffee gekocht.« Amélie reichte Lilou eine große warme Tasse. »Café au Calvados.«

»Meinst du, es ist gut, wenn ich schon am frühen Morgen mit dem Trinken anfange?«

»Süße, es ist zwei Uhr nachmittags.«

Lilou setzte sich ruckartig auf – was Amélie wohl hatte kommen sehen, denn sie rettete den Café.

»Depardieu und Mademoiselle! Sie müssen gefüttert werden!«

Amélie hielt sich die Hand gespielt entsetzt vor den Mund. »O mein Gott. Die sind sicher längst verhungert!«

»Darüber macht man echt keine Witze. Ich habe sie gestern Abend nicht gefüttert. Und heute natürlich auch noch nicht. Mademoiselle fängt sich vielleicht eine Maus. Aber der alte Depardieu?«

»Wie wäre es, wenn du selbst erst etwas isst, und danach sind die Tiere dran? Wie im Flugzeug bei Druckabfall. Erst soll man sich selber eine Sauerstoffmaske nehmen und dann den anderen helfen.«

Lilou versuchte, ihre Haare in irgendeine Ordnung zu bringen. Es stellte sich als sinnloses Unterfangen heraus. »Ich kann jetzt nichts essen. Wenn ich mir vorstelle, wie Depardieu guckt, wenn er Hunger hat, kriege ich keinen Bissen runter.«

»Schau doch erst mal, was ich für dich koche, Süße.«

Lilou zögerte kurz, dann nickte sie. »Aber sei bitte nicht enttäuscht, wenn ich nichts esse.«

Als sie beim Aufstehen das dicke Plumeau hob, bemerkte Lilou, dass sie einen bunt gemusterten Pyjama von Amélie trug, dessen Neonfarben vermutlich im Dunkeln leuchteten. Sie musste sehr viel getrunken haben gestern Abend, denn sie konnte sich nicht daran erinnern, in ihn hineingeschlüpft zu sein. »Hast du mir den angezogen?«

»Ist mein Wohlfühlpyjama. Der Stoff tut der Seele gut.« Amélie schenkte ihr ein Lächeln. »Komm in die Küche.«

Mit knurrendem Magen, aber ohne Appetit ging Lilou in die kleine Küche, wo sie Depardieu an einem Napf mit Hundefutter fand.

Und Mademoiselle an genau demselben.

»Ich habe sie heute Morgen geholt, als du geschlafen hast.«

»Du bist so ein Schatz!«, sagte Lilou und gab Amélie einen Kuss auf die Wange. »Und ein Biest, dass du es mir nicht gleich gesagt hast.« Sie zwickte ihre Freundin in die Seite, dann kniete sie sich zu ihren beiden Vierbeinern. »Geht's euch gut, ja? Es tut mir wirklich leid, dass ich nicht für euch da war.« Sie vergrub ihren Kopf zwischen den beiden und fing leise an zu weinen.

Mademoiselle begann, an ihren Locken zu knabbern, und Depardieu leckte ihr mit seiner Hundefutterzunge übers Gesicht. »Och, Depardieu. Du bist echt süß, aber stinkst gerade total nach Pansen.« Das Weinen verwandelte sich ohne Unterbrechung in ein Lachen. Wie eine sich drehende Münze, die eben noch Zahl und nun schon Kopf zeigte.

Mit einem Mal hatte Lilou Hunger, großen Hunger.

Amélie bereitete ihr schnell eine Galette complète zu, einen Buchweizenpfannkuchen mit Rührei, geraspeltem Emmentaler und gekochtem Schinken. Viereckig zusammengeklappt stellte sie es vor Lilou. »Wenn du willst, mache ich dir gleich noch eins. Ich lass die Pfanne auf jeden Fall noch stehen.«

Lilou fing sofort an zu essen, genoss den warmen Käse, den salzigen Schinken und die weiche Vertrautheit des Rühreis. Erst nachdem sie schon die Hälfte verspeist hatte, legte sie ein wenig atemlos eine Pause ein, gab Mademoiselle und Depardieu etwas vom Schinken und blickte zu Amélie. »Hab ich alles richtig gemacht? Gestern? Sag mir bitte, dass ich alles richtig gemacht habe, ja?«

»Du hast alles richtig gemacht.«

»Hätte ich nicht zuerst die Polizei rufen müssen? Sie waren ja total überrascht, dass du auch da warst.« Lilou spürte eine dumpfe Angst in sich.

»Ach was. Das haben die schnell kapiert. Und der Notarzt hat ja auch bestätigt, dass der Wichser nur Sekunden nach dem Sturz tot gewesen sein muss. Alles gut.«

»Ich war so verwirrt, ich brauchte dich.«

»Klar. Das versteht doch jeder.«

»Aber bis du da warst, hat es eine Weile gedauert, und wir haben dann ja auch nicht direkt die Polizei angerufen … Ich hatte einfach so eine Scheißangst davor, da anzurufen.«

»Ich weiß das doch. Aber du hattest eigentlich überhaupt keinen Grund dafür. Es war ja eindeutig Notwehr!«

»Ich bin mir nicht so sicher, ob der Commissaire das genauso sieht. Die ganzen Fragen von ihm. Jedes Detail wollte er wissen.« Ein Schauer durchfuhr sie. »Es kam mir vor, als würde er sie mir immer und immer wieder stellen. Das waren so viele, und es ging alles so schnell, ich habe mich so in eine Ecke gedrängt gefühlt. Und … ach, Mist, ich hätte ihn nicht belügen sollen und behaupten, dass du die ganze Zeit bei mir warst.«

»Nein, das war genau richtig so. Ich bin dein bombenfestes Alibi, und gut ist.«

Lilou sah Amelie dankbar an. »Hab mich gar nicht dafür bedankt.«

»Und jetzt fängst du bitte nicht damit an, das ist eine Selbstverständlichkeit.« Sie strich Depardieu über den Kopf, der erfolglos auf herabfallendes Essen gewartet hatte.

»Aber es war doch gut, dass wir bei der Polizei angerufen haben, oder? Dass wir die Leiche nicht irgendwo vergraben haben?«

»Du kennst meine Meinung dazu«, sagte Amélie und verschränkte die Arme vor der Brust. »Ich hätte diesen Typen auf dem Dorfplatz von Beuvron-en-Auge aufgehängt. Mit einem Schild um den Hals, auf dem ›Vergewaltiger‹ steht. Und seinen Pimmel hätte ich ihm abgeschnitten. Selbst wenn er davon tot nichts mehr mitbekommen hätte. Trotzdem!«

Lilou stocherte im Rest ihrer Galette herum. Die Zweifel hatten ihr den Appetit verdorben. »Findest du es immer noch falsch, dass ich Commissaire Duchamp nicht die Wahrheit gesagt habe, was Becault bei mir wollte?«

»Was er wollte? Hörst du dich eigentlich selbst reden, Süße? Was er gemacht hat!« Amélie warf ihr einen strengen Blick zu. »Du hast entschieden, es nicht zu sagen.«

»Weil ich sonst noch mehr zum Stadtgespräch werden würde. Und irgendwer würde bestimmt behaupten ich hätte es darauf angelegt, ihn zu verführen. Du weißt doch, wie krank manche Leute denken.«

»Es ist deine Entscheidung. Aber ich sehe es halt anders. Da draußen gibt es bestimmt noch mehr Frauen, die dieser kranke Becault belästigt hat und die sich nicht trauen, etwas zu sagen. Du könntest da eine Vorbildfunktion haben und ihnen damit helfen.« Amélie hob aufmunternd die Augenbrauen.

»Ich weiß, aber …« Lilou wusste nicht, was sie sagen sollte. Amélie hatte recht, aber sie selbst wollte alles nur möglichst schnell vergessen. Und dass alle anderen es so rasch es ging aus ihrem Gedächtnis strichen.

»Wenn es für dich okay ist, dann ist es das für mich auch. Muss ja.« Amélie drehte sich um und begann mit heftigen Bewegungen, die Pfanne sauber zu schrubben.

Mademoiselle sprang auf Lilous Schoß und fing an zu schnurren. Sie drückte das Köpfchen gegen ihren Bauch. Das tat so gut. Lilou liebte Mademoiselle sehr. Katzen waren doch die beste Medizin. Lilou streichelte Mademoiselle, und die kleine Katze schaffte es, sich auf den Rücken zu drehen, ohne vom Schoß zu fallen. Nur ein Bein hing danach herunter – auf elegante Art.

»Bruno kommt heute Nachmittag um vier Uhr nach Hause. Ich kann ihm aber auch sagen, er soll sich irgendwo anders herumtreiben, damit du hier deine Ruhe hast.«

Lilou schüttelte den Kopf. »Ich gehe jetzt sowieso arbeiten.«

Amélie ließ die Pfanne ins Keramikbecken fallen. »Du willst *was*? Sag mal, spinnst du?«

»Das Leben muss weitergehen. Und zwar am besten sofort.«

»Lilou, so was wie gestern steckt man doch nicht einfach so weg! Du hast ein Trauma! Das hast du noch gar nicht richtig begriffen, oder?«

Lilou aß ihre Galette nun doch weiter. »Ich kann nicht einfach tatenlos hier allein bleiben, dann kreisen meine Gedanken um nichts anderes. Das wäre der pure Horror. Ich muss was tun, irgendwas. Da kann ich auch zu Jules fahren und das Haus putzen, bis ich erschöpft zusammenbreche. Danach ist mir gerade. Mich verausgaben.«

»Aber doch nicht am ersten Tag nach so einer Sache!«

»Offiziell war es nichts als ein Unfall. Wenn ich jetzt nicht arbeiten gehe, sieht es komisch aus. Deine Galetten schmecken übrigens traumhaft.«

»Lenk nicht ab! Und ich weiß, dass sie traumhaft schmecken. Hör zu: Es sieht herzlos aus, wenn du arbeiten gehst. Als hätte dich sein Tod gar nicht getroffen. Außerdem brauchst du Zeit, um alles zu verarbeiten. Bleib hier, nur heute. Ich melde mich krank und lass dich nicht allein.«

Lilou steckte sich das letzte Stück der Galette in den Mund, stand auf und umarmte die Freundin. Sie strich ihr dabei sanft über den Kopf, als wäre es Amélie, die getröstet werden musste. »Vielleicht morgen, ja? Aber jetzt muss ich bei Jules arbeiten. Und vorher noch etwas anderes erledigen, das ich unbedingt hinter mich bringen muss.«

»Tut er dir denn gut, dieser Jules?«

»Ja«, antwortete Lilou. »Vom ersten Moment an. Er strahlt so eine ruhige Kraft aus. Und es steckt so viel in ihm drin, er weiß selber gar nicht, wie viel.«

Amélie stupste Lilou mit dem Zeigefinger auf die Nase. »Wenn ich sehe, was du einen Tag nach so einer Geschichte machst, ist er da echt nicht der Einzige.«

Das Haus der Becaults lag am Ortsrand von Beuvron-en-Auge. Vor rund zwanzig Jahren errichtet, dokumentierte es mit jeder dorischen Säule und jeder in Form gebrachten Buchsbaumkugel den Reichtum des Besitzers. Es war komplett in Bordeauxrot gehalten, die Dachziegel schimmerten lackschwarz in der brennenden Sonne. Fast fünf Minuten stand Lilou vor dem Eingang, ohne die Klingel zu drücken. Dann öffnete Madame Becault die Tür. Ihre Augen lagen wie tote Quallen in roten Seen, ihre Lippen blass und dünn wie kraftlose Striche.

»Mademoiselle Leflaive, wie freundlich von Ihnen, mich zu besuchen. Kommen Sie doch bitte herein.«

Lilou wollte sie in die Arme schließen, sie trösten und getröstet werden. Sie fühlte sich dieser Frau auf einmal so verbunden, dieser Frau, die noch viel mehr unter Henri Becault gelitten haben musste als sie selbst. Doch sie spürte, dass Madame Becault es nur mit Mühe schaffte, die Illusion von Selbstbeherrschung aufrechtzuerhalten. Und dass sie im Moment nicht mehr hatte als diese Illusion. Also musste auch Lilou sich zusammenreißen. Tief einatmen. Und der alten Frau nicht in die Augen blicken.

»Lassen Sie uns ins Wohnzimmer gehen. Darf ich Ihnen etwas anbieten? Ein Glas Wasser? Einen Café vielleicht? Ich kann uns auch einen Apfelpunsch zubereiten. Den hat Henri immer so gern …«

»Nein«, antwortete Lilou schnell, bevor Madame Becault die Tränen kamen. »Ein Wasser wäre wunderbar.« Sie spürte, wie ihr Mund trocken wurde. »Es tut mir alles so leid.«

»Ich bin gleich bei Ihnen.« Madame Becault verschwand in der Küche und schloss die Tür hinter sich. Lilou vernahm unterdrückte Schluchzer, dann, wie sie sich ihre Nase putzte, in der gar nichts war. Und sie dachte, wie schön es wäre, wenn sich Trauer so einfach loswerden ließe wie ein Schnupfen.

War die pompöse Architektur des Anwesens Henri Becaults Werk, so atmete die Einrichtung ganz den Geschmack seiner Frau. Sie hatte alles schlicht gehalten, ohne Protz, und hell, die Möbel, die Blumen, die Bilder an den Wänden. Weiß, Beige, Gelb und Orange beherrschten den Raum. Vielleicht, dachte Lilou, war diese Helligkeit auch ein Bollwerk gegen ihren Mann gewesen.

Madame Becault erschien mit zwei Wassergläsern auf einem silbernen Tablett. Ihre Hände zitterten, als sie es absetzte.

»Ich möchte Ihnen mein Beileid aussprechen, Madame Becault.«

»Das ist sehr lieb von Ihnen.« Sie setzte sich so langsam, als erfordere diese Bewegung all ihre Kraft. Dann erst sprach sie weiter. »Es tut mir so leid, dass er in Ihrem Haus gestorben ist und Sie ihn so sehen mussten. Das wäre ihm sicher unangenehm gewesen.« Madame Becault hob das Glas Wasser zum Mund, doch Lilou sah, dass sie es nur an die Lippen setzte, aber nicht trank. Nach einigen Sekunden stellte sie es wieder ab. »Musste er lange leiden?«

»Nein«, sagte Lilou. »Es ging alles ganz schnell.«

»Das ist gut. Wirklich gut. Das hätte er so gewollt. Genau so.«

Eine Haarsträhne fiel der sonst stets perfekt frisierten Frau in die Stirn. Sie schien es nicht zu bemerken. »Es war ein guter Tod, oder?«

Lilou zögerte. »Er …« Sie nahm einen Schluck Wasser. Lilou mochte die alte Frau nicht anlügen.

»Was wollte Henri eigentlich bei Ihnen?«

Lilou verschluckte sich – und war dankbar für die damit einhergehende Unterbrechung. Denn sie wusste nicht, was sie sagen sollte. Die Wahrheit? Wenn jemand ein Anrecht darauf hatte, dann Madame Becault. Sie würde ohnehin wissen, wie ihr Mann gewesen war, würde es einsortieren können. Vielleicht würde die Wahrheit helfen, dass ihre seelischen Wunden schneller heilten.

Lilou beschloss, es ihr behutsam zu sagen, in kleinen, gut verdaulichen Häppchen, mit ihr dieses Geheimnis zu teilen und es gemeinsam zu bewahren, damit Madame Becault davon unbelastet weiterleben konnte. Es würde ihr auch selbst guttun, es auszusprechen. Sie sehnte sich nach Absolution, und die konnte ihr kein Priester geben, sondern nur die Witwe des Toten. Madame Becault würde sagen: »Es war richtig, dass Sie sich gewehrt haben, es war ein Unfall, Sie trifft keine Schuld.«

Lilou holte tief Luft. Und blickte Madame Becault in die Augen. »Ihr Mann war …«

»… wegen Medizin für mich bei Ihnen, nicht wahr? So war es doch?« Sie strich sich eine graue Strähne aus dem Gesicht.

Wollte sie etwa angelogen werden? Die Fassade auch zwischen ihnen aufrechterhalten? Lilou suchte nach einer Antwort im Gesicht der Frau, doch diese putzte sich wieder die Nase und blickt sie nicht an. Blickte zu Boden.

»Ja«, sagte Lilou. »Medizin. Er hat sich um Sie gesorgt.«

»Er war ein guter Mann.«

Lilou trank einen großen Schluck Wasser.

»Ich musste heute daran denken, wie ich ihn kennengelernt habe.« Madame Becault setzte ein Lächeln auf. »Es passierte auf dem Markt. Er war der schönste und größte Mann von allen. Und er hatte nur Augen für mich. Hat immer wieder bei mir eingekauft, aber nur einzelnes Obst und Gemüse. Einen Apfel oder einen Salat oder ein Radieschen. So konnte er kurz danach schon wieder zu mir kommen und mich anschauen. Die anderen auf dem Markt haben sich über uns die Mäuler zerrissen, aber das hat es nur umso romantischer gemacht.« Sie blickte Lilou an, mit neuem Licht in ihren Augen, es schien von weit her zu kommen. »Ich wünschte, noch einen Tag mit ihm zu haben. Einen einzigen Tag. Wissen Sie, wie viel an einem Tag geschehen kann? Man kann sich verlieben an einem Tag, man kann miteinander zärtlich sein, man kann nebeneinander aufwachen, sich schweigend anschauen, auf diese besondere, vertraute Art, kann miteinander lachen, wie viel schöner ist es, zusammen zu lachen? Ich habe heute erst gemerkt, wie wertvoll die Stunden und Minuten mir erscheinen, jetzt, da Henri nicht mehr da ist. Ein Tag, das ist für uns doch etwas, von dem es mehr als genug gibt, und jeder Tag scheint gleich, der Vorrat in der Packung niemals endend. Doch wenn plötzlich nichts mehr darin ist, dann gibt es nichts Wertvolleres. Noch ein Tag mit ihm wäre das größte Geschenk auf der Welt für mich.«

Ein Tag, dachte Lilou, ist wirklich viel wert. Was man alles damit anstellen konnte. Und der Gedanke baute ein Nest in ihrem Kopf.

Madame Becault sah sie mit zusammengepressten Lippen an, und Lilou nahm ihre Hand. Mit einem Mal bemerkte sie, dass deren breitschultriger Jérôme so groß geworden war, dass er sich bücken musste, um nicht gegen die Decke zu stoßen. Madame Becault würde gerade nicht nur seelisch, sondern auch körperlich sehr leiden. Sie setzte noch einmal das Wasserglas an, trank aber wieder nicht daraus.

»Es tut mir alles so leid«, sagte Lilou. Und spürte, dass Zweifel sich über sie legten, wie zähflüssiges schwarzes Öl. War sie wirklich unschuldig? Es war Notwehr gewesen und noch dazu ein Unfall, ja, natürlich, doch hätte sie nicht im Vorfeld klarere Grenzen ziehen können, ziehen müssen, um die Situation überhaupt nicht erst entstehen zu lassen? Hätte sie nicht verhindern können, dass er sich traute, sie so anzupacken, sie so in die Enge zu treiben, ihr das anzutun?

Madame Becault stand auf. »Passen Sie gut auf sich auf, Kindchen. Ich hoffe, Sie bekommen die Bilder aus dem Kopf.«

Erst als sie zur Haustür gingen und Lilou hinter deren Milchglas dunkle Umrisse sah, begriff sie, dass es geklingelt haben musste, als sie in Gedanken versunken war. Madame Becault öffnete, und die Polizei trat ein.

Zuerst Commissaire Nicolas Duchamp, der Lilou gestern eingehend befragt hatte und sie an den Schauspieler Jean Gabin erinnerte, als dieser schon alt und mürrisch war, und der auch ohne in die Stirn gezogenen Hut ausgesehen hatte, als würde er einen solchen tragen. Er war in Begleitung einer auffällig ungeschminkten Beamtin, die ihre dunklen Haare zu solch einem straffen Zopf gezogen hatte, dass es sicher auch das Gesicht glättete. Beim dem Gedanken musste Lilou grinsen und schämte sich sogleich dafür. Es waren wahrlich weder der richtige Ort noch die richtige Zeit. Commissaire Duchamp nickte ihr nur kurz zu, dann wandte er sich an die Hausherrin.

»Madame Becault, wir müssen mit Ihnen reden. Es gibt neue Erkenntnisse.«

Zum Abschied schloss Madame Becault Lilou noch einmal in die Arme. »Wenn irgendetwas ist, Kindchen, und ich Ihnen helfen kann, zögern Sie nicht, sich bei mir zu melden.«

Das hatte Lilou eigentlich sagen wollen, doch nun versagte ihr die Stimme. Und als sie wieder draußen vor der Tür des protzigen Hauses stand, wünschte sie sich selbst ein Glas Wasser, das sie zu den Lippen führen konnte, aber nicht austrinken musste.

Als Kind waren die großen, im Halbdunkel des Lagerhauses von Saint-Ursules ruhenden Fässer für Jules wie Zeitkapseln gewesen und die darauf stehenden Jahreszahlen so fern erschienen wie fremde Galaxien. Sein Vater hatte Jules zu vielen der alten Fässer erzählt, was passiert war im Jahr ihrer Befüllung. Ein amerikanischer Präsident wurde erschossen, die deutsche Armee besiegt, ein Raumschiff landete auf dem Mond, vierzehn französische Kolonien wurden unabhängig, ein unsinkbares Schiff sank wegen eines Eisbergs. All das hatte in Jules' jungen Ohren wie Märchen geklungen, doch die Fässer hatten den Wahrheitsgehalt still bezeugt.

Jules wurde auch heute noch leise und ging sachter, wenn er hierhin kam. Die Luft war kühl und angereichert vom Calvados, der mit der Zeit aus den hölzernen Fässern entschwand. Jeder Atemzug ein kleiner Schluck. Einige Fässer waren mannshoch, andere sogar noch größer. Wenn am unteren Ende zur Reinigung eine kleine Tür geöffnet worden war, konnte man hineinkriechen. Drinnen war es dunkel, feucht, und es hallte wie in einer Kirche. Es hatte ihm als Kind immer Angst gemacht – und trotzdem war er jedes Jahr aufs Neue hineingekrochen.

Heute stand hier die Cuvéetierung an. Dafür war, seit Jules denken konnte, Michel Thureaux zuständig.

Zumindest offiziell.

Thureaux war Anfang sechzig, ein fleißiger Mann, der jedes Fass kannte, wusste, wann sie gewechselt werden mussten, und vor allem, welcher Brand in welchem Fass zu voller Blüte heranreifen würde. Doch das Cuvéetieren, die Vermählung verschiedener Calvados zu einem Ganzen, das mehr war als die

Summe seiner Teile, war eine ganz andere Kunst. Ein eigentlich viel zu bitterer Calvados konnte einem fruchtigen Tiefe verleihen, ein geschmeidiger die Kanten eines Raubeins glätten. Da die Cuvéetierung so schwierig und geheimnisvoll war und mehr mit Intuition, Emotion und sogar einem Hauch Magie zu tun hatte – alles Dinge, die in Michels Welt nur in Spurenelementen existierten –, stand Marie hinter ihm.

Und wischte, ein altes Chanson von Edith Piaf summend, über den Boden.

Offiziell.

Sie wischte genau um den abgewetzten Holztisch herum, der mittig im Fasslager stand und auf dem sich die Proben in Glaskaraffen befanden, die Michel von rund dreißig der Fässer gezogen hatte. Daneben vier Messzylinder und mehrere tulpenförmige Gläser.

Er nickte kurz zur Begrüßung, als Jules erschien.

»Heute der Pays d'Auge?«, fragte dieser.

Michel zeigte auf die gezogenen Proben. »Ich habe wie immer drei bis sechs Jahre alte Calvados genommen, aber auch einen acht Jahre gereiften, der noch sehr jugendlich schmeckt – und ganz rechts den *Président*.« Michel sprach den Namen ehrfurchtsvoll und verneigte sich fast in Richtung der bernsteinfarbenen Probe. Es fand sich nur wenig davon in der Karaffe, und es war die einzige geschliffene. Denn diesem Calvados wollte Michel nicht zumuten, in einen gewöhnlichen Glasbehälter gefüllt zu werden. *Le Président* war nicht der älteste Calvados, aber der beste, den sie je erzeugt hatten. In diesem Jahrgang war alles perfekt gewesen, und das Fass hatte seinen Inhalt so zärtlich umschlossen wie eine Mutter ihr Kind. Der Calvados hatte zunächst den Namen Charles de Gaulle getragen, war 1969 dann zu Georges Pompidou geworden und 1974 zu Valéry Giscard d'Estaing. Als 1981 François Mitterrand gewählt wurde, wurde er anstatt liebevoll François allmählich immer häufiger *Le Président* genannt. Jacques Chirac war dann der erste Staatspräsident der fünften Republik gewesen, welchem nicht mehr die Ehre zuteilwurde, diesem Calvados seinen Namen zu verleihen.

Alle Apfelbrände des Hauses Jules Lignier – Domaine Petit Lion enthielten eine winzige Menge dieses Elixiers. Meist nur ein Spritzer, doch wie ein kostbares Gewürz veredelte *Le Président* jedes Cuvée und verlieh ihm ein Geheimnis, das nicht zu ergründen war. Es war die Seele eines jeden Calvados der Domaine. Die Seele des Hauses.

»Hast du schon einen Vorschlag?«, fragte Jules. Diese Frage war Teil des Rituals.

Michel hatte immer einen Vorschlag. Er klappte sein ledernes Notizbuch auf, in welchem er die Rezeptur niedergeschrieben hatte. Dann griff er nach den Glaskaraffen, und wie ein Alchimist vermählte er die goldenen Flüssigkeiten, stets die Milliliterangaben genau im Blick. Zuletzt gab er den *Président* hinzu. Die Kreszenz füllte er dann in drei Gläser.

Jules schnupperte daran und nahm einen Schluck. Der Calvados schmeckte genau so, wie er schmecken sollte. Nach frischem Apfel und nicht zu scharf im Abgang. Auch Michel schien zufrieden und traute sich ein vorsichtiges Lächeln.

Doch was die beiden dachten, war irrelevant.

Marie näherte sich mit ihrem Wischmopp dem dritten Glas, nahm einen kurzen Schluck, schüttelte den Kopf, beugte sich über die Proben auf dem Tisch, schnupperte sich von einer Seite zur anderen durch, wischte dann auf dem Boden kraftvoll in Richtung der dritten Karaffe von links und von der zweiten von rechts fort.

Michel stellte eine neue Probe zusammen. Mit etwas mehr von der dritten Karaffe von links und etwas weniger von der zweiten von rechts.

Jules probierte abermals. Das Cuvée wirkte nun viel lebendiger, der Apfel geradezu knackig.

Michels Lächeln wurde breiter. Doch nachdem Marie genippt hatte, wischte sie noch einmal ganz links zum Tisch und dann von der siebzehnten Karaffe fort, nur sachte, jeweils einen einzigen Schwung.

Als Michel das neue Cuvée zusammenstellte, nickte er bereits beim Zusammengießen. Selbst Jules konnte es bereits spüren, als er den Glaskelch an die Lippen setzte. Nun war der Apfel gerade erst vom Baum gepflückt, fast meinte man, die Sonnenstrahlen zu schmecken, die ihn kurz zuvor noch erwärmt hatten.

Marie putzte sich Richtung Ausgang.

Michel notierte die genaue Zusammenstellung.

»Noch eine Sache«, sagte Jules, der eine Entscheidung, die in der Nacht gereift war, loswerden wollte. Sie wog schwer und hatte ihn den ganzen Morgen gebeugt. »Den *Président* füllen wir demnächst auch ab. Pur.«

Michel blickte ihn so entsetzt an, als sei er gerade geohrfeigt worden. »Was?«

»Jahrgangsabfüllung. In edle Kristallflaschen.«

»Das ganze Fass?«

»Ja, das ganze Fass. Mach es leer.«

»Aber ...«

»Bereite alles vor, Michel. Ich muss noch die Flaschen bei einer Glashütte in Meurthe-et-Moselle bestellen. Die Etiketten lasse ich von einer Künstlerin aus Paris gestalten.«

Michel war einen Moment lang sprachlos und brachte schließlich nur ein »Warum?« hervor. Es war mehr eine Bitte, ja ein Flehen.

Weil wir das Geld brauchen, Michel. Weil wir sonst nicht expandieren können. Weil ich alles ordnen will und für die Zukunft aufstellen, bevor ich sterbe. Weil es der einzige Weg ist. Doch Jules konnte all dies nicht sagen, es nicht aussprechen, nicht über die Lippen bringen.

»Bis später, Michel«, sagte er deshalb nur und legte ihm zum Abschied eine Hand auf die Schulter.

Als Jules die alte Lagerhalle verließ, sah er quer auf dem Boden Maries Wischmopp liegen. Sie musste ihn gehört haben.

Marie wusste nicht nur, wie sie ihm etwas mitteilen konnte, ohne zu sprechen. Sie wusste sogar, wie sie es tun konnte, ohne im selben Raum zu sein.

Er hob den Wischmopp auf und stellte ihn ordentlich in die Ecke.

Alles würde gut werden.

Mademoiselle lag lang gestreckt auf dem großen Küchentisch mit den vielen Kratzern und Dellen, der an eine Zeit erinnerte, als in der Villa Lignier noch eine Großfamilie lebte und es beim Essen laut und fröhlich zuging. Das einzige Geräusch, welches nun zu hören war, stammte von der Stahlbürste, mit der Lilou versuchte, jahrzehntealten Schmutz aus der Spüle zu scheuern. Die Schweißflecken unter ihren Armen hatten sich bis auf die Schulterblätter ausgebreitet. Sie hörte Jules nicht kommen, bemerkte ihn erst, als er neben ihr stand und sie begrüßte.

»Wie schön, dass du da bist!« Lilou war froh, denn gleich würde sie ihren Plan in die Tat umsetzen können. Ihren Plan, an dem sie sich festhielt, seit er ihr eingefallen war, einen Plan, der ihr vom ersten Moment an Kraft gegeben hatte. Wie ein Rettungsanker.

Sie zeigte auf den großen Esstisch, wo Mademoiselle zufrieden vor sich hin schnurrte. »Setz dich.«

Jules tat wie befohlen, und Lilou setzte sich zu ihm. »Ich möchte dir etwas vorschlagen, einen Deal, ein Geschäft. Hab lange darüber nachgedacht. Na gut, so lange auch wieder nicht, aber intensiv. Ich war heute bei Madame Becault, und sie hat mir klargemacht, wie wertvoll ein Tag ist, ein einziger Tag. Wie viel man mit einem Tag machen kann. Ein Tag klingt nicht viel, oder?«

»Nein«, sagte Jules, der bedrückt wirkte. »Warum warst du bei Madame Becault, und worauf willst du hinaus?«

Er hatte also noch nicht gehört, was gestern passiert war. Das war gut. Sie wollte jetzt nicht darüber reden.

»Mein Job ist es, andere gesund zu machen. Und das möchte ich für dich tun.«

»Lilou, es hat keinen …«

Sie legte ihm ihren Zeigefinger auf die Lippen. »Lass es mich versuchen. Bitte! Es tut nicht weh. Meist schmeckt es sogar gut. Und es geht nicht nur um Medizin, es geht auch um Wohlbefinden, um Massagen, es geht um das hier.« Sie beugte sich vor und legte ihre Hand auf sein Herz.

Er wollte etwas sagen, doch Lilou zeigte mit dem Finger an, dass er noch nicht durfte. »Gleich, ja? Ich bin das alles schon im Kopf durchgegangen, und in meiner Vorstellung hast du mir brav zugehört.«

Jules drückte den Rücken durch. »Das ist kein Spiel. Die Ärzte werden alles versuchen, aber meine Aussichten sind so schlecht, dass sie keine Hoffnung wecken möchten. Ich glaube nicht mehr daran, Lilou. Und habe mich damit abgefunden.«

»Aber ich nicht! Und jetzt hörst du mir bis zum Ende zu. Ohne Unterbrechung. Ich hab dir auch schon zugehört. Gut, meist lasse ich dich nicht zu Wort kommen. Aber die wenigen Male zählen trotzdem.« Sie wollte ihn so gern zum Lachen bringen, nur ein bisschen.

Jules sagte nichts mehr.

»Gut, es hat immer etwas Schönes, wenn Männer schweigen. Das heißt, manchmal schweigen sie auch zu viel, aber jetzt ist gerade genau richtig.« Sie lächelte ihn an. »Also weiter: Ich möchte, dass du mir erlaubst, dich zu behandeln, und Teil der Behandlung ist ein Tag pro Woche.« Lilou kniete sich neben Jules' Stuhl, tat so, als hebe sie etwas auf, und berührte das Stuhlbein.

»Ein … was?«

Mademoiselle sprang vom Tisch und begann, um Jules' Bein zu streichen.

»Ein Tag. Nur ein Tag. Ein einziger pro Woche. Du hast sieben davon. Ein Tag sind gerade einmal vierzehn Komma zwei neun Prozent deiner Woche. Ich habe es ausgerechnet, damit du es auf Anhieb einsiehst. Ich will nur einen einzigen Tag pro Woche, an dem ich bestimme, was du tust, was du isst, wann du ins Bett gehst. Alles.«

Jules stand auf. »Wie kannst du so etwas Kindisches nur vorschlagen? Meine Krankheit ist kein Spiel. Es ist ernst, alles ist ernst. Und das wird es bleiben, bis zum Ende.«

»Ein Tag pro Woche, Jules.«

»Dafür habe ich keine Zeit, es gibt so viel zu ordnen in der Firma, so viel vorzubereiten. Die Zeit wird kaum reichen. Ich weiß ja noch nicht einmal, wie lange ich noch ...«

»Komm mal mit«, unterbrach sie ihn, nahm seine Hand und zog ihn mit sich in den kleinen Garten hinter dem Haus.

»Lilou, bitte«, sagte Jules sanft und doch mit Nachdruck. »Du machst mich wütend.«

»Augen zu.«

»Ich möchte jetzt aber nicht ...«

»Augen zu!«, beharrte sie.

»Lilou!«

Ihre Stimme begann zu zittern. »Glaub mir einfach, wenn ich dir sage, dass meine Welt heute nicht mehr dieselbe ist wie gestern. Genau wie deine Welt. Und auch ich möchte nicht darüber reden.«

Er blickte sie fragend an. »Was meinst du damit?«

Lilou schüttelte feste den Kopf, als würde damit das gerade von Jules Gesagte einfach aus der Welt gewirbelt und verschwinden.

»Lilou?«

»Nicht fragen. Bitte. Nur die Augen schließen, mehr nicht. Nicht mit mir diskutieren, nicht gleich Nein sagen, sondern nur die Augen schließen. Weil ich sonst gleich völlig auseinanderbreche.« Sie zog die Luft langsam durch die Nase ein. Ihre Stimme gewann wieder etwas an Festigkeit. »Also, Augen zu.«

Jules zögerte, aber dann schloss er die Augen.

Lilou ging in den Kräutergarten, zupfte Verschiedenes ab und hielt Jules einen Zweig davon unter die Nase. »Riechst du das?«

»Riecht gut. Kenne ich irgendwoher.«

»Thymian. Kräftig und würzig. Und das hier?«

»Kenne ich auch.«

»Oregano. Herber, zupackender. Und dieser Duft?« Sie hob die langen roten Locken empor und hielt ihren Nacken unter Jules' Nase.

»Kommt mir auch irgendwie bekannt vor. Majoran? Bohnenkraut?«

Lilou schmunzelte. »Du musst noch viel lernen, Jules. Ein Tag pro Woche ist sehr wenig dafür.«

»Ist es Fenchel oder Lorbeer?«

»Öffne die Augen.«

Er stutzte. »Du bist es? Das ist nicht fair!«

Lilou drehte sich um und sah ihm tief in die Augen. »Fair ist zurzeit nichts in deinem Leben und in meinem auch nicht.«

Nun, da die Sonne von hinten auf Jules schien, konnte sie zum ersten Mal seine Krankheit sehen. Es war ein schmaler Mann, seine Gliedmaßen kaum zu erkennen, doch groß gewachsen und völlig schwarz. Sogar die Augäpfel, die Zähne, alles war schwarz. Ein tiefes, verschlingendes Schwarz, das Lilou Angst machte. Sie musste nicht über seinen Namen nachdenken. Er hatte keinen menschlichen, denn das Menschliche schien nur Verkleidung zu sein. Er hieß L'obscurité de la nuit. Die Dunkelheit der Nacht.

»Lilou, ich ...«

»Sag nicht direkt Nein. Bitte! Denk einen Tag darüber nach, ja? Das ist jetzt unsere Währung: ein Tag. Schenk mir zumindest diesen einen, an dem du nachdenkst. Gib mir eine Chance, bitte. Was hast du zu verlieren? Dann sag mir eben morgen Nein. Und wenn du Ja sagst, dann ist es auch nur ein Tag pro Woche, der mir gehört. Du vertraust mir doch, oder?«

»Das ist doch gar nicht die Frage.«

»Doch, genau das ist sie. Es ist immer die Frage, ob man einander vertraut. Wenn man zusammen ist und dem anderen seine Zeit schenkt. Nein, das stimmt nicht, man schenkt sie nicht, man vertraut sie dem anderen an, nicht wahr? Manchmal alle Zeit bis ans Ende des Lebens, manchmal nur einige Stunden, aber es ist Lebenszeit und damit das Wichtigste, was wir haben. Vertraust du mir einen Tag des Nachdenkens an?«

Lilou bugsierte Jules zurück auf den Stuhl in der Küche. Er wollte Nein sagen, das spürte sie. Ein Nein ohne Diskussion. Sie musste gehen, bevor er es aussprach. Sie musste verschwinden, damit das Nein verschwinden konnte.

»Wir sehen uns morgen.« Sie lief zur Tür.

»Willst du diese Katze nicht mitnehmen?«

»Sie scheint dich zu mögen, streicht die ganze Zeit um dein Bein herum.« Lilou musste sich ein Lächeln verkneifen. Sie hatte das Stuhlbein eben mit etwas Thunfisch eingerieben, damit Mademoiselle nicht davon abließ.

Jules blickte hinab. »Sie streicht eher um das Stuhlbein. Aber das ist doch deine Katze, oder?«

»Ab jetzt ist sie deine. Teil meiner Behandlung. Sie heißt Mademoiselle und ist ein ganz wunderbares Wesen.«

»Also nein, Lilou, das geht jetzt wirklich nicht!«

Sie drehte sich um und hob abwehrend die Hände. »Ich bin schon zur Tür raus. Kann dich nicht mehr hören. Aber ich rufe dir noch zu: ›Meine Katze ist die beste Medizin, die ich habe. Pass gut auf sie auf, denn ich liebe sie sehr.‹«

Und ich vermisse sie jetzt schon schrecklich, dachte Lilou.

Ich werde sogar vermissen, wie mich morgens ihre Tatzen auf meinem Gesicht wecken.

Aber Jules brauchte sie nun viel dringender.

Gut sechs Stunden später ging Jules mit zwei prall gefüllten Einkaufstüten vom Carrefour City in der Rue du Général Leclerc zurück nach Hause. Da ihm das Bein davon schmerzte, setzte er sich zum Ausruhen auf eine Bank mit Blick auf den Atlantik. Die Tüten ließ er auf den Boden gleiten.

Während er so dasaß und versuchte, den Schmerz zu vergessen, schlich sich die Nacht langsam nach Villers-sur-Mer, als hoffte sie, unentdeckt zu bleiben. Jules blickte auf das abendliche Meer, wie er es schon unzählige Male getan hatte, und doch schaute er immer wieder gerne hin. Es war altbekannt, doch im Detail völlig neu.

Plötzlich parkte Gaston seinen Einkaufswagen neben der Bank und setzte sich zu ihm.

»Jules, wenn du hier pennen willst, sag es mir lieber gleich, dann geh ich zu meiner Zweitbank auf dem Pétanque-Platz. Aber die hier ist windgeschützter. Und es kommen nicht so viele mit ihren Hunden vorbei. Davon wird man nämlich jedes Mal wach.«

Jules blickte Gaston an, der nicht versucht hatte, ihn zu vertreiben, obwohl er streng genommen auf dessen Bett saß. »Ich ruh mich nur gerade aus.«

»Wegen deinem Bein, was?«

Es hatte sich also schon herumgesprochen. Jules hatte keine Lust, es zu bestätigen. Wenn es sich herumsprach, dann sollte sich genauso schnell herumsprechen, dass er nicht darüber redete. »Nein, wegen des Katzenfutters.«

Gaston beugte sich zu den beiden Tüten und blickte, ohne zu fragen, hinein. »Da hast du aber gutes Futter gekauft. Das mit Lachs ist besonders lecker.«

»Ich frag lieber nicht, woher du das weißt.«

»Na ja, nicht weil ich eine Katze gefragt habe!« Gaston lachte rasselnd. »Seit wann hast du denn eine? Zugelaufen, was?«

»So könnte man es sagen. Obwohl sie etwas Hilfe dabei hatte.«

Gaston tippte Jules an. »Schau mal, dahinten ist dein Kumpel. Wie ein Tier, das in der Dämmerung aus dem Bau hervorkommt.«

Es war Claude, der durch das kleine Gartentor aus einer unbeleuchteten Villa auf die Avenue de la République getreten war.

Gaston beugte sich näher zu Jules und flüsterte: »Manchmal kauft er sich eine Kleinigkeit in der Boulangerie Troisgros und huscht schnell wieder zurück. Die Lust auf etwas frisch Gebackenes treibt ihn heraus.«

»Vielleicht weil der Wind den Duft in sein Fenster geweht hat?«

Gaston nickte zustimmend. »Kann gut sein!«

Claude ging ein paar Schritte und verharrte dann.

»Und was hat er nun?«, fragte Jules.

»Oh, du hast großes Glück, das passiert nur selten! Pass genau auf.«

Wie das Licht eines Leuchtturms drehte sich Claudes Kopf.

»Siehst du, wie er dem Wagen nachschaut?«, fragte Gaston.

Tatsächlich. Als wäre Claudes Blick an die Stoßstange geheftet.

»Vielleicht kennt er den Fahrer oder die Fahrerin?«, vermutete Jules.

»Neinneinneinneinnein.«

»Warum bist du dir da so sicher?«

»Es ist der Wagen. Er schaut immer den gleichen Wagen nach. Citroën 2CV, Modell Charleston. Es ist das zweifarbige, rot-schwarz, kennst du, kennt jeder. Immer wenn so einer vorbeikommt, erstarrt er zur Salzsäule und sieht nichts anderes mehr.«

»Claude fuhr nie solch einen Wagen«, sagte Jules verwundert.

»Nein. Aber ich glaube, er hätte sehr gerne.«

Jetzt bewegte sich Claude wieder. Doch anstatt zur Boulangerie Troisgros führten ihn seine schnellen Schritte zurück nach Hause.

»Brauchst du alle Dosen für deine Katze?«, fragte Gaston. »Auch die limitierte Edition mit Ente?« Er hielt sie in Händen. »Viele Katzen mögen die nicht. Mag deine Katze die?«

»Ganz ehrlich: Ich weiß es nicht. Es ist Lilous Katze, und sie hat mir das Tier nur geliehen.«

»Wusste nicht, dass so was geht.«

»Die Katze auch nicht.«

Gaston steckte die Dose ein. »Meinst du Lilou, die Heilerin?«

Jules blickte aufs Meer und schwieg, denn er wusste nicht, ob sie wirklich eine war.

»Jules, ich sag dir nur eins: Ich kann wieder scheißen.«

»Gaston, darauf erwidere ich dir auch eins: Wie schön für dich.«

»Ich konnte das nämlich nicht. Ein paar Tage lang. Und so was ist schrecklich. Sie hat mich geheilt. Ich glaube, es sind ihre Hände, die machen das mit dem Heilen. Klar, sie hat mir was zu essen gegeben und eine Medizin, aber das ist alles bloß Rauch wie auf einer Bühne. In Wirklichkeit kann sie heilen. Was für eine tolle Frau! Ich hoffe, ich werde noch mal krank.«

Jules drehte sich zu ihm und blickte Gaston in die Augen. Sagte er das nur so dahin? Oder glaubte er es tatsächlich? »Würdest du ihr dein Leben anvertrauen?«

Gaston zögerte nicht. »Mein Leben.«

»Auch wenn die Behandlung viel Zeit in Anspruch nähme?«

»Umso besser!« Er lächelte, dann blickte er Jules ernst an. »Umso besser, wirklich. Fragst du wegen deines Beins?«

»Ich frag einfach so.«

»Lass sie ran, Jules. Lass sie machen, was sie will. Und wenn sie dir ihre Katze gibt, solltest du das Viech behandeln, als wäre es die Königin von Saba, selbst wenn sie dir alle Gardinen zerfetzt. Nur so ein Rat.«

»Danke dafür. Ich habe ihn wirklich gebraucht.« Jules stand auf und hob die beiden Einkaufstüten an. »Kannst die limitierte Enten-Edition behalten.«

»Sowieso«, sagte Gaston und grinste. »Als Miete für meine Bank.«

Ein Schluck ist schnell fort
Der Gaumen erinnert sich
Echo der Aromen

Gustave Eiffel

Der erste Tag

Das Licht der Autoscheinwerfer fraß nur die Dunkelheit vor Jules, doch sie erstreckte sich in alle Richtungen, über Wiesen, Weiden und Obstplantagen. Die Normandie schlief tief und fest, lediglich in der Ferne über Caen war der Himmel erhellt. Jules trat aufs Gas. In der nächsten Kurve rutschte der ungeöffnete Umschlag mit dem Therapieplan vom Beifahrersitz auf die Fußmatte: tägliche Subkutanspritze zur Thromboseprophylaxe, Physiotherapietermine, die Plasmapherese, bei der sein Blutplasma durch ein gereinigtes Fremdplasma ausgetauscht wurde, und regelmäßige Untersuchungen. Das Einzige, was in seinem Leben noch Termine zu haben schien, war seine Krankheit. Jules wollte nicht bis morgen warten, um Lilou zu sagen, dass sie ihren Tag bekommen würde. Er wollte, dass sie Pläne machte, nicht seine Krankheit.

Als er sich auf dem kaum erkennbaren Feldweg ihrem Haus näherte, sah er, dass es im Dunkeln lag. Vielleicht saß sie auf ihrer Gartenbank und besah sich den klaren Sternenhimmel.

Er parkte quer, direkt vor der Tür, stieg schnell aus, drückte den Klingelknopf mehrmals, klopfte, doch kein Licht erschien, erst recht keine Lilou. Erst als seine Augen sich ans Dunkel gewöhnt hatten, erkannte er einen auf das Glas der Eingangstür geklebten Zettel. »Praxis vorübergehend geschlossen.« Für dringende Fälle waren ihre Handynummer und eine Adresse im neuen Teil von Villers-sur-Mer angegeben, wo man bei Amélie Tatou klingeln sollte. Wenn er kein dringender Fall war, dann wusste Jules nicht, wer einer sein sollte. Er war sich jedoch unsicher, ob es die Behandlung war, die ihn zu Lilou trieb, oder Lilou selbst. Vielleicht war ein Mensch, für den man Wärme empfand, das Gefühl, ihn umarmen zu wollen, den Wunsch, sein Lachen zu hören, vielleicht war ein solcher Mensch immer auch Medizin.

Ganz bestimmt sogar.

Den Weg zurück nach Villers-sur-Mer fuhr Jules noch schneller als den Hinweg.

Die Adresse stellte sich als klobiger, viergeschossiger Bau heraus, bei dem jede Etage in einer anderen verblichenen Farbe gestrichen war. Es war eine Gegend, in der man seinen Wagen nicht unverschlossen ließ.

Eine Gegensprechanlage gab es nicht, kurz nach dem Klingeln ertönte das dumpfe Brummen des Türöffners, und Jules ging hoch bis in die oberste Etage.

Dort erwartete ihn eine Frau in gebatikter Schlabberhose und knappem weißem Top, die ihre kurzen violetten Haaren gerade mit einem Handtuch trocken rubbelte. Fragend zog sie die Augenbrauen in die Höhe. »Haben Sie nicht was vergessen?«

Jules streckte ihr die Hand entgegen. »Lignier mein Name. Und nein, ich habe nichts vergessen.«

Die junge Frau schüttelte seine Hand nicht, sie sah ihn gar nicht richtig an, sondern konzentrierte sich weiterhin auf ihre Haare. »Ihren Namen können Sie behalten. Sie sind eine halbe Stunde zu spät!«

Verdutzt suchte Jules nach einer Antwort. »Ich wollte …«

»Holen Sie jetzt die Pizza aus dem Wagen, oder muss ich Ihnen beim Tragen helfen?«

Jules begriff und lachte auf, das Lachen kam wie eine Eruption aus ihm heraus – vor einer immer missmutiger dreinschauenden Amélie.

Neben ihr erschien nun Lilou in der Tür, einen weiß-blau gestreiften Pyjama tragend, der ihr drei Nummern zu groß war, und auf nackten Füßen. »Jules? Was machst du denn hier?«

Amélie blickte sie an. »Zurzeit schüttet er sich aus vor Lachen. Anstatt mir unsere Pizza zu geben.«

»Aber Amélie, das ist Jules! Du weißt schon! Der bringt keine Pizza, der will zu mir.«

Mit einem tiefen Atemzug ließ Jules den Vulkan des Lachens langsam versiegen. »Doch jetzt wünschte ich, dass ich auch ein paar Pizzas dabeihätte.«

Nun musste auch Amélie grinsen. »Warum haben Sie das denn nicht gleich …«

»… gesagt? Na, Sie haben mir doch keine Chance gelassen!«

»Ja, so ist sie manchmal«, sagte Lilou, was ihr einen bösen Blick der Freundin einbrachte. »Nun komm aber erst mal rein. Das darfst du nämlich auch ohne Pizza.«

Als sie die Küche passierten, sah Jules darin einen Berg von Mann, der sich über eine kleine Espressotasse in seiner Hand beugte und mit einem winzigen Löffel darin rührte. Der Berg lächelte ihn freundlich an. Jules lächelte zurück. Denn trotz aller Sanftheit, die dieser Mann ausstrahlte, wollte man nicht derjenige sein, der ihm ein Lächeln verwehrte.

Im Wohnzimmer lief der Fernseher, auf dem Flokati davor lag Depardieu, alle viere von sich gestreckt. Sein Bauchfell sah aus, als hätte jemand Kreise drin gezeichnet. Lilou kniete sich neben ihn, woraufhin Depardieu zufrieden brummte. Sie versenkte ihren Kopf kurz in sein Fell, was ungemein guttat. Für Depardieu war die Welt völlig in Ordnung, und etwas dieser naiven Gewissheit schien sich für einen kurzen Moment zu übertragen.

Jules nahm auf dem Sofa Platz, über das ein großes Plaid gelegt worden war. »Ist alles gut mit dir? Du hast gerade gewirkt, als wärst du ganz woanders.«

»Alles gut.«

Er zögerte, dann nickte er. »Vermisst du Mademoiselle eigentlich sehr? Möchtest du sie wiederhaben?«

»Ja und nein.« Lilou lächelte. »Aber du musst unbedingt ihr Lieblingsfutter besorgen: Ente. Da gibt es gerade eine limitierte Edition.«

»Ist immer gut, so was rechtzeitig zu wissen«, sagte Jules grinsend. Er musste gleich wohl noch mal zu Gaston.

»So, und jetzt sag, was dich zu mir führt. Du hast die Adresse sicher an meiner Praxis gefunden.«

»Ja, also es ist folgendermaßen …«

»Ich bekomme den Tag, oder? Ja, nicht?« Lilou klatschte aufgeregt in die Hände. »Wie wunderbar!« Sie stand auf und umarmte Jules.

»Darf ich es vielleicht selber sagen?«, fragte Jules, als sie sich wieder von seinem Hals gelöst hatte.

»Nein. Du bist ja gerade in meiner Praxis, da rede ich. Gut, es sieht aus wie ein Wohnzimmer, aber in Wirklichkeit ist es eine ultramoderne Naturheilpraxis. Das dient alles nur dazu, dass sich der Patient wohlfühlt.«

Jules deutete auf Depardieu. »Auch der Hund?«

»Besonders der Hund!«

»Ich möchte es trotzdem sagen, darf ich?«

Lilou nickte. »Die Wünsche der Patienten werden stets respektiert.«

Jules' Mund war trocken. »Ich, Jules Lignier, bei vollem Verstand und Bewusstsein, möchte, dass du, Lilou Leflaive, mich behandelst. Dazu gehört, dass du einen Tag in der Woche von mir anvertraut bekommst. Ich akzeptiere jedes Honorar.«

Er konnte in ihren Augen sehen, dass sie noch gar nicht über das Honorar nachgedacht hatte. Das machte ihn glücklich.

»Jetzt sag nicht, dass du nichts dafür haben willst«, schaltete

Amélie sich in die Unterhaltung ein, die im Türrahmen lehnte und an einer Zigarette zog. »Immerhin kannst du in der Zeit mit ihm nicht in deiner Praxis Geld verdienen. Du hast Ausfälle.«

Lilou wies mit der Hand lachend auf die Freundin. »Darf ich vorstellen, meine Managerin. Seit wann bist du für meine Gehaltsgespräche zuständig, Amélie?«

»Seit jetzt, Süße. Du nimmst deinen Tagessatz für Schulungen. Punkt. Den, der auf deiner Homepage steht. Und jetzt streichle deinen dicken Hund weiter, der guckt schon ganz unglücklich.«

»Er ist nicht dick!«

Die Türklingel ertönte. »Bruno, machst du dem Pizzaboten bitte auf? Und sorg dafür, dass so eine Verspätung nicht noch mal vorkommt«, rief Amélie.

Ein zustimmendes Brummen ertönte aus der Küche, dann schwere Schritte Richtung Wohnungstür.

Jules stand auf. »Tja, dann guten Appetit, ich muss auch wieder.«

»Bleib doch noch, ist genug für alle da. Amélie bestellt immer in Mengen, als müsste sie das ganze Haus durchfüttern.«

Jules tippte auf seine Uhr. »Donnerstagabends besuche ich immer einen alten Freund.«

»Du ziehst einen alten Freund einer frischen, duftenden Pizza vor?« Sie zwinkerte ihm zu. »Eine Intensivbehandlung durch mich ist wirklich mehr als nötig. Wann fangen wir an?«

»Wie wäre es nächsten Montag? Dann kann ich vorher noch einiges ordnen und abarbeiten.«

»Morgen«, sagte Lilou bestimmt.

»Wie bitte? Nein, das geht nicht.«

»Morgen. Ärztliche Anordnung. Teil des Deals. Stand im Kleingedruckten.«

»Morgen geht nicht.«

»Morgen geht! Keine Widerrede!«

Sie ließ alles so spielerisch wirken, als sei er nicht todkrank, sondern habe nur ein paar falsche Interessen. Es war eine Illusion, und sie kam mit ganz viel Lachen. Es war eine Illusion, in der Jules leben wollte. Die Realität konnte da mit ihren scharfen Schnittkanten und rauen Oberflächen nicht mithalten.

»Morgen also«, stimmte Jules zu. »Kommst du zu mir?«

»Hausbesuch, ganz genau. Und du musst unbedingt einen nüchternen Magen haben.« Sie blickte ernst.

»Warum das denn?«

Lilou brach in Lachen aus. »Du lässt dich zu einfach veralbern. Daran müssen wir auch arbeiten. Oder lieber nicht. Macht zu viel Spaß.«

Sie verabschiedeten sich mit drei Wangenküssen, die Jules alle einen Moment länger vorkamen als üblich, was ihm sehr gefiel. An der Tür schob er sich an dem großen Burschen vorbei sowie an einem betreten auf den Boden blickenden Pizzaboten, der den Preis auf der handgeschriebenen Rechnung um die Hälfte reduzierte.

Nach einem kurzen Grunzen des Bergs wurden zwei Drittel daraus.

Sie klopften ganz früh und so laut wie in einem schlechten Film. Als wollten sie die Tür einschlagen. So laut, dass alle im Haus aufwachen und davon erfahren mussten. Das Klopfen war Vorwurf und Anklage, war erste Strafmaßnahme und Vorgeschmack auf das, was kommen sollte. Depardieu bellte, was er sonst nie tat, doch diese Aggressivität drang bis in seine alten Knochen.

Sie baten Lilou ins Commissariat de Police. Die Bitte fühlte sich wie eine Festnahme an. Links und rechts neben ihr ging ein Beamter das schmale Treppenhaus hinunter, die Wände scheuerten an ihren groben Jacken. Sie redeten nicht mit ihr, errichteten eine Mauer des Schweigens um sie, die im Streifenwagen mit jedem Kilometer der Fahrt nach Caen näher zu rücken schien. Lilou hielt sich an ihrer Halskette mit dem goldenen Amulett fest, in das ein Foto gehörte, aber es war leer. Bisher war niemand nah genug an ihrem Herzen gewesen.

Das Commissariat war in einer alten Schule untergebracht, die Fenster nachträglich vergittert. Sie ließen Lilou lange im von Neonlampen erleuchteten Flur warten, aber nicht telefonieren. Warum musste all das heute passieren, an ihrem ersten Tag mit Jules? Er würde auf sie warten. Und sie würde nicht kommen.

Schließlich bat sie ein Beamter, den sie zuvor noch nicht gesehen hatte, mit kurzen Worten darum, ihm in ein Zimmer zu folgen und sich auf einen Stuhl an einem Tisch zu setzen. Ihr gegenüber saß bereits Commissaire Nicolas Duchamp. Im Raum hing noch eine alte zusammengeklappte, dreiteilige Tafel. Sie abzumontieren hätte sicher gekostet, doch der Staat musste sparen. Geständnisse konnte man schließlich auch vor einer Schultafel ablegen.

Duchamp zündete sich eine Zigarette an, klärte Lilou über ihre Rechte auf und startete ein schwarzes Aufnahmegerät, das noch mit Tonbandkassetten arbeitete.

»Wissen Sie, Mademoiselle Leflaive, die Geschichte vom guten und vom bösen Polizisten aus den Filmen, die ist Schwachsinn. Vielleicht gibt es so was in den USA, aber nicht bei uns in Frankreich. Hier gibt es nur böse Polizisten. Und ich bin einer davon. Und wollen Sie wissen, warum ich böse bin? « Er blickte Lilou starr an und zog dann langsam die Augenbrauen hoch.

»Nein? «

»Ich sag es Ihnen so oder so. Damit Sie wissen, mit wem Sie es zu tun haben. Das ist nämlich wichtig. Ich bin böse, weil Sie mich angelogen haben.«

Lilou umfasste ihr Amulett fester. »Ich soll Sie angelo…«

»Bitte ersparen Sie mir das! Es lässt mich nämlich nur noch böser werden. Wie alle anderen Menschen auf unserer Erde mag ich es nicht, verarscht zu werden. Hören Sie auf damit. Sofort. Die Gerichtsmedizin hat eindeutig festgestellt, dass Henri Becault länger tot gewesen sein muss, als Sie uns weismachen wollten. Fangen wir mit einer einfachen Frage an. Und bei dieser tue ich noch so, als ginge ich davon aus, dass es sich tatsächlich um einen Unfall handelt. Warum haben Sie den Notarzt nicht sofort nach dem Sturz angerufen?«

»Becault war sofort tot«, sagte Lilou.

»Das war nicht die Frage.«

Lilou blickte Duchamp an. Seine Wut und sein Ärger waren nicht gespielt. Er hatte solche Befragungen schon oft geführt und war ihrer müde, war sie leid. »Ohne einen Anwalt muss ich Ihnen gar nichts sagen.«

Duchamp stellte das Aufnahmegerät ab. »Sie können ihn anrufen. Später.« Er stellte es wieder an. »Entschuldigen Sie bitte, manchmal haken diese alten Dinger.«

Er funkelte sie an. Duchamp spielte nicht nach Regeln, das war nun klar, und seine Rede zu Beginn war nicht bloß ein Lippenbekenntnis. Lilou war eingeschüchtert, zu sehr, um sich zu beschweren. Sie fühlte sich mit einem Mal wie ein kleines lichtscheues Tier, das man in die grelle Sonne gezerrt hatte und das nichts anderes wollte, als sich zu verkriechen.

»Ich stelle die Frage nochmals: Warum haben Sie nicht direkt den Notarzt und die Polizei angerufen? Sondern, wie die Informationen der Telefongesellschaft zeigen, Ihre Freundin Amélie Tatou. Falls, und dies ist ein für Sie äußerst relevantes Falls, der Anruf nicht vor der Tat stattfand.«

Lilou blickte ihm nicht in die eisgrauen Augen, als sie antwortete. »Ich war total schockiert von dem Unfall, ich musste mit jemandem reden – und Monsieur Becault war tot, daran gab es keinen Zweifel. Es eilte also nicht.«

»Für Sie als Laien sah es vielleicht aus, als wäre er tot gewesen. Aber was, wenn nicht? Sie wissen, dass das unterlassene Hilfeleistung war?«

»Er lag mit einem Loch im Kopf in einer Lache Blut und atmete nicht! Toter kann man nicht sein.« Wut mischte sich in ihre Stimme wie schwarzes Öl in ein aufgewühltes Meer.

»An der Leiche wurden Kampfspuren gefunden.«

Lilou schoss der Gedanke durch den Kopf, jetzt reinen Tisch zu machen. Aber schnell begriff sie, dass sie dafür schon zu viel Zeit hatte verstreichen lassen. Wenn sie nun die Wahrheit sagte, würde sie wie eine Lüge klingen. Lilou verschränkte schützend die Arme vor der Brust. »Ich weiß nichts von einem Kampf.«

»Wir haben Hautpartikel unter seinen Fingernägeln gefunden. Ich wette, die DNA stimmt mit Ihrer überein. Sie werden gleich ärztlich untersucht. Wir werden auch bei Ihnen Kampfspuren finden, nicht wahr?«

Lilou schüttelte langsam den Kopf. Sie wollte nicht untersucht werden, wollte sich nicht vor anderen entkleiden müssen, wollte nicht, dass sie die Spuren fanden.

»Wieso ist es zu einem Kampf zwischen Ihnen und Monsieur Becault gekommen?«

In diesem Moment dachte Lilou, dass sich in Duchamps vielen Falten mit den Jahren keine Güte angesammelt hatte, kein Verständnis, sondern nur Ungeduld und Frustration. »Es gab keinen Kampf, und Sie dürfen mich nicht gegen meinen Willen untersuchen.«

»Wir dürfen noch viel mehr, Mademoiselle Leflaive.« Er lehnte sich vor. »Sie behaupten also tatsächlich weiterhin, er wollte bei Ihnen ein Medikament für seine Frau abholen und ist dann unglücklich gefallen?«

»Das behaupte ich nicht, das war so. Und jetzt will ich gehen.«

»Warum weiß seine Frau dann nichts von dem fraglichen Medikament?«

»Er wollte sie damit überraschen.«

»Mit einem Medikament? Wären Blumen nicht eine bessere Wahl gewesen? Ein Parfüm? Warum ein Medikament, das sie sich ohnehin kaufen würde? Merken Sie eigentlich nicht, wie dünn Ihre Lügengeschichte ist, Mademoiselle Leflaive?«

»Es ist die Wahrheit, auch wenn sie Ihnen nicht passt.«

Commissaire Duchamp stand auf und trat hinter sie. »Ob sie

mir passt oder nicht, ist völlig egal. Ob sie dem Richter passt, ist dagegen überhaupt nicht egal. Aber ich erzähle Ihnen jetzt mal eine Geschichte, die zu den Indizien viel besser passt als Ihre.« Er stützte die Hände auf die Lehne ihres Stuhls. »Sie haben eine Affäre mit Henri Becault, einem angesehenen, reichen Mann. Er kommt zu Ihnen, um diese zu beenden. Sie ertragen die Verletzung nicht, es kommt zum Streit, Sie werden handgreiflich, schubsen ihn zu Boden, wobei er sich tödlich verletzt. Panisch rufen Sie Ihre Freundin Amélie Tatou an, um gemeinsam die Spuren des Streits verschwinden zu lassen und sich eine Lügengeschichte für die Polizei auszudenken. Mademoiselle Tatou befragen wir übrigens parallel. Und Ihr Haus wird gerade untersucht. Denn Sie haben in der Aufregung sicher etwas übersehen.«

Von allen Gefühlen war Angst das stärkste, welches in Lilou wirkte. Sie hielt ihr Amulett nun so fest, dass sich seine gezackte Form in ihren Handteller prägte. »Ich sage nichts mehr ohne meinen Anwalt.«

»Haben Sie denn einen Anwalt, Mademoiselle Leflaive?«

»Nein.«

»Können Sie sich einen Anwalt leisten?«

Lilou zögerte. »Nein.«

»Dann wird Ihnen ein Pflichtverteidiger zugewiesen. Ich werde mich darum kümmern.«

»Wie komme ich nach Hause?«

»Das ist nicht mein Problem. Vielleicht fragen Sie Ihren Anwalt. Sie helfen mir nicht, und ich werde einen Teufel tun, Ihnen zu helfen.«

Kurze Zeit später saß sie wieder auf dem Flur.

Lilou weinte nicht. Das wollte sie Duchamp nicht zugestehen. Doch in ihr schmerzte jede Träne, die nicht nach außen drang. Und es wurde immer schwerer in ihr, ihr Kopf hing tief, Lilou wurde still. Sie wartete auf den bestellten Anwalt und blickte auf ihre roten Chucks, als seien sie Zauberschuhe und könnten sie zurückführen in die Welt vor zwei Tagen.

Siebenundsechzig ungeöffnete E-Mails.

Jules schaltete den Computer aus, er wollte keine einzige lesen.

Denn damit würde die Arbeit beginnen, und heute sollte es doch keine geben. Dieser Tag gehörte schließlich Lilou, doch Lilou war noch nicht erschienen. Er hatte erwartet, von ihr geweckt zu werden, indem sie lautstark die Rollläden hochzog, ihn frech anlächelte und ihm augenzwinkernd eine Unverschämtheit an den Kopf warf. Dass sie dann das Haus mit dem Duft von frischem Kaffee füllen würde und von heißer Butter, in der sie etwas briet. Doch sein Zimmer war dunkel geblieben, sein Haus ohne Duft und ohne den Klang von Lilous Lachen.

Er hatte sie nicht angerufen, war stattdessen nach Saint-Ursules gefahren. Sie würde schon kommen. Ganz bestimmt. Vielleicht bereitete sie etwas vor. Etwas Besonderes, ohne Zweifel. Es war schließlich der erste Tag. Jules zwang sich, nicht darüber nachzudenken, wie sie die Stunden des Tages mit ihm füllen würde, mit welchem Glück und welchem Blödsinn. Doch je mehr er versuchte, nicht daran zu denken, desto öfter stahlen sich seine Gedanken dorthin.

Die Taubheit in seinem Bein war über Nacht weiter emporgekrochen. Jules tastete immer wieder nach dem Bein, als könnte die Taubheit bei der nächsten Berührung verschwunden sein. Weil die Realität doch nur so sein konnte und alles andere Illusion sein musste.

Das Klopfen an seiner Bürotür klang dringlich. Der Takt, die Stärke. Nicht wie eine Mitarbeiterin am Zimmer ihres Chefs klopfte, sondern eher die Mutter an dem ihres ungezogenen Sohnes.

»Komm rein, Claudette.«

Sie trat ein und sagte nichts.

Schon das zweite Mal an diesem Morgen.

»Immer noch Schweigen? Immer noch wegen des *Président*?«

Sie ging ohne ein Wort.

Claudette brauchte nichts zu sagen, Jules hatte schon beim Eintreten gewusst, weshalb sie kam.

Eine Gruppe Gäste hatte sich kurzfristig angekündigt, Händler aus London, und da sein Exportmanager auf einer Weinmesse in Italien weilte, war Jules der Einzige, der sie führen konnte. Als er mit der Gruppe an den Porträts seiner Vorfahren vorbeiging, zur alten Presse, wo er den kleinen Beamer anstellte, der einen Film über die Produktion auf Saint-Ursules an die weiß gekalkte Wand warf, und danach durch die Lagerhäuser spazierte, kam es ihm vor, als würde er einen alten Schlager singen, von dem er jede Zeile, jede Pointe kannte. Aus einem Klimaschrank im Flaschenlager holte er danach einige bereitliegende Äpfel und ließ sie zum Probieren herumgehen. Wie erwartet bekam er nach dem Hineinbeißen zusammengezogene Grimassen zu sehen, so bitter und sauer waren einige davon.

»Sie wundern sich vermutlich, aber auch diese Äpfel brauchen wir«, sagte Jules. »Es ist wie im Leben, oder? Ohne bittere oder saure Momente, nur mit Sonnenschein wäre es langweilig, hätte keine Tiefe.«

Oft hatte er diese Worte schon gesagt, jetzt kamen sie ihm vor wie mit Galle durchsetzt. Gerne würde er die bitteren und sauren Äpfel aus seinem Leben aussortieren, die er in den nächsten Monaten ernten und essen musste.

Claudette tauchte hinter der Gruppe auf und winkte ihm zu. »Jules, kann ich dich kurz sprechen?«

Er ging zu ihr. »Was ist passiert, dass du wieder mit mir redest?«, fragte er leise und lächelte.

»Claude ist da.«

»Was? Welcher Claude?«

»Claude Villeneuve. Ich habe ihn seit Ewigkeiten nicht mehr gesehen. So wie die meisten anderen auch. Und jetzt ist er hier und will dich sehen. Er sieht schlecht aus, Jules. Und spricht einsilbig. Da stimmt etwas nicht.« Sie berührte ihn am Arm. »Ist es wegen deiner Erkrankung?«

Jules versuchte, Claudettes Sorge mit einem Lächeln abzutun. »Er ist doch nicht mein Arzt, sondern mein Freund.« Doch Sorge hatte auch er. Was immer Claude aus seinem Bau holte, musste große Zugkraft besitzen. »Schenkst du den Engländern solange die drei Cidre aus? Die kommen zwar eigentlich erst später, aber das wissen sie ja nicht. Wo steckt Claude denn?«

»Er wartet im Verkostungsraum.«

»Danke, Claudette.« Jules gab ihr einen zärtlichen Kuss auf die Wange.

»Sagst du mir nachher, um was es ging?«

Er lächelte. »Ja, das tue ich. Falls es nicht etwas ist, das nur Claude persönlich betrifft. Er hütet seine Geheimnisse sehr.«

Claude stand an der Marmortheke, schwenkte einen dreißig Jahre alten Âge d'Or und ließ die Wellen sich hoch im Glas brechen. Jules wusste aus der Beschreibung im Katalog, dass dieser Calvados all seine jugendliche Frucht verloren hatte und nun nach den Aromen des gereiften Alters duften sollte, nach Vanille, Holz und Walnuss. Er selbst konnte all das kaum erschnuppern, doch es klang gut.

»Schwenkst du nur, oder trinkst du auch?«, fragte Jules. »Vom Schwenken ist übrigens noch kein Calvados besser geworden.«

Claude drehte sich um und reichte ihm das Glas. »Der ist nicht für mich, er ist für dich.« Kein Lächeln trieb sich in Claudes Gesicht herum, seine Augen wirkten trüb.

Jules nahm das Glas an. »Brauche ich direkt einen Schluck?«

»Einen vorher, einen nachher. So mache ich es selbst, wenn eine schlechte Nachricht kommt.«

»Verrate sie mir direkt, ich bekomme sonst nichts herunter. Was meinst du, wie nervös es mich macht, dich hier zu sehen? Versteh mich nicht falsch, ich freue mich immer, dich zu sehen, aber ...«

»Du musst nichts erklären. Setzen wir uns an den Tisch? Bitte.«

»Du bist sonst nie so melodramatisch.«

»Weil ich sonst selten Grund dazu habe. Melodramatisch ist man nie aus Freude daran.«

Als Jules saß, schloss Claude die beiden Türen, die in den Raum führten. Es kam Jules vor, als schöbe er Steine vor die Eingänge. Der große Verkostungsraum mit der langen Marmortheke vor der Spiegelwand und den golden gefüllten Calvados-Bouteillen wirkte mit einem Mal zu eng.

»Hast du das von Henri Becault gehört?«

Jules nickte. »Ich werde zur Beerdigung gehen und einen Kranz bestellen.« Er streckte das linke Bein aus. Er wollte es nicht mehr belasten, Taubheit und Schmerz nicht mehr spüren.

»Standet ihr euch nahe? Meiner Ansicht nach war er eine charakterlose Drecksau, die über Leichen ging. Aber vielleicht mochtest du das ja an ihm.«

»Deinen Humor hast du also noch nicht verloren.« Jules lächelte.

»Am Ende ist er das Einzige, was uns bleibt. Der einzige Trost.«

»Neben dem Calvados.«

»Neben dem Calvados. Jetzt nimm einen Schluck, Jules. Für mich.«

Er nickte und trank. Vor Nervosität schmeckte er nichts, fühlte nur die wohltuende Wärme, als der Apfelbrand seinen Hals hinunterglitt.

»Danke.« Claude ergriff seine Hand. »Es geht mir um die Witwe.«

»Wieso um die Witwe? Ich habe mit ihr keinen näheren Kontakt.«

»Sie ist zusammengebrochen.« Claude drückte Jules' Hand nun fester. Was hatte dieses Verhalten bloß zu bedeuten?

»Der plötzliche Tod ihres Mannes muss sie schwer getroffen haben. Sie tut mir wirklich leid.«

Claude schüttelte den Kopf, als müsse er gegen die Schwere

der Luft ankämpfen. »Sie ist nicht wegen Becaults Tod zusammengebrochen. Sie ist zusammengebrochen, nachdem die Polizei heute bei ihr war.«

»Was willst du mir mit der ganzen Sache sagen? Wie betrifft mich das?«

Claude holte tief Luft. »Ich weiß es von einem meiner ehemaligen Schüler, der mittlerweile bei der Polizei arbeitet. Wir telefonieren manchmal. Er hört gern den Rat eines dummen, alten Mannes mit zu vielen Erinnerungen und zu wenig Zukunft.«

»Jetzt hör aber auf. Was soll ich denn da sagen?«, fragte Jules. Doch er merkte in diesem Moment, wie unwirklich ihm sein herannahender Tod immer noch vorkam.

»Verzeih.« Nun griff Claude mit beiden Händen Jules' Hand. »Was ich dir jetzt mitteile, darfst du niemandem, besonders der betroffenen Person nicht sagen.«

»Claude, wirklich, was soll das?«

»Lilou, deine Lilou, wird verdächtigt, ihn umgebracht zu haben. Und wie mein Freund mir sagte, sieht es nicht gut für sie aus.«

Claude drückte ihm das Glas mit Calvados nochmals in die Hand. Und erst, als der Duft des Apfelbranntweins um Jules herum wie Nebel aufstieg, bemerkte er, dass er das Glas zerdrückt hatte wie eine faule Frucht.

»Sie würde so etwas nie tun. Niemals.«

»Nein, das würde sie nicht. Aber die Polizei denkt es.«

Sie saßen einige Zeit beisammen, in der sie mehr miteinander schwiegen als redeten, bis ein Hupen ertönte. Es klang wie von einem großen Spielzeugauto.

Nach kurzen Pausen setzte es immer wieder von Neuem an.

»Ich schaue mir das besser mal an«, sagte Jules.

Claude stand auf. »Für mich ist es Zeit zu gehen. Meine Haut ist so viel fremde Luft nicht mehr gewöhnt.«

»Du bist manchmal wirklich ein unglaublicher Schwätzer, Claude. Hat dir das schon mal jemand gesagt?«

»O ja. Und mehr als einmal.« Er umarmte seinen Freund. »Aber es ist gut, wenn mir das ab und an wieder ins Gedächtnis gerufen wird. Meistens rede ich ja nur mit mir selbst. Und ich finde mich stets ausgesprochen geistreich.«

Als sie vor die Tür traten, hatten sich schon einige Mitarbeiter von Saint-Ursules im Hof versammelt und blickten tuschelnd auf den knallroten Renault, der unentwegt hupte.

Am Steuer saß Lilou, zeigte auf Jules und rief fröhlich durch das offene Fahrerfenster: »Dieser Mann dort muss zu mir ins Auto kommen! Wir haben etwas vor.«

Claudette rief zurück. »Wasch ihm bitte ordentlich den Kopf. Und ich meine nicht seine Haare!«

»Habt ihr nichts zu arbeiten?«, fragte Jules in Richtung seiner Angestellten, doch er musste über Claudettes Einwurf schmunzeln. Er klatschte in die Hände, um die Truppe wieder an ihre Arbeitsplätze zu scheuchen. »Allez hopp!«

Murrend verzogen sie sich. Nur Claudette nicht, stattdessen sah sie ihn durchdringend an. Es war nur halb im Scherz gemeint, das wusste Jules. Sie hoffte, dass Lilou ihn davon überzeugen würde, den *Président* nicht abzufüllen.

Schnell stieg er ein, bevor Lilou erneut hupte. Das Wissen um den Mordverdacht schob Jules dabei in die hinterste Ecke seines Geistes. Er durfte nicht anders sein als sonst. Und er wollte es auch nicht. »Du wirst es kaum glauben, aber ich wäre auch gekommen, wenn du mich in normaler Lautstärke gefragt hättest.«

»Ich will aber gerade laut sein. Ich brauche das jetzt. Musste eben Ewigkeiten leise sein. Das ist gegen meine Natur.«

»Dann drück noch mal auf die Hupe, damit auch die Romanées vom Nachbarhof wissen, dass du da bist.«

Sie hupte nochmals.

»Ist das alles schon Teil meiner Behandlung?«

»Manchmal bedeutet Leben laut sein.«

»Ohne dass es nötig ist?«

»Ohne dass es nötig ist. Genau darum geht es ja. Wenn es nötig ist, kann jeder laut sein.«

Sie startete den Motor.

»Warum kommst du eigentlich erst jetzt? Ging es nicht um den ganzen Tag?«

»Doch, aber mir ist die Hälfte meines Tages gestohlen worden. Deswegen nehmen wir heute die Nacht noch mit dazu.«

Sie setzte schwungvoll zurück.

»Willst du darüber reden?«, fragte Jules vorsichtig.

»Nein. Ich will es vergessen. Und wenn nur für ein paar Stunden. Darüber reden macht leider nicht, dass es weggeht. Apropos weggehen: Im Handschuhfach ist Medizin für dich. Eine Teemischung und eine Salbe. Für alles andere muss ich dein Bein untersuchen. Aber nicht heute und nicht jetzt. Bist du angeschnallt?«

»Ja, wieso?«

Eine Sekunde später wusste Jules, wieso sie gefragt hatte.

Ihr Ziel lag weit im Landesinneren, entfernt von den Touristenströmen, in der wahren Normandie, wie die Menschen hier meinten. Man blieb unter sich, die Gardinen waren bündig zugezogen und die Vorgärten unbepflanzt.

»Hier komme ich selten hin«, sagte Jules, als sie an einem mit Brettern verbarrikadierten Bistro vorbeifuhren, wobei Lilou so rasant die Kurve nahm, dass die Reifen des Renault kurz an der Bordsteinkante entlangschliffen.

Lilou blickte zu ihm herüber. »Glaubst du an meine Behandlungsmethode?«

»Natürlich. Säße ich sonst hier?«

»Aber nicht wirklich, oder?«

»Soll ich es dir schriftlich geben? Und achte lieber auf den Weg, als mich so vorwurfsvoll anzusehen. Vielleicht läuft hier ja doch mal ein Mensch über die Straße.«

Abrupt hielt sie an. Ohne ihn oder die Bremsen vorzuwarnen.

Und wandte sich ihm zu. »Du zweifelst, kannst es ruhig zugeben.«

»Ein wenig vielleicht.«

»Ich wusste es!« Sie boxte ihn auf den Oberarm. »Wieso gibst du es auch noch zu?«

»Was? Du hast doch gesagt, ich soll es zugeben!«

»Du weißt echt nichts über Frauen.« Lilou schüttelte den Kopf. »Du musst an die Behandlung glauben, hörst du? Und du musst mir vertrauen, das ist auch wichtig. Ich weiß, so was kann man nicht einfordern und befehlen. Genau wie schlafen oder lachen oder denken. Aber du musst es trotzdem versuchen. Glaub an deine Gesundheit. Auch wenn dein Bein taub ist, auch wenn es wehtut, gerade wenn es wehtut. Fühl dich gesund, wenn du es nicht bist. Versprich es mir!«

Sie standen quer vor einer Einfahrt, aus der ausgerechnet jetzt jemand herausfahren wollte. Der einzige Wagen außer ihrem, der in diesem Dorf unterwegs zu sein schien.

»Beachte ihn nicht«, sagte Lilou. »Der will nur raus, weil wir hier stehen, der muss gar nicht weg. Pure Bosheit. Jetzt versprich es mir, Jules. Sonst fahre ich nicht weiter.«

»Er hupt sicher gleich.«

»Versprich es. Der kann mich mal. Versprich es. Sofort.«

»Ich verspreche es ja.«

»Im ganzen Satz.«

Der Mann in dem Mittelklassewagen hupte.

»Ich verspreche, daran zu glauben, dass du mich heilen kannst?«

»Wirst.«

»Dass du mich heilen wirst!«

»Egal, was für merkwürdige Dinge du dafür tust.« Lilou zeigte mit einer Handbewegung, dass auch dies zu wiederholen sei.

»Egal, was für merkwürdige Dinge du dafür tust.«

Sie tätschelte ihm das Bein. »Geht doch!«

Dann zeigte sie dem Fahrer des anderen Wagens den Mittelfinger und fuhr los.

Das alte, heruntergekommene Bauernhaus lag außerhalb des Dorfs. Der Putz war an mehr als einer Stelle abgebröckelt, darunter kam das schöne alte Mauerwerk zutage, welches er jahrzehntelang überdeckt hatte. Es sah aus, als würde sich das Haus daraus befreien, wie ein Schmetterling, der seinen Kokon sprengte.

Lilou war nervös, aber es würde schon alles gut gehen. Sie parkte einige Meter vor dem Haus und kramte aus ihrer großen Handtasche einen falschen Bart und eine Baskenmütze hervor, die sie Jules reichte, doch der nahm sie nicht an.

»Und das soll ich jetzt anziehen? Verrätst du mir auch, warum?«

»Sicherheitsmaßnahme. Man kennt dich in der Szene wahrscheinlich.«

»Ich bin in keiner Szene, und das hier ist albern.«

»Was hast du mir eben versprochen?« Sie drückte ihm Mütze und Bart in die Hand.

Kurze Zeit später trug er sie und kam sich seinem Gesichtsausdruck nach unglaublich blöd vor, während Lilou an der hölzernen Haustür klingelte, die nicht mehr richtig in den Rahmen passte. Anstatt dass diese geöffnet wurde, war von irgendwo eine Stimme zu hören.

»Lilou? Bist du das?«

»Wo steckst du, Antoine?«

Das Garagentor wurde hochgeschoben, und ein braun gebrannter Endvierziger mit dichtem langem Bart und einem breiten Lächeln erschien, der Lilou in die Arme schloss und sie dabei hochhob. Einst hatte sie diese Umarmungen von Antoine sehr genossen, denn ihr Körper passte so wunderbar zwischen seine breiten Schultern. Früher waren sie mit der prickelnden

Nähe eines Liebhabers verbunden, heute mit der Geborgenheit in den Armen eines Freundes. Heute konnte sie seine Nähe nicht genießen. Ihr Körper spannte sich kurz an, und es wurde ihr flau im Magen, denn mit der innigen Berührung manifestierte sich die Erinnerung an Becault. Sie verscheuchte die Bilder aus ihrem Kopf, denn sie wollte sich von ihnen nicht diesen besonderen Tag trüben lassen.

»Es ist so verdammt schön, dich zu sehen, ma fleur«, sagte Antoine, als er sie wieder auf dem Boden abstellte.

Lilou spürte Jules' fragenden Blick in ihrem Rücken und wandte sich mit einem aufmunternden Lächeln um. »Das ist … François«, stellte sie Jules vor. »Ein guter Freund aus … Belgien.«

»Freut mich«, sagte Antoine. »Aber nicht ihr *Freund-Freund*, oder?« Er boxte ihn kumpelhaft auf die Brust und lachte.

Immerhin erkannte Antoine den Calvados- und Cidreproduzenten nicht, dessen Gesicht immer wieder in der Lokalpresse auftauchte. Was außer an der Verkleidung auch an Jules' mürrischem Gesichtsausdruck liegen konnte.

»Schon mal Cidre getrunken, François?«, fragte Antoine ihn. »Ich meine richtigen Cidre? Nicht das Scheißzeug aus dem Supermarkt von den Riesenapfelschleudern.«

Lilou sah Jules mit interessiertem Blick an. Sie hatte nicht das geringste Interesse, ihm aus der Bredouille zu helfen. »Ja, François, hast so einen schon mal getrunken?«

»Nein, bisher habe ich nur Dreck getrunken«, antwortete Jules verärgert.

»Dachte ich mir«, sagte Antoine. »Das ändern wir jetzt. Es ist an der Zeit!«

Eine Garage wie diese hat Jules sicher noch nicht gesehen, dachte Lilou. Die Wände hatte Antoine von einem befreundeten Graffiti-Sprayer gestalten lassen, der seine Neigung zu vollbusigen Frauen, Riesenwellen und Alkohol in Neonfarben ausgelebt hatte. Doch anarchische Unordnung herrschte hier nicht, alles hatte seinen Platz. Die alte Korbpresse, das Mahlwerk für Äpfel, die Inox-Stahltanks, das kleine Labor in der Ecke.

Antoine füllte drei Gläser und reichte das erste und am höchsten gefüllte Lilou. »Den hast du immer so geliebt, ma fleur. Vorher und nachher.« Er zwinkerte ihr zu. Lilou fiel wieder ein, warum sie ihn damals nach kurzer Zeit verlassen hatte. Doch wie jeder Mann in ihrem Leben, selbst die, an die sie sich ungern erinnerte, hatte er ihr etwas mitgegeben. Oder nein, vielmehr hatte sie von jedem etwas mitgenommen, etwas gelernt, über sich und das Leben, für jeden Mann hatte es einen Grund gegeben, warum sie ihn zu diesem Zeitpunkt ihres Lebens gewählt hatte. Vor Antoine hatte sie eine ausgesprochen vernünftige Beziehung mit einem älteren Kommilitonen geführt. Sie hatten bereits die nächsten Jahrzehnte geplant gehabt, das heißt: Er hatte sie geplant. Und über der Zukunft hatten sie die Gegenwart ganz vergessen. Antoine dagegen lebte im Hier und Jetzt, mit all seinen Sinnen. Seine Cidres spiegelten das, sie feierten den Moment, waren überwältigend und einnehmend.

Antoine legte den Arm um Jules. »Ich war früher Sommelier, musst du wissen, Sternerestaurant, Paris, alles piekfein, Weinkeller mit Dingern bis zurück ins neunzehnte Jahrhundert. Aber irgendwann hatte ich die Schnauze voll von dem ganzen blasierten Getue, das war nicht mehr ich. Verstehst du? Meine Eltern haben schon immer Cidre hergestellt, und zwar richtig guten, artisanal, nicht viel drüber nachgedacht, einfach gemacht, mit dem Bauch. Ich hab dann gesagt: Lasst mich mal. Und sie haben mich machen lassen! Wir haben zwanzig verschiedene Apfel- und vierzehn verschiedene Birnensorten – und bewirtschaften alles biodynamisch. Weißt du, die Obsthaine pflege ich wie Weinberge. Das kostet zwar saumäßig Zeit, aber es lohnt. Hier im Keller bin ich kaum, hier passiert auch so wenig wie möglich, draußen wächst die Qualität. Ich hole die Äpfel für mein Spitzenzeug nur von mindestens vierzig Jahre alten Bäumen und lasse alles von Hand pflücken. Aber entschuldigt, ich labere und labere, und ihr trinkt nicht. Runter damit. Aber wie Wein, nicht wie Wasser!«

Sie stießen an, und Lilou beobachtete Jules' Gesicht. Er wollte diesen Cidre nicht mögen und trank ihn widerwillig, wie Gift. Doch als er über seine Lippen floss, vergaß Jules seinen Groll auf Antoine, seine Geschmacksknospen übernahmen, seine Züge entspannten sich, und seine Augen verloren leicht den Fokus.

»Eingekochter Apfel, Aprikose, Limone, Honig und Gewürze«, sagte Antoine und blickte dabei konzentriert ins Glas, in dem kleinste Perlen emporstiegen und mit hellem, feinem Klang an der Oberfläche zerplatzten. »Ich lasse einfach zu, dass die Cidres werden, wie sie wollen. Weniger ist mehr. Und dann bekommst du solche Dinger!« Antoine reckte die geballte Faust empor.

Jetzt erinnerte Lilou sich wieder, warum sie ihn einst geliebt hatte. Diese Leidenschaft.

»Ich lasse sie auch spontan vergären, also mit den wilden Hefen, die auf der Apfelschale sind. Mir kommt keine Reinzuchthefe hinein! Das machen die Großen alle, weil es risikoarm ist, weil es immer genau das erwünschte Ergebnis bringt, aber die Hefen sind Teil der Persönlichkeit meiner Obsthaine!« Er nahm einen langen Schluck, raunte danach zufrieden und hielt das Glas so empor, dass die Sonnenstrahlen hindurchgleiten konnten. »Das hier ist mein neuester Jahrgang. Ich will, dass jeder Jahrgang anders schmeckt, denn auch jedes Jahr ist anders.« Antoine zeigte hinaus. »Die Großen ernten in riesige Wagen, wo die Äpfel sich gegenseitig verletzen und zerquetschen. So gehe ich doch nicht mit meinem höchsten Gut um! Bei mir gibt es nur einen Kubikmeter große, also kleine Kisten.« Er nahm ihnen die leeren Gläser ab. »Und jetzt den nächsten! Aber dafür muss ich vorher noch was holen, Lilou weiß schon, was.« Antoine lächelte sie an und verschwand durch eine besprayte Metalltür im Haus.

»Vielen Dank, dass du mich hierhergebracht hast, um Herrn Professor Cidre zu lauschen.«

Lilou ignorierte den Vorwurf in Jules' Stimme und legte den Arm um ihn. »Der Schnauzbart steht dir übrigens super. Sehr männlich. Hängt nur beim Trinken ein wenig in den Cidre.«

»Was soll ich hier?«, fragte Jules mit betrübten Augen. »Willst du mich vorführen oder demütigen?«

»Ich will mit dir Cidre trinken.«

»Meiner ist dir wohl nicht gut genug?«

Sie kam mit ihrem Mund nahe an sein Ohr. »Das hier ist Antoines Cidre. Alles, was er geben kann, ist drin. Ich glaube nicht, dass dein Cidre wirklich deiner ist. Sonst würde er anders schmecken. Und das wollte ich dir zeigen.«

Antoine kehrte mit ein paar Austern zurück. »Wenn man die nicht zu meinem *Argelette* gegessen hat, dann hat man eigentlich nie Austern gegessen!«

»Wie bescheiden«, flüsterte Jules, und Lilou musste grinsen. Sie genoss Jules' eifersüchtige Ablehnung ihres ehemaligen Liebhabers.

»Die Äpfel für meinen *Argelette* wachsen auf verwittertem Schieferboden, wahnsinnig herzhaft und pikant. Ich vergäre ihn in der Flasche wie Spitzenchampagner. Das macht die Perlung irre weich und fein. Warum sollte ich diese Methode den Traubenzerquetschern überlassen? Der gleitet so was von glasklar über die Zunge, total pur und mit unglaublich langem Nachhall. Die Auster explodiert dann richtig am Gaumen, dieses Salzige des Meeres, das ist wie ein Flash. Santé!«

Lilou nahm die Auster und dann einen Schluck des *Argelette* – der Genuss war genau so, wie Antoine ihn beschrieben hatte. Als Lilou zu Jules blickte, sah sie, dass er seine Augen geschlossen hatte – und sein Bart halb über dem Glasrand hing.

Auch Antoine hatte es bemerkt und zeigte mit dem Finger auf Jules. »Was ist denn mit deinem Bart, Belgier?« Antoine schlug sich gegen die Stirn. »Dich kenne ich doch! Du bist gar kein Belgier, du bist der Typ von Calvados Petit Lion in Beuvron-en-Auge, oder? Ich hatte mir doch vorhin schon gedacht, dass dein Bart irgendwie unecht aussieht. Lilou, was soll das?«

Doch Lilou antwortete nicht, sondern ergriff Jules' Hand und rannte mit ihm los Richtung Auto. Dabei fiel Jules der Bart vollends von der Oberlippe, die Mütze warf er auf den Boden der Garage.

»Schnell zum Fluchtwagen«, rief sie ihm zu und lachte laut.

Lilou startete den Motor mit geröteten Wangen, brauste los und hoffte, dass Jules die Taubheit in seinem Bein nicht spürte, sondern wie sie das Adrenalin im Körper genoss. Es kam ihr sogar noch prickelnder vor als Antoines *Argelette*.

»Und, mochtest du Antoine?«, fragte Lilou, ohne ihn dabei anzublicken.

»Seine Cidres sind zum Kotzen«, antwortete Jules.

Lilou musste grinsen. »Sind sie nicht. Seine Cidres sind großartig. Du sagst das nur, weil du selber eine Cidrerie hast und neidisch bist. Ich habe deine Augen gesehen, als du getrunken hast. Deine Augen haben dich verraten!«

»Ich hatte eine Baskenmütze auf. Die wirft einen Schatten.«

»Den Geschmack des Letzten habe ich immer noch am Gaumen. Du auch?«

»Nein. Ist schon weg.«

Nach einer kurzen Pause versuchte Lilou es noch einmal. »Antoine macht vieles anders als du, oder?«

»Er arbeitet in einer Garage.«

Sie beschloss zu schweigen. Einen großen Bordeaux musste man an der Luft atmen lassen, damit er zu sich fand. Vielleicht musste sie Jules nun wie einen Wein behandeln. Deshalb nahm sie die Kurven auch nicht so schwungvoll wie sonst.

Sie waren schon eine ganze Zeit gefahren, als Jules wieder sprach. »Und was machen wir mit dem Rest deines Tages?«

»Es ist deiner. Auch wenn du das gerade nicht glauben willst. Ich gestalte ihn nur. Und jetzt gehen wir tanzen.«

Solange du das noch kannst, dachte Lilou, aber das sagte sie natürlich nicht. Sie hatte noch keine Liste erstellt, was sie mit Jules an ihren gemeinsamen Tagen unternehmen wollte. Doch ihr war bewusst, dass diese eine Sache keinen Aufschub mehr duldete. Jules mochte es selbst nicht auffallen, doch er humpelte fast täglich ein wenig stärker.

»Fahr nach rechts«, sagte er plötzlich. »Die Abzweigung dahinten. Wir müssen ganz dringend etwas erledigen.«

»Müssen wir nicht. Ich bin hier für die Planung zuständig!«

»Bitte, Lilou.« Er blickte sie an. »Du wirst es nicht bereuen. Hoffe ich. Sehr.«

Sie bog in den Feldweg ab, der sich als kleine Allee herausstellte. Links und rechts standen alte Bäume, die mit ihren langen, dicken Ästen den schmalen Weg überragten und sich an den knorrigen Händen zu halten schienen. Ihre Wurzeln hatten die Fahrspur an einigen Stellen aufgebrochen, und dichte Grasbüschel wuchsen überall.

»Hier fährt wohl nicht häufig jemand.«

»Nein«, antwortete Jules sichtlich angespannt. »Noch etwas weiter. Dahinten kannst du parken. Und dann aussteigen.«

»Sag mal, bin ich jetzt dein Sklave?«

»Bitte. Es ist mir wichtig.«

Lilou hielt an der entsprechenden Stelle, doch ihr war mulmig dabei. Jules blickte sie nicht an, als wolle er seine Augen nicht preisgeben und damit, was in ihm vorging. Sie folgte ihm wortlos.

Und stand mit einem Mal inmitten eines Apfelhains.

Sie erblickte den alten Baum, der sie zusammengeführt hatte. Lilou konnte die Inschrift schon aus der Entfernung erkennen.

»Was machen wir hier?«, fragte sie. Als Antwort nahm Jules ihre Hand und führte sie zu dem Baum, dessen Blätterdach Hunderte geöffnete Blüten schmückten.

»Lilou, ich ...« Er zögerte.

»Ja? Was denn?«

»Also … Ach, verdammt … Eben im Auto konnte ich es noch.«

»Einfach raus damit.«

Er griff ihre Hände. »Ich hoffe, dass jetzt der richtige Moment ist. Aber ich bin gut darin, richtige Momente zu verpassen. Kleine Zeichen zu übersehen. Nicht das Risiko einzugehen, die letzten Zentimeter zu wagen, weil der Versuch alles verändern könnte. Der Versuch ist schon ein Bekenntnis, der Versuch ist schon eine Frage. Verstehst du, was ich meine?«

Sie sah ihm in die Augen. »Ich glaube, ja.«

»Vielleicht gehen wir lieber wieder zurück …«

»Nein, bitte nicht!« Ein Wind kam auf und rauschte im Blätterwerk. Lilous Sommerkleid flatterte empor. Sie lächelte. »Ich komme mir vor wie Marilyn Monroe auf dem Lüftungsschacht. Wenn du dich nicht beeilst, werde ich gleich fortgeweht.«

»Ich hätte viel mehr Cidre trinken sollen.«

Lilou legte seine Hände auf ihre Wangen und blickte ihn lächelnd an. Langsam kam Jules näher. Und noch näher.

»Diesen Baum nennen wir den alten Louis XIV. Er hat dich zu mir geschickt. Ich habe davon geträumt, dich hier zu küssen. Und als wir eben auf die Abzweigung hierher zugefahren sind, habe ich es einfach nicht mehr ausgehalten. Ich will dich küssen, Lilou. Und ich will nicht mehr länger warten.«

Die Luft schien sich in Wasser zu verwandeln und Jules auf Lilou zuzutreiben, ganz sanft und fließend. Der tiefe Atem hob seine Brust. Er sah sie an, die Frage in seinen Augen, ob er umkehren solle.

Lilou sagte nichts. Doch als seine Lippen sich auf ihre legen wollten, wie eine leichte Decke, die auf ein frisch bezogenes Bett sinkt, da zuckte Lilou zurück.

Sie durchfuhr wie ein Schmerz die Erinnerung an Becault und seine unerträgliche Nähe. Und für den Bruchteil einer Sekunde war sie wieder zurück in dem Schrecken.

»Ich …«, brachte sie stockend hervor.

»Du musst nichts sagen. Ich verstehe das schon.« Jules wich zurück und hob abwehrend die Hände. »Es tut mir leid, ich wollte dich nicht …«

»Nein, ich will ja!«, unterbrach sie ihn.

»Das musst du nicht sagen.« Jules wandte sich ab.

Wieder rauschte der alte Louis XIV., und als Lilou zu ihm schaute, erschien es ihr, als würde er seine Äste ein wenig weiter ausstrecken, um sie zu schützen vor allem Ungemach.

Sie machte einen Schritt nach vorn, drehte Jules um, holte kurz Luft und küsste ihn.

Seine Lippen legten sich auf ihre, als gehörten sie genau dorthin, in aller sanften Verbundenheit.

Er schmeckte noch nach dem Cidre, nach reifem Apfel. Seine Lippen waren zärtlich, und doch wussten sie, was sie wollten. Die ihren überall berühren, die Linien entlangfahren, die Rundungen spüren.

Lilou hatte diesen Kuss ersehnt, sie spürte ihr Herz kraftvoll in der Brust schlagen und schlang die Arme um seinen Nacken, zog sich an ihn, und sein Kuss wurde heftiger. Sie spürte sein Begehren auf mehr, und sie öffnete ihren Mund, ließ ihn ein und ihre Zungenspitzen miteinander spielen wie zwei junge Katzen, ließ den Kuss wild werden und atemlos. Jules küsste mit allem, was er hatte. Er führte diesen sinnlichen Tanz, doch ließ er sie, wann immer sie wollte, Pirouetten drehen. Jules' Lippen konnten behutsam sein und leidenschaftlich. Sie bekam nicht genug von diesem Kuss, und Atmen schien mit einem Mal zweitrangig.

Als sie nach ungezählten Minuten wieder von sich ließen, mit Wärme im Herzen, lächelnd, erschöpft und glücklich, da sagte Lilou nur eins: »Warum hast du das nicht schon viel früher getan?« Sie strich ihm über die Wange und strahlte ihn an. »Jetzt lass uns das noch einmal tun. Und zwar genau so wie eben. Und dann gehen wir zusammen tanzen, bis wir umfallen!«

Der Wind jagt den Vogel
Hinfort über Schwarzen Kühen
Nur Wolken schauen zu

Gustave Eiffel

Strohmenschen

Sie fuhren über die schwindelerregend hohe Pont de Normandie, die Seinemündung querend, bis nach Le Havre. Da die Discothèque erst am Abend öffnete, aßen sie Muscheln in einer kleinen Brasserie im Hafen und sprachen über sich, die wiederaufgebaute Stadt mit ihren farbigen Betonbauten und wieder ganz viel über sich – nur nicht über Antoine und seine Cidres.

Jules ertappte sich immer wieder dabei, wie er Lilous Lippen anblickte und es schrecklich fand, ihr nur gegenüberzusitzen, statt wirklich nah zu sein. Er wusste nicht, ob sie es mögen würde, wenn er ihre Hand nahm, ob er sie auf dem Weg zur Toilette auf den Nacken küssen sollte, oder ob ihr solche Zuneigung vor Fremden unangenehm war. Doch er wollte sie küssen, ganz oft, und überall. Es fühlte sich so ungewohnt an, wieder Hals über Kopf verliebt zu sein. Sich zu verlieben war allerdings der einfache Teil, das verlernte man nicht, doch wie es dem anderen zeigen, welches Maß war das richtige? Jules wurde nervös, stellte sich beim Öffnen der Muscheln ungeschickt an – und ihr fiel es auf. Er schämte sich, so, als würde ein Mann, der Muscheln nicht sanft öffnen konnte, auch bei Zärtlicherem versagen. Er trank sein Weinglas in einem Zug leer und bestellte gleich ein Neues.

»Geht es dir gut?«, fragte Lilou.

»Ja, wieso? Wirke ich nicht so?« Er sah, wie Lilous Lippen sich bewegten, und wollte sie küssen.

»Du wirkst ein wenig angespannt. Wegen des Tanzens?«

Jules ergriff den rettenden Strohhalm. »Wegen meines Beins.« Wegen seines Beins, an das er seit dem Kuss gar nicht mehr gedacht hatte. Dem Kuss, dem jetzt ganz dringend ein weiterer folgen sollte.

»Sag einfach, wenn es nicht mehr geht. Du musst dich für mich nicht quälen. Kein bisschen. Hier geht es um dich – auch wenn ich selbst schon seit Langem mal wieder richtig schön tanzen gehen wollte.« Sie lehnte sich vor. »Aber so was verrate ich meinem wichtigsten Privatpatienten natürlich nicht.«

Patient. Jules mochte das Wort nicht. Lilou hatte es scherzhaft verwendet, das war ihm klar. Und doch. Er nahm einen weiteren Schluck. Er hielt es kaum aus, sie nicht zu berühren, sie nicht zu küssen. Jetzt, da sie damit angefangen hatten, mussten so viele Küsse nachgeholt werden.

»Jules?«

»Ja.«

»Darf ich dir etwas sagen? Ganz leise?«

»Klar.« Er beugte sich zu ihr. Nun waren ihre schönen Lippen noch näher.

»Ich würde dich gern noch mal küssen. Wäre das in deinem Sinne?«

Hatte er richtig gehört? »Doch, ja, das wäre es.«

»Auch hier vor allen Leuten? Die sind mir nämlich total egal, die könnten auch aus Stroh sein. Oder willst du mich gerade lieber nicht küssen? Ich bin mir da nämlich nicht ganz sicher.«

Was für ein Idiot er war! Warum hielt er sich zurück, warum sagte und tat er nicht einfach, was er wollte? Sie war eine erwachsene Frau, die aussprach, was sie dachte. Auch ungefragt.

Erst jetzt fiel Jules auf, dass er einige Sekunden geschwiegen hatte. Lilou lehnte sich enttäuscht zurück und tupfte sich mit der Serviette die Lippen ab.

»Okay, du willst anscheinend nicht. Dann lass uns einen Kaffee bestellen, ja?«

Er stand auf, trat zu ihr und küsste sie. Leidenschaftlich auf die Lippen, sanft auf die Wangen, neckisch auf den Hals und den Nacken.

Und dann fing er wieder von vorne an.

Sollten die Strohmenschen doch ruhig gucken.

Jules fühlte sich so lebendig wie seit… Er wusste nicht, wie lange das schon her war.

Dass Lilou unter Mordverdacht stand, hatte er in diesem Moment völlig vergessen.

Vor dem Forty One fand sich eine große Schlange, die nur langsam in die Discothèque eingelassen wurde. Schließlich winkte der Türsteher Lilou und Jules anstandslos durch. Der Tag hatte schrecklich angefangen, doch nun war er wunderbar und würde noch wunderbarer werden. Es war ewig her, dass Lilou zuletzt zum Tanzen ausgegangen war, doch sie war sich sicher, dass ihre Beine, ihre Arme, ihr ganzer Körper noch genau wussten, wie sie sich zur Musik bewegen konnten.

An der Garderobe erwartete sie die nächste Schlange. Um den Gästen die Wartezeit zu verkürzen, hing darüber ein Bildschirm mit den Nachrichten des Tages. Lilou hatte ihren Arm um Jules gelegt und ihren Kopf an seine Schulter, während sie die Neuigkeiten las. Über den französischen Präsidenten, einen neuen Weltrekord im Hochsprung. Und den Tod von Henri Becault.

Das Commissariat schloss nach neuesten Erkenntnissen einen Mord nicht mehr aus.

Lilou blickte zu Jules, der die Zeilen nun ebenfalls las.

Die Polizei selbst wolle keine Stellungnahme zu möglichen Verdächtigen abgeben. Doch aus gut informierten Kreisen sei zu hören, dass die Besitzerin des Hauses, in dem der tote Bürgermeister aufgefunden wurde, eine Naturheilpraktikerin, in den Fokus der Ermittler gerückt ist.

»Ich kann dir das erklären.«

Jules schüttelte nur den Kopf.

Würde er jetzt wortlos gehen? Fordern, dass sie Rechenschaft ablegte?

Doch er strich ihr über die Wange.

»Du musst mir gar nichts erklären. Ich weiß, dass du so was nicht tun würdest. Nie und nimmer. Nicht du, Lilou Leflaive. Und jetzt lass uns tanzen.«

Lilou wusste es noch nicht, aber der Aggregatzustand ihrer Gefühle für Jules änderte sich genau in diesem Augenblick. Was eine Schwärmerei, ein Verliebtsein gewesen war, etwas Flirrendes, schaffte den Sprung hin zu etwas Bleibendem, etwas Festem. Hin zu Liebe. Auch wenn es erst der Beginn dieser Liebe war, so war es doch der entscheidende Beginn. Wie der erste, glänzende Eiskristall am Fenster, zu dem sich viele andere gesellen würden, bis alles weiß strahlte.

Sie würde ihm alles erzählen. Aber dies war der falsche Ort und die falsche Zeit dafür. Es war der richtige Ort und die richtige Zeit, um Jules auf die Tanzfläche zu ziehen. Auf dem ersten freien Quadratmeter schlang sie ihre Arme um ihn. Es war ein schnelles Lied, der Rhythmus forderte Ekstase ein, doch Lilou wollte jetzt langsam tanzen und eng, wollte Jules' Körper fühlen und sich gegen ihn drücken, wollte seine Halsbeuge küssen und sich nur langsam drehen. Der alte Louis XIV. schien sie auch hier zu beschützen und die Dämonen mit seinen Ästen, Zweigen und Blättern zu vertreiben. Das tat so gut. Sie schloss ihre Augen, nahm die Lichtblitze gedämpft durch die Lider wahr, doch sofort wollte sie ihn wieder sehen, und wenn es nur ein Teil seiner Brust, sein Hals, sein Kinn war. Sie wollte Jules sehen, die Konstante in dieser sich langsam drehenden und wiegenden Welt.

Und dann sah sie Amélie.

Lilou winkte in ihre Richtung, rief ihren Namen, doch die Stimme trug unter den pumpenden Bässen der riesigen Lautsprecher keinen Meter weit. Deshalb löste sich Lilou sanft aus der Umarmung, gab Jules einen zärtlichen Kuss auf die Lippen, zeigte kurz auf Amélie und drückte sich mit ihm durch die zuckende Menschenmasse. Erst als sie neben ihr stand, sah sie, dass die Freundin nicht tanzte. Ihr Körper bewegte sich nur deshalb leicht, weil er von den um sie Tanzenden geschubst wurde.

Sonst war Amélie immer diejenige, die schubste. Sie war es, die Raum zum Tanzen brauchte, zum Drehen, wie ein Derwisch. Diese Amélie stand inmitten all der Menschen unter flackerndem Licht und blickte sich um wie ein Leuchtturm an einem Meer, über dem ein Gewitter mit Blitzen wütete.

Lilou schloss Amélie in die Arme, doch diese erwiderte ihre Berührung nicht.

»Er ist nicht da«, rief Amélie gegen den Lärm an.

»Doch«, antwortete Lilou strahlend. »Er ist direkt hinter mir. Und wir haben uns geküsst! Ich komme mir vor wie ein Teenager. Ich will ihn immer wieder küssen.«

»Toilette«, rief Amélie. »Sofort.«

Lilou freute sich darauf, nun über all das reden zu können, was heute passiert war. Darüber zu reden wäre wie eine kleine Filmvorführung. Sie hatte Amélie einst anvertraut, wie wichtig der erste Kuss mit einem Mann für sie war, wie oft sie für einen Jungen geschwärmt hatte und nach dem ersten Berühren der Lippen alles vorbei war. Küssen war eine Kunst für sich, und wenn ein Mann nicht küssen konnte, wollte sie erst recht nicht mit ihm schlafen. Bei einigen Männern hatte sie den Eindruck, sie hielten ihre Zunge für eine Stichwaffe. Aber nicht Jules. Er küsste so sanft, wie Apfelblüten sich öffneten. Und nun konnte sie solche Küsse auch endlich wieder zulassen und genießen.

Sie erklärte ihm kurz, was los war, und erkämpfte sich dann

mit Amélie den Weg zur Toilette. Lilou kam sich vor wie ein Eisbrecher in der Nordostpassage.

Die Damentoilette war hoffnungslos überfüllt. Während sie anstanden, wechselten Amélies Pupillen wie aufgeschreckte Kaninchen ständig die Richtung, und sie schwitzte aus allen Poren.

»Hast du was genommen?«, fragte Lilou besorgt.

Amélie schien wie aus einer Trance zu erwachen. »Ich? Bin ich wahnsinnig? – Da, wir sind dran!« Sie zog Lilou in eine Kabine und knallte die Tür hinter ihnen zu. »Setz dich!«

»Ich will mich aber nicht setzen.«

Amélie fasste ihre Freundin an den Oberarmen. »Tu einfach, was ich dir sage, Süße. Gerade ist echt der falsche Moment für Revoluzzertum. Ich werde es dir gleich erklären.«

»Aber ich muss dir ganz dringend alles über Jules und mich erzählen. Wir …«

»Ich bin schwanger.«

Lilou verstummte. Amélie blickte sie an, als hätte sie gerade ihr eigenes Todesurteil gesprochen. »Aber das ist doch …«

»Es ist nicht von Bruno.«

»Ach du Scheiße.« Lilou setzte sich.

»Ja, das bringt es auf den Punkt.« Amélie zündete sich mit zitternden Fingern eine Zigarette an. »Ich weiß, das sollte ich jetzt nicht mehr tun, aber das ist mir im Moment verfickt egal.«

»Bist du hier, um ihn zu suchen? Hast du keine Nummer von ihm? Weiß niemand, wer er ist?«

»Ja, nein, nein.«

Lilou sortierte kurz die Antworten ihren Fragen zu.

»Hast du es Bruno schon gesagt?«

Amélie zog lange an der Zigarette, ließ ihr Ende aufglühen wie einen Hochofen. »Was soll ich bloß machen, Süße?«

Lilou schloss ihre Freundin in die Arme. »Tanzen«, sagte sie dann. »Tanz mit mir. Lass uns tanzen, bis du deine Probleme vergisst. Und wenn nur für heute Abend.«

Am nächsten Tag fand Henri Becaults Beerdigung statt. Ganz Beuvron-en-Auge war auf den Beinen, und bis über die Grenzen des kleinen Orts standen die Wagen der Trauergemeinde. Da ein Verbrechen nicht mehr ausgeschlossen wurde, waren darunter auch Aufnahmewagen der lokalen Radio- und Fernsehsender. Und alle wussten, wer unter Verdacht stand, obwohl die Polizei die Meldung nicht offiziell bestätigt und die Medien gebeten hatte, die Ermittlungen nicht durch Spekulationen zu erschweren. Deshalb wurde Lilous Name nur geflüstert oder angedeutet, wie der einer schweren Krankheit, deren Aussprache bereits infektiös war.

Madame Becault stand mit verkrampfter Miene neben dem Grab ihres Mannes. Sie wirkte entschlossen, wie in der Nacht vor einer Schlacht.

Jules' Blick wurde fort von ihr zum offenen Grab gezogen. In die klaffende Dunkelheit, in der sich sein Blick verlor.

Seine eigene Familie besaß eine wunderschöne Gruft.

Sein Platz war von jeher vorbestimmt.

Neben seinem Vater und seiner Mutter würde er zur Ruhe gebettet werden. Jules hatte bereits von einem Steinmetz einen Entwurf für den Schriftzug mit seinem Namen anfertigen lassen. Es würde ein kleines Kunstwerk werden.

Aus dem Himmel über Beuvron-en-Auge war mit einem Mal jegliche Farbe verschwunden.

Eine Hand legte sich auf seine Schulter und drückte sanft zu, es fühlte sich an wie eine Umarmung en miniature.

»Es ist noch lange nicht so weit«, sagte Claude, als hätte er Jules' Gedanken gelesen. »Auch wenn es niemandem schaden kann, sich klarzumachen, dass es irgendwann unweigerlich so weit sein wird. Doch sicher nicht vor dem köstlichen Mittagessen, das wir zwei nun zu uns nehmen werden.«

Jules hatte Claude nicht gebeten, seinen weißen Turm der Einsamkeit für die Beerdigung zu verlassen, um ihn zu begleiten. Es war Claude gewesen, der Jules angerufen und gefragt hatte, ob er Beistand bräuchte. Er musste gespürt haben, dass dieser heute nötig war, und besiegte dafür seinen inneren Schweinehund.

Jules hatte den alten Freund noch nie in schwarzer Kleidung gesehen, und an ihm, der das Helle so liebte, wirkte der dunkle Anzug samt breitkrempigem Hut wie eine Stoff gewordene Traueranzeige.

»Was für ein Mittagessen?«, fragte Jules.

»Das Mittagessen, zu dem ich dich jetzt einlade. Wir gehen ganz fein ins ›La Houssaye‹. Ich glaube nämlich, du brauchst ein gutes Mahl.«

Auf Claudes Gesicht erschien ein leicht angedeutetes, verständnisvolles Lächeln, das der Welt im Ganzen zu gelten schien.

»Woher weiß ein alter Mann wie du, was ich brauche? Gibt es eine Rubrik über mich in deiner Tageszeitung?«

»Ein Blick in dein Gesicht reicht völlig aus. Es gibt viel mehr preis, als dir klar ist – und lieb. Zudem: Wenn du nicht über deine Haushälterin ausgefragt werden willst, sollten wir rasch verschwinden. Jetzt, da Becault im Grab ist, werden sie nicht mehr davor zurückschrecken, dich auf Lilou anzusprechen. Du könntest etwas Interessantes wissen, und eine Gerüchteküche benötigt schließlich stets neue Zutaten, damit die Würze stimmt.«

»Aber nicht ins ›La Houssaye‹«, entgegnete Jules. »Die haben Lilou neulich schlecht behandelt. Und Hunger habe ich sowieso keinen.«

»Dann wenigstens einen Kaffee und ein Croissant!« Claude hakte sich bei Jules unter, drehte ihn mit dem Rücken zur Trauergemeinde und marschierte entschlossenen Schrittes davon.

Sie landeten im versteckt liegenden *Café du Coiffeur*, das in einem Fachwerkhaus mit großen Sprossenfenstern untergebracht war, dessen Balken quer liefen wie die Gräten eines dicken Fisches. Da es zu regnen begonnen hatte, saßen sie drinnen und blickten hinaus auf die leeren Straßen. Der ganze Ort musste beim Leichenschmaus sein, der auf dem Hof der Becaults stattfand.

Sie tranken schweigend ihren Kaffee und bissen in die duftenden Croissants, die außen herrlich knusprig waren und innen aus kaum mehr als Luft bestanden.

»Geht es dir jetzt etwas besser?«, fragte Claude, nachdem er sich den Mund mit der Stoffserviette abgewischt hatte. »Oder soll ich noch etwas Medizin ordern?«

»Ja, bitte. Sag der Apothekerin ruhig Bescheid.« Jules versuchte, ein Lächeln aufzusetzen, doch es fiel in sich zusammen wie ein Soufflé, wenn der Ofen zu rasch geöffnet wurde. Er hatte Sorgen, und er konnte sie nicht mit Lilou besprechen, denn um sie ging es. »Ich weiß gerade nicht, was ich tun soll, Claude.«

»Du meinst vermutlich nicht, ob du noch eine Crêpe bestellen sollst? Die sollen hier allerdings vorzüglich sein.« Claude winkte der Hausherrin und orderte eine.

Jules blickte auf den letzten Tropfen Kaffee am Grund seiner Porzellantasse. »Es ist wegen Lilou. Wir haben uns geküsst. Und seitdem kaum damit aufgehört.«

»Und als ihr euch geküsst habt, hattest du keine Sorgen mehr?«

»Außer dass der Kuss aufhören könnte.«

Claude lächelte. »O ja, das Gefühl kenne ich! Aber warum weißt du nicht, was du tun sollst? Ich würde vorschlagen: immer weiterküssen.«

Jules drehte seine Tasse leicht, und der Kaffeetropfen lief zur anderen Seite, dabei immer kleiner und durchsichtiger werdend. »Ich habe Angst, mich fallen zu lassen und ihr das Signal zu geben, es ebenfalls zu tun. Meine Erkrankung wird schlimmer werden. Ich werde kein Mann mehr sein, der einer Frau etwas zu bieten hat. Und sehr bald bin ich … nicht mehr da. Das alles würde für sie nur Schmerz bedeuten. Ich sollte es beenden.«

»Lilou ist eine erwachsene Frau und kann ihre eigenen Entscheidungen treffen, das musst nicht du für sie tun.«

»Aber ich ertrage den Gedanken nicht, ihr Kummer zu machen! Dann lieber jetzt einen Schlussstrich ziehen. Der tut weh, ihr und mir. Und zwar wahnsinnig. Aber nicht so sehr, wie es der Abschied tun wird, wenn wir so weitermachen.«

»Du scheinst ja schon alles über die Zukunft zu wissen, ganz genau, was passiert und ihr fühlen werdet.«

Jules kam sich vor, als säßen sie auf Claudes Terrasse und blickten hinaus aufs Meer. Dies war eines der Gespräche, die er mit niemandem sonst führen konnte und an keinem anderen Ort.

»Ich will sie nicht verlieren. Es gibt nichts, was ich weniger möchte. Aber das werde ich. Wegen diesem verdammten Bein und dieser verfluchten Krankheit!« Er schlug sich auf den tauben Schenkel und presste die Lippen zusammen. Was er Claude jedoch nicht sagte und auch niemand anderem sagen würde, war, dass die Taubheit an diesem Morgen auch in seinem rechten Bein begonnen hatte. Als leichtes Kribbeln, das sich nun jeden Tag tiefer in seiner Haut vergraben würde. Er musste so viel Kraft aufwenden, um sich aufrecht fortzubewegen, als seien seine Gliedmaßen von der Zeit abgenagt und er ein Greis.

Jules rückte seine Brille zurecht. »Noch halte ich es vielleicht gerade so aus, sie gehen zu lassen, aber je stärker meine Gefühle werden, desto schlimmer wird der Abschiedsschmerz. Und den ertrage ich dann nicht mehr.«

»Was fühlst du für sie? Das ist die einzig wichtige Frage. Wie stark ist dein Gefühl? So stark, dass es dich den ganzen Tag begleitet, deine Gedanken immer wieder auf sie lenkt?«

»Gott, ja …«

»Dann lebe im Hier und Jetzt, mein Freund. Und mach dir nicht schon die Sorgen von morgen. Denn glaub mir, die kommen früh genug!« Claude lächelte die Hausherrin an, die einen dampfenden Crêpe mit Schokoladensoße und Vanilleeis vor ihm abstellte, bedankte sich überschwänglich und belud sogleich eine Gabel mit warmem Teig, heißer Soße und ein wenig schmelzendem Eis. »Hier, probiere. Ist köstlich!« Er hielt Jules die Gabel hin.

»Du hast es doch selbst noch gar nicht probiert.«

»Iss bitte, Jules, ich will damit auf etwas hinaus.«

Jules nahm die Gabel und aß. Der Zucker und die Wärme schenkten ihm ein wohliges Gefühl, ließen ihn, wie jede Süßspeise, für ein paar Bissen wieder zum Kind werden, das endlich beim Nachtisch angekommen war.

»Hat es dir geschmeckt?«, fragte Claude danach. »Hast du es genossen?«

»Keine Frage.«

»Und jetzt ist es weg. Für immer. Bereust du, es gegessen zu haben?«

»Schon gut, ich weiß, worauf du hinauswillst, alter Mann …« Jules lächelte.

»Bereust du es?«

»Lilou ist kein Crêpe mit Schokoladensoße!«

»Das Eis nicht zu vergessen! Vielleicht ist Lilou das schon. Und vielleicht bist du ihr Crêpe. Und ihr solltet die Crêpes essen, solange sie noch heiß sind.«

Jules schüttelte den Kopf. »Also manchmal sind deine Vergleiche wirklich …«

»… geschmacklos?« Claude lachte. »Dann lass es mich anders sagen: Sei einfach wieder der Junge, der du einst warst, der Segelregatten gewann, weil er nicht darüber nachdachte, dass sein Boot im Wind kentern könnte. Der einfach segelte wie der Teufel und die Wellen unter sich spürte.«

»Aber …«

»Nein, kein Aber mehr. Beim nächsten Mal, wenn du wieder grübelst, sei ein Segler. Und wenn es schiefgeht, verfluche mich. Dann kredenze ich dir zur Strafe einen Calvados deiner Wahl!«

Claude streckte die Hand aus.

Jules atmete einmal tief durch und schlug ein.

»Gut, ich werde segeln, statt zu grübeln. Aber ich verspreche nicht, auf dem Boot zu bleiben!«

Der Duft des Crêpes stieg Jules plötzlich mit einer Verführung in die Nase, dass er nicht anders konnte, als sich auch einen zu bestellen. Das Feixen in Claudes Augen nahm er dafür gerne in Kauf.

Als Jules mittags in sein Haus an der Rue Alfred Feine zurückkehrte, wartete Lilou bereits mit Stift und Papier auf ihn. Sie wollte mit ihm eine Liste von Dingen erstellen, die er immer schon einmal im Leben machen wollte. Für den einen Tag pro Woche, an dem sie bestimmen durfte. Und da heute Samstag war, hätte sie übermorgen schon wieder einen. Neue Woche, neues Glück. Fand Lilou. Aber zuerst wollte sie einen Kuss und dann noch einen hinterher.

Als sie dann zusammen am Küchentisch saßen, fühlte sich Jules, als solle er eine Wunschliste für Weihnachten schreiben. Zuerst war ihm nichts eingefallen. Das Leben hatte ihm früh deutlich gemacht, dass es keinen Sinn machte zu träumen. Er hatte es mit der Zeit verlernt. Jules hatte sich nie einen Urlaub gegönnt, war nie in Paris gewesen, hatte sich nie so betrunken, dass er am nächsten Morgen nicht mehr wusste, was passiert war. Aber wollte er all das überhaupt? Er wollte mehr Küsse von Lilou, da war er sich sicher, und die bekam er auch. Und jeder Kuss schien sich mit den Küssen zuvor zu einem Band zu flechten, das sie immer enger zueinanderzog. Doch Lilou war streng mit ihm, einen Kuss gab es nur noch für einen aufgeschriebenen Wunsch, und sie wollte das Blatt voll sehen. Und so schrieben und küssten sie bis in den Abend. Er hatte etwas *Le Président* für Lilou mitgebracht, eine Probefüllung, per Hand vom Fass. Sie hatte ganz lange daran gerochen, als sei der Calvados eine Blüte, die sich im Glas öffne, hatte ihn so lange geschwenkt, als müsste erst ein voller Zyklus Ebbe und Flut im Glas vollzogen werden, ehe sie ihn trank. Und nachdem sie dies dann getan hatte, lächelte Lilou. Und schwieg. Und trank nochmals. Als sie das Glas dabei leicht streichelte, mit einer ganz unbewussten Bewegung, führte er seines mit einem warmen Gefühl zu den Lippen. Was dann an seinem Gaumen geschah, hatte er noch nie in einem Calvados geschmeckt, nie in einem gerochen. Es war, als erzähle ihm dieser eine Geschichte, als hätte er einen sanften Beginn, einen mitreißenden Mittelteil und ein furioses Finale. Jules wusste, dass dies nicht allein an der großen Qualität des *Le Président* lag, den er ja kannte, sondern daran, dass Lilou ihn mit einem Lächeln dazu gebracht hatte, diesem alten Freund der Familie endlich einmal richtig zuzuhören.

Ganz früh erschien Lilou am übernächsten Tag zur Arbeit und scheuchte ihn geradezu aus dem Bett. Als Erstes wollte sie heute seinen Wunsch angehen, einen Ausflug entlang der Blumenküste zu unternehmen. Es konnte schließlich nicht sein, sagte sie, dass Jules hier lebte und sich so viele Sehenswürdigkeiten der Gegend noch nicht angeschaut hatte. Nur in einem Nebensatz erwähnte Lilou, dass sie selbst an vielen der Orte auch noch nicht gewesen war.

In Deauville besuchten sie das prachtvoll-nostalgische Casino Barrière, verloren nicht nur an den Automaten, sondern auch am Roulettetisch Geld – und genossen den Kitzel dabei. In Honfleur spazierten sie am Hafen entlang und tranken Pastis in einem Café, während Touristen in Plastiksandalen an ihnen vorbeischlappten. Sie gingen in die hölzerne Kirche Chiesa di Santa Caterina und auch ins Musée Eugène Boudin, dessen Bilder nur ein Haus ausstellen konnte, dem das Geld für bedeutendere Kunst fehlte. Jules genoss all das so sehr, und das sagte er Lilou auch.

Auf dem Rückweg hielten sie noch kurz in Trouville und kauften am Hafen fangfrische Crevetten, die Lilou nun in der Küche zubereitete. Dazu würde es eine Flasche Wein von der Loire geben, die bereits im Eisfach lag, um gleich den Gaumen zu erfrischen. Der salzige Geruch aus der Küche vermischte sich mit dem der Meeresluft, denn Lilou hatte darauf bestanden, dass sie auf dem schmalen Gartenstreifen aßen, der aufs Meer blickte. Lilou hatte extra einen kleinen Klapptisch mitgebracht und zwei Küchenstühle dazugestellt. Mademoiselle lag bereits auf einem davon und genoss die abendlichen Strahlen der sich langsam senkenden Sonne. Die kleine Katze war unglaublich schnell zu einem Teil des Hauses geworden. Nachts schlief sie an Jules' Bettende, manchmal auch auf seinem Bauch, sodass er sich nicht traute, ein Körperteil zu bewegen und sie zu stören.

»Fertig!«, rief Lilou aus der Küche, als Jules Mademoiselle gerade über den Kopf streichelte.

Sie hatte die Crevetten in einem Topf mit angeschwitztem Lauch, Zwiebeln und Möhren gegart, die mit einem Schuss des Weißweins und Wasser abgelöscht waren. Dazu hatte sie Pfefferkörner, Lorbeerblätter und Thymian gegeben. Jules musste schmunzeln bei dem Gedanken, dass Lilou dies für ein schnelles, einfaches Gericht hielt. Dazu reichte sie ein Baguette, gesalzene Butter aus Isigny und den Sauvignon blanc, der nun so kalt war, dass die Gläser beim Eingießen beschlugen.

»Es duftet köstlich!«, sagte Jules. Er setzte die Katze auf den Boden, und sie nahmen am Tisch Platz.

Lilou hielt den Zeigefinger vor ihre Lippen. »Bei diesem Essen wird nicht geredet. Sondern einfach nur gegessen.«

»Darf ich dir dabei in die Augen schauen? Dich anlächeln?«

»Ja, das ist erlaubt. Aber jetzt kein Wort mehr. Essen, genießen, nicht ablenken lassen. Dafür sind die Crevetten viel zu gut.«

Lilou hatte recht. Sie waren sogar fantastisch. Und dadurch, dass sie nicht sprachen, empfand Jules nicht nur die Crevetten intensiver, sondern auch die Blicke, die sie austauschten. Es war wie bei einem Lied, das man immer nur nebenbei im Radio gehört hatte und dem man dann erstmalig mit geschlossenen Augen und voller Konzentration lauschte. So deutlich hatte er die Salzigkeit der Crevetten noch nie geschmeckt, das Meer in ihnen. Er pulte immer schneller und aß immer langsamer, spürte kaum mehr die auf ihm ruhenden Blicke Lilous.

»Warum schaust du eigentlich nie nach Westen, Richtung

Houlgate, sondern immer nur nach Osten? Das ist mir schon ganz oft aufgefallen«, sagte sie plötzlich. »So schön ist Le Havre auch nicht.«

Jules blickte auf. »Wir essen doch noch, du darfst nicht reden.«

»*Ich* darf.«

»Das ist unfair.«

»Ich mache hier die Regeln. Zumindest heute. Also: Warum?«

»Darf ich erst zu Ende essen?«

Lilou nickte, doch ab diesem Moment war es nicht mehr dasselbe. Sehr bald ließ er die letzten Crevetten unangerührt auf seinem Teller liegen. Jules sah Lilou an, versuchte ein Lächeln, versuchte das Kommende leicht wirken zu lassen, doch es gelang ihm nicht.

»Ist es so schlimm?«, fragte Lilou. »Du lächelst so gequält.«

»Und ich dachte, es wirkt ganz locker.«

»Nicht für mich. Du schaust immer noch nicht hin.«

»Ich merke das schon gar nicht mehr.« Er wagte es, in Richtung Westen zu blicken, für Lilou, doch es gelang ihm nicht. Der Widerstand in ihm war einfach zu groß. Er schluckte, bevor er weitersprach. »Dahinten, bei den Schwarzen Kühen, hat sich meine Mutter ihr Leben genommen. Irgendwann hab ich nicht mehr hingeblickt. Es ist eine dumme Angewohnheit.«

Lilou sah ihn lange an. Jules bemerkte, wie sich ihr Brustkorb vom tiefen Atem hob und senkte, wie Ernsthaftigkeit auf ihr Gesicht zog, einer dunklen Wolke gleich.

»Wann warst du das letzte Mal dort?«

»Nein, Lilou. Das nicht!«

»Du warst seitdem nicht mehr dort, oder?«

»Das steht nicht auf der Liste der Dinge, die ich noch tun möchte, bevor ich … Es steht nicht drauf, okay? Das müssen wir nicht weiter diskutieren.«

»Es ist mein …«

»Nein! Es ist dein Tag, ja. Aber das nicht.« Sein Magen krampfte sich zusammen. Die Angst war mit den Jahren des Fortschauens immer größer geworden, jeder Blick in die andere Richtung hatte sie genährt.

Lilou legte ihre Hand auf seine. Zuerst wollte er sie zurückziehen, doch dann ließ er es zu und spürte die beruhigende Wärme ihrer sanften Handfläche. »Schau einfach auf das Meer. Nicht zu den Schwarzen Kühen.«

»Was soll das bringen, Lilou?«

»Wenn man sich verliebt hat, dann will man alles über den anderen wissen.«

»Ja, aber …«

»Wenn man sich verliebt hat, dann will man den anderen verstehen, oder? Und dahinten, gar nicht weit entfernt, ist etwas, das mich verstehen lassen wird, wie du der Mensch wurdest, der du heute bist. Und den ich so sehr mag.«

Jules griff ihre Hand ganz fest. »Muss man wirklich alles wissen? Und hat man auch ein Recht darauf?«

»Nein, der andere muss es einem gewähren, aus freien Stücken.«

»Gut. Erzählst du mir, was mit Henri Becault war? Die ganze Geschichte?« Er hatte sie nicht danach gefragt, all die Tage nicht.

»Nur unter dieser Bedingung willst du mit mir zu den Schwarzen Kühen gehen?« Lilou zog ihre Hand fort.

Er sah ihre Pupillen zucken, sah, wie sich ihre Lippen aufeinanderpressten und blass wurden. Claude hatte gesagt, er solle segeln gehen. Dies war eine sehr stürmische See, doch er wollte es wagen, wollte die Segel jetzt emporziehen. Er war lange genug nicht draußen auf dem Meer gewesen. Es war an der Zeit, die Angst zu besiegen. »So habe ich es nicht gemeint, Lilou. Ich erzähle dir alles, und ich gehe mit dir zu der Stelle. Und ich erwarte nichts dafür. Aber ich wäre sehr glücklich, wenn du mir auch deine Geschichte aus freien Stücken gewährst.«

Lilou musterte sein Gesicht, er spürte ihren Blick in jeder

Pore und schließlich durch seine Augen bis hinein in seine Seele. Dann lächelte sie, wie jemand, der tapfer sein will, und ergriff seine Hand wieder. »Lass uns gehen.«

Auf dem Weg zu den Klippen, am sandigen Saum des Meeres, ihre Chucks in der Hand, die Füße durch die flach auslaufenden Wellen setzend, erzählte sie ihm, wie alles passiert war, und ließ nichts aus. Lilou kam es vor, als würde sie eine Mauer in ihrem Inneren abbauen, Stein für Stein, Wort für Wort. Jules blickte nicht die ganze Zeit aufs Meer, er blickte auch zu Lilou, obwohl hinter ihr, wie erstarrte Wesen aus der Uhrzeit, die Felsen standen, die sie in Villers-sur-Mer die Schwarzen Kühe nannten.

»So war es«, endete sie und senkte den Blick. »Und deshalb stecke ich nun in Schwierigkeiten.«

»Es tut mir so unglaublich leid für dich.« Dann schloss er sie so fest in seine Arme, als könne er alles Unheil der Welt von ihr abhalten.

Lilou wollte sich gar nicht mehr aus dieser Umarmung lösen.

Doch dann löste Jules sie und hielt Lilou an den Schultern auf Armlänge von sich. »Ich möchte etwas für dich tun. Du tust so viel für mich, jetzt bin ich dran.«

»Was willst du denn schon tun? Da kann man gar nichts tun.« Sie spürte, wie ein Weinen in ihr aufstieg und ihre Stimme erzittern ließ, doch sie schluckte es hinunter.

»Ich will dein Anwalt sein, und ich werde einen Weg finden, dich von den Anschuldigungen zu befreien.«

»Ach, Jules, das ist wirklich lieb, aber ich habe einen Pflichtanwalt, der sogar einen guten Ruf hat.« Es war ein junger Mann aus Straßburg, der Karriere machen wollte und auf genau solch einen öffentlichkeitswirksamen Fall gewartet hatte, um seine Zähne hineinzuschlagen wie ein tollwütiger Hund in ein Kaninchen. Sie hatte ein sehr gutes Gefühl bei ihm.

»Ich bin ausgebildeter Anwalt«, sagte Jules und blieb stehen. »Gut, mein Schwerpunkt ist nicht Strafrecht, aber …«

»Was ist denn dein Schwerpunkt?«, unterbrach ihn Lilou.

»Internationales Seerecht, aber Recht ist Recht, ich kann mich einarbeiten!« Jules sprach nun schneller. »Du wirst niemanden finden, der sich so für dich einsetzt! Auch wenn ich noch nie einen Prozess geführt habe, diesen einen möchte ich führen, bevor es nicht mehr geht. Ich kann ihn führen für dich.«

Er küsste sie. Stürmischer, als er es bisher getan hatte. Es war Freude in diesem Kuss, aber auch ein Flehen. Und ganz viel Kraft. Jules wusste nicht, worauf er sich einließ, was auf ihn zukam, er war krank und hatte eigentlich keine Zeit für diesen Prozess, aber er wollte es. Mit ganzem Herzen.

Und sie wollte ihn glücklich sehen.

»Ich würde mich unglaublich freuen, wenn du mich vertrittst.«

Er strahlte. Der ganze Jules strahlte. Sie küssten sich und sanken auf die Knie, auf den von der Sonne gewärmten Sand, bemerkten nicht mehr die Menschen um sich herum. Irgendwann richteten sie sich wieder auf und blickten Arm in Arm hinaus auf den Atlantik, der immer näher kam.

Lilou fasste sich ein Herz. Wenn er jetzt nicht die Kraft fand, offen darüber zu sprechen, dann nie. »Es war hier, oder?«

Jules blickte sich zögerlich um, dann schnell wieder zurück aufs Wasser. »Dort hinten. Sie ist von der höchsten der Kühe gesprungen.«

»Von welcher? Die Felsen sehen alle gleich aus.« Lilou wusste, dass sie ihn mit dieser Frage zwang hinzublicken, auf die entscheidende Stelle zu weisen.

Er drehte sich um, und sein Zeigefinger hob sich langsam, als wäre er mit einem Gewicht beschwert. »Dieser dort.«

Die Spitze des Felsens war schmal und sah so bröckelig aus wie ein zu trocken gebackener Kuchen. Lilou lief auf ihn zu. Je näher sie kam, umso höher hoben die Schwarzen Kühe ihre Häupter, und in den feinen Sand mischten sich große Steine mit spitzen Kanten.

Sie blieb stehen. »Deine Mutter hätte dort oben stürzen und sich verletzen können, bevor sie herunterspringen konnte. Der Grat ist so irre schmal, die Felskanten so scharf.«

»Sie war eine Tänzerin«, sagte Jules, der ihr in einigem Abstand folgte. »Sie wollte auf die höchste Felsspitze, um sicherzugehen, dass sie den Sturz nicht überlebte. Sie hatte das genau geplant, trug sogar Wanderschuhe. Und als sie gesprungen ist, hat sie es kopfüber getan, als wollte sie ins Wasser eintauchen. Das haben sie bei der Autopsie anhand der Brüche feststellen können. Ich hätte es lieber nicht gewusst.« Er kam näher und sprach nun leiser. »Ich habe mich damals gefragt, ob sie wohl gezögert hat oder einfach auf den Grat getreten und ansatzlos in die Tiefe gesprungen ist. Ohne ein letztes Nachdenken oder Luftholen. Hatte sie Angst, zu früh gegen einen Felsvorsprung zu stoßen, sich nur schwer zu verletzen, statt zu sterben? Solche Fragen habe ich mir gestellt, eigentlich meine ganze Jugend hindurch.«

»Das sind schreckliche Fragen.« Lilou drehte sich zu ihm um und ging langsam rückwärts weiter.

»Sie sind für mich ganz normal gewesen, alltäglich. Aber ich konnte sie nie laut stellen. Mein Vater hat mit mir nicht über ihren Tod geredet, nicht einmal mehr über sie, als hätte es sie nie gegeben. Da hatte ich nur noch mich selbst, um über meine tote Mutter zu sprechen.«

»Weißt du, wo man sie damals gefunden hat?« Lilou wusste selbst nicht, warum sie dies fragte, warum sie so bohrte. Doch manchmal tat sie Dinge einfach aus dem Bauch heraus, weil sie sich richtig anfühlten.

»Ich weiß nur, wo ich sie … Ich muss früher anfangen. Können wir uns setzen?« Er tat es und blickte zum Meer, den Kopf gesenkt. Lilou trat neben ihn, ganz nah, als könnte sie ihn dadurch schützen. »Als mein Vater an diesem 9. April zum Mittagessen nach Hause kam, stand sie nicht am Herd. Er suchte sie im Haus, rief bei meinen Großeltern an, bei ihren Freundinnen und sogar im Krankenhaus.«

»Gab es keinen Abschiedsbrief?«

»Nein.« Jules schüttelte entschieden den Kopf. »Es gab ja auch nichts zu erklären. Die Depression hat sie gezwungen zu gehen … zu springen. Es war ein schöner Tag, fast so wie heute. Ich weiß noch genau, wie ich von der Schule nach Hause kam und den Duft von Cabillaud à la cauchoise erwartete, den sie freitags immer kochte. Es war kein guter Tag in der Schule gewesen, die anderen Jungs hatten mich in der Pause gejagt und eingekesselt. Ich freute mich auf die Arme meiner Mutter, auch wenn sie diese meist nur mechanisch um mich legte, weil sie wusste, dass es das war, was von ihr erwartet wurde. Aber es waren die Arme meiner Mutter, und die brauchte ich an diesem Tag.«

Lilou setzte sich neben ihn in den Sand und lehnte den Kopf an seine Schulter.

»Ich lief zum Strand, um sie zu suchen, weil meine Mutter gern dort spazieren ging. Immer etwas zu nah an den Wellen, sodass ihre Schuhe und Socken nass wurden. Nach Westen kann man ja weit sehen, und da war sie nicht. Also ging ich nach Osten, zu den Schwarzen Kühen.«

Lilou merkte, wie sie auf ein Ereignis in Jules' Vergangenheit zusteuerten, von dem sie hoffte, dass es nicht passiert war. »Das heißt, du hast sie …?«

Jules stand auf und ging ein Stück näher an die Felsen heran, wo ein großer Stein aus dem Sand ragte, der aussah wie ein schlafender Wolf. Vor diesem kniete er nieder. Lilou tat es ihm gleich.

»Die Flut war hoch an dem Tag. Das Wasser kam bis hierher. Ihr Kopf lag auf dem Stein, ihre Beine lagen im Wasser und bewegten sich. Ich rief: ›Maman, Maman, da bist du ja! Alle suchen dich!‹ Ich freute mich so, sie gefunden zu haben, kannst du dir das vorstellen? Und ich stürzte zu ihr, um sie zu umarmen.« Er stockte. »Ich warf mich fast auf sie.« Sein Blick ruhte auf dem Stein, er schien sie zu sehen. »Das Blut fiel mir erst auf, als ich meinen Kopf schon auf ihre Brust gelegt hatte. Da erst spürte ich die Kälte und die Starre von Mamans Körper.

Ich schrie auf und sprang fort von ihr. Dann zerrte ich sie aus dem Wasser, ich weiß nicht, wieso, vielleicht, weil ich dachte, das Wasser hätte ihr das angetan oder sie könne fortgespült werden. Irgendwann kamen dann mein Vater und einige andere Leute. Sie zerrten mich fort.« Er beugte sich vor und strich etwas Sand weg, der sich in einer Kuhle des runden Steins gesammelt hatte. »Ich habe sie nie mehr gesehen.«

Lilou ließ ihn schweigen. Er blickte lange empor zum Felsen. Einzelne Sonnenstrahlen fielen nun auf das dunkle Gestein und spielten dort Fangen.

»Sie sagte immer: ›Du schaffst es im Leben, das weiß ich ganz genau.‹ Vielleicht wollte sie sich das einreden, damit sie leichter fortgehen konnte. Und sie sagte immer: ›Sei nicht traurig. Bald wird alles wieder gut.‹ Das sagte sie, selbst wenn es gar keinen Grund dafür gab und ich überhaupt nicht traurig war. Aber vielleicht hat sie nie richtig mit mir gesprochen, sondern immer nur mit sich selbst. Heute frage ich mich manchmal, was sie jetzt wohl von mir halten würde. Ich hab doch nichts erreicht, nichts geschaffen. Cidrerie und Brennerei stehen nicht gut da, das Betriebsvermögen ist geschmolzen, ich bin unverheiratet, es gibt keine Nachkommen für die Familie. Das hatte ich mir alles anders vorgestellt. Aber es ist so, als wäre mein ganzes Leben ein stetiges Verschwinden. Von Beginn an.«

Lilou musste an ihre eigene Mutter denken, die so enttäuscht war, dass ihre Tochter nicht den geplanten Weg eingeschlagen hatte. Doch es war nicht wichtig, ob man die Eltern mit einer solchen Entscheidung enttäuschte. Das Wichtigste war etwas anderes.

»Hat deine Maman dich geliebt?«

»Ja.« Jules runzelte die Stirn. »So weit sie es konnte.«

Lilou hätte gewünscht, was ihre Mutter in Rouen betraf, genauso schnell antworten zu können. Sie atmete tief durch, stand auf und polierte den Felsen mit dem Ärmel, als wäre er eine verdreckte Grabplatte. Der Stein war in seiner dunklen

Glattheit schön, mit seiner natürlichen Rundung, der feinen Maserung, wie Äderchen, in denen sich die Strahlen der Abendsonne fingen. Dann drehte sie sich zu Jules um. »Ist es schlimm für dich, hier zu sein?«

»Schlimm nicht, aber traurig.«

»Du hast ja auch allen Grund, traurig zu sein.«

Jules wandte den Blick ab. »Ich will nicht vor dir weinen. Lass mich ein paar Schritte allein gehen, ja?«

Lilou ließ ihn gehen, folgte ihm in einigem Abstand und sah die bebenden Schultern, den gesenkten Kopf, die Hände, die er zum Gesicht hob, um sie mit Tränen zu füllen. Der Wunsch, zu Jules zu laufen und ihn in den Arm zu nehmen, ihn zu küssen, war übergroß, doch sie hielt sich zurück.

Bis sie wieder am Haus waren und das Gartentor hinter ihnen geschlossen.

Als sie im Garten standen, hatte sich die Sonne bereits unter den Horizont gesenkt. Jules spürte den Wunsch, Lilou heute nicht nach Hause gehen zu lassen, doch noch mehr spürte er ein Gewitter in seinem Innern, das sich entladen musste. Er musste sich zurückziehen, um das Donnern und Blitzen auszustehen. Er musste sich von Lilou verabschieden. Aber dann fühlte er ihre sanften Hände auf seinen Wangen. Ihre Finger zitterten leicht.

Lilou sah ihn lange an, sehr lange, ihr Atem tief und stockend.

Schließlich nickte sie.

Dieses Nicken, das spürte Jules, galt nicht ihm, sondern Lilou selbst. Dann legten sich ihre Lippen wie eine lindernde Salbe auf seinem Mund.

Seine Lippen küssten zurück, schmiegten sich an die ihren. Ihr Körper drückte sich gegen ihn, durch den dünnen Stoff des Kleids spürte er ihren Busen. Jules verlor seinen Halt und fiel rücklings auf den Rasen, Lilou über ihm.

Ihren Duft hatte er noch nie so intensiv wahrgenommen. Der Geruch der Apfelblüten und die salzige Brise des Meeres vermischten sich mit dem ihren, welchen er nicht beschreiben konnte. Es war einfach Lilou.

Sie verharrte.

»Alles gut?«, fragte Jules.

Wieder dieses Nicken. Wie man zu sich selbst nickte, bevor man Anlauf nahm und vom Dreimeterbrett sprang. »Ja, sehr gut sogar.« Wie zur Bestätigung küsste sie ihn sanft. »Aber ich muss dich um etwas bitten.«

»Du weißt, ich kann dir nichts abschlagen.«

Sie strich sanft eine Strähne aus seinem Gesicht. »Lass mir … die Zügel, ja? Sobald ich sie will. Ohne Zögern. Ohne Necken. Ich brauch das heute so.«

Jules nahm ihre Hand und drückte sie sanft. »Dann wird es genau so sein.« Er senkte die Stimme.

»Aber wir sind im Garten.«

»Gut beobachtet. Der Rasen ist weich, und der Wind ist herrlich kühlend.«

»Sollen wir nicht lieber hoch in mein Schlafzimmer? Hier sieht uns noch jemand!« Er blickte sich um. Seine direkte Nachbarin, die siebzigjährige Madame Jadot, hatte immerhin die Fensterläden verschlossen.

»Küss mich …«

Das Gewitter in ihm löste sich mit jedem Kuss von Lilou mehr auf, ließ Sonnenstrahlen hindurch, das strahlende Blau des Himmels. Jules wollte Lilou mit all seinen Gefühlen, mit all seiner Lust, mit seinem ganzen Körper, mit allem, was er besaß.

Es war lange her, dass Jules ausgezogen worden war, dass er einer Frau das Kleid über den Kopf ziehen musste, ohne ihr dabei ein Ohr abzureißen, und dass er den verflixten Verschluss an einem Büstenhalter öffnen musste. Als er Lilous Slip von ihren Beinen zog, sah er, dass sie auf ihrem rechten Knöchel eine Tätowierung hatte, die ihm zuvor noch nie aufgefallen war. Einen Vogel, vielleicht einen Kolibri. Klein und doch mit unheimlich viel Kraft und schnell schlagendem Herzen. Er passte so gut zu Lilou.

Jules berührte ihn mit seinen Lippen und gab ihm einen sanften Kuss.

Dann ließ er seine Hände Lilous Beine empor über ihre Haut wandern, die ihm so zart vorkam, dass er weder mit seinen Fingern noch mit seinen Lippen von ihr lassen konnte. Als er ihre Scham erreichte, verkrampfte sie sich plötzlich, und er blickte zu ihr.

»Immer noch nicht aufhören!«, sagte Lilou. »Bloß nicht aufhören.«

»Aber …?«

Sie schenkte ihm ein Lächeln. »Dämonen, die heute ausgetrieben werden. Nicht fragen, nur küssen, nur lieben.«

Jules fühlte den Impuls, trotzdem zu fragen. Aber er hatte Lilou versprochen, dass sie die Zügel hatte. Und gerade hatte sie daran gezogen. Also küsste er weiter, von der Scham bis zum Bauchnabel und hinauf zu ihren Brüsten bedeckte er ihren Körper mit seinen Lippen, zuerst über den rechten, dann über den linken Arm tanzten seine Lippen zu ihren Händen, wo er jeden Finger einzeln küsste. Als er beim letzten angekommen war, stützte er sich auf und sah Lilou an, wie sie unter ihm im Mondlicht lag. In ihren Augen war ein Glänzen.

»Hör nicht auf!« Sie zog ihn wieder heran.

Jules spürte ihre Hitze und wie sich ihm ihr Becken verlangend entgegendrückte. Lilou vergrub ihre Finger in seinen Haaren, und sie rollten mit nackter Haut über den Rasen, mal lag Lilou oben, mal Jules. Es war wild, und doch bemerkte Jules, wie vorsichtig Lilou mit seinem linken Bein war, wie sanft sie es berührte, wie sie es vermied, ihr Gewicht daraufzulegen. Er fühlte sich so sicher bei ihr. Immer wieder fanden seine Hände ihren Po, den sie mal zart, mal fest packten. Grashalme klebten darauf, Blütenblätter des Apfelbaums. Immer mehr Schweiß legte sich auf Lilous Haut und auch auf seine, ließ sie glänzen und ihre Bewegungen noch fließender werden.

»Komm zu mir«, flüsterte sie. »Ich will nicht mehr warten!«

Jules tat, wonach sie sich beide sehnten. Sehr langsam ließ er sie eins werden, dann hielt er inne, hielt sie in den Armen. Ganz fest. Er wollte jeden Quadratzentimeter ihrer Haut auf jedem seiner Haut spüren, wollte kein Luftmolekül mehr zwischen ihnen haben. Er fühlte, wie Lilou ihre Beine um seine Hüfte schlang und ihn noch tiefer in sich drückte. Das Adrenalin in seinem Körper ließ ihn jeden Schmerz und jede Taubheit vergessen. Doch gegen den Schmerz in seinem Herzen konnte es nichts ausrichten, und eine Träne stahl sich aus seinem Auge.

Sie fanden ihren Rhythmus, aber es war nicht wie ein Tanz, kein Walzer nach vorgeschriebenen Bewegungen. Alles fand in diesem Moment zum ersten Mal und neu statt. Jules schloss die Augen nicht, denn er wollte Lilou sehen, wie sie ihn anblickte, den Hals vor Lust reckte, ihre Wangen immer mehr an Röte gewannen.

Sein Atmen wurde lauter, Lilou zog die Luft scharf ein und bäumte sich unter ihm auf.

Ein Maunzen erklang.

Jules blickte zur Seite und sah Mademoiselle. Sie kam neugierig auf ihn zugetatzt. »Ich wusste, dass so etwas passieren würde«, sagte Jules lächelnd. »Hallo, Kleine.«

»Du willst spielen, was?«, fragte Lilou.

Mademoiselle schmiegte sich schnurrend an sie. Lilou begann zu lachen, und Jules konnte nicht anders als mitzulachen. Irritiert ging Mademoiselle ein Stück von ihnen weg und legte sich unter einem Strauch auf die Seite, die zwei dabei keine Sekunde aus den Augen lassend.

»Sie guckt uns zu.« Jules konnte den Blick nicht von der kleinen Katze lösen.

»Irritiert dich das?«

»Etwas. Dich nicht?«

»Weißt du, sie hat mich schon in ganz anderen Situationen gesehen. Und ich habe gerade, ehrlich gesagt, viel Wichtigeres im Sinn.« Lilou blickte ihn vielsagend an und küsste ihn wieder, lang und sehnsüchtig fordernd.

Mit einem Mal waren Jules Mademoiselle und ihr durchdringender Blick völlig egal. Er spürte genau, was Lilou nun wollte, und er wünschte sich, ihr all das zu geben. Er dachte darüber nach, wo Lilou seine Berührungen am besten gefielen, wo er sie noch nicht geküsst hatte – als Lilou ihn auf den Rücken drehte und seine Arme an den Handgelenken auf den Boden drückte. »Lass los, Jules.«

Und sie begann zu führen.

Es fiel Jules schwer, in diesem Moment loszulassen. Doch als Lilou seine Hände wieder freigab, um sich aufzurichten, fuhr er mit seinen Fingerspitzen über die Lippen ihres geöffneten Mundes und glitt hinunter bis zu ihren Brüsten, die so wundervoll in seine Hände passten, als wären diese ihre Gussform gewesen. Lilou wurde schneller, ihre Bewegungen fester, und er umfasste ihren Nacken, nahm ihren Rhythmus völlig auf. Jules merkte, dass er warten wollte, dass er hoffte, diese Liebesnacht würde nicht enden, doch er spürte auch, dass sich ihm die Lenden zusammenzogen, dass alles in ihm, in seinem Becken hinausdrängte, dass er verrückt würde, wenn er …

»Was ist da unten denn los?«, rief plötzlich eine alte Stimme, so kratzig, als dringe sie aus einem Grammofon. Madame Jadot.

»Etwas, das bei Ihnen schon lange nicht mehr los ist!«, antwortete Jules prustend.

Eine Pause trat ein. »Na, dann komme ich wohl besser runter und mache mit«, antwortete Madame Jadot schließlich.

»Wir sind schon zu dritt«, rief Jules und zwinkerte Mademoiselle zu, die gerade mit einem Blatt spielte.

Lilou löste sich von ihm und nahm seine Hand. »Komm, lass uns hoch ins Bett gehen.«

»Hab ich doch gleich gesagt«, sagte Jules schmunzelnd und stand auf.

Mademoiselle folgte ihnen interessiert maunzend.

Die Nacht wurde lang.

Und die kleine Katze passte die ganze Zeit gut auf die beiden auf.

Lilou genoss es, Jules nach dem Liebesspiel als großen Löffel hinter sich zu spüren, Haut an Haut und fest umschlungen. Und dass es ihm nichts ausmachte, wie heiß sie nachts wurde, als wäre sie ein Bollerofen. Es war so befreiend gewesen nach dem Grauen mit Becault wieder die Nähe eines Mannes zulassen und genießen zu können. Sie hatte Sorge gehabt, noch nicht bereit dafür zu sein. Einen Schritt zu weit zu gehen, einen Schritt zu schnell zu tun. Aber alles hatte sich genau richtig angefühlt.

Sie lag noch lange wach und erfreute sich an jedem Atemzug mit Jules. Dabei schlüpfte ein Gedanke in ihren Kopf und wuchs in kürzester Zeit zu ansehnlicher Größe. Es war einer dieser Gedanken, die so schnell wie möglich herausgelassen werden mussten, damit man nicht verrückt wurde.

Lilou beschloss, es beim Frühstück zu tun und dazu das beste Rührei der Welt aufzutischen, damit Jules in guter Stimmung war, wenn er ihn hörte.

Sie trug nur eines seiner langen T-Shirts und einen Slip, als sie Eier und ein wenig Milch mit der Gabel sanft verrührte, damit es später wunderbar cremig wurde. Ein wenig Meersalz, ein wenig frisch gemahlener schwarzer Pfeffer und, ganz wichtig, ein klitzekleiner Hauch Kreuzkümmel. Er war die magische Ingredienz, die das Rührei erst zum Strahlen brachte. In der Pfanne schmolz derweil die gute normannische Butter, und zwar reichlich davon. Keine Margarine, kein Olivenöl, das alles wäre Frevel am Ei gewesen. Lilou wartete, bis die heiße Butter Blasen warf, und dann ging es ganz schnell. Sie rührte das Ei nicht, sie faltete es wie ein Schmied die Klinge eines Schwerts, Lage über Lage. Schließlich war es nur ganz leicht angebräunt und innen weich und saftig. Besser konnte man den Tag nicht beginnen.

Bevor sie das Rührei auf zwei Teller verteilte, naschte Lilou ein wenig davon, doch sie merkte sofort, dass sie nicht mehr herunterbekommen würde. Sie war viel zu nervös. Denn eigentlich war dies der völlig falsche Moment, um es Jules zu sagen.

Als er herunterkam, küssten sie sich so lange, bis das Rührei kalt war. Er aß es trotzdem mit Genuss. Zumindest behauptete er das.

Lilou wollte gerade anfangen, als ein fülliger, älterer Herr in Armee-Uniform hereinplatzte.

»Einen wunderschönen guten Morgen zusammen! Und guten Appetit.« Er bemerkte Lilous Kleidung, oder vielmehr das Fehlen eines Großteils davon. »Sie können das tragen, Mademoiselle Lilou.« Er verbeugte sich und nahm Lilous Hand, um ihr einen formvollendeten Handkuss zu geben. »Mein Name ist Gilbert Delacroix, ich bin ein alter Freund von Jules. Sie dürfen mich gerne Gilbert nennen. Bisher hatte ich nur aus der Ferne das Vergnügen, als Jules und ich von unserer Nacht in Caen nach Saint-Ursules zurückkehrten.«

Lilou machte lächelnd einen Knicks. »Freut mich sehr, Gilbert.«

»Bitte entschuldigen Sie, dass ich störe, ich muss Jules nur kurz etwas sagen. Es dauert auch nicht lange.«

Alles an Gilbert sagte Lilou, dass es bei ihm immer lange dauerte, und sie musste ihren Gedanken jetzt loswerden. Bevor der Mut sie wieder verließ.

»Sagen Sie, Gilbert, sind Sie ein Mann, der einer Frau einen Wunsch abschlagen kann?«

»O nein! Ich niemals! Ganz alte Schule!«

»Denn ich hätte einen Wunsch, einen ganz kleinen.«

»Immer raus damit!«

»Könnte ich Jules zunächst noch ein paar Minuten ganz für mich alleine haben? Ich muss ihm ganz dringend etwas sagen. Danach sind Sie an der Reihe, versprochen.«

»Nun, ich muss gleich weiter. Auch als Soldat im Ruhestand hat man leider Verpflichtungen.« Er wandte sich an Jules.

»Weißt du, Claudette geht gleich einkaufen, und ich will zufällig auftauchen und anbieten, ihr die Tasche zu tragen.«

Jules nickte verständnisvoll. »Es wird sicher nicht lange dauern. Setz dich raus in den Garten, General, und zünde dir schon mal eine Zigarette an. Ich komme gleich nach.«

Der General verbeugte sich vor Lilou und verließ die Küche.

»Was willst du mir so dringend sagen?«, fragte Jules erwartungsvoll und nahm noch einen Schluck Kaffee. »Oder willst du es mir später sagen und wir küssen jetzt lieber? Ich wäre kussbereit.« Nach kurzem Überlegen setzte er grinsend hinzu: »Na ja, das bin ich eigentlich immer. Also, bei dir.« Er stand auf, um sich neuen Kaffee zu holen.

Lilou fuhr mit dem Daumen nervös über ihre Fingernägel. »Es ist eigentlich eher eine Frage, irgendwie. Ein Vorschlag. Nein, das klingt auch falsch. Und es ist ganz bestimmt der falsche Moment. Total falsch. Im Normalfall würde ich das nicht tun. Aber bei uns ist ja nichts normal, oder?«

»Worauf willst du hinaus?« Er lehnte sich an die Küchenzeile und blickte sie gespannt an.

»Setz dich bitte. Aber nicht auf die Katze.«

Mademoiselle lag bereits eingerollt auf seinem angewärmten Stuhl. Nachdem sie in der Nacht kaum ein Auge zugetan hatte, musste sie jetzt sehr müde sein.

Der Kopf des Generals erschien in der offenen Tür. »Kann ich jetzt? Dauert wirklich nicht lange.«

»Nein, mein Freund. Noch nicht«, antwortete Jules. »Nimm dir etwas zu trinken mit und setz dich wieder raus in den Garten.«

»Was denn?«

»Egal was. Nimm dir einfach etwas.«

»Auch den alten Calva…«

»Egal was!«

Der General kam schnell herein, griff sich drei angebrochene Flaschen und ein großes Wasserglas, bevor er zufrieden pfeifend Richtung Garten verschwand.

»Lilou, nun aber raus damit«, sagte Jules. »Ich muss wirklich gleich los, die juristischen Fachbücher in Le Havre abholen und dort mit einem alten Professor über deinen Fall reden. Hat es vielleicht noch Zeit bis heute Abend?«

»Nein.« Lilou schüttelte entschieden den Kopf. »Zeit könnte genau das Problem sein. Bevor ich es dir sage, musst du mir ein paar Dinge versprechen. Zum einen, dass du mich nicht für verrückt hältst. Also nicht für mehr als sonst.«

»Versprochen.« Er blickte auf seine Armbanduhr.

»Jules, bitte, es dauert nicht lang. Du wirst sowieso Ja sagen. Ganz bestimmt.«

Er hob Mademoiselle vom Stuhl, setzte sich und rückte nah an Lilou heran. »Dann sag schon, bevor der General alle drei Flaschen leer hat und in die Notaufnahme muss.«

Sie strich ihm über die Wange. »Versprich mir ...« Dann hielt sie plötzlich inne. »Ach, vergiss es, versprich mir gar nichts. Gott, ich weiß nicht, wie ich anfangen soll. Steh auf.«

»Ich dachte, ich soll mich setzen?«

»Es ist doch besser, wenn wir stehen. Und umarme mich, ich umarme dich auch. So macht es Sinn.«

»Dich umarmen ist auf jeden Fall besser als sitzen.«

Sie umarmten sich, und allmählich schien Jules amüsiert – was es für Lilou nur noch schwerer machte.

»Du hast mir gestern gesagt, du hättest in deinem Leben nichts geleistet. Nichts Bleibendes hervorgebracht.« Sie atmete tief durch. »Puh, das ist noch schwerer, als ich gedacht habe.«

»Bring es hinter dich. Ich beiße schon nicht. Und ja, das habe ich gesagt.«

»Wir wissen nicht, ob wir es schaffen, deine Erkrankung zu besiegen. Ich glaube fest daran, versteh mich nicht falsch, aber es kann immer etwas schiefgehen. Wenn alles gut geht, umso besser. Für dich, aber auch für das, was ich jetzt vorschlage. Und es wird dir zuerst ...« Sie atmete erneut tief ein und aus.

Jules gab ihr einen langen Kuss. »Besser jetzt?«

»Ja, den habe ich wirklich gebraucht.« Lilou lächelte. »Vielleicht setzen wir uns doch besser.«

»Nein. Ich bewege mich jetzt nicht mehr vom Fleck, bis du gesagt hast, was du sagen wolltest.« Er sah sie auffordernd an.

»Wir kennen uns noch nicht lange und haben jetzt zum ersten Mal miteinander geschlafen.«

»Was wunderschön war.«

»Ja, das war es, aber darum geht es nicht. Wir sind nicht offiziell zusammen oder so was. Und normalerweise ist das, was ich jetzt sage, ein Wunsch, der langsam wächst und niemals, niemals, aber wirklich niemals nach der ersten Nacht ausgesprochen wird. Weil er den anderen mit Sicherheit in die Flucht schlägt. Aber dich natürlich nicht.«

»Mich schlägt so schnell nichts in die Flucht. Also, jetzt raus damit.«

»Also gut.«

Der General schaute wieder herein. »Kann ich auch etwas zu essen haben? Zu Calvados muss man doch etwas essen. Es roch hier eben so gut nach Rührei.«

Lilou deutete mit dem Kopf zum Herd. »Nehmen Sie die Pfanne. Schnell. Und dann raus.«

»Es ist gar nicht nötig, mich zur Eile aufzufordern. Wenn es um gutes Essen geht, bin ich stets von der schnellen Truppe«, gab der General zurück und griff nach der Pfanne.

Als er wieder draußen war, sagte Jules: »Jetzt verrate es mir endlich.« Er legte seine Hände auf ihre Hüften und zog sie näher an sich.

»Ich … ach, es ist … keine dumme Idee. Eher ein Traum. Und die zerplatzen ja wie Seifenblasen, wenn man sie in die Realität entlässt. Auch wenn man jemand anderem unbedingt zeigen will, wie sehr er in allen Farben schimmert.«

»Du kannst ihn mit mir teilen. Ich bin ganz vorsichtig damit.«

Lilou schaute ihn an. Augen zu und durch, hieß es doch, oder? Also los. Sie schloss die Lider. »Lass uns ein Kind bekommen.« Sie öffnete sie wieder. »Du hast gesagt, du hättest gerne eins in die Welt gesetzt. Ich hätte auch gern eins. Mit dir. Das klingt verrückt, aber ich weiß einfach, dass es richtig ist. Das spüre ich.« Sie sah ihn an. »Warum sagst du nichts? Sagst du bitte etwas?«

Jules löste die Umarmung und drehte sich weg von ihr.

Lilou griff seinen Arm. »Was heißt das?«

»Dass ich kein Kind haben möchte, für das ich nicht da sein kann.« Er schüttelte den Kopf und sah ihr dabei nicht in die Augen. »Das heißt es. Du hast es sicher gut gemeint. Aber nein, es kommt nicht infrage, auf gar keinen Fall, und ich will darüber nicht mehr reden. Ich musste ohne Mutter aufwachsen, und ich will es keinem Kind antun, ohne Vater aufzuwachsen. Diese Leere zu spüren. Jeden Tag. Das ertrage ich nicht.«

Er wandte sich zur Tür.

»Du flüchtest!«

»Nein, ich gehe.« Sie sah, wie wütend er war.

Der General kam herein, noch Rühreireste im Mundwinkel. »Können wir jetzt reden? Du musst was für mich tun, Jules.«

»Sprich mit Lilou. Ich kann gerade beim besten Willen nicht.« Und dann ging er schnellen Schrittes davon.

Der General blickte Lilou an. »Also, Lilou, es geht um Folgendes: Claudette hat bald Geburtstag, und ich …«

Doch da war Lilou bereits durch die andere Tür hinausgerannt.

Der Schaum steigt auf
Leise zerplatzt er im Glas
Die Luft wird Duft

Gustave Eiffel

Suchscheinwerfer

»Schließ du auf«, sagte Lilou wenige Stunden später zu Amelie, die ihr beistehen musste. »Und geh vor.«

»Was soll denn passieren, Süße?«

»Geh einfach vor, ja? Es wird nichts passieren, aber ich will hinter dir gehen.«

Trotz seiner geringen Größe war Lilou ihr Haus immer wehrhaft vorgekommen, wie eine kleine Burg inmitten sich weit erstreckender Ländereien. Nun waren die rundherum gepflanzten Blumen und Kräuter, die Gräser und das Unkraut merklich höher gewachsen, und ihr Haus wirkte darin vereinsamt. Ein Mensch war hier gestorben. Lilous Haus hatte seine Unschuld verloren.

»Nein, lass uns lieber hinten reingehen, durch die Küche.« Lilou wollte nicht als Erstes den Raum sehen, in dem Becault gestorben war. Einen Raum, dessen Geschichte sie ins Gefängnis bringen konnte. Sie wollte einen Raum sehen, der nicht so etwas erleben musste.

»Du bist der Boss«, entgegnete Amélie und ging vor, Lilou und Depardieu hinter ihr. Als sie durch den kleinen Gemüse- und Kräutergarten auf die Terrasse mit der gusseisernen Bank traten, begann der alte Mastiff sofort an der Tür zu kratzen. Er wollte hinein.

»Schau, Süße, für ihn ist alles wie immer. Er freut sich auf sein Zuhause.«

Nachdem Amélie die Hintertür geöffnet hatte, lief Depardieu schnurstracks zu seinem Napf, der enttäuschend leer war, woraufhin er zu Lilou blickte und mit hängender Zunge ein Winseln ausstieß.

»Hast ja recht, ich gebe dir sofort was.«

Die gewohnte Handlung des Fütterns tat Lilou gut, es fühlte sich so wunderbar normal an.

»Für mich bitte einen Kaffee«, sagte Amélie. »Schwarz. Heiß. Schnell.«

Lilou machte auch einen für sich, und sie nahmen am Küchentisch Platz. Peu à peu füllte sich der Raum mit den richtigen Gerüchen. Dem des Kaffees, von Depardieus Futter, von Depardieu selbst und dem des Gartens, der durch die offene Tür hereinwehte.

Lilou nahm immer nur einen kleinen Schluck Kaffee und behielt ihn eine kurze Weile im Mund, ließ die Wärme sich auf ihre Wangen übertragen. Die vom Umfassen der Tasse erwärmten Hände legte sie auf ihre geschlossenen Augen, genoss die Wärme auch dort, als würde sie jemand sanft küssen. Als würde Jules sie dort sanft küssen. Und beim Gedanken an ihn spürte sie einen Druck auf der Brust. Hoffentlich würde der Brief, den sie in seiner Villa hinterlegt hatte, alles wieder einrenken. Sie hatte zwölf Versionen davon verfasst, bis die Worte endlich richtig klangen.

Lilou nahm noch einen Schluck, diesmal mit geöffneten Augen. Der Morgenkaffee war für sie so viel mehr als nur zartbitteres Getränk, er war ein Gefährte für diese besondere Zeit des Tages, zwischen Schlafen und Wachen, wenn Reden keine Option darstellte. Der Kaffee hieß sie willkommen im Hier und Jetzt.

»Bevor ich es vergesse, muss ich dir noch etwas sagen.« Amélie stellte ihre leere Tasse in die Spüle. »Keine Angst, es ist nichts Schlimmes. Ich will nur, dass du es weißt: Ich hab mich von Bruno getrennt. Es ist das Beste. Für uns beide.«

Lilou blickte ihre Freundin verwundert an. »Warum? Dann wirst du allein mit dem Kind sein. Oder willst du diesen …?«

»Nein. Den Typen aus der Disco finde ich nicht wieder, und das will ich auch gar nicht. Er wird nichts damit zu tun haben. Ist ihm sicher auch lieber. Es ist mein Kind. Und ich kann mich nicht um zwei Kinder kümmern, deswegen hat das mit Bruno keine Zukunft. Es wäre einfach zu viel.«

»Aber vielleicht würde er an der Aufgabe wachsen und ein guter Vater werden?«

»Kann schon sein, aber ich habe keine Zeit, ihm das beizubringen.«

Lilou setzte ihre Tasse wieder an und trank. Viel zu viel änderte sich gerade in ihrem Leben. Und diese Änderung erschien ihr so unnötig. »Versuche es doch wenigstens. Was hast du zu verlieren?«

»Meine Nerven. Lilou, ich will das nicht diskutieren. Ich habe schon alle Argumente dafür und dagegen abgewogen. Ich wollte nur, dass du es weißt.«

»Und wie hat Bruno reagiert?«

»Der reagiert heute Abend. Dann sag ich es ihm. Und falls er danach zu dir kommt: Mach ihm bitte keine Hoffnung. Manchmal gibt es nämlich keine. Und jetzt lass uns endlich ins Wohnzimmer gehen. Je länger du wartest, desto schwieriger wird es.«

Nachdem Amelie die Tür zum Wohnzimmer geöffnet hatte, blieb sie im Rahmen stehen. »Atme lieber noch einmal kräftig durch, bevor du kommst.«

Lilou rannte zu ihr.

Commissaire Duchamp hatte das Zimmer verwüsten lassen. Die Schubladen der Regale lagen umgedreht auf dem Boden, ihr Inhalt überall verstreut. Die Polsterkissen waren aufgeschnitten, sogar Holzdielen des Bodens hochgestemmt worden. Dies war keine zielführende Untersuchung der Behausung einer Verdächtigen gewesen, dies war ein Zeichen, eine Drohung: ›Ich kann machen, was ich will, und Sie sind nirgendwo mehr sicher.‹ Lilou bewegte sich nicht, stand nur da und ließ den Blick schweifen. Amélie begann schweigend aufzuräumen, und Depardieu stöberte in den Bergen aus Zetteln und Büchern, den Seen aus schwarzen Schallplatten und silbernen CDs nach Essbarem. Ganz langsam ein- und ausatmen, dachte Lilou. Genau so etwas hatte sie erwartet, wie in all den Filmen, in denen Polizisten genau das taten. Und doch war es etwas völlig anderes, dies nun im eigenen Haus zu sehen. Wie ihrem Heim Gewalt angetan worden war.

»Ich muss auf die Toilette«, sagte Lilou.

»Soll ich mitkommen und dir die Haare hochhalten, Süße?«

»Was?« Lilou musste lachen, als sie begriff, worauf Amélie hinauswollte. Es tat so gut, und es wurde ein lautes befreiendes Lachen, das auch über Commissaire Duchamps Verwüstung lachte, über das ganze absurde Theater, das sich um Henri Beaults Tod entwickelt hatte. »Nein, ich muss mich nicht übergeben. Ich muss wirklich auf die Toilette. Aber danke, du bist eine echte Freundin.«

»Sowieso«, sagte Amélie und schob eine herumliegende Daft-Punk-Platte in eine Hülle. Wenn auch, wie Lilou sehen konnte, in die falsche.

Als Depardieu mitbekam, dass Lilou den Raum verlassen wollte, sprang er sogleich auf und lief vor ihr hinaus.

Amélie schnaufte. »Ist schon ein bisschen beleidigend, dass du einen alten Hund mir als Toilettenbegleitung vorziehst. Er ist noch nicht mal ein Mädchen.«

»Glaub mir, viel wirst du nicht verpassen. Und wenn es nicht richtig klappt, gibt es niemanden, der mehr Ruhe ausstrahlt als er.«

»Hast du Probleme?«

»Eigentlich nicht. Aber seit heute Morgen muss ich ständig, ohne dass viel … na, du weißt schon.«

»Klingt wie eine Blasenentzündung.«

Lilou versuchte, es sich zu verkneifen, aber musste breit grinsen. »Neulich war ich nachts in Jules' Garten, und wir lagen im Gras … Zugegeben, es war ziemlich kühl. Sehr schön, aber eben auch ein bisschen kühl.«

Amélie riss die Augen auf. »Hast du etwa mit Jules geschlafen? Und mir nichts davon erzählt?«

Lilou lächelte vielsagend.

»Ich will alle Details hören, dass das klar ist! Und was die Entzündung betrifft: Da wirst du mit deinen Heilkünsten nicht weit kommen, da brauchst du Antibiotika.«

»Ich probiere es erst mal mit Tee und Cranberrysaft.«

»Und zukünftig weniger durchliebte Nächte im Freien, meine Liebe!«

»Das hat sich wahrscheinlich sowieso erledigt.« Lilou senkte den Kopf und verließ das Zimmer.

Depardieu folgte ihr.

Der Deckel des WCs lag auf dem Boden, die Klopapierrolle abgerollt auf den Fliesen. Lilou brachte alles in Ordnung. Ging doch ganz schnell. Es würde alles ganz schnell gehen. Diesen Spuk in ihrem Haus würde sie austreiben. Ohnehin würden sie nichts gefunden haben und frustriert abgezogen sein!

Plötzlich hielt Lilou inne, und anstatt das zu tun, weswegen sie den Raum betreten hatte, rannte sie panisch hinaus.

»Was ist passiert?«, rief Amélie, als sie an ihr vorbeilief. »Wo willst du hin?«

Depardieu begann zu bellen und rannte hinter Lilou her, die aus dem Haus und zum Schuppen lief. Das alte rostbraune Schloss war aufgebrochen. Sie drückte die aus Latten zusammengezimmerte Tür auf und blickte zu dem windschiefen Holzregal mit den Blumenkübeln, der Rolle Hanfkordel, der alten metallenen Keksdose, in der sie Samentütchen aufbewahrte, und der Sammlung kleiner, ebenso hübscher wie unpraktischer Gießkannen. Aber eine Stelle im ansonsten unberührten Regal war leer.

Commissaire Duchamp war ein Anhänger subtiler Botschaften.

Amélie erschien neben ihr. »Was ist los, Lilou? Waren sie hier auch drin?«

»Ja. Sie haben das Parfüm gefunden, das Becault mir geschenkt hatte. Mit der dazugehörenden Karte.«

»Oh, scheiße!«

»Ja. Genau. Ganz große Scheiße.«

»Komm her!« Amélie nahm sie in die Arme.

»Ich kann langsam nicht mehr«, sagte Lilou mit zitternder Stimme. »Alles wird immer nur schlimmer, nichts klappt mehr. Wenn ich mich gerade von einem Tiefschlag erholt habe, kommt direkt der nächste. Und das Aufstehen danach fällt mir jedes Mal schwerer.« Und dann weinte Lilou, während Amélie sie hielt. Es tat ihr gut, dass sie laut heulen konnte und dass außer ihrer Freundin niemand weit und breit da war, der sie hören konnte.

Danach war Lilou nicht mehr nach Reden, und sie räumten schweigend im Wohnzimmer auf. Depardieu lag währenddessen auf der abgewetzten Karodecke neben dem Kamin. Er liebte den alten Stofffetzen sehr, und es war das erste Einrichtungsstück, das Lilou wieder an seinen Platz gebracht hatte.

Es war bereits Abend, als ein großer Wagen auf den schmalen Feldweg zu Lilous Haus fuhr. Durch die leichten Kurven glitt das Licht der Vorderleuchten wie das eines Suchscheinwerfers über das Anwesen.

Amélie ging ohne Aufforderung hinaus, Lilou hoffte, um wen auch immer fortzuschicken, der dort kam. Doch als die Freundin wieder ins Zimmer trat, sah sie an ihrem verkniffenen Gesichtsausdruck, dass die Probleme dieses Tages noch lange nicht vorbei waren.

»Sag schon, wer es ist. Der Commissaire? Madame Becault? Der Mob aus dem Dorf, der mich fortjagen will?«

»Nein.« Amélie schüttelte den Kopf. »Viel schlimmer. Deine Mutter ist da.«

Madame Aurélie Leflaive war eine Frau, die nie gebeugt ging. Ihre Hagerkeit war Spiegelbild ihres sehnigen Willens. Sie war eine Frau, deren Fettgewebe aus erblichen Gründen danach schrie, sich auszubreiten, dem sie jedoch mit strengem Regiment diktierte, kein Gramm anzusetzen. Stets war sie nahezu ungeschminkt und trug die Haare kurz. Der Schnitt ihres dunkelblauen Hosenanzugs war klassisch und modisch zugleich. Sie passte damit perfekt in die oberste Etage eines Pariser Bürohochhauses, doch nicht in diese Hütte.

»Könnten Sie uns bitte allein lassen?«, sagte sie zu Amélie mit einer Stimme, die nur Befehl und keine Bitte zu beherrschen schien.

»Hallo, Mutter. Was für ein überraschender Besuch. Amélie bleibt hier.«

»Nö, nö, ich gehe lieber«, widersprach Amélie. »Regelt das mal schön untereinander. Ich würde alles nur schlimmer machen, glaub mir, Süße. Wenn deine Mutter nur annähernd so ist wie meine, verziehe ich mich jetzt lieber in die Küche.« Und damit ließ sie die beiden allein.

»Bietest du mir keinen Stuhl an?«

»Du hast ja noch nicht mal Hallo gesagt.« Lilou spürte einen ungewohnten Gefühlscocktail in sich. Da war die Wut über das herrische Eintreten ihrer Mutter, der Ton, den sie schon immer gehasst hatte, die Angst vor den Vorwürfen, die unweigerlich kommen würden, und doch gab es auch einen Funken Freude in ihr, Freude darüber, dass ihre Mutter den Weg hierher auf sich genommen hatte, dass sie ihr also doch noch etwas bedeutete.

Lilou zog einen Stuhl am Esstisch vor und setzte sich selbst an einen anderen. »Erwartest du auch etwas zu trinken?«

»So lange werde ich nicht bleiben. Du siehst schlecht aus. Hast Ränder unter den Augen.« Sie warf Lilou einen abschätzigen Blick zu.

»Bist du nur hier, um mir zu sagen, wie scheiße ich aussehe? Dann hast du es hiermit erledigt und kannst wieder gehen.«

»Warum musst du nur immer so unverschämt sein? So habe dich nicht erzogen! Und Vater auch nicht. Du warst einmal so ein süßes, braves Kind.«

Lilou setzte sich gerade auf, um die wenigen Zentimeter zu gewinnen, die nötig waren, um ihre Mutter um einen Hauch zu überragen. Sie wischte einige Staubpartikel von der dunklen Tischplatte, um keinen Kommentar zu ihrer Haushaltsführung zu riskieren.

»Und du warst einmal eine freundliche, mitfühlende Mutter«, gab sie dann zurück. »Die Zeiten ändern sich leider.«

Lilous Mutter streckte das Kreuz durch. »Dein Vater weiß nicht, dass ich hier bin. Das würde ihn nur aufregen.« Sie zupfte vorwurfsvoll ein welkes Blatt von dem Blumenstrauß in der Mitte des Tisches. »Ich bin nur hier, um dir eine einzige Frage zu stellen: Warum tust du uns das an? Hast du deinem Vater und mir nicht schon genug Kummer bereitet?«

Lilou zog die Augenbrauen nach oben. »Indem ich einen Beruf gewählt habe, der mich glücklich macht? Mir alles selber aufgebaut und euch nicht auf der Tasche gelegen habe? Indem ich mich bei euch gemeldet habe, obwohl ihr euch nie bei mir gemeldet habt, bis ich es irgendwann nicht mehr ertragen habe? Meinst du das?«

»Ich meine den Mord an diesem armen Bürgermeister. Wir sind in unserem Freundeskreis zum Gespött geworden!«

Der Gefühlscocktail in Lilou verlor alle Anteile von Hoffnung und Freude. »Bitte verlasse mein Haus. Sofort.«

»Erst wenn ich die Versicherung von dir habe, dass du alles tun wirst, um uns nicht weiter zu diskreditieren. Halte unseren guten Namen heraus.«

Lilou hielt es nicht mehr im Sitzen. Sie stand so ruckartig auf, dass der Stuhl umfiel. Am liebsten hätte sie noch mehr umgeworfen. »Du willst noch nicht einmal wissen, was passiert ist! Dir ist nur wichtig, wie es aussieht. Dass ich unschuldig hineingeraten sein könnte, dass ich jetzt eure Unterstützung bräuchte, kommt dir gar nicht in den Sinn.« Sie ging zu ihrer Mutter und zog ihr den Stuhl weg – doch sie stand schnell genug auf. »Ihr solltet an meiner Seite sein! Genau jetzt! Und mir keine Vorwürfe machen. Denn egal, welche Probleme ihr wegen der Sache habt, ich habe tausendmal größere!« Sie schob ihre Mutter Richtung Tür, doch diese drückte Lilous Hand fort und ging alleine.

»Ich lasse mich von dir nicht des Hauses verweisen, Lilou! Da ich alles gesagt habe, weswegen ich gekommen bin, werde ich wieder gehen.«

»Ich könnte Jahrzehnte im Gefängnis landen, ist dir das eigentlich klar, Mutter?«

»Ein Mann sollte an deiner Seite sein, nicht wir. Als du ausgezogen bist, war unsere Arbeit getan. Jetzt ist es die Rolle eines Ehemanns, sich um dich zu sorgen. Aber du willst dich ja nicht festlegen!« Ihre Mutter öffnete die Haustür und trat in die Abenddämmerung.

»Ich habe einen Mann.«

»Ach ja, warum ist er dann nicht hier?«

»Weil er gerade stirbt!«

Und damit schleuderte Lilou die Tür scheppernd zu.

Claudette fand Jules im Reifekeller, wo die Äpfel der letzten Ernte darauf warteten, gepresst zu werden. Es war kühl hier, und der Duft der Pflückung hing wie eine Erinnerung an den letzten Sommer unter dem hölzernen Dach. Jules hatte sich mit dem Rücken gegen einen Stapel Holzkisten gesetzt, die Beine angezogen, die Hände darum verschränkt. Neben ihm stand eine halb leere Flasche Calvados, mit der er versucht hatte, seinen Kummer zu ertränken.

»Was machst du denn hier? Ich habe dich überall gesucht.«

»Können Küsse duften, Claudette?«

»Was ist das für eine Frage?« Sie kniete sich zu ihm. »Hast du Lilou etwa geküsst?«

»Ich finde schon, dass sie duften können. Vielleicht nicht die Küsse selbst. Aber Lippen duften, und alles um einen herum duftet beim Küssen. Dann sind alle Sinne hellwach. Man küsst immer die ganze Welt mit. Bei guten Küssen. Und gleichzeitig vergisst man währenddessen die ganze Welt, oder nicht? Währenddessen gibt es nur dich und den anderen Menschen, nur Gefühl. Aber wenn du dich dann daran erinnerst, später, ist da so viel mehr. Für Claude duften erste Küsse nach Calvados. Für mich duften Lilous Küsse nach Meer und nach meinem Garten und immer nach ihr.«

»Jules Lignier, du bist schwer verliebt.«

»Weil ich nachdenke?« Er sah sie an. »Ja, vielleicht ist das wirklich ein Hinweis. Sonst handele ich immer nur, zum Nachdenken komme ich meist gar nicht. Aber seit Lilou da ist, denke ich nach – über alles. Über mein Leben, über Cidre, über Calvados, über Düfte und Geschmäcker. Ich wusste gar nicht, was alles in mir steckt. Auch an Leidenschaft. Und du musst jetzt nicht rot werden, Claudette, Leidenschaft ist etwas Schönes, für das sich keiner schämen muss.« Jules wunderte sich über die ungewohnt poetischen Worte, die da aus seinem Mund kamen.

»Du klingst wie ein hoffnungsloser Romantiker.«

»Claudes Art muss ansteckend sein.« Jules schmunzelte. »Hat zwar ein paar Jahrzehnte gedauert, aber jetzt sitze ich hier und rede mit dir über den Duft von Küssen.«

Claudette nahm eine leere Holzkiste und setzte sich zu ihm. »Manchmal duften Küsse auch zu sehr nach Calvados, Jules. Manchmal kann man Calvados deswegen nicht mehr ertragen.« Sie griff sich einen Apfel, seine Haut war verschrumpelt und doch ohne wirklichen Makel. »Es hat sogar gedauert, bis ich wieder Äpfel essen konnte.«

Jules blickte zu Claudette auf, legte seinen Arm um ihre Taille und lehnte dann den Kopf an ihre Hüfte. »Das hast du mir nie erzählt.«

»Du hast nie gefragt.«

»Wer war der Mann?«

Claudette winkte ab. »Seitdem mag ich keine Männer mehr küssen, die nach Calvados oder anderem Alkohol riechen.«

»Aber hier riechen doch fast alle danach …«

Claudette zog die Schultern hoch. »Lass uns lieber über dich reden. Wenn ein Mann glücklich ist, verkriecht er sich nicht in das Apfellager und betrinkt sich dort. Willst du meinen Rat zu deinem Problem hören? Oder soll ich lieber tun, weswegen ich dich gesucht habe? Nämlich um dir zu sagen, dass Richard Conti von der Caisse d'Epargne Normandie da ist und dich erwartet. In sehr grimmiger Laune.«

»Ich bin nicht unglücklich. Oder zumindest nur ein bisschen. Ich denke hier einfach nur nach. Über Küsse, über Äpfel, über alles. Noch kann ich ja nachdenken.«

»Ist deine Krankheit schlimmer geworden?«

»Das rechte Bein fängt nun auch an, taub zu werden. Ich gehe zu allen Behandlungen, nehme alle Medikamente, lasse mich spritzen und mein Blutplasma austauschen, doch nichts schlägt an. Aber zu deiner Frage: Ja, ich brauche deinen Rat.«

»Zu Küssen oder zu Frauen?«

»Zu Äpfeln.«

Claudette wuschelte ihm durch das Haar. »Davon habe ich etwas weniger Ahnung. Aber nur zu.«

Jules nahm ihr den Apfel aus der Hand, seine Bewegungen durch den Alkohol leicht schlingernd. »Was aus diesem einen Apfel alles werden könnte. Es ist einer von den sauren, die für die Frische sorgen, er gibt den Nerv, die Spannung, ohne ihn bliebe alles breit und ohne Konturen. Aber alleine ist er unerträglich. Er könnte zu einem Cidre für jeden Tag werden oder auch zu einem großen, der von seiner Heimat erzählt. Er könnte zu einem alten Calvados werden, bei dem die Menschen raunen, wenn sie ihn trinken. Oder zu einem, den man nur benutzt, um ein Gericht abzuschmecken.« Er zeigte mit einer ausholenden Bewegung in den Reifekeller. »Aus diesen Äpfeln kann etwas werden. Aber bald nicht mehr. Bald kann nichts mehr aus ihnen werden.«

»Sprechen wir noch über Äpfel?«

»Ja, natürlich.«

»Ich war mir da nicht so sicher ...«

Jules stand auf und rückte eine Kiste zurecht, die ein wenig vorstand. »Also was mit diesen Äpfeln machen? Dasselbe wie immer? Dasselbe wie seit Jahren?«

»Mach doch mal was anderes. Du bist der Chef. Du bestimmst. Es sind deine Äpfel.«

»Also könnte ich auch einen Cidre machen, dessen Äpfel nur von unseren ältesten Bäumen stammen und der spontan vergoren wird? Einen, wie es ihn bei uns noch nie gegeben hat? Der in eine besondere Flasche gefüllt wird? Einen Cidre, der unser Sortiment ab jetzt erweitert? Und der bleibt?«

Claudette stand nun auch wieder auf und gab Jules einen Kuss auf die Stirn. »Ich finde die Idee großartig!« Sie schniefte. Jules spürte, dass es keine Erkältung war. »Muss wieder arbeiten. Ich sag Monsieur Conti, dass ich dich nicht gefunden habe.«

»Dank dir.« Er wollte ihr noch sagen, wie froh er war, dass es sie gab. Doch Claudettes Schritte hatten sie schnell hinausgebracht.

Jules saß noch einige Zeit allein im Reifekeller und fragte sich, wie Lilous Augen wohl aussehen würden, wenn sie diesen besonderen Cidre trank. Und überlegte, wie er heißen solle. Dann griff er sich Äpfel aus einer Kiste und legte mit ihnen Buchstaben auf den Boden. In einem großen L mit lang gezogener horizontaler Linie fanden alle anderen Lettern Platz. Ein I mit einem Punkt aus einem besonders schönen Apfel, ein zweites L, ein großes O und darin ein kleines U. Der Name lag vor ihm in

Gelb, Rot, Orange und hellem Grün. Selbst in der Dunkelheit des trockenen und kühlen Kellers schien er ihm fröhlich entgegenzulächeln.

Als Jules in die Villa an der Rue Albert Feine zurückkehrte, fand er sie leer vor. Und die Leere schien ihm ein einziger Vorwurf. Der Streit mit Lilou hing in allen Räumen wie dichter Rauch. Er wollte ihr das Foto zeigen, das er von ihrem Namen aus Äpfeln geschossen hatte, wollte damit den Morgen vergessen machen und dort anknüpfen, wo sie zuvor aufgehört hatten, nämlich Arm in Arm umschlungen in der Küche zu stehen.

Der Umschlag lag neben der schlafenden Mademoiselle auf seinem Kopfkissen. Es stand sein Vorname darauf, die Schrift fast wie ein Gemälde. Lilous Schrift. Er klappte ihn so sanft auf, als öffnete er ihre Hand.

Lieber Jules,

es tut mir leid, dass ich es gesagt habe. Manchmal denke ich zu wenig nach, bevor ich spreche. Ich verstehe Deine Gründe, ich verstehe Dich! Lass uns nie wieder darüber reden. Ich hoffe, es ist nichts zerbrochen zwischen uns.

Deine Lilou

Jemand klopfte an den Türrahmen des Schlafzimmers. Jules erschrak und hoffte im gleichen Moment, es wäre Lilou, die zu ihm zurückkehrte.

»Ich habe noch Licht gesehen«, sagte der General.

Jules schluckte seine Enttäuschung herunter. »Wie bist du denn …? Habe ich wieder mal die Tür offen stehen lassen?«

»Sperrangelweit.«

Jules stand auf. »Lass uns in die Küche gehen.«

Er hätte gerne in sich nachgespürt, was Lilous Worte in ihm

bewegten, welche Wellen sie schlugen. Denn das taten sie, und es waren große Wellen. Doch der Blick des Generals war unruhig, der Freund brauchte offensichtlich ein offenes Ohr.

In der Küche stellte er einen Kessel Wasser auf den Herd und bereitete ihnen einen starken schwarzen Tee zu.

»Ein Schuss Calvados wäre schön«, sagte der General.

Jules lachte. »Also mehr Calvados als Tee?«

»Das ist die einzig richtige Art!«

Sie setzten sich mit zwei großen dampfenden Tassen an den Holztisch.

Nachdem sie im Stillen einige Schlucke genommen hatten, ergriff der General das Wort. »Heute Morgen kamen wir ja leider nicht zum Reden.«

Verfluchter Morgen, dachte Jules. »Worum geht's?«

»Claudette hat doch bald Geburtstag.«

»In gut drei Monaten, General!«

»Das geht jetzt ganz schnell.«

»Ich sag dir, was du ihr schenken kannst. Und du schenkst es auch dir selbst, in Ordnung? Hör auf zu trinken. Komplett. Ansonsten kannst du das mit Claudette vergessen. Für immer.«

»Aber Jules!« Er setzte die Tasse ab. »Ich dachte an etwas wie eine Halskette oder ein Kleid.«

»Vergiss es.« Er nahm ihm die Tasse weg. »Das hier ist gestrichen. Wenn du Claudette an ihrem Geburtstag sagst, dass du für sie aufgehört hast, schlägt das jeden Klunker. Vertrau mir.«

Der General zog die Tasse kopfschüttelnd wieder heran. »So wie Bienen Honig sammeln, so sammele ich Calvados. Mein Körper hat sich in den Jahrzehnten darauf eingestellt und kann nicht mehr ohne. Alte Autos vertragen auch kein bleifreies Benzin, obwohl es gesünder ist. Ohne ein bisschen Alkohol bin ich nicht ich.«

»Mit Alkohol bist du ohne Claudette.«

Der General hob die Tasse zum Mund, doch er trank nicht. »Diese Lilou verändert dich, Jules. Ich sage es ungern, aber du bist nicht mehr derselbe Bursche wie früher.«

»Sie ist wie eine Archäologin, General. Lilou gräbt Dinge aus, die lange als verschollen galten. Aber sie legt sie auf ganz zärtliche Weise wieder frei.«

»So habe ich dich noch nie reden hören, Jules. Das bist nicht du.«

»Das hab ich heute schon mal gehört. Aber wer bin ich eigentlich? Wer wäre ich heute, wenn alles anders gelaufen wäre? Wenn ich das Gut nicht hätte übernehmen müssen, sondern in die Juristerei und von zu Hause weggegangen wäre? Wenn ich irgendwann vielleicht nach Beuvron-en-Auge zurückgekehrt wäre? Würde ich alles genauso machen? Oder mache ich es nur so, weil ich nie richtig drüber nachgedacht habe, nie eine Wahl hatte?«

»Du nimmst starke Medikamente, oder?«

Der General meinte es ernst, doch Jules musste lachen. Ja, Liebe war tatsächlich ein Medikament. Sie brachte die Symptome einer Krankheit mit sich – aber hatte auch die Kraft eines Heilmittels. Liebe machte den Blick klar, indem sie Unwichtiges ausblendete. Zeigte, was wichtig war. Liebe machte nicht blind, sie machte sehend.

»Ich muss gehen«, sagte Jules und griff sich seine Jacke.

»Warum?«

»Weil ich einer Frau zu wenig geschenkt habe.«

»Man sollte eine Frau nicht zu sehr verwöhnen!«, rief der General ihm hinterher »Denn dann musst du es bis an dein Lebensende weitermachen.«

Jules drehte sich noch einmal um. »Genau das will ich ja. Nichts anderes. Ich habe ihr Tage geschenkt, anvertraut. Aber nur einen pro Woche. Dabei will ich, dass sie alle sieben hat!«

Die Blüten strecken
Sich zur Sonne hin und offen
Der Mond geht auf

Gustave Eiffel

Viereinhalb Wochen später

Der Duft deiner Küsse

Jules fuhr mit seinem Rollstuhl aus dem Gerichtssaal Nummer 12 des Tribunal d'Instance im Justizpalast von Caen. Auch nach zwei Wochen kostete es ihn noch viel Kraft und Konzentration, das sperrige Ding fortzubewegen.

Es war unglaublich, welchen Druck die Staatsanwaltschaft aufbaute und wie sehr sich Commissaire Duchamp verbissen hatte. Jules hatte versucht, Lilou davon zu überzeugen, auf Notwehr zu plädieren und die ganze Wahrheit über Becault zu offenbaren. Doch sie hatte ihre Entscheidung unwiederbringlich getroffen. Er konnte sie nur unterstützen, indem er diesen Entschluss akzeptierte. Mittlerweile wäre es zudem hochriskant, die Taktik zu ändern. Allerdings sah es für Lilou schlecht aus, wirklich schlecht. Umso mehr versuchte Jules, die dunklen Wolken wegzulächeln, eine kleine Sonne für sie zu sein. Und er wusste, dass Lilou dasselbe für ihn sein wollte, dass sie versuchte, immer heller zu strahlen, je mehr die Lähmung in ihm aufstieg, als wäre er ein Quecksilberthermometer im Hochsommer. Es kam ihm vor, als hätten sie in den freien Stunden, die Therapie, Gerichtsverfahren und die Leitung von Saint-Ursules ihnen ließen, nichts anderes gemacht, als zu essen und zu trinken, nein falsch, zu schlemmen und zu schlürfen – und sich zu küssen und zu lieben natürlich. So, wie sein Körper einschlief, waren seine Sinne erwacht. Ihr Streit wegen Lilous Kinderwunsch war beim ersten Kuss danach nicht direkt vergessen gewesen, doch mit jedem Kuss war er mehr aus ihren Körpern gedrückt worden, weil die gegenseitige Zuneigung immer mehr Platz einnahm.

Lilou ging direkt hinter ihm und schwieg alle Fragen der Reporter fort, die sich um sie tummelten wie Wespen um eine süße Torte. Ihnen gegenüber lächelte sie nicht, davon hatte Jules ihr abgeraten, ebenso von farbenfroher Kleidung. Sie trug Trauer für einen Mann, dessen Tod eigentlich zu Straßenfesten animieren sollte. Der Weg aus dem Gerichtssaal führte stets an Madame Becault vorbei. Die Witwe sprach nicht mit Lilou, doch das war auch unnötig. Angespuckt zu werden hätte ihr nicht mehr Hass entgegenbringen können als die Verachtung in Madame Becaults steinernem Blick.

Erst als sie die Reporter hinter sich gelassen hatten und in der Tiefgarage im Wagen saßen, sprachen sie wieder miteinander. Diesmal ließ Lilou es nicht dazu kommen, dass Jules versuchte, Optimismus zu verbreiten. »Doktor Moreau hat die Wahrheit gesagt. Ich habe ihn angegriffen.«

»Aber er hatte es verdient und provoziert!«

»Ja, sehr. Aber trotzdem. Wie stehe ich jetzt denn da? Gewalt gegen Männer scheint ein Hobby von mir zu sein. Zuerst Moreau, dann Becault. Es macht mich rasend, dass gerade Moreau mich ans Messer liefert. Das wird ihm solch ein Genuss sein. Meine Patienten hat er mir ohnehin alle schon gestohlen. Und sie davon überzeugt, dass ich ihnen mehr geschadet hätte als geholfen.« Lilou griff Jules' Hand, die Berührung vorsichtig, wie eine Frage, deren Antwort sie nicht hören wollte. »Meine Lage ist ernst, oder?«

»Du weißt, das ist alles Neuland für mich und eine Einschätzung deshalb schwierig.«

»Also so schlimm? Du machst mir Angst.«

»Es ist viel zu früh, um …«

»Jetzt machst du mir noch mehr Angst!«, unterbrach Lilou ihn, die Hand wieder am Schlüssel, ohne ihn im Zündschloss zu drehen. »Ich habe gehört, dass sie einen neuen Zeugen gefunden haben, der den Fall entscheiden wird.«

»Dummes Zeug! Welcher Idiot sagt so was?«

Sie senkte den Kopf. »Du, zu Claudette, gestern auf Saint-Ursules. Ich habe euch belauscht.«

Jules kurbelte das Seitenfenster herunter. Die Luft der Garage war nicht besser, aber kühler als die im Wagen, und er brauchte Kühlung. Außerdem gab es ihm einen Grund, den Blick von Lilou abzuwenden. »Jemand soll die Tat beobachtet haben. Aber das ist natürlich Unsinn, bei dir gibt es ja keine Nachbarn. Und was hätte er auch gesehen? Etwas, das dich entlastet! Es wird also heiße Luft sein.«

Lilous Hände umschlossen nun fest das Hartplastiklenkrad. »Und was, wenn jemand in die Sprechstunde kommen wollte? Und von außen nur die letzten Sekunden des Kampfes sah? Da könnte er oder sie einen ganz falschen Eindruck bekommen haben.«

Nun sah Jules doch zu ihr. »Warum sollte sich ein Zeuge erst jetzt melden? Mach dir keine Sorgen!«

»Weil er oder sie Angst vor dem Rummel hatte, aber sich nun das Gewissen meldet?«

Sie schwiegen.

»Kannst du rauskriegen, wer die Person ist?«, fragte Lilou dann.

»Das habe ich schon versucht.«

»Aber du kommst nicht weiter. Richtig?«

Jules strich Fusseln von seiner Anzughose. »Richtig.«

»Werde ich ins Gefängnis kommen?«

»Nein, kleiner Vogel, das wirst du nicht!« Seit er ihr Kolibri-Tattoo gesehen hatte, nannte er sie so, aber nur in wichtigen Momenten. Er hob sich den Namen auf, wie wertvollen Schmuck, den man nur zu besonderen Gelegenheiten anlegte und der deshalb seine Wirkung nicht verlor. Lilou mochte es sehr, wenn er sie so nannte. Es war ein Kosename, den er bis zum Rand mit Liebe aufgefüllt hatte.

»Nein, das werde ich nicht!«, sagte sie entschlossen. Sie beide logen, und sie beide wussten es, doch für diesen Moment war eine gemeinsame Lüge das Beste, was sie vom Schicksal bekommen konnten.

Nach einer Weile, die sie schweigend nebeneinandersaßen, kurbelte Jules das Fenster wieder hoch. »Vielleicht ist heute nicht der richtige Tag, aber vielleicht ja gerade doch.« Er blickte Lilou an. »Ich habe etwas vorbereitet. Schenkst du mir diesen Tag? Ausnahmsweise? Ich habe dir in den letzten Wochen so viele meiner Tage anvertraut, und was du daraus gemacht hast, war wunderschön. Paris, Mont-Saint-Michel, unser Tag im Casino von Deauville, mein erster Segelflug. Jetzt bin ich mal dran, und ich will nur diesen einen Tag oder was davon noch übrig ist.«

Sie küsste ihn. Und dieser Kuss ließ sie spüren, wie sehr sie noch viel mehr als einen Tag mit ihm wollte. Danach hielt sie sein Gesicht sanft in den Händen und blickte ihn lange lächelnd an, bevor sie wieder sprach.

»Ja, du kannst ihn haben. Aber dafür bekomme ich den Tag morgen. Es wird ein wirklich besonderer werden. Ich habe etwas Angst davor und freu mich gleichzeitig wie ein kleines Kind an Weihnachten.«

»Du machst es aber spannend.« Er zog erwartungsvoll die Brauen hoch.

»Das mache ich gern, weißt du doch.«

»Du musst dich vor meiner Überraschung noch umziehen, Lilou. Ich habe ein Kleid für dich besorgt. Und wir müssen Depardieu abholen. Er ist Teil meiner Überraschung.«

»Der alte Brummbär steckt mit dir unter einer Decke? Das werde ich ihm nie verzeihen!« Sie startete lachend den Motor.

»Wo soll es hingehen?«

»Zuerst zur Boutique von Thérèse Machefer in der Rue Michel d'Ornano. Und danach … du wirst schon sehen.«

Als Lilou später vor der Überraschung stand, konnte sie diese zwar sehen, aber nicht glauben: das Restaurant »La Houssaye« in Beuvron-en-Auge. Jules hatte Depardieu an die Leine genommen und Lilou die Augen verbunden, als sie wenige Minuten zuvor auf dem Parkplatz gehalten hatten, den er ihr gewiesen hatte. Danach hatte Lilou den Rollstuhl nach seinen Anweisungen bugsieren müssen. Sie hatten viel gelacht, bis sie endlich genau dort standen, wo Jules geplant hatte. Doch als Lilou die Binde abnahm, die Augen öffnete und in den trüben Sonnenstrahlen das Restaurant erblickte, stieß sie einen Laut des Erschreckens aus.

»Nein!«

»Doch.«

»Da gehe ich nicht rein. Die werden mich hochkant rausschmeißen.«

»Wegen deines Auftritts damals?«

»Ja. Und weil ich jetzt eine Geächtete bin. Die männermordende Hexe aus dem Wald. Du weißt doch selbst, wie loyal alle zu Madame Becault stehen.« Sie packte entschlossen die Griffe seines Rollstuhls, bereit, ihn zurück zum Wagen zu schieben.

Jules hob beschwichtigend die Hand. »Wir werden sehen.«

»Und was ist mit Depardieu? Hunde sind hier nicht erlaubt.«

»Wir werden sehen.«

»Jules, ich will das wirklich nicht.«

»Bitte. Vertrau mir.«

Lilou zögerte. »Wissen sie schon, dass ich komme?«

»Wo wäre da die Überraschung?«

»Du tust mir damit echt keinen Gefallen. Ich will da nicht rein. Das Essen würde ich bestimmt nicht genießen können.«

»Wir werden sehen.« Jules lachte laut. »Jetzt lass uns endlich reingehen, sonst sage ich das noch zehnmal.« Er fuhr vor.

Lilou erinnerte sich noch genau an den dunklen Eingang, wie

ein Geburtskanal ins Leben eines Feinschmeckers, das Licht der vielen Kerzen am anderen Ende und der Maître d'hôtel als Erscheinung an der kulinarischen Himmelspforte. Er stand auch diesmal dort. Zuerst befand sich ein Lächeln auf seinem Gesicht, ein routiniertes, das immer dieselben Falten schlug. Es war ohne Wärme, doch voller Stolz auf den eigenen Arbeitsethos. Als er Lilou hinter Jules erkannte, verwandelte es sich in eine Fratze der Wut. Der Maître d'hôtel schüttelte den Kopf, hob sogar den Zeigefinger und schüttelte auch diesen.

»Nein«, sagte er statt der üblichen höflichen Begrüßung. »*Sie* nicht. Niemals. Und auch nicht dieser Hund!«

Lilou schob Jules nicht weiter, deswegen bewegte er den Rollstuhl selbst bis zum Maître.

»Sie wissen, wer ich bin?«

»Ja«, antwortete der steife Rücken.

»Sie wissen, dass ich reserviert habe. Und eine Bestätigung erhielt. Und Sie wissen von meiner Krankheit?«

Der Maître zögerte, nickte dann aber.

»Irgendwann werde ich nicht mehr essen können«, fuhr Jules fort. »Vielleicht schon bald. Ich möchte noch einmal, wahrscheinlich das letzte Mal, tafeln wie Gott in Frankreich. Ich möchte es bei Ihnen tun und mit der Frau, die ich über alles liebe. Und mit dem Hund, der mich auf meinem letzten Weg so treu begleitet. Wollen Sie mir diesen Wunsch verwehren?«

Jules sprach sonst leise und bedacht, er war niemand, der aller Welt mitteilen musste, was er dachte. Doch diesmal redete er so laut, dass es alle Gäste im »La Houssaye« hören mussten. Danach herrschte Stille, kein Klappern von Besteck, keine gemurmelten Worte, es gab nur Blicke im Raum, spitze Blicke, die sich in den Rücken des Maître bohrten. Dieser verneigte sich mit einem Mal kraftlos und wies mit der Hand auf den runden Tisch in der Ecke, den Lilou bei ihrem ersten Besuch ausgewählt hatte.

Erst als sie saßen, sprach Lilou wieder, sie tat es flüsternd und zu Jules gelehnt. »Du verwendest deine Krankheit, um für mich etwas rauszuschlagen?«

»Ich wüsste nicht, was ich Besseres mit ihr anfangen könnte.«

Sie strahlte ihn an. »Danke, Jules.«

»Ich danke dir. Denn ich darf dich glücklich sehen. Und auch wenn es klingt wie aus einem Liebesfilm: Das ist ein großes Geschenk. Du weißt gar nicht, wie schön du bist, wenn du lächelst.«

Lilou beugte sich noch weiter vor und gab ihm einen Kuss, der sich warm und sanft auf seine Lippen legte. Danach strich sie mit einem Finger über diese Lippen, als wären sie aus feinstem Seidenstoff.

»Selbst wenn die Krankheit fortschreiten sollte, wirst du mich immer noch küssen können. Deine Lippen fallen nicht ab, ich habe es nachgelesen.« Lilou konnte in diesem Moment nur deshalb darüber spaßen, weil Jules' Ärzte in Caens ihm von einer neuen Therapiemethode berichtet hatten, die in Testreihen große Erfolge gezeigt hatte. Sie versuchten nun, ihn in das Programm zu bekommen.

Jules nickte. »Küssen werde ich dich bis zum Schluss können. Und das ist ein großer Trost. Stell dir vor, es wäre absteigende Lähmung. Dann könnte ich irgendwann nur noch mit den Zehen Klavier spielen.«

Lilou lachte auf. »Und wofür sollte das schon gut sein?«

»Eben«, sagte Jules und strich Depardieu über den Kopf, der durch das laute Lachen aus seinem dämmrigen Schlummer aufgeschreckt war.

Zwei Serviererinnen lösten sich aus den Schatten und balancierten große Teller aus dünnem Porzellan auf ihren Händen. Doch Jules hob die Hand, bevor sie die Amuse-Gueules auf den Tisch stellen konnten, und wandte sich an Lilou.

»Ich habe den Koch gebeten, zu Beginn zwei besondere Gerichte zuzubereiten. Ganz kleine Portionen, bevor unser Menü kommt. Ich habe ihm die Rezepte besorgt, doch er wollte ein paar Sachen abändern. Zunächst war ich skeptisch, aber dann hat er mir erzählt, was er genau vorhat, und … Nun ja, du wirst sehen. Oder besser schmecken.«

Die Teller wurden mitsamt der Cloches vor sie gestellt. Dann hoben die Serviererinnen zeitgleich die silbernen Hauben, als handele es sich um einen Zaubertrick mit Aha-Effekt.

Es waren Œufs Cocotte und Normannischer Kartoffelsalat. Doch Erstere mit Bélon-Austern und Letzterer mit Foie gras.

Lilou hob die Augenbrauen. »Willst du mir damit etwas sagen? Mir zeigen, wie man das richtig kocht?«

»O Gott, nein! Ich wollte dir nur eine Freude machen, weil du beides so gerne …«

Sie griff seine Hand und lächelte. »Alles gut, ich nehme dich doch nur auf den Arm! Ich freu mich sehr darüber und bin gespannt, wie sie hier schmecken.«

»Du kannst es nicht lassen, oder?«

»Warum auch? Oder möchtest du mich anders haben? Wage es nicht zu überlegen!« Sie schaute ihn feixend an.

»Nein«, sagte Jules, und er wurde ganz ernst. »Ich will dich ganz genau so.«

Sie schenkte ihm ein Lächeln und begann zu essen. Lilou musste zugeben, dass Austern und Foie gras den beiden Klassikern einen interessanten Dreh verliehen.

Ihre eigenen Interpretationen mochte sie trotzdem lieber.

Dann folgten sieben Gänge mit dem Teuersten, was die Menütafel zu bieten hatte. Jeder Gang ein kleines Kunstwerk, von denen sich Lilou einige kaum traute zu zerstören. Hummer, Taube, Kaisergranat, Salzwiesenlamm – lauter Dinge, die sie noch nie gegessen hatte und die ihren Gaumen auf ganz neue Art kitzelten. Doch egal was kam, nichts reichte für sie an den Gruß aus der Küche heran. Denn eigentlich war es ein Gruß von Jules gewesen. Seinen Geschmack wollte sie nie im Leben vergessen.

Der nächste Tag war strahlend hell, die Sonne hatte sämtliche Wolken weggebrannt. Das war gut so, fand Lilou, sie konnte alles gebrauchen, was für positive Stimmung sorgte. Ihr Haar hatte sie in drei Strängen übereinandergeflochten, ein Kleid angezogen, das ihre Hüfte einen Hauch schlanker und ihre Beine ein wenig länger wirken ließ, und die Schnürsenkel ihrer Chucks komplett neu gebunden. Es ging nicht darum, für Jules schön zu sein, sie wollte sich selbst schön fühlen. Dass Mademoiselle sich schnurrend an sie schmiegte, schob sie deshalb nicht auf den Hunger der Vierbeinerin, sondern auf ihr schmuckes Aussehen.

Bald würde es sich ändern.

Lilou strich über ihren Bauch.

Dann schenkte sie sich im Spiegel ein aufmunterndes Lächeln und versuchte, es breiter werden zu lassen, strahlender, als würde sie vor Glück ganz Frankreich umarmen wollen.

»Was machst du da?«, fragte Jules, der hinter ihr in den Flur der Villa rollte. Seine Augen wie stets müde, da er in der Nacht wieder viele Stunden über den Prozessunterlagen gesessen hatte. »Kontrollierst du, ob was zwischen den Zähnen steckt?«

»Ja, genau, aber ist alles gut.«

»Wann willst du los?«

»Jetzt sofort!«

»Müssen wir weit?«

»Nicht in Metern«, antwortete Lilou geheimnisvoll. »Aber wir bewegen uns an andere Orte.«

Sie liebte es, ihn etwas zappeln zu lassen. Ein wenig mies kam sie sich auch dabei vor, aber nicht so sehr, dass sie es lassen würde.

»Du genießt das, oder?«, fragte Jules. »Mich so hinzuhalten?«

»Liest du jetzt schon meine Gedanken?«

»Ich habe mir ein entsprechendes Lehrbuch zugelegt.«

»Pass bloß auf!«, sagte Lilou und zog Jules neckisch am Ohrläppchen. Dann verabschiedete sie sich von Mademoiselle und Depardieu, die sich beide hier schon so prima eingelebt hatten, dass ihre Haare überall zu finden waren.

Als sie aus der Haustür trat, ließ Lilou alle Sorgen über ihren Prozess und Jules' Krankheit in der Villa zurück, alle Hoffnungslosigkeit. Zumindest so gut sie es konnte. Sie schob und zog Jules auf den Strand, durch den trockenen feinen Sand, auf dem die Räder des Rollstuhls durchdrehten und er immer wieder versank und stecken blieb, bis sie auf den festeren Streifen leicht feuchten Strandes gelangten, den das Meer nur widerwillig und für abgezählte Stunden freigegeben hatte. Es war bereits auf dem Weg, sich das Stück Land zurückzuholen.

Jede noch so kleine Erschütterung schmerzte Jules, doch er ließ sich nichts anmerken und schluckte den Schmerz herunter, als sei er bittere Medizin. Trotzdem hatte Lilou sich nicht getraut, ihn langsamer zu schieben, weil er dann gemerkt hätte, dass sie ihn durchschaut hatte und wusste, wie schlimm es um ihn stand. Er versuchte noch immer, es vor ihr zu verbergen, und sie tat noch immer so, als gelänge es ihm. Doch ein Spiel war es nicht, ganz im Gegenteil, es war beiden sehr ernst. Jules versuchte alles, um gesund zu werden. Jules nahm jede Medizin von ihr, doch tat er es nur ihr zuliebe, das wusste sie, nicht mehr aus Überzeugung. Er ging auch zu den Behandlungen. Aber nicht, weil er glaubte, sie könnten ihn heilen. Sondern weil er hoffte, sie verschafften ihm Zeit. Bis endlich die neue Methode angewandt werden konnte, die ihm helfen würde.

»Sagst du mir jetzt, was da Geheimnisvolles drin ist?«, fragte Jules und deutete auf den Jutesack, den Lilou an den Rollstuhl gehängt hatte.

»Sonst sind Kartoffeln drin.«

»Und heute? Auch? Legen wir ein Kartoffelfeld am Strand an? Meereskartoffeln?«

»Nein, viel besser.« Lilou nahm den Sack, drehte ihn um und ließ allerlei Eimer, Schaufeln, Sandformen und Siebe auf den Sand purzeln. »Wir bauen eine Sandburg!«

»Das ist jetzt nicht dein Ernst?«

»Wann hast du das zum letzten Mal gemacht? Sag ehrlich!«

»Keine Ahnung, als kleiner Junge. Also ist es schon eine ganze Weile her.«

»Zu lange! Und das ist ein Befund deiner behandelnden Heilpraktikerin.«

»Aber, Lilou, das ist doch verschwendete Zeit. In wenigen Stunden wird die Burg sowieso weggespült.«

»Aber bis dahin ist sie wunderschön!« Lilou kniete sich hin und sortierte die Formen.

»Darf ich meinen Prachtpalast dann wenigstens auf einem Foto für die Ewigkeit festhalten?«

»Nein, Fotos verführen dazu, nicht richtig hinzuschauen. Und außerdem wird es unser Palast, nicht deiner.«

»Keine Fotos?«

»Keine Fotos.«

In Jules' Gesicht erschien das Lächeln, welches ihr zeigte, dass er sie liebte und dass sie ihn glücklich machte. Er sah sie dabei an, als könne er immer noch nicht glauben, dass sie einander gefunden hatten. Sie liebte diesen Blick sehr. Hoffentlich würde er ihn nie verlieren.

»Aber ich darf den Wassergraben ausheben!«, forderte Jules, nachdem er sich wieder gefasst hatte.

»Klingt fair«, sagte Lilou und half ihm aus dem Rollstuhl.

Sie bauten den ganzen Nachmittag, und es wurde eine prächtige Schlossanlage, die Versailles wie die Behausung eines verarmten Bauern wirken ließ. Es gab sogar einen großen Innenhof, und in diesem saß Lilou schließlich, die Arme um Jules geschlungen, der mit dem Rücken an ihre Brust lehnte. Solange sie gebaut hatten, war alles gut gewesen, doch nun spürte Lilou, dass sie sich dem Moment näherte. Dem Moment, vor dem sie solch eine verdammte Angst hatte. Was sie wütend machte, auf die Welt und die Umstände. Denn vor einem solchen Moment sollte man überhaupt keine Angst haben müssen. Man sollte sich darauf freuen!

Aber Schritt für Schritt.

Solange die Sonne noch genug Licht für den Strand von Villers-sur-Mer übrig hatte, stand zunächst ein anderer Punkt auf ihrer Planung.

»Ich habe noch etwas für dich dabei«, flüsterte Lilou in Jules' Ohr.

»Und ich etwas für dich«, flüsterte dieser zurück.

»Heute ist mein Tag, du darfst morgen wieder«, protestierte Lilou sanft.

»Aber es passt gerade so gut«, flüsterte Jules.

»Morgen. Jetzt würde ich dir gerne etwas vorlesen. Aus meinem Lieblingsbuch. Und außerdem sprechen wir jetzt wieder in Normallautstärke, sonst wird mein Hals nämlich kratzig.«

»Es ist schon Ewigkeiten her, dass mir jemand vorgelesen hat«, sagte Jules. »Ich kann mich schon gar nicht mehr daran erinnern, wie es war. Es ist wie mit der Sandburg. Ich war ein Kind. Machen wir heute nur Sachen, die ich zuletzt in meiner Kindheit gemacht habe?«

Lilou stand auf und holte das Buch aus der Tasche am Rollstuhl. Sie hatte es zum Schutz in eine Serviette geschlagen. »Es war sicher schön, als dir vorgelesen wurde.«

»Ich glaube schon. Aber ich weiß es wirklich nicht mehr. Und auch nicht, was mir vorgelesen wurde. Wahrscheinlich dieselben Bücher wie allen.«

»Und du dachtest vermutlich genau wie alle Kinder, die Geschichten seien nur für dich geschrieben worden.«

Jules nahm seine Brille ab und befreite die Gläser an seinem Hemd vom Sand. »Nein, so etwas habe ich leider nie gedacht. Meine Eltern haben mir nicht das Gefühl gegeben, dass etwas nur für mich gemacht worden sei. Es war eher so, dass *ich* für eine Aufgabe gemacht worden war. Und sei es, den Müll rauszutragen.«

Lilou setzte sich vorsichtig wieder hinter Jules. »Dann wird es höchste Zeit! Dieses Buch fühlt sich für mich nämlich so an, als wäre es nur für mich geschrieben worden. Und das wird es sich für dich vielleicht auch. Das wäre wirklich schön.« Und es wäre schön, wenn Jules durch das Buch die Liebe in sich ganz intensiv spüren würde. Denn dann würde er sich vielleicht über das freuen, was sie ihm noch zu sagen hatte. »Also, los geht's. Es heißt *Der Duft deiner Küsse*. Und es ist …«

»Wie heißt es?«, unterbrach Jules sie und setzte sich auf. »Hast du mit Claudette gesprochen?«

»Es heißt *Der Duft deiner Küsse*. Aber warum sollte ich mit Claudette darüber gesprochen haben? Ist es auch ihr Lieblingsbuch?«

Jules zögerte, dann lächelte er, als habe sie einen kleinen Scherz gemacht. »Nein, ich dachte nur gerade, ich hätte mich verhört.«

Lilou zeigte es ihm. »Es ist mein ganz besonderer Schatz, weißt du? Ich habe es in Geschenkpapier gebunden, damit der Umschlag nicht leidet. Schau, es ist ein ganz altmodisches, mit Blüten und Vögeln. Eigentlich spielt es ganz woanders, doch zu einem kleinen Teil auch bei uns in der Normandie. Wegen diesem Buch hab ich damals hier Urlaub gemacht, und wegen diesem Buch bin ich auch geblieben. Weil ich drin leben wollte. Mit den Menschen aus dem Buch und mit dem Mann.«

»Hast du es geschafft?«

»Nein, ich habe mein eigenes Buch bekommen. Ein noch viel schöneres Buch. Aber das Ende, auf das bin ich neidisch.«

»Dann lies es mir vor.«

Lilou schlug das Buch so vorsichtig auf, als seien die Seiten aus Libellenflügeln. »Ich habe es noch nie jemandem vorgelesen. Ich mag meine Stimme auch nicht besonders.«

»Aber ich dafür umso mehr. Lies mir vor, kleiner Vogel.«

Lilou strich über die erste Seite. Wie sehr sie dieses Buch liebte. Deswegen musste sie es Jules ja auch vorlesen. Es mit ihm teilen. So schwer hatte sie es sich aber nicht vorgestellt. Er sah sie erwartungsvoll an. »Das fällt mir wirklich nicht leicht. Ich habe einen richtigen Frosch im Hals.«

»Der soll ganz schnell rausspringen! Ich schließ die Augen, ja? Dann geht es sicher besser.«

»Gute Idee, die könnte glatt von mir sein«, sagte sie augenzwinkernd.

Er schloss die Augen. Es war albern, aber es half. Lilou begann zu lesen.

Der Himmel über Honfleur war so dunkel wie ein ausgelaufenes Tintenfass auf einer gestärkten Tischdecke, als sie die Worte sagte. Sie hatte lange geübt, bis ihre Zunge die scharfen Klippen überwinden und sie sie aussprechen konnte. »Es ist hoffnungslos«, sagte sie. »Das siehst du doch sicher auch so«, sagte sie danach. Er hörte nur zu und sah sie an. Es schien ihr, als würden seine Augen immer größer werden, als sie weitersprach, so groß wie die eines Kindes bei Nacht. »Es gibt einfach keinen Weg zueinander«, sprach sie weiter. »Du kannst nicht zu mir ziehen und ich nicht zu dir. Und eine Fernbeziehung will ich nicht mehr, das hatte ich schon. Es funktioniert einfach nicht«, sagte sie. Und hatte alle Worte in ihrem Mund verbraucht.
Damit hätte diese Geschichte enden können.
Doch damit begann sie erst.
Aber gehen wir sieben Wochen zurück, nein, besser zwölf, oder doch ein halbes Jahr? Manchmal ist es schwer zu sagen, wann eine Geschichte beginnt, wirklich beginnt. Wo genau der Punkt ist, ab dem sie sich so abspielen musste, ab dem es keinen anderen Weg mehr gab. An dem zwei Menschen zueinandergezogen wurden und keine Kraft der Welt, kein Magnetismus und keine Schwiegereltern sie mehr voneinander fernhalten konnten.

Lilou sah Jules an. »Willst du es weiterhören?«, fragte sie mit trockenem Hals.

»Kriegen sie sich zum Schluss?«

»Das werde ich dir auf keinen Fall verraten! Das Ende musst du dir schon verdienen. Du wüsstest es auch gar nicht zu schätzen, wenn du all das vorher nicht gelesen hast. Es ist wunderbar. Und macht das Leben reicher. Dabei sind es nur ein paar Buchstaben auf grobem Papier. Also, hast du die Geduld?«

»Nun lies schon weiter. Oder muss ich betteln?«

»Nein, nicht für so etwas …«

Lilou las, und mit jeder Seite, die sie umdrehte, dimmte der Himmel das Licht ein wenig weiter. Bei jeder Seite dachte sie: Nach dem nächsten Absatz sag ich es ihm. Es verging Absatz um Absatz, doch sie sagte es nicht, nur der Druck, es zu tun, wurde immer größer. Und schließlich stieß sie auf die Zeile: »Ich muss dir etwas sagen.«

Lilou hielt inne. Und beschloss, dies als Zeichen zu nehmen.

»Ich muss dir etwas sagen.«

»Das hast du gerade schon gelesen.«

»Du verstehst es falsch. *Ich* muss dir etwas sagen. Ich, Lilou.«

»Nein, lies weiter! Bitte! Das andere muss warten.«

Sie klappte das Buch demonstrativ zu und legte es neben sich in den feinen Sand. »Ich war doch erkältet, sehr sogar, und habe Antibiotika genommen.«

»Das war auch gut so, dadurch ist es fix weggegangen. Also nichts gegen deine Mittel, aber manchmal …«

»… müssen es Antibiotika sein.« Sie nickte.

»Ganz meine Rede.«

»Ich habe wenig Erfahrung mit solchen Arzneien, weißt du. Kenne mich mit den Nebenwirkungen nicht aus. Darüber denke ich nicht nach. Sollte ich natürlich, gerade ich. Aber in diesem Fall war es, wie eine Aspirin zu nehmen. Gibt es schon ewig, hilft bestimmt.«

»Liest du jetzt weiter?« Jules nahm das Buch und klappte es wieder auf.

»Nein. Noch nicht.«

»Aber ich muss das Ende hören. Und ich mag deine Stimme so sehr, wenn du mir vorliest. Es ist eine andere Stimme, als hättest du zwei. Und beide sind wundervoll. Ich könnte dir stundenlang zuhören. Ich will all deine Lieblingsbücher hören, und ich möchte dir auch meine vorlesen. Auch wenn ich es ganz bestimmt nicht so gut kann wie du.«

»Jules, es ist ernst.«

Er drehte sich zu ihr um, was ihm nur mit viel Mühe gelang. »Was soll das heißen? Gab es etwa Nebenwirkungen? Oder hat das Antibiotikum nicht angeschlagen?«

»Nein, es ist ernster. Und doch auch überhaupt nicht ernst, sondern ganz normal.«

Jules griff ihre Hände. »Warum erzählst du mir das erst jetzt? Ich will doch für dich da sein.«

»Das finde ich wunderschön. Aber in Zukunft wird noch etwas mehr nötig sein.«

»Ich weiß nicht, was du damit meinst. Was hast du denn?«

Es gelang ihr nicht, Jules in die Augen zu blicken, als sie die nächsten Worte aussprach. Sie spürte ihren Puls in den Schläfen schlagen, bestand nur noch aus Angst davor, wie Jules reagieren würde. »Es ist keine Krankheit. Eigentlich das genaue Gegenteil. Ich bin schwanger, Jules. Du wirst Vater.«

Jules bewegte sich nicht, nur seine Augen. Sie zuckten umher – als ständen sie unter Strom. In seinem Gesicht kämpften die Gefühle wie Ringer miteinander. So hatte sie es noch nie gesehen. Dann zog er sich allein in seinen Rollstuhl, der neben ihrer Burg stand. Er wehrte alle Versuche Lilous ab, ihm zu helfen, und fuhr los, über die Tüte, die er mitgebracht hatte. Etwas klirrte. Nach wenigen Metern hielt er an und drehte sich zu ihr um. »Ich möchte dich nicht wiedersehen. Die Unterlagen für deinen Prozess schicke ich an den Pflichtverteidiger.« Er holte tief Luft. »Wie konntest du mich nur so hintergehen? Und für wie dumm musst du mich halten, dass ich diese hanebüchene Antibiotika-Geschichte einer Frau abnehme, die mit Medizin zu tun hat?«

»Aber es ist die Wahrheit!« Eine, die Lilou selbst kaum fassen konnte.

»Komm mir bloß nicht nach!«

Einige Minuten blieb Lilou wie erstarrt sitzen, dann ging sie zitternd zu der Tüte, in der es geklirrt hatte. Sie duftete nach Äpfeln, doch darin waren nur nasse, spitze Scherben aus dünnem Glas, die einst eine kleine Bouteille gebildet haben mussten. Einige wurden noch vom Etikett zusammengehalten. Ein Cidre. Sein Name mit Äpfeln gelegt. Er hieß Lilou.

Sie stand lange vor der Villa Lignier, bis sie eintrat. Und zum ersten Mal kam sie sich hier wie ein ungebetener Gast vor. All die Möbel, die ihr so vertraut geworden waren, Sessel und Sofas, welche mit ihr gekuschelt hatten, Kamin und Ofen, die für sie Feuer entzündet und sie gewärmt hatten, die Vitrinen, welche ihr schöne Augen gemacht hatten, und die Lampenschirme, die alles um sie hell werden ließen, sie alle schienen sie nun vorwurfsvoll anzuschweigen. Mademoiselle begrüßte sie im Wohnzimmer, und sie wirkte auf Lilou wie eingesperrt in dieser Kälte. Sie ging in die Knie und streichelte die kleine Katze, die ihr Köpfchen reckte und schnurrte, immer wieder aufs Neue den sanften Druck von Lilous Hand suchend.

»Du musst bei ihm bleiben, Kleines. Er braucht dich noch mehr als ich.« Und selbst ich brauche dich schon wahnsinnig. Doch das verriet sie der Katze nicht. Stattdessen holte sie ihre Sachen, und da sie nichts in einem Koffer hergebracht hatte, nahm sie Einkaufstüten dafür. Wie eine Landstreicherin, dachte Lilou, als sie mit allem gepackt in der Eingangshalle stand, mein Hab und Gut in Plastik. Es zog ihre Arme nach unten.

Sie hatte bemerkt, dass auch Jules da gewesen war, seine Zahnbürste und den Schlafanzug mitgenommen hatte. Es war ein Zeichen von ihm, dass er ihr das Haus für diesen Abend und diese Nacht ließ. Doch sie wollte nicht hierbleiben. Sie wollte nicht einmal jetzt hier sein, hatte kein Licht gemacht und stand im Halbdunkel. Mehr denn je kam es ihr vor, als wohne Jules' Krankheit nun mehr hier als er selbst. *L'obscurité de la nuit* war so groß geworden, dass sie bis zur Decke der Halle reichte und der Saum ihres schwarzen Mantels tief in alle Räume wehte. Bis ins Schlafzimmer, das sie vor zwei Wochen aus dem ersten Stock ins Erdgeschoss verlegt hatten, in den grünen Salon, auch bis ins behelfsmäßige Badezimmer, das in der Waschküche eingerichtet worden war, neben Trockner und Waschmaschine. Lilou hatte versucht, Jules das Gefühl zu geben, es sei etwas Provisorisches und könne deshalb als abenteuerliche Abwechslung angesehen werden. Wie Camping im eigenen Haus. Doch das war es nicht. Es war alles andere als das.

Mademoiselle wich nicht von ihrer Seite. »Meinst du, ich muss ihm sagen, dass ich es bekommen werde? Das muss er eigentlich auch ohne Worte wissen, oder? Ich will ihm das nicht schreiben müssen. Dann klingt es wie eine Drohung.«

Lilou stellte die Plastiktüten ab, sogleich fielen sie um. Ihr war eingefallen, dass sie in einen Raum noch musste. Nirgendwo hatte sie sich so wohlgefühlt wie in der Küche, nirgendwo so daheim. Angefüllt mit Düften war sie, mit Farben, mit Geschmack, mit Leben. Lilou wollte die Tischschublade leeren, in die sie all ihre Zettel gelegt hatte, und Zettel hatte sie viele produziert. Als sei sie ein Drucker, der immer weiter Blätter ausspuckte, hatte sie jede Idee, die ihr kam, aufgeschrieben, und wenn kein Zettel zur Hand war, auf eine Ecke der Zeitung, einen Prospekt, eine Serviette.

Doch dann ging sie an der Schublade vorbei, öffnete den Kühlschrank und tat, ohne nachzudenken, einfach das, was sie immer machte, wenn sie unruhig war oder traurig oder sie etwas beschäftigte. Und nun traf alles davon zu. Sie kochte, ließ ihre Hände sich bewegen, etwas tun, etwas Sinnvolles, ließ sie ihre Unruhe in Bewegung umwandeln. Sie fand eine Boudin Noir aus Mortagne-au-Perche, eine Blutwurst, die mit gerösteten Zwiebeln zubereitet war, und zwei große Äpfel. Ihre Hände griffen nach Butter und Paniermehl, sie höhlten die Äpfel vorsichtig aus, füllten sie mit dem Inneren der Blutwurst, bedeckten alles mit Paniermehl und Butter, viel Butter, und sicherheitshalber noch etwas mehr Butter, stellten sie nah beieinander in den Ofen, wo es schon warm war, und dann sah Lilou zu, wie die Butter golden schmolz und das Paniermehl sich bräunte, wie der Apfel an Festigkeit verlor, doch an Süße gewann. Duft drang aus dem Ofen, ein Duft von Salz und Zucker, von Blut und Frucht. Von Gegensätzen, die in der Hitze zueinanderfanden. Lilou spürte ihre Tränen nicht, da sie so nah vor dem Backofen saß, dass sie auf den warmen Wangen schnell verschwanden.

Sie aß nichts davon. Lilou überlegte, alles fortzuwerfen, doch dann stellte sie das Backblech mit den gefüllten Äpfeln auf den Herd und bedeckte es mit einer umgedrehten Glasschüssel, damit Mademoiselle nicht alles verspeisen würde. Die kleine Katze saß adrett vor dem teuren Porzellan auf der Anrichte und hielt sie mit nervös zuckendem Schwanz im Blick.

Nun gab es nichts mehr zu tun, nichts mehr zu kochen. Lilou öffnete die Tischschublade.

Und zog sie aus ihrer Halterung.

Leerte sie auf den Tisch.

Sie war über und über voll gewesen mit Zetteln jeder Farbe.

Es waren keine Kochrezepte, keine für Medizin, es waren keine Einkaufslisten und Hausarbeitslisten.

Es waren Tage.

Jeder Zettel ein Tag, den sie mit Jules hatte verbringen wollen.

Lilou wusste, dass es zusammengerechnet Wochen waren, Monate. Dass ihnen so viele Tage überhaupt nicht mehr bleiben würden, wenn die Krankheit keine Geduld hatte. Und doch hatte sie jeden Zettel mit so großer Vorfreude geschrieben. Was alles noch passieren sollte! Was alles noch gemeinsam zu erleben war! Sie wollte mit Jules Wein in der Champagne trinken, im Heißluftballon über die Normandie schweben, nachts in ein Freibad einsteigen und nackt darin schwimmen, an Häusern klingeln und wegrennen. Was man halt tat, wenn man liebte und die Liebe noch verrückt war. Was man tat, wenn man in der ersten Reihe der Achterbahn des Lebens saß und nicht furchtsam in der dritten.

Ein Zettel war besonders groß, auf beiden Seiten dicht beschrieben. Lilou erkannte, dass sie ihn schnell geschrieben hatte, so rasant waren die Buchstaben, so hastig die Worte.

Der erste Satz lautete: »Was ich dich fragen möchte.«

Und der zweite: »Ich darf dir jede Frage stellen, die ich möchte, und du musst darauf antworten, denn es ist mein Tag.«

Dann kamen die Fragen.

In welcher Farbe würdest du den Himmel gerne streichen? Was isst du, wenn du traurig bist? Mit welchem Fuß stehst du zuerst auf? Baust du Schneemänner aus zwei oder aus drei Kugeln? Magst du es, wenn ich deine Handinnenfläche streichle, als öffne sich darin eine Blüte? Läufst du lieber auf einer Wiese oder auf Sand? Würdest du in einer Wohnung leben wollen, bei der Badezimmer und Toilette separat sind? Welches Bild van Goghs würdest du dir aufhängen? Spürst du meine vielen Küsse, wenn ich sie dir aus der Ferne zuwerfe?

Lilou lachte auf. Ganz kurz. So viele so dumme Fragen. Und so viele kluge.

Sie schob die Schublade wieder zurück, fest in die Scharniere, wie ein Schlag ging sie zu.

Ein Zettel war auf den Boden gefallen. Er war abgerissen von einer kleinen Papiertüte der Librairie des vagues et des mots in Ouistreham.

Zwei Sätze standen darauf.

»Dir mein liebstes Buch vorlesen.«

»Und dein liebstes Buch von deinen Lippen hören.«

Sie ging zurück in die Eingangshalle, holte *Der Duft deiner Küsse* aus ihrer Umhängetasche und legte es sanft auf das grobe Holz des Küchentischs. In ihren Hosentaschen spürte sie noch Sand, ließ etwas davon auf das Buch rieseln und legte den Zettel wie ein gefallenes Blütenblatt darauf.

Dann verließ sie die alte Villa in der Rue Alfred Feine.

Jules hob den Finger langsam vom kupfernen Klingelknopf. Auch der General war nicht zu Hause. Und Claude würde wie immer die Klingel ausgestellt haben, da er weder ihn noch den Jungen vom Supermarché mit den Einkäufen erwartete. Jules hatte ihn Lilou in den letzten Wochen unbedingt vorstellen wollen, doch dann hatten sie alle Zeit für sich allein verwendet. Er hatte schon genau gewusst, was er gesagt hätte, bevor sie zu Claude gegangen wären. »Er wohnt dort drüben und kennt dich schon sehr gut.« Dann hätte Lilou die Augen aufgerissen und gefragt: »Was? Woher?« Und er hätte geheimnisvoll geantwortet: »Das soll er dir mal schön selber sagen.« Sie hätte ihn dann geknufft, und zwar genau gegen die Stelle des Rippenbogens, wo es leicht kitzelte.

Ohne es zu merken, strich er über diese. Es kitzelte nicht.

Jules rollte zur Strandpromenade, wo Gastons Lieblingsbank stand, doch selbst dieser war nirgendwo zu sehen. Villers-sur-Mer schien leer, und alle Menschen, die an ihm vorbeirauschten, nur Hüllen.

Er wurde Vater.

Gerade jetzt in seinem Leben.

Was für ein zynischer Scherz des Schicksals.

Wie die Erde einen Kern aus festem Metall hatte, so steckte in Jules' Enttäuschung über Lilous Vertrauensbruch, in dem Schmerz, dass sein Kind ohne ihn aufwachsen müsste, ein Kern Freude. Doch unter all der Masse war er kaum auszumachen.

Jules war so lange schon nicht mehr bei Claudettes Haus gewesen, dass er vergessen hatte, wie es hinter der Fassade aussah. Man traf sich jeden Tag auf der Arbeit, redete, lachte, Saint-Ursules war der Ort, wo man gemeinsam war. Darüber hatte er wohl ganz vergessen, dass es auch noch andere Orte dafür gab.

Doch als Claudette die Tür öffnete, schien sie nicht verwundert. »Komm rein, Jules. Möchtest du auch einen Tee?« Sie fragte dies so, als käme er jeden Tag zu einer Tasse Tee in ihr

Haus. »Wir sind im Garten. Du kannst dir ja vorstellen, was meine Mutter wieder macht.«

»Trinkt Marie Tee?«

Claudette lachte. »Nein, sie fegt die Terrasse. Kann das Putzen einfach nicht lassen. Auch zu Hause. Sie mag es einfach, wenn es sauber ist. Oder vielleicht sollte ich besser sagen: Sie mag es überhaupt nicht, wenn es unsauber ist. Sie fegt und putzt alles und fängt dann wieder von vorne an. Ständig fallen Blüten auf die Steine, und deshalb fegt sie jede Stunde. Aber sie summt dabei, also ist alles gut.«

Jules suchte niemanden zum Reden, er wollte nur allein sein mit einem Menschen, den er mochte, der aufpasste, dass der Himmel nicht über ihm einstürzte. Er hätte direkt zu Claudette gehen sollen.

Sie ging vor und half ihm nicht über die kleine Bodenwelle, die hinaus in den ummauerten Garten mit den sandfarbenen Steinen führte. Jules schätzte ihr Vertrauen, dass er dies noch selbst schaffte.

Der quadratische Innenhof war gepflastert, und die Sonne schien sich in den hellen Steinen zu fangen. Es gab keine Beete, nur Blumentöpfe und -kästen. Aus allen spross es ausgesprochen geordnet. Marie stand mit dem Rücken zu ihm in der Ecke und summte »Je veux« von Zaz – allerdings viel langsamer, sodass es wie eine Ballade klang.

Jules schob seinen Rollstuhl neben einen hölzernen Tisch, auf dem eine Teekanne samt Stövchen stand.

»Ist noch heiß«, sagte Claudette, goss Jules ein und reichte ihm die Tasse.

»Ich kann nicht darüber reden«, sagte er. »Es tut noch zu sehr weh.«

Sie legte ihm sanft und beruhigend die Hand auf den Oberschenkel, doch Jules spürte es nicht. Schon einige Wochen nicht mehr. Manchmal kribbelte es, als hätten Bienen Quartier bezogen. Doch meist war alles nur taub und wie tot. Es kam ihm vor, als seien seine Beine vor ihm gestorben. Ihm einige Wochen voraus, ein Vorgeschmack dessen, was kommen würde.

Und trotzdem tat die Berührung gut.

»Dann rede einfach nicht darüber, und trink hier mit uns einen Tee. Er ist zwar warm, aber nicht besonders gut. Deshalb muss man viel Zucker hineingeben. Das ist der Grund, warum ich keinen anderen kaufe. Wenn du verstehst.« Sie zwinkerte ihm zu.

»Wegen Marie?«, flüsterte Jules. »Damit sie nicht ganz vom Fleisch fällt? Oder weil du ein Süßmaul bist?«

»Das Erste klingt viel besser«, sagte Claudette und gab ihm den Zucker.

Hier, in diesem Garten, wirkte das ganze Grau an Claudettes Körper völlig anders, wie Silber, das all die Farben um sie herum spiegelte. Das sandige Gelb der Steine, die Blütenfarben der Blumen, das satte Blau des Himmels. Claudette war in ihrem Zuhause bunt.

Neben der Teekanne lagen Bögen von Büttenpapier und ein perlmuttfarbener Füllfederhalter.

»Wofür ist das?«

»Kalligrafie«, antwortete Claudette. »Jeder braucht eine Beschäftigung. Und ich habe mich gegen das Putzen entschieden.«

Auf einem der Bögen hatte Claudette mehrfach das Wort Calvados geschrieben. Doch es sah aus, als wäre es von verschiedenen Menschen verfasst. Einige Varianten erschienen wie Gemälde, schienen zu leben und fast auf dem Papier zu tanzen. Die unterste Schrift allerdings nicht. Jules erkannte sie.

»Das sieht aus wie von mir geschrieben«, sagte er erstaunt.

»Du solltest das nicht sehen.«

»Warum schreibst du in meiner Schrift?«

»Es ist eine besonders schwierige, weil du ein besonders schwieriger Mann bist, Jules Lignier. Sie zu schreiben ist wie ein schweres Rätsel zu lösen.«

Jules nickte. »Ja, ich bin wohl wirklich ein schweres Rätsel.« Er trank die halbe Tasse Tee auf einmal, um die Tränen wegzuschwemmen, die sich seinen Hals heraufkämpften. Um das Thema zu wechseln, zeigte er auf Marie, die noch immer mit dem Rücken zu ihm stand. »Hat sie mich gar nicht kommen hören? Das laute Klingeln?«

»Doch, aber sie muss entschieden haben, dich nicht zu hören.«

»Ist es immer noch wegen des *Président*?«

»Ist dir gar nicht aufgefallen, dass du sie in den letzten Wochen nicht gesehen hast?«

»Ich dachte…« Doch dann stockte er. Denn wenn er einen Satz so begann, sagte Lilou immer: »Nicht denken!« Hier sagte es niemand. Und doch klang es in ihm so laut, als hätte jemand die Worte geschrien.

Jules fuhr hinüber zu Marie. Er wollte nicht noch mehr Streit zurücklassen, nicht mit denen, die er liebte, und erst recht nicht, wenn dieser so leicht aus der Welt zu schaffen war.

Sogar als er direkt hinter ihr zum Stehen kam, drehte sie sich nicht um. »Marie, ich werde den *Président* nicht einzeln abfüllen. Aber nur, wenn du jetzt endlich aufhörst, mich mit Missachtung zu strafen. Das halte ich nämlich nicht aus. *Le Président* ist die Seele von Petit Lion, und er wird es bleiben.«

Marie drehte sich um. Sie sagte nichts, doch endlich sah sie ihm wieder in die Augen. Und dann begann sie lächelnd »Comme une star de cinéma. Je t'aime, je t'aime« zu summen.

Jules blieb lange im Garten von Claudette und Marie, er kam ihm sicher vor. Doch seine Traurigkeit wuchs dennoch weiter. Und seine Wut über Lilou. Sie wuchsen wie Dornenhecken.

Am Abend merkte er dann, dass er seine Hüfte nicht mehr spüren konnte.

Jules wollte nur noch fort.

Der Calvados zu jung
Der Mann zu alt, der ihn trinkt
Sie passen zusammen

Gustave Eiffel

Modell Charleston

Der Heimweg führte Jules am Meer vorbei, das jetzt ganz nah war und wild. Nur wenige Meter entfernt schlug es seine weißen Zähne in den Strand, aufmerksam beobachtet von Gaston auf seiner Bank.

»Es will zu uns«, sagte dieser, als Jules sich ihm näherte. »Aber mich kriegt es nicht. O nein!« Gaston lachte. »Immer mal wieder will es mich holen, wenn ich an seinem Ufer schlafe. Willst du auch einen Schluck?« Er hielt ihm eine Flasche entgegen. Es war kein Fusel, sondern ein V.S.O.P. von Calvados Dauphin, einem von Jules' bedeutendsten Konkurrenten.

»Wo hast du den denn her?«

Gaston gab der Flasche einen Kuss. »Manchmal schenken die Leute mir etwas. Komm, trink mit mir, wer weiß, ob wir es morgen noch können!«

Jules fuhr zu ihm, griff sich die Flasche und trank. Der Calvados brannte in der Kehle, und das war gut, denn das konnte er wenigstens noch spüren.

»Hey, lass mir auch noch was drin!«

Jules setzte ab und rang nach Atem. »Danke, Gaston.«

»So viel, wie du getrunken hast, ist ein Dank wohl das Mindeste. Dir geb ich nix mehr ab.«

»Ich bring dir morgen eine Flasche von meinem.«

Gaston klopfte Jules auf die Schulter. »Dann ist alles gut.« Er deutete auf den Rollstuhl. »Jetzt sind wir beide auf Rädern unterwegs. Aber mein fahrbarer Untersatz ist besser, guck!« Er zeigte auf das Fahrrad, welches neben ihm stand. Es hatte hinten ein Rad, aber vorne zwei, zwischen denen sich eine große offene Kiste mit Gastons gesammelten Habseligkeiten befand. Das Metall glänzte wie neu, und die grüne Kiste war völlig ohne Dellen oder Schmutzflecke.

»Hast du im Lotto gewonnen?«

»Nein, hab 'nen Gönner«, antwortete Gaston nicht ohne Stolz.

»Und wie kommt man an so einen Gönner?«

»Glück.«

»Und was muss man dafür machen? Jeden Tag das Wetter korrekt vorhersagen?«

Gaston schüttelte den Kopf. »Man muss nicht viel machen. Klug reden.«

»Das kannst du gut.«

»Findet er auch. Ist wunderschön, nicht?«

»Hab nie ein Schöneres gesehen.«

»Das ist ein Lebenstraum. So wie der von deinem Claude mit dem alten Citroën. Bin sehr froh, dass ich mir meinen noch erfüllen konnte, bevor ich tot bin. Nachher bringt das ja nix mehr.« Er lachte heiser.

Kam es ihm nur so vor oder redete Gaston heute besonders viel über den Tod? Oder sah er selbst nur noch den Tod, überall? Wo er doch eigentlich alles andere sehen wollte, nur nicht diesen. Aber vielleicht zog gerade das seine Blicke so auf ihn. Je angestrengter man um etwas herumblickte, desto mehr wurde einem bewusst, dass es da war. Jules nahm Gaston die Flasche Calvados wieder aus der Hand und trank nochmals davon. Aber diesmal nur einen kleinen Schluck, denn Gaston wollte sie umgehend zurückhaben.

»Das ist mein Abendessen!« Gaston nahm einen langen Zug und blickte versonnen auf den Atlantik und die aufsprühende Gischt, die der Wind an Land scheuchte. »Weißt du, Jules, ein anderer Lebenstraum war immer, nach Japan zu reisen. Aber jetzt nicht mehr. Der Flug, weißt du, viel zu lang. Und hier bin ich zu Hause, ich will nicht von hier weg. Aber mit diesem da«, er deutete auf seinen Kopf, »kann ich reisen, wann immer und wohin ich will, sogar ohne Flugangst.« Gaston stand auf und holte ein paar Bücher aus der großen Fahrradkiste. Es waren Bildbände, Romane, aber auch Lyriksammlungen, und alle hatten mit Japan zu tun.

»Wieso gerade Japan?«, fragte Jules.

Gaston zuckte mit den Schultern. »Wer weiß schon, warum er was liebt? Manchmal scheint es gar keinen Grund dafür zu geben. Und doch gibt's immer einen, nicht wahr? Wir lieben doch nie ohne Grund. Aber wenn es unser Kopf nicht weiß, dann das große dumme Ding in unserer Brust.«

»Es ist merkwürdig, dich über etwas anderes als deinen Stuhlgang reden zu hören. Über Liebe ...«

»Oh, aber meinen Stuhlgang liebe ich auch, wenn er gut ist! Dann liebe ich nichts mehr als ihn. Eher könnte man mir meine Bücher und mein neues Fahrrad nehmen als meinen Stuhlgang. Er ist Gottes großes Geschenk an die Menschheit. Man kann ein Leben lang Freude daran haben.«

Jules griff sich eines von Gastons Büchern. Als er es aufschlug, fand er die freien Seiten zu Beginn über und über mit Dreizeilern beschrieben. Er las den obersten davon, was nicht einfach war, da die Buchstaben klein und undeutlich geschrieben waren.

Die Äpfel wachsen
Eine Katze schläft im Baum
Es ist still im Hain

»Sind das Haikus? Von dir?«

»Nein. Ja.«

»Was jetzt? Ja oder nein?«

»Es sind keine Haikus, aber sie sind von mir.«

»Sie sehen aber aus wie Haikus.«

»Es sind aber keine. Ich bin ja auch kein Japaner. Es sind französische Gedichte, normannische, es sind meine. Es sind Gastonkus.«

»Und was ist der Unterschied?«

»Für Haikus gibt's viele Regeln. Aber Regeln sind was für Angsthasen, die Schiss vor der Freiheit haben. Ich schreib so, wie ich will. Es sind zu einhundert Prozent Gastonkus.«

Jules entzifferte weitere. »Du dichtest über Äpfel?«

»Dieses Jahr. Ich beginne an jedem 1. Januar einen neuen Zyklus. Die ersten Jahre drehten sie sich alle um meinen Stuhlgang und das Wetter.«

»Wichtige Themen.« Jules nickte lächelnd.

»Ganz genau. Viele große Dichter haben nur ein Thema. Und das waren schon zwei. Aber dann dachte ich: Es muss noch anderes geben, was mir so wichtig ist, dass ich drüber schreiben sollte. Und da fiel mir die Flasche Calvados in meiner Hand auf. Es war sogar einer von deinen, der ganz billige.«

»Freut mich, dass er zu etwas nütze war«, sagte Jules und blickte nochmals genauer auf die Texte. »Was bedeutet das ›GE‹ unter jedem Gedicht?«

»Gustave Eiffel, ist mein Künstlername. Klingt so schön großstädtisch. Und historisch. Gaston klingt dagegen nach nix. Du machst es mit deinen Calvados doch genauso. Schreibst auch nicht drauf ›Alter Calvados‹ oder ›Ganz schön alter Calvados‹ oder ›Verdammt alter Calvados‹, sondern ›X.O.‹,

›V.S.O.P.‹ oder ›Napoléon‹. Das sind auch nur schöne Künstlernamen.«

»So habe ich es noch nie gesehen. Aber vielleicht hast du recht. Flüssige Kunstwerke sind die Calvados auf jeden Fall.« Jules sortierte mit den Händen seine Beine, indem er in die Kniekehlen griff und sie hochhob. Er kam sich vor wie eine Marionette, deren Fäden zerschnitten waren.

»Geht's dir gut, Jules? Ist das mit deinen Beinen schlimmer geworden?«

»Alles gut. Sind taub und können nicht mehr wehtun.« Im Gegensatz zu seinem Herzen. Aber darüber wollte er nicht reden, dafür war noch nicht genug Alkohol in seinem Blut gelöst. Obwohl er allmählich Wirkung zeigte.

»Geh doch mal zu diesem Doktor Moreau nach Beuvron-en-Auge. Der behandelt jetzt meinen Hammerzeh – Obdachlose dürfen sogar kostenlos zu ihm. Er kennt sich gut aus mit Beinen und so. Ich würde ja lieber zu deiner Lilou gehen, aber seit ihr zwei die ganze Zeit küsst, macht sie ihren Laden nicht mehr auf. Wie geht's der schönen Frau?«

Jules griff wieder nach dem Calvados, doch nun war die Flasche leer.

»Frag nicht.«

»Aber ich will es wissen.«

»Du sollst mich das nicht fragen. Keiner soll mich das fragen!« Jules war mit jedem Wort lauter geworden, der Alkohol drehte seinen Lautstärkeregler immer weiter auf.

Gaston schien das nicht zu stören. »Was ist denn mit ihr, dass du dich so aufregst?«

»Halt deinen Mund, verdammt noch mal!«, schrie Jules nun. »Kein Wort will ich mehr über sie hören! Nie mehr, begreifst du das!?« Sein Kopf war voller Blut, es rauschte in den Ohren. »Ich! Will! Sie! Vergessen!«

»Jaja, begreif ich jetzt. Kein Wort mehr über Lilou. Bekomme ich hin.« Gaston hob beschwichtigend die Hände.

Einen Moment herrschte Stille. »Es tut mir leid«, sagte Jules dann, doch er schaffte es nicht, Gaston dabei in die Augen zu blicken. Sein Hals fühlte sich rau an vom Gebrüll.

»Ach was. Ich bin's gewöhnt, angeschrien zu werden. Du wirst schon deinen Grund haben. Es klang zwar ein wenig irre, aber irre kenne ich gut.«

Jules atmete tief durch. Die Nacht war lau und der Wind angenehm auf der Haut. Die Straße hinunter sah er sein Haus dunkel liegen, doch er wollte nicht hinein. Zu viel erinnerte ihn dort an Lilou. Es würde sogar noch nach ihr duften.

»Kann ich die Nacht hierbleiben?«

»Aber nicht auf meiner Bank! Die brauch ich für mich allein. Muss mich ausstrecken wegen meinem Rücken.«

»Ich schlaf im Rollstuhl.«

Gaston reichte ihm eine Decke. »Nimm die für deine Beine. Wird kühl.«

Dann holte er zwei weitere Flaschen Calvados aus seiner Fahrradkiste. Ohne Mühe leerten sie in dieser Nacht noch beide.

Die Hand schloss sich fest um Jules' Schulter und rüttelte an ihr. Jules spürte den Alkohol in sich schwappen, und sein Kopf fühlte sich an, als sei er in Calvados eingelegt.

»Guten Morgen, Jules.«

Er öffnete die Augen, die Lider schienen aus Blei zu sein. »Richard, das ist ja mal eine Überraschung. Ich dachte, es sei Gaston.«

»Nein, ich bin hier drüben«, sagte Gaston.

»Er ist da«, unterstrich Jules, während sein Hirn nur langsam die Arbeit wiederaufnahm.

»Das sehe ich«, sagte Richard Conti, der wie in seinem Büro der Caisse d'Epargne Normandie, Zweigstelle Villers-sur-Mer, auch jetzt einen Anzug trug. »Lange nicht gesehen, Jules. Man könnte den Eindruck bekommen, du würdest mir aus dem Weg gehen.«

»Nein! Oder findest du, dass ich ihm aus dem Weg gegangen bin, Gaston?«

»Nein«, antwortete Gaston entschieden.

»Siehst du, Richard. Gaston sieht es genauso.«

»Bekomme ich die Unterlagen für das Schweden-Geschäft diese Woche noch?«

»Ja, aber natürlich. Diese Woche noch.«

»Heute ist Freitag.«

»Freitage sind mir die liebsten«, sagte Jules. »Dir auch, Gaston?«

»Wochentage sind mir egal.«

»Wochentage sind ihm egal. Was sagst du dazu, Richard?«

»Haben die Schweden die Zahlen bestätigt, also die Größenordnung ihrer Bestellung?«, fragte dieser. Seinem Gesicht war anzusehen, dass ihm nicht nach Späßen zumute und ihm Jules' alkoholischer Atem in die Nase gestiegen war.

»Alles bestätigt. Jede Zahl. Nicht wahr, Gaston?«

»Zahlen sind mir auch egal.«

Jules zuckte mit den Schultern. »Mit ihm ist heute Morgen nichts anzufangen.«

Richard atmete tief ein und aus. »Es gibt kein Schweden-Geschäft mehr, Jules.«

»Ach nicht?«, fragte Gaston.

Jules drehte den Kopf, der wie auf einem Kugellager glitt, und blickte Gaston verwundert an. »Du weißt davon?«

»Klar.«

Richard Conti trat näher zu Jules. »Nachdem du dich nicht gemeldet hast, habe ich die Schweden kontaktet. Es fehlte ja nur noch die genaue Bestellmenge, damit ich den bereitstehenden Kredit endlich zuteilen konnte. Die in meiner Zentrale wunderten sich schon. Ich sagte den Schweden, wie sehr ich mich darüber freue, dass alles geklappt hat und dass sie hoffentlich bald nach Villers-sur-Mer kommen. Da teilten sie mir mit, dass die Absage bereits vor Wochen erfolgte. Ich stand wie ein Idiot da.«

»Du stehst immer wie ein Idiot da«, sagte Gaston grinsend. »Liegt am Rückgrat.«

»Ach, halt die Schnauze, du alter Penner«, fuhr Richard ihn daraufhin an.

»So spricht man nicht mit meinem Freund Gaston!«, sagte Jules und wollte aufstehen, doch das ging nicht.

»Du hast mich belogen und hintergangen, Jules. Das wird Folgen haben. Unser Vertrauensverhältnis ist nachhaltig erschüttert. Und den Kredit kannst du selbstverständlich vergessen!«

»Komm mal her«, sagte Jules. »Ganz nah.«

»Was hast du vor, Jules? Willst du mir wehtun?« Er lachte trocken.

Jules schüttelte den Kopf. »Ich will dir nur etwas sagen.«

»Das kannst du auch so.«

»Ich wollte es eigentlich flüstern, damit Gaston es nicht hört, aber in Ordnung. Also: Ich scheiß auf dein Geld.«

»Du bist doch besoffen.«

»Ja, aber das würde ich dir auch nüchtern sagen. Vielleicht nur etwas netter.«

»Du bist erledigt, Jules.« Die Verachtung in Richards Blick war unverkennbar. Doch sie traf Jules nicht.

»Sag mir, Richard: Überlebt Saint-Ursules, wenn wir den Kredit nicht bekommen und nicht investieren?«

»Ohne Museum? Ohne neues Lager? Wie willst du da mehr verkaufen? Wie willst du da expandieren?«

Jules schüttelte den wackeligen Kopf. »Das habe ich nicht gefragt. Was ist, wenn wir nicht expandieren?«

»Andere werden expandieren und dir die Marktanteile wegnehmen.«

»Sagst du.«

»So läuft es immer, Jules.«

»Bei uns läuft es jetzt aber mal anders. Wir machen weniger, aber dafür besser. Wir machen jetzt einen Cidre, wie du ihn noch nie getrunken hast. Und Gaston auch nicht.«

»Ich trinke lieber Calvados«, murmelte Gaston.

»Auch den machen wir besser. Ich weiß noch nicht wie, aber wir machen es.«

»Du bist verrückt«, sagte Richard Conti und zog seinen Krawattenknoten enger. »Das zerstört Saint-Ursules!«, rief er aufgebracht.

»Nein, das lässt es bleiben, was es ist. Oder was es immer sein sollte. Klein und fein. Keine Fabrik.«

»Mit dir mache ich keine Geschäfte mehr, Jules! Für dich habe ich meine Hand ins Feuer gehalten.«

»Mich gibt es bald sowieso nicht mehr, Richard. Ich werde jeden Tag weniger. Aber deine Bank wird es trotzdem weiter geben. Und dich auch. Bald kannst du dich mit meinen Verwandten in Bordeaux auseinandersetzen, die werden alles erben.«

»Ich wollte dir helfen, Jules. Dein Unternehmen für die Zukunft fit machen. Aber du willst dir nicht helfen lassen!«

Gaston lehnte sich zu Jules. »Der will doch nur große Abschlüsse, um Karriere zu machen. Das weiß doch jeder. Dem ist hier alles zu provinziell.«

»Provinziell!«, rief Jules aus, als hätte er auf das Stichwort gewartet. »Das wollen wir sein. Domaine Petit Lion – der provinziellste Cidre ganz Frankreichs!«

»Du schaufelst dir dein eigenes Grab«, sagte Richard, spuckte auf den Boden und ging schnellen Schrittes davon.

Nein, dachte Jules, das schaufele ich mir nicht selbst. Das erledigt das Schicksal schon von ganz allein, mit einer großen Schippe.

»Das dauert ja Ewigkeiten. Was macht der denn so lange da drin?« Amélie schaute wütend auf ihre Armbanduhr, als könne diese etwas dafür.

»Du weißt, dass du nicht mitzukommen brauchtest?« Lilou rutschte auf ihrem Stuhl hin und her. Die hölzerne Sitzfläche vor dem Büro ihres Pflichtverteidigers kamen ihr härter vor denn je.

»Nein. Ich weiß, dass du das gesagt hast, aber das ist Blödsinn. Natürlich musste ich mit. Denkst du, ich lasse dich in deinem Zustand allein?«

»Nein, das dachte ich wirklich nicht.« Lilou lehnte sich an Amélies Schulter.

»Du hast meinen Lieblingskopfkissenbezug durchgeheult, Süße. Von beiden Seiten!«

»Echt?«

»Fast. Ist nur geringfügig übertrieben. Andererseits sind Kissen ja dafür da.«

»Jules ist solch ein Idiot!« Lilou spürte, wie erneut ein Kloß in ihrem Hals entstand.

»Ja, Süße, das ist er. Ein Vollidiot.« Amélie legte den Arm um ihre Freundin. Sie trug einen kurzen engen Lederrock, in der Hoffnung, den Pflichtverteidiger damit zu motivieren, sich für Lilou noch mehr ins Zeug zu legen. Sie kaute auch Kaugummi, was ihr die Möglichkeit geben würde, ihn lasziv aus dem Mund zu ziehen. Plump, aber meist effektiv.

»Ich will ihn gar nicht mehr zurück. Ich bin so wütend! Dass er mich sogar mit dem Prozess alleinlässt!«

»Er ist ein Riesenarsch.«

Lilou senkte den Kopf. »Nein, ist er nicht.«

»Doch. Doch. Doch. Er sollte angekrochen kommen, um sich zu entschuldigen. Auf Knien. Das wäre das Richtige. Wer das nicht macht, ist ein Arsch.«

Sie strich Lilou eine Haarsträhne hinters Ohr. »Du darfst jetzt trotzdem kein Trübsal blasen. Ich weiß, das ist leicht gesagt, aber du musst gleich bei diesem Verteidigertypen Kraft und Optimismus ausstrahlen.« Sie kramte in ihrer Tasche und reichte Lilou eine Tüte. »Deshalb habe ich dir auch etwas mitgebracht. Zur Aufmunterung!«

»Hast du mir wieder Mademoiselle und Depardieu gebacken?«

»Nein. Die hier stecke ich eigentlich immer älteren Damen in ihre Tüten mit Gebäck.«

Lilou zog etwas heraus, das ein wenig aussah wie ein …

»Nein! Amélie!« Sie konnte nicht anders, als breit zu grinsen, und steckte das Teil schnell zurück in die Tüte.

»Doch. Aber es darf nicht zu deutlich sein, muss immer wie ein Unfall aussehen, sonst könnten sie sich ja beschweren. Aber ich glaube, die meisten freuen sich, so was endlich mal wieder von Nahem zu sehen und in die Hand zu nehmen.« Amélie lachte laut.

»Ist die ganze Tüte voll davon?«

»Aber nein.«

»Dann ist ja gut.«

»Da sind auch noch Busen und Vaginen drin. Die backe ich sonst immer für die älteren Herren. Manche lassen sich seitdem nur noch von mir bedienen.« Amélie zwinkerte ihrer Freundin zu.

»Du bist so unmöglich!«

»Stimmt. Aber du hast gelächelt. *Das* war eigentlich unmöglich. Aber schon ist es wieder weg, das schöne Lächeln.«

Lilou stellte die Bäckereitüte beiseite. »Ich will bei Jules sein, für ihn da sein. Will, dass er für mich da ist.«

»Er ist nicht ans Telefon gegangen, er hat die Tür nicht geöffnet und sich auf seinem Landgut verleugnen lassen. Auch das klingt für mich nach Arschloch.«

»Er ist nur stur! Man darf ihn nicht drängen. Ich muss warten, bis er zu Verstand kommt.«

»Er ist ein Mann. Das ist ein Widerspruch in sich. Die meisten denken doch nur mit den Dingern da in deiner Tüte.«

Lilou begann ihre Fingerknöchel zu reiben. »Ich kann ihn sogar verstehen. Es muss ihm wie der schlimmste Verrat vorkommen. Doch er sollte wissen, dass ich ihn nie absichtlich so hintergehen würde. Er kennt mich doch!«

»Wenn Menschen wütend sind, vergessen sie vieles, was sie

eigentlich wissen. Dann regieren Angst und Wut, und die beiden sind beschissene Ratgeber. Gibst mir einen von den extralangen aus der Tüte? Ich habe Hunger. Willst du auch einen Kaffee? Ich hole mir einen am Automaten.«

»Ich brauche was Süßes. Bringst du mir einen Kakao mit?«

»Du bist echt ein richtiges Mädchen. Ich guck, ob sie rosa Becher haben, okay? Und wehe, du zeigst mir jetzt hinter meinem Rücken den Mittelfinger.«

Aber Lilou war nicht danach. Ihr Pflichtverteidiger würde sich wieder in den Fall einarbeiten müssen, einen Fall, in dem es nicht gut aussah. Dazu kam dieser neue Zeuge, der sie wohl belasteten würde. Vielleicht gab ihr Verteidiger jetzt alles verloren und würde ihr zu einem Schuldeingeständnis raten. Weil es besser wäre, als ohne ein solches des Totschlags verurteilt zu werden. Aber sie wollte an die Gerechtigkeit glauben, auch wenn diese vielleicht nichts als ein Kindertraum war. So wie der Weihnachtsmann. Irgendwann musste man einsehen, dass es beides nicht gab.

Amélie kehrte zurück und drückte ihr einen Café Crème in die Hand. »Hier hast du Milch und Zucker. Du brauchst Koffein, Süße.«

Als ihre Lippen die heiße Flüssigkeit berührten, spürte Lilou, dass sie recht hatte.

»Das dauert hier noch was, oder?«, fragte Amélie.

»Keine Ahnung. Wahrscheinlich würden wir sofort drankommen, wenn du jetzt zur Toilette gehst. Ist doch immer so. Wie bei einer Ampel, die nicht grün wird, solange man sie anschaut. Erst wenn man für eine Sekunde den Blick abwendet.«

»Ich muss nicht zur Toilette, aber ich muss dir etwas erzählen. Also eigentlich zwei Dinge. Eine Art Beichte.«

»Was hast du getan? Ist was mit Bruno?« Lilou blickte Amélie fragend an.

Die Tür zum Büro ging auf, doch es war nur die Sekretärin mit einigen Unterlagen. »Er ist gleich so weit«, sagte sie zu ihnen.

»Ja, klar«, antwortete Amélie, dann wandte sie sich wieder an Lilou. »Okay, ich mache es kurz, ich will dich nur auf dem Laufenden halten, damit du dich nicht irgendwann beschwerst: Ich war wieder im Forty One in Le Havre. Tanzen. Noch ist mein Bauch dabei nicht im Weg, und ich kann meine Füße noch sehen. Tja, und da hab ich ihn getroffen.«

»Wen? Bruno?«

»Nein, den Vater.«

Lilou musste Amélie einfach umarmen. »Gott sei Dank! Dann ist wenigstens das Finanzielle geklärt.«

»Ich hab's ihm nicht erzählt.« Amélie nahm sich noch einen Hefeteigpenis.

»Bist du wahnsinnig? Warum denn nicht?«

»Es ist nicht sein Kind, es ist meins. Wir hatten eine Nummer auf der Toilette, wir haben kein Kind gemacht, darum ging es nicht. Ich will ihn nicht in meinem Leben. Ich will ihn nicht als Vater für mein Kind.«

»Er hat ein Recht, es zu wissen.«

»Er hat einen Scheiß.« Sie biss das Gebäck entzwei. »Ich will nicht darüber diskutieren, Süße. Ich wollte nur, dass du es weißt.«

»Freundinnen sind nicht dafür da, dir immer zu sagen, was du hören willst.«

»Warte einen Augenblick, gleich bist du noch saurer auf mich.«

Und das nahm Lilou tatsächlich den Wind aus den Segeln.

Die Tür des Pflichtverteidigers ging wieder auf, diesmal war er es selbst. »Sie können jetzt hereinkommen, Mademoiselle Leflaive.«

Amélie hob die Hand und zeigte ihm alle fünf Finger. »So viele Minuten brauche ich noch. Ich bin gerade in Fahrt. Gehen Sie wieder zurück in Ihr Körbchen, ich beeile mich. Versprochen!«

»Darf ich vorstellen: meine beste Freundin. Sie ist schwanger, und die Hormone gehen gerade etwas mit ihr durch«, erklärte Lilou und zuckte entschuldigend die Achseln.

Der Anwalt schürzte die Lippen. »Kommen Sie, sobald Sie so weit sind.« Er schloss die Tür hinter sich.

Lilou sah Amélie streng an. »Mach bitte schnell, ich will das hier hinter mich bringen.«

»Ich das hier gerade auch. Der erste Teil war nämlich die leichtere Beichte.«

»Will ich den zweiten dann überhaupt hören?«

»Nein, bestimmt nicht. Ich habe mich nämlich in dein Leben eingemischt. Nur mit den besten Absichten!«

»Gott, was hast du getan?«

Amélie stand auf. »Deine Mutter hatte mir ihre Telefonnummer gegeben, nachdem du sie aus dem Haus gejagt hast. Sie hat gesagt, ich solle anrufen, wenn irgendetwas passiert, was sie wissen muss. Quasi als Vorwarnsystem.«

»Und das sagst du mir erst jetzt? Das ist so typisch für meine Mutter! Alles hinter meinem Rücken!«

»Deshalb habe ich auch nie in Erwägung gezogen, ihr irgendetwas zu sagen. Bis du mir erzählt hast, dass du auch schwanger bist. Deine Mutter weiß jetzt Bescheid. Vielleicht bringt sie das zur Besinnung.« Amélie sprang auf und öffnete rasch die Tür zum Büro des Verteidigers. »Mademoiselle Leflaive kommt jetzt!« Dann lief Amélie den Gang hinunter Richtung Getränkeautomat. »Ich warte lieber draußen auf dich, Süße. Und gleich bekommst du auch einen schönen Kakao von mir, ja?«

Der Rechtsanwalt blickte hinaus. »Sind Sie so weit? Wo ist Ihre Freundin hin?«

»Die hat sich in Sicherheit gebracht ...«

Jules' Blick wanderte die Stufen zu Claudes Eingangstür empor. Sie befand sich gute zwei Meter über ihm, der Weg dorthin eng und steil. Noch einmal drückte er auf den Klingelknopf, doch die alte kupferne Schiffsglocke über der Tür rührte sich nicht.

Claude musste sie wieder abgestellt haben – er ahnte ja nicht, dass Jules heute kommen würde.

»Claude!« Und dann rief er nochmals den Namen des Freundes. Er musste ihn viermal rufen und kam sich jedes Mal kleiner, unvollständiger vor.

Als die Tür sich endlich einen Spalt weit öffnete und Claudes Gesicht erschien, war Jules erleichtert.

»Komm runter, Claude, ich weiß doch, dass du tagsüber gerne draußen bist«, sagte er augenzwinkernd.

Claude zögerte, doch nickte dann. »Es tut der Sonne sicher gut, mich einmal wiederzusehen.« Er war wie immer komplett in Weiß gekleidet, von den Schuhen bis zum breitkrempigen Hut, doch trug er heute eine rote Rose im Knopfloch, die durch den hellen Stoff ringsum zu strahlen schien. Wenn Jules es nicht besser wüsste, hätte er vermutet, der alte Herr wäre auf dem Weg zu einem Rendezvous.

Claude kam die Stufen herunter. »Du siehst so ernst aus. Ist es ernst?«

»Nein, ich bin wegen etwas Schönem hier.«

»Oh, das klingt gut. Ich ziehe Schönheit dem Ernst jederzeit vor. Was ist dir denn Schönes widerfahren?«

Jules bewegte seinen Rollstuhl auf dem Bürgersteig der Avenue de la République Richtung Ortszentrum. »Es wird dir widerfahren. Nicht jeder würde es schön finden, aber du schon. Weil du ein verrückter alter Mann bist.«

»Solange du dermaßen frech zu deinem herzensguten Lehrer bist, kann der Himmel nicht völlig über dir eingestürzt sein.« Claude klopfte Jules lachend auf die Schulter. »Wohin gehen wir? Bin ich standesgemäß gekleidet?«

»Für einen Claude Villeneuve bist du immer standesgemäß gekleidet!«

»Touché.«

Jules hatte alles so eingerichtet, dass Claude die Überraschung erst im letzten Moment sehen würde, wenn er fast schon davorstand. Sie bogen um die Ecke in die Rue Paris d'Illins – und Claude erstarrte. Als wäre er gegen eine unsichtbare Wand gelaufen.

»Alles in Ordnung?«, fragte Jules ganz unschuldig und spürte diese kindliche Freude in sich, diesen neckischen Flügelschlag, der wie ein sanftes Kitzeln im Herzen war, wenn man einem lieben Menschen eine Freude bereitete.

»Es ist nichts«, sagte Claude und starrte den Citroën 2CV, Modell Charleston, an. Dann blickte er sich suchend um, lief einige Schritte in die eine, dann wieder in die andere Richtung, schien die Menschen ringsum zu sondieren, durch die Fensterscheiben der Geschäfte zu blicken. Seine Brust hob und senkte sich schwer vom tiefen Atem.

»Können wir weitergehen?«, fragte Jules.

»Noch nicht«, sagte Claude.

Jules rollte mit wenigen Schwüngen zu ihm. »Du wirst ihn jetzt immer vor Augen haben.«

»Was? Wovon sprichst du?« Sein Freund blickte ihn irritiert an.

»Den Charleston. Er ist mein Geschenk an dich. Und jetzt bitte keine Widerworte. Du weißt, wie es mir gesundheitlich geht. Widerworte ertrage ich gerade überhaupt nicht. Gaston hat mir gestern sein neues Transportfahrrad gezeigt und gesagt, dass sich damit ein Lebenstraum für ihn erfüllt habe. Und da fiel mir dein Lebenstraum ein, und ich möchte ihn dir noch erfüllen.«

Claude wurde bleich. »Aber wie kommst du darauf, dass solch ein Wagen mein Lebenstraum sei?«

»Auch durch Gaston. Er hat dich mehrfach gesehen, wie du einem solchen Wagen verträumt nachgeschaut hast.«

In Claudes Gesicht explodierte ein Lachen, und zugleich kamen ihm die Tränen. »Ich finde diese Autos scheußlich. Absolut schrecklich. Niemals hätte in Frankreich so etwas gebaut werden dürfen!«

»Aber warum …?«

Noch immer bebte in Claude ein Lachen, und er wischte sich mit dem Ärmel seines weißen Hemds über die feuchten Wangen. »Komm mit, mein Freund. Es ist an der Zeit, dir etwas zu erzählen. Und vielen Dank für diesen hässlichen Wagen, so habe ich mich seit Jahren nicht mehr amüsiert.«

Als sie wieder vor Claudes Haus waren, trug er Jules zusammen mit einem Nachbarn die Treppenstufen hinauf. Zuerst war Jules der Gedanke unangenehm, doch dann genoss er die ungewohnte körperliche Nähe zu Claude, und sie fühlte sich ganz natürlich an. Nachdem auch der Rollstuhl hochgeholt war, führte Claude ihn zu dem geheimen Raum mit den Calvados-Jahrgängen. Fast zärtlich schloss er die Tür auf und zündete alle Kerzen an.

»Du erinnerst dich, oder?«

»An meinen ersten Kuss oder an den Calvados, den wir hier zusammen getrunken haben?«

Claude nickte. »Also erinnerst du dich.« Er setzte sich und blickte seine Hände an, die er auf dem Tisch faltete wie zum Gebet. »Es fällt mir ein wenig schwer, dir das zu erzählen, da ich es noch nie jemandem erzählt habe. Aber vielleicht ist es an der Zeit dafür, ganz bestimmt sogar.« Er stand auf und stellte kurz darauf die Flasche auf den Tisch, die als Einzige noch vollständig gefüllt und versiegelt war. Jules rollte nahe zu Claude. »Dein schlimmstes Jahr?«

Der alte Mann nickte. »Und mein bestes Jahr.«

»Wie war ihr Name?«

Claude schaute auf. »Du kennst mich gut. Aber du hast dich nie gefragt, warum ich mich immer so herausputze, oder?«

»Ich dachte, das ist einfach eine Marotte.«

Claude zog sein Revers in eine perfekte Linie. »Ich habe es für den Fall getan, dass sie zur Tür hereinkommt, zu mir zurück. Ich möchte für sie gut aussehen. Den Gedanken, dass sie mich derangiert sieht, könnte ich nicht ertragen.«

»Kenne ich sie?«

»Nein. Niemand wusste von uns. Es war unser Geheimnis. Wir hatten nicht viel Zeit miteinander. Nicht mal einen ganzen Sommer. Aber weißt du, es kommt nicht darauf an, wie lange etwas währt, sondern wie tief es dich berührt, wie nah dir ein Mensch kommt, wie nah du ihn an dich heranlässt. Dann können wenige Wochen wichtiger als ganze Jahre sein. Die Zeit ist relativ, das wusste schon Einstein. Auch wenn er in seiner Theorie die mächtigste Kraft von allen vergessen hat, die Liebe. Aber er war Wissenschaftler, und wir sind Kindsköpfe.«

»Wieso hattet ihr nicht mehr Zeit miteinander?«

»Ich hätte mein Leben aufgeben müssen.«

»Hättest du es tun sollen?«

»Diese Frage ist unbedeutend. Ich habe es nicht getan. Damit muss ich leben. Ein schlauer Mann hat mal gesagt: Verstehen kann man das Leben nur rückwärts, leben muss man es aber vorwärts. Das ist die Krux.«

Jules nahm die so bedeutende Flasche vorsichtig in die Hand. »Du hättest diesen Calvados trotzdem trinken und dich an die schönen gemeinsamen Momente erinnern können.«

»Nein, denn so war es nicht. Es gibt sie nur zusammen, die glücklichen Momente und die traurigen. Diese Flasche trinke ich nur mit ihr oder niemals, das habe ich mir geschworen. Und siehst du diese Stelle hier unter meinem linken Auge?« Claude deutete auf einen Punkt in seinem Gesicht.

»Ja, was ist damit? Sieht ganz normal aus.«

»Ist sie aber nicht. Dort hat sie mich immer zärtlich geküsst, und nach ihr ließ ich mich dort von keiner Frau mehr küssen. Ich habe den Kopf dann immer abgewandt. Diese Stelle gehört ihr, für immer, für den Rest meines Lebens, selbst wenn sie keine Küsse mehr dafür übrig hat.«

Sie schwiegen eine Weile. »Und der Citroën hat dich an sie erinnert? Weil sie so einen fuhr?«

»Ja.«

»Hätte ich ihn dir bloß nicht geschenkt.«

»Dann säßen wir jetzt nicht hier und würden das miteinander teilen. Ich schaue diesen hässlichen Wagen immer nach, weil ich denke, ja hoffe, sie könnte hinter dem Steuer sitzen. Dabei fährt sie mit Sicherheit längst ein anderes Auto. Aber ich kann nicht anders, es ist nicht willentlich, meine Augen sehen das Auto und müssen hinter der Windschutzscheibe nach ihrem Gesicht suchen. Obwohl es Unsinn ist. Aber weißt du, Jules, sie hat ihren Namen tief in mein Herz geritzt. Es hat geblutet, und ich habe erst später gesehen, wie schön das ist, was sie geschrieben hat.« Er fuhr mit den Fingerspitzen am kühlen Glas der Flasche entlang.

»Was ist aus ihr geworden?«

»Kurz nachdem sie mit mir Schluss gemacht hat, verliebte sie sich neu. Das hat mich sehr verletzt, und alles, was davor zwischen uns war, erschien mir wie eine Lüge. Wie konnte sie sich so schnell wieder verlieben? Hatte sie nicht genauso tief gefühlt wie ich? Wie konnten die Gefühle für mich dann so rasch fort sein? Aber jeder Mensch ist anders, Jules, und jede Frau sowieso. Sie hat diesen Mann dann geheiratet, sie haben drei Töchter und leben in der Bretagne. Es gibt Gerüchte, ihr Mann sei verstorben und sie nach Honfleur gezogen, aber ich habe beschlossen, nichts darauf zu geben. Es gab schon zu viele Gerüchte und immer nur enttäuschte Hoffnungen für mich. Diese Flasche wird mich bis zu meinem Ende begleiten. Und zwar ungeöffnet. Trotzdem bereue ich nichts. Einmal so geliebt zu haben, und sei es auch nur kurz, ist besser, als niemals geliebt zu haben. Jede Liebe ist ein Geschenk, egal, was aus ihr wird. Es hat aber ein wenig gedauert, bis ich das begriffen habe.«

»Wie lange denn?«, fragte Jules.

»Ach, bloß etwas über zwanzig Jahre.« Er zog die schwere Flasche zu sich. »Wenn sie mich noch mal fragen würde, ließe ich auf der Stelle alles stehen und liegen und käme mit ihr. Egal wohin. Und wenn es Paris wäre.«

»Und du hasst Paris.«

Claude schmunzelte. »Es ist ein Moloch.« Er stand auf. »So, und jetzt trinken wir etwas zusammen. Wir können ja nicht inmitten so vieler grandioser Seelentröster sitzen und keinen Schluck nehmen. Lass uns auf diese neue Behandlungsmethode anstoßen, mit meinem teuersten Tropfen. Als gutes Omen!«

Claude griff zum ältesten Calvados und füllte zwei hauchdünne Gläser damit. Im Kerzenschein sah es aus, als würde man Sonnenstrahlen in Formen aus weißem Licht gießen. »Hier, mein Freund. Der Genuss des Calvados wird uns immer bleiben. Ich hatte geplant, diesen hier erst morgen mit dir zu trinken, an deinem dreiunddreißigsten Geburtstag. Aber eigentlich passt er heute sogar noch besser!« Er ließ den alten Calvados im Glas sanfte Wellen schlagen.

Jules rührte sein Glas nicht an.

»Was ist? Darfst du nicht wegen deiner Medizin?«

»Nein, das ist es nicht.«

»Hast du etwa dem Calvados abgeschworen?« Claude blickte ihn ungläubig an.

»Nein, das auch nicht. Aber ich will ihn nicht unter falschen Voraussetzungen trinken.«

»Was meinst du damit?«

Jules atmete durch. »Es gibt keine neue Behandlungsmethode, Claude. Es war alles eine Lüge. Irgendwann habe ich sie fast selbst geglaubt. Doch es gibt keine Heilung für mich, es geht nur noch darum, einige Tage, vielleicht Wochen zu gewinnen. Der Wagen war ein Abschiedsgeschenk für dich. Als Erinnerung. Denn bald werde ich nicht mehr da sein.«

Jahr um Jahr hinter Glas
Ewig jung, doch stetig alternd
Calvados besiegt die Zeit

Gustave Eiffel

Vom Öffnen der Flasche

Amélie hatte eine Wohngemeinschaft der kugelrunden Frauen vorgeschlagen, und Lilou hatte sich weder gegen diesen Namen noch die Idee gewehrt. Jules' Villa war zur Sperrzone geworden und ihr eigenes Haus voller dunkler Erinnerungen. In Amélies Wohnung dagegen war seit Brunos Auszug genug Platz. Depardieu liebte den Flokati vor dem großen offenen Kamin, und Lilou liebte es, Amélie um sich zu haben.

Als sie nach dem Termin bei ihrem Pflichtverteidiger die Tür aufschloss, begrüßte sie der alte Mastiff ganz aufgeregt, bellte und lief dann wedelnd in die Küche. Er suchte wohl Mademoiselle.

»Sie ist nicht da, armer, alter Brummbär. Hab sie nicht mitgebracht. Du hast nur mich.«

Depardieu kehrte zurück, hob den Kopf und bellte wieder, dann lief er abermals in die Küche, und Lilou folgte ihm. Er hielt an der Glastür, die auf den kleinen Balkon mit dem rostigen Geländer führte.

Sie war nur angelehnt.

Als sie das Haus verlassen hatte, war sie fest verschlossen gewesen. Da war Lilou sicher.

Sie griff sich die schwere Porzellanschale mit dem Obst und legte die Äpfel und Trauben leise auf den Tisch. »Bleib bei mir, Depardieu«, flüsterte sie

Wer brach in der obersten Etage ein? Und ging dann auf den Balkon? Oder war der Einbrecher über diesen eingestiegen? Bei Amélie war doch gar nichts zu holen. Und wieso glänzte das Waschbecken feucht? Sie glitt zur Seite, sodass sie schräg auf den Balkon blicken konnte. Ein breiter Rücken war zu sehen. Mehr nicht.

Depardieu stieß die Tür auf und lief hinaus.

Der Mann drehte sich um, und Lilou hielt den Atem an.

Es war Bruno.

Er hatte eine Gießkanne in der Hand und blickte auf wie ein Kind, das man beim Stibitzen aus der Keksdose erwischt hatte. »O verdammt, Lilou! Sag Amélie nicht, dass ich hier war. Bitte! Sie hat schon genug Belastung mit dem kleinen Ding in ihr!«

»Hallo, Bruno. Schön, dich mal wieder zu sehen.«

»Ja, hallo, Lilou. Du sagst ihr doch nichts, oder?«

»Was machst du da?«

Bruno hielt die Gießkanne entschuldigend hoch, die in seinen großen Händen wie ein Spielzeug wirkte. »Sie vergisst doch immer, die Blumen zu gießen. Tausend andere Dinge hat sie im Kopf. Deshalb mach ich das für sie.« Er schob sich an ihr vorbei in die Küche. »Bin auch sofort wieder weg, ich will dich nicht stören.«

Lilou kam eine Frage in den Sinn, deren Antwort den Zustand von Amélies Wohnung erklären würde. »Sag mal, saugst du hier auch?«

Bruno stellte die Gießkanne unter die Spüle, exakt an die Stelle, wo sie immer stand. »Ja, aber nicht in allen Ecken, sonst würde es auffallen. Du verrätst mich doch nicht? Versprochen?«

Lilou lachte. »Das würde sie mir sowieso niemals glauben. Meinst du nicht, es wäre sinnvoller, hier nichts zu machen und sie merken zu lassen, wie sehr sie dich bei der Haushaltsführung braucht?«

»Vielleicht später, aber doch nicht jetzt! Sie ist schwanger, Lilou. Da muss man eine Frau umsorgen.«

»Und dass es nicht von dir ist, stört dich nicht?«

»Es wäre mir schon lieber, wenn es mein Kind wäre, ja. Aber vielleicht machen wir ja irgendwann noch eins zusammen.«

Lilou nahm ihn in die Arme, obwohl sie nicht ganz um den riesigen Bruno herumreichten. »Du bist schon ein ganz besonderes Exemplar von Kerl.«

»Ich bin, wie ich bin, Lilou. Ich kann mich anstrengen, aber ich bleib doch immer Bruno.« Plötzlich zuckte er zusammen und blickte durch die vorgezogenen, durchscheinend weißen Vorhänge hinunter auf die Straße. »Da hat gerade ein Wagen geparkt, könnte Amélie sein. Muss schnell los. Mach's gut, Lilou. Und kein Wort, ja? Sonst nimmt sie mir den Schlüssel weg.«

»Versprochen, kein Wort, du kleine Blumenfee.«

Bruno rannte aus der Wohnung, Lilou blickte ihm hinterher.

In diesem Moment klingelte das Telefon, welches direkt neben der Wohnungstür auf einer kaputten Popcorn-Maschine stand. Der ganze Flur hatte Kino als Thema, was auch die vielen Filmplakate an den Wänden und sogar der Decke erklärte sowie die Lichtstrahler, die aussahen wie vom Set eines Films.

»Hier bei Amélie Tatou, Lilou Leflaive am Apparat.«

»Sie wollte ich sprechen.« Commissaire Duchamp. »Ich will Ihnen einen Rat geben, und das mache ich nur einmal, also sperren Sie die Ohren auf.«

Lilou hörte, wie unten die Haustür aufgedrückt wurde. Bruno musste sie nicht richtig zugezogen haben. Das alte, verzogene Ding weigerte sich, in einen Rahmen gesperrt zu werden.

»Wieso sollten Sie mir einen Rat geben? Sie halten mich für schuldig, und Ihr einziges Interesse ist es, diesen Fall möglichst schnell mit einer Verurteilung abzuschließen.«

Duchamp nahm hörbar einen langen Zug an einer Zigarette.

»Ich kann verstehen, dass Sie meine Motivation in Zweifel ziehen. Würde ich an Ihrer Stelle auch. Und ja, es stimmt, ich halte Sie für schuldig. Aber ich habe in den letzten Wochen viel über Becault herausgefunden und über Sie. Und eine Person ist mir dabei immer unsympathischer geworden, und die andere hingegen … weniger unsympathisch. Es gibt zwei Arten von Verurteilungen, verstehen Sie?«

Lilous Mutter kam die Treppe herauf. Lilou erkannte es an den Schritten. So ging nur ihre Mutter.

»Ich kann gerade nicht, Commissaire Duchamp, ich muss auflegen.«

»Diesen Anruf werde ich nicht noch einmal tätigen. So weit ist es mit meinem guten Willen nämlich auch nicht her.«

»Hallo, Kind«, sagte Lilous Mutter. »Kann ich reinkommen?«

»Ja, natürlich«, sagte Lilou.

»Gut«, erwiderte Commissaire Duchamp. »Der Anwalt von Madame Becault ist, wollen wir sagen, sehr engagiert und findig?«

Lilous Mutter hatte die Angewohnheit, es zu ignorieren, wenn jemand telefonierte. Sie redete einfach, als fände das Telefongespräch nicht statt. »Deine Freundin mit den violetten Haaren hat mich angerufen und mir erzählt, dass du schwanger bist.«

Lilou hielt die Hand vor die Hörermuschel des altmodischen Wählscheibentelefons. »Mutter, geh schon mal ins Wohnzimmer, ich komme gleich nach.« Sie sprach wieder ins Telefon. »Aber bitte kurz halten.«

»Nein, das werde ich nicht«, entgegnete ihre Mutter trotzig und nahm mitsamt ihrem langen Baumwollmantel auf dem Klappkinosessel im Flur Platz. »Ich lasse mir von dir nicht vorschreiben, wie lange ich Redezeit habe. Dass ich hier bin, hat mich viel Überwindung gekostet.«

»Commissaire, können wir später sprechen?«

»Wenn Sie nicht wollen, dann lassen wir es«, sagte Duchamp.

»Doch, ich will.«

»Was willst du?«, fragte nun ihre Mutter. »Oder soll ich lieber wieder gehen? Dann sag es mir sofort.«

»Dann hören Sie jetzt zu«, sagte Duchamp. »Ich werde es nicht wiederholen.«

Lilous Mutter sah sie mit pikiert hochgezogenen Augenbrauen an. Jeder Zoll ein Vorwurf.

In diesem Moment lief Depardieu mit wedelndem Schwanz zum Kinosessel – und ihre Mutter beugte sich hinunter, um ihn zu streicheln.

Danke, alter Brummbär, dachte Lilou. Dafür hast du dir eine Portion von diesem widerlichen Pansen verdient, den du so magst.

»Ich höre«, sagte Lilou zu Commissaire Duchamp.

»Wir haben nun die Aussage des neuen Zeugen protokolliert, den Madame Becaults Anwalt aufgetrieben hat. Diese belastet Sie schwer und ist glaubwürdig, auch wenn der Zeuge es eigentlich nicht ist. Sie wird standhalten, und damit sind Sie geliefert. Sie sollten deshalb ein Geständnis ablegen, bevor die Aussage vor Gericht landet, nur dann können Sie mit mildernden Umständen rechnen. Bekennen Sie sich schuldig, am besten noch heute. Sonst macht es keinen Sinn mehr. Und wir reden hier nicht von Petitessen, wir reden von etlichen Jahren mehr oder weniger im Gefängnis.« Er zog nochmals an seiner Zigarette, Lilou konnte das Knistern des verglühenden Tabaks hören. »Dieser Anruf hat natürlich nie stattgefunden. Ich habe ihn von dem Handy eines Freundes aus getätigt. Versuchen Sie ja nicht, mich für meine übergroße Freundlichkeit auflaufen zu lassen, es würde Ihnen übel bekommen.«

»Danke, Commissaire«, sagte Lilou, ihre Stimme nun kraftlos, wie ein einst starker Wind, der nur noch ein müdes Lüftchen war. »Und diesen Dank meine ich ehrlich. Ich hätte solch einen Anruf von Ihnen nicht erwartet.« Sie holte tief Luft. »Aber ich kann mich nicht schuldig bekennen. Nicht nur, weil ich es nicht war, sondern auch, weil ich nicht will, dass mein Kind eine bekennende Mörderin als Mutter hat. Au revoir.« Sie legte auf.

Ihre Mutter sah sie an. »Das war eine gute Antwort, Kind.«

»Danke, Mutter.«

Sie zog ihren Mantel aus. »Es ist schwer für mich, das alles, diese ganze Schande, und dazu in meinem Alter. Aber ich bin deine Mutter und muss für dich da sein. Du bist schwanger mit meinem Enkelkind, da gehöre ich an deine Seite, und unsere Differenzen müssen so lange ruhen. Es ist nichts vergessen, aber anderes ist wichtiger.«

Lilou nickte. »Möchtest du eine Tasse schwarzen Tee, so, wie du ihn gerne hast? Mit viel Zucker und Milch?«

»Ja«, sagte ihre Mutter. »Das wäre ein guter Anfang.«

Sie nannten ihn Kellerkatze, weil er sich beinahe wie Katzenfell anfühlte. Fast das gesamte Mauerwerk bedeckte er und hing wie ein schwerer schwarzer Vorhang von der Gewölbedecke im Keller des Landgutes Saint-Ursules. Der grauschwarze Kellerpilz ernährte sich genau wie der General vom Alkohol – allerdings von dem in der Luft. Er wuchs auch über die Flaschen und schützte so samtweich die Korken.

Jules atmete die feuchte, kühle Luft ein und blickte auf das am Eingang hängende Thermometer, welches stets aufs Neue von der Kellerkatze befreit werden musste. Dreizehn Grad, wie fast immer, denn die Schatzkammer von Saint-Ursules scherte sich nicht um Jahreszeiten. Ihr einziges Interesse galt den Flaschen, die hier wohlbehütet wie Babys im mütterlichen Bauch lagen. Jules schob seinen Rollstuhl ganz ans Ende des Kellers, in den, seit er sich so fortbewegte, eine Rampe führte. Der Schimmel war bereits wieder über die kleinen metallenen Schilder gewachsen, die verrieten, aus welchem Jahr die Flaschen stammten, die dahinter in gemauerten Nischen lagen, allesamt mit gusseisernen Gittern und schweren Schlössern geschützt. Etiketten wiesen diese Bouteillen nicht auf, denn sie wären von Feuchtigkeit und Kellerkatze ohnehin längst zersetzt.

Jules wusste trotzdem, in welcher Nische die Flaschen aus seinem Geburtsjahr lagen. Er wollte heute, an seinem Geburtstag, eine mit Claude leeren. Es war kein besonders guter Jahrgang, doch es war seiner und der gleichaltrige Calvados wie eine Art Zwillingsbruder, den man damals in eine Flasche gesperrt hatte und den er heute herauslassen würde. Jules hatte sich ganz früh von einem Taxi herbringen lassen, um vor allen anderen da zu sein, und nun würde er sich zurück nach Villers-sur-Mer fahren lassen, um auch vor allen anderen fort zu sein. Ihm war nicht danach, Glückwünsche zu seinem letzten Geburtstag entgegenzunehmen, und er wollte auch allen anderen diesen peinlichen Moment ersparen. Sterben zu müssen war schlimm genug, es musste nicht auch noch peinlich sein.

Als das Taxi kurze Zeit später vor Claudes Haus hielt, half der Fahrer ihm erneut vom Beifahrersitz in den Rollstuhl. Jules spürte, dass es dem Mann unangenehm war, die Nähe zu Jules, dessen Gewicht, nicht zu wissen, wie er ihn anzupacken hatte. Und eine unterdrückte Wut, dass er das tun musste. Jules fühlte sich wie eine Last für diesen Mann und behinderter als je zuvor. Er gab ihm ein großzügiges Trinkgeld, in der Hoffnung, sich dadurch besser zu fühlen, doch das Gegenteil war der Fall. Er hatte gerade jemandem Schmerzensgeld gezahlt, weil er selbst nur noch ein halber Mensch war.

Jules wehrte ab, als der Fahrer ihn zu Claudes Haus schieben wollte. Claude erwartete ihn, die Klingel würde angestellt sein.

Doch das war nicht der Fall.

Sicher ein Scherz des Freundes. Oder er machte ein Nickerchen.

»Claude, ich bin's! Komm runter, du Schlafmütze!«

Doch nichts geschah. Er rief noch einmal. Alles blieb tot. Deshalb wählte er mit seinem Handy Claudes Nummer, hörte auch das Klingeln im Haus, aber keine Hand nahm den Hörer ab.

Claude vergaß keine Termine.

Und aus dem Haus ging er doch kaum, erst recht nicht morgens, wenn immer viel in Villers-sur-Mer los war.

Jules musste hinein. Unter dem Fußabtreter lag immer ein Reserveschlüssel. Um die Treppe hinaufzukommen, würde er niemanden um Hilfe bitten, sich nicht noch einmal so unfähig vorkommen. Das würde er selber schaffen. Er hatte schließlich Arme. Es waren gute, starke Arme. Noch stärker geworden durch das Drehen der Rollstuhlräder. Sie würden ihn nicht im Stich lassen. Er brauchte sich mit dem Rollstuhl nur umzuwerfen, auf die Seite, und sich dann emporzuziehen, Stufe für Stufe.

Jules wartete nicht, er warf all sein Gewicht zur Seite und hob, als der Rollstuhl umfiel, seine Hände schützend an den Kopf. Das Trottoir war mit großen Steinen gepflastert, poliert von den Schuhsohlen der Jahrhunderte. Der Aufprall war härter als gedacht. Jules fiel mit großer Heftigkeit aus dem Rollstuhl auf die Steine, sein verdrehter Körper schmerzte überall dort, wo er nicht taub war.

Er richtete den Oberkörper trotzig auf und zog sich und seine bewegungslosen Beine zur ersten Stufe, wuchtete sich hinauf und dann weiter, ohne Pause, atemlos emporstrebend. Als ihm die Luft wegblieb, zog er sich zwei Stufen auf einmal hoch, ignorierte die aufsteigende Übelkeit, lächelte über die Kraftanstrengung. Er schaffte es doch, oder etwa nicht? Jules rutschte ab und setzte sofort wieder an. Mehr als einmal.

Oben angekommen war jedes Stück Stoff an ihm durchnässt von Schweiß.

Jules gönnte sich ein kurzes Durchatmen, gönnte sich für einige Sekunden den salzigen Geschmack des Erfolgs.

Der Schlüssel lag unter der kaum benutzten Fußmatte. Jules' Arme reichten bis zum Schloss, und er drehte ihn, stieß die Haustür auf und brüllte den Namen des Freundes in die Gänge und Zimmer, die Hallen und Keller der alten Strandvilla. Neben der Tür standen Regenschirme und Claudes Spazierstöcke in einem Messingständer. Zwei davon halfen ihm, als er sich wie auf Krücken Zentimeter um Zentimeter durch die Räume schleppte, was eine Ewigkeit in Anspruch nahm. Claude fand sich nicht im Schlafzimmer, nicht im Salon, nicht in der Küche oder auf dem Balkon. Dabei deutete alles darauf hin, dass er da sein musste. Das Bett war nicht gemacht, in der Küche stand eine halb volle, noch lauwarme Kaffeetasse auf dem Esstisch, die offene Balkontür bewegte sich leicht im Wind.

Es gab nur noch einen Raum, wo er sein konnte. Und Jules machte sich auf den Weg zum geheimen Zimmer.

Die Tür stand offen, darin brannte noch Licht.

Jules kam sich dumm dabei vor, doch er klopfte an.

Im Inneren brannten die Kerzen nieder, aber Claude war auch hier nicht.

Die Flaschen standen wie eh und je rings um den großen Tisch, wie stumme Wächter.

Doch etwas stimmte nicht, etwas schien aus dem Gleichgewicht, als hätte der Raum Schlagseite.

Jules sondierte alles. Dann fiel es ihm auf.

Eine Flasche fehlte.

Es war die einzige volle.

Es war die Flasche, die Claude nur mit seiner großen Liebe trinken wollte.

Jules lachte, ganz laut, und er rief Claudes Namen, aber nicht, um ihn zu sich zu holen, sondern wie ein Lied. Ein lautes Lied der Freude.

Und Jules weinte. Er weinte sehr.

Es waren kalte Tränen der Trauer. Denn sein Freund war nun fort.

Aber noch mehr waren darunter warme Tränen der Freude.

Konnte es sein, dass Claude seine Liebe tatsächlich wiedergefunden hatte? Stimmten die Gerüchte, war sie nach all den

Jahren zurückgekehrt? Jules spürte, dass es so war. Und plötzlich hatte er den Eindruck, dass ein zartes Parfüm in der Luft lag, und mit ihm der Duft von Maiglöckchen, Veilchen und Sandelholz. Es war kein Duft, den er jemals hier wahrgenommen hatte – und keiner, den ein Mann auftrug.

Endlich würde die sanfte Haut unter Claudes linkem Auge wieder von Lippen berührt werden.

Der Pétanque-Platz lag an der Rue du Stade André Salesse, in der Nähe des Fußballfelds von Villers-sur-Mer. Jules erwartete nicht, Claude dort zu finden, wohl aber Erinnerungen an den alten Freund, der einst sein Lehrer gewesen war. Bevor Jules das Segeln für sich entdeckt hatte, war er im Sport stets einer von denen gewesen, die als Letzte in eine Mannschaft gewählt wurden. Claude hatte ihm beim Pétanque deshalb seine eigenen, mit Initialen eingravierten Kugeln gegeben. Da Claude ein sogenannter Leger war und seine schweren Kugeln so wunderbar ausbalanciert, dass sie selbst auf unebenem Gelände liegen blieben und nicht vom hölzernen Cochonnet wegsprangen, traf selbst Jules damit recht häufig, und irgendwann wollte jeder ihn als Ersten wählen.

Hier war es gewesen, dass aus dem Lehrer ein Freund geworden war.

Nun spielte Gaston hier, mit einem Satz augenscheinlich brandneuer Metallkugeln. Sie flogen überallhin, nur nicht dorthin, wo sie sollten.

»Und? Gewinnst du?«, fragte Jules und wischte sich mit dem Handrücken eine letzte Träne aus dem Augenwinkel.

»Das ist die zwölfte Runde, und ich hab nur eine verloren!«, erwiderte Gaston stolz.

Jules hielt seinen Geburtstags-Calvados in die Höhe. »Trinkst du mit mir? Du hast sowieso noch einen gut.«

»Aber nur, wenn's was Feines ist. Ich trink jetzt keinen Fusel mehr!«

Jules zeigte ihm aus der Ferne die Flasche aus seiner Schatzkammer und nannte die Jahreszahl.

»Da bin ich dabei!« Gaston spielte einen miserablen Demi-Portée, dann legte er seine noch nicht geworfene Kugel auf den Boden und kam zu Jules. »Aber ich trink nicht im Stehen. Das machen nur Säufer. Dahinten auf der Bank ist es nett.«

Während Jules dorthin rollte, machte sich ein Gedanke in ihm breit und wuchs mit jeder Sekunde mehr ins Riesenhafte. Es war ein Gedanke, dessen Keim schon bei seinem letzten Aufeinandertreffen mit Gaston gesät worden war. Ein neues Fahrrad, teurer Calvados, glänzende Pétanque-Kugeln …

Jules ließ Gaston erst einmal trinken, denn Calvados öffnete das Herz.

»Der ist echt fantastisch!«

»Ja«, sagte Jules. »Das ist er, aber ich merke so was erst, seit Lilou in mein Leben getreten ist.«

Gaston blickte zum Pétanque-Feld. »Ja, ja, Lilou.«

»Es sieht schlecht für sie aus. Vielleicht hast du von dem Prozess gehört?«

Gaston nahm noch einen Schluck. »Eigentlich war das kein gutes Calvados-Jahr, ein nasser Sommer und so. Aber davon merkt man nix.«

»Es gibt einen Zeugen, der sie schwer belastet.«

»Jetzt weiß ich, wie ich den Wurf ansetzen muss!« Gaston stand auf. Die neuen Pétanque-Kugeln schimmerten im morgendlichen Licht wie kleine Sonnen.

»Du bist der Zeuge«, sagte Jules.

Gaston hielt inne, dann drehte er sich mit gesenktem Kopf um. Niedergeschlagenheit in seinen Gesichtszügen. »Woher weißt du das? Sie haben mir hoch und heilig versprochen, meinen Namen rauszuhalten. Ich darf mit niemandem drüber sprechen.«

»Ich bin nicht niemand, ich bin Jules, und wir trinken einen Calvados zusammen. In der Normandie darf man bei einem Calvados über alles reden, oder? Wo kämen wir sonst hin?«

»Meinst du wirklich?«

»Für deine Gastonkus gelten auch andere Regeln als für Haikus.«

»Das stimmt.«

Jules klopfte auf die Bank neben ihm. »Dann setz dich wieder und trink mit mir. Es ist mein Geburtstag. Ich will nicht allein trinken.«

»Herzlichen Glückwunsch«, sagte Gaston, setzte sich wieder und nahm die Flasche. »Wie alt bist du geworden?«

»Jünger, als ich mich fühle. Und jetzt verrat mir, wie du zum Zeugen geworden bist.«

»Das kann ich nicht.«

»Auch nicht als Geburtstagsgeschenk?«

»Schenkst du mir denn auch etwas?«

»Wenn du mir sagst, wann du Geburtstag hast?«

Gaston schüttelte den Kopf. »Was ist, wenn du dann nicht mehr lebst? Könnte ja sein. Also, ich will dir nicht zu nahe treten, aber ...«

Jules sah ihn lange an, kämpfte mit dem Schmerz und der Angst in sich, als wären sie wilde Raubkatzen und er hätte nur einen Stuhl, um sie fernzuhalten. Dann nickte er. »Wird wohl so sein«, brachte er hervor. »Gutes Argument.« Jules tippte auf den Calvados. »Das ist dein Geschenk. Kannst du behalten.«

Gaston steckte schnell den Korken in den Flaschenhals. »Dann kommt der jetzt aber weg! Ist schon genug getrunken worden von meinem guten Zeug.« Er blickte auf den Platz. »Ich sag vor Gericht nur die Wahrheit. Sonst nichts.«

»Die würde ich gerne hören, deine Wahrheit.«

»Versuch aber nicht, mich davon abzubringen!«

»Ich bin doch ein Freund, oder?«

»So was in der Art. Ein Trinkkumpan bist du.«

Jules nahm seine Brille ab und wischte die Gläser an seinem Hemd sauber. »Du bist ein Guter, Gaston. Das weiß ich, und zwar nicht, weil du alle an deinen Exkrementen teilhaben lässt.«

»Sondern?«

»Weil du einfach kein Arsch bist. Sondern nur einen hast.«

Gaston lachte, lehnte sich zurück und breitete die Arme aus, als gehöre ihm nicht nur die Bank, sondern der ganze Platz. »Bin ich auch nicht.« Er holte einen kleinen Stein aus der Seitentasche seines Mantels und steckte ihn sich in den Mund, um daran zu lutschen. »Du kennst doch Doktor Moreau.« Gaston wartete keine Antwort ab. »Ich bin ja bei ihm in Behandlung. Und mit seinem Arzt redet man über alles, dem kann man vertrauen! Wir redeten über dies und das und auch darüber, dass ich bei Lilou war, bevor sie den Bürgermeister umgebracht hat. Da sagte der Doktor, er hätte über den Rechtsanwalt von der Witwe Becault eine Aussage über Lilous Gewalttätigkeit gemacht, also, er sagte natürlich über Mademoiselle Leflaives Gewalttätigkeit, aber das ist ja Lilou, und ich solle mich bei diesem Rechtsanwalt doch auch melden. Vielleicht wäre sogar eine Aufwandsentschädigung drin. Ich durfte von seinem Telefon aus bei dem Anwalt anrufen. Und der ließ mich dann direkt abholen, mit einem Taxi.«

Jules setzte die Brille wieder auf. Obwohl in ihm alles brodelte, wollte er das Gespräch so beiläufig wie irgend möglich führen. »Lilou hat dich behandelt an dem Tag, das hat sie mir erzählt. Und du hast ihr diesen Aschenbecher geschenkt, auf den Becault später gefallen ist.«

Gaston rückte unruhig auf seinem Platz hin und her. »Ja, genau. Geschenkt … genommen … so war das auf jeden Fall. Und dann bin ich fort, aber später noch mal wiedergekommen. Sie hatte mir ja eine Mischung mit getrockneten Früchten und so Kram gegeben, und ich wollte fragen, ob sie davon vielleicht noch mehr hat. Da stand dann schon das Auto von diesem Bürgermeister da. Deshalb hab ich auch erst mal durchs Fenster geguckt und bin nicht gleich rein.« Gaston nahm nun doch noch einen Schluck und blickte dann versonnen zu seinen Kugeln.

»Und dann?«, fragte Jules ungeduldig. »Erzähl weiter, das ist doch jetzt der entscheidende Moment.«

»Sie haben gekämpft«, sagte Gaston. »So, und jetzt hab ich dir alles erzählt.« Er stand auf.

»Das ist deine Aussage? Aber die stützt doch Lilous Geschichte! Wieso sagen dann alle, die Aussage des neuen Zeugen würde sie widerlegen? Gaston, geh jetzt nicht weg, bitte. Du hast die ganze Flasche schon bekommen, ich aber noch nicht die ganze Geschichte.«

»Sie war nicht voll. Du hast auch davon getrunken.«

»Ich habe schließlich Geburtstag. Setz dich wieder zu mir und erzähl, was du dem Anwalt erzählt hast.«

Zögerlich setzte Gaston sich wieder. »Er hat gefragt, ob es nicht etwas gäbe, was ich mir wünschen würde. ›Ja‹, hab ich gesagt, ›so ein Fahrrad mit Kiste vorne und guten Calvados und schöne Pétanque-Kugeln.‹«

»Und der Anwalt versprach, dass du das alles bekommst, wenn du aussagst?«

»Von Aussagen vor Gericht war am Anfang gar nicht die Rede, das kam erst später! Er sagte, er setzt etwas auf, liest es mir vor, und ich solle das dann unterschreiben. Er sagte, er würde es in Gerichtssprache schreiben. Dann bekam ich die Geschenke, und dann hat er es mir vorgelesen.«

»Und stand dort alles so, wie du es ihm erzählt hast?«

»Fast«, sagte Gaston nach kurzem Zögern. »Kannst du es dir nicht selber bei Gericht durchlesen? Ich mag das nicht alles wiederholen, vielleicht erinnere ich mich auch falsch. Kann ja sein.«

»Gaston, Lilou hat mit ihren heilenden Händen gemacht, dass du wieder schön scheißen kannst. Sag mir nicht, du erinnerst dich kein bisschen daran, was du diesem Anwalt über sie gesagt hast.«

»Ich hab's ja nicht genau so gesagt, wie er es aufgeschrieben hat! ›Plötzlich wollte sie den Aschenbecher unbedingt‹, hat er vorgelesen. Als ich meinte, das stimme nicht, da sagte er, woher ich das denn wissen wollte? Vielleicht hätte sie von Anfang an ein Auge auf das Ding geworfen. Immerhin hat sie sich sehr darüber gefreut, dabei war es ein hässliches Teil. Und sie hat ihn schließlich auch gleich danach benutzt, nicht wahr?«

»Was hat er noch anders aufgeschrieben?«

»Ach, eigentlich nicht viel. Ein paar Kleinigkeiten.«

»Welche Kleinigkeiten?« Als Gaston wieder aufstehen wollte, hielt Jules ihn fest. Es waren wirklich gute Arme geworden. »Jetzt kannst du mir auch den Rest noch erzählen.«

»Es ging um den Kampf. Er meinte, da könne doch niemand genau sagen, wer wen angreife, das ginge ja immer hin und her. Und der Bürgermeister könne ja nun kaum so gestürzt sein, wenn sie ihn nicht auch attackiert habe. Und nichts anderes habe er geschrieben. In Anwaltssprache.«

»Sie hat sich gewehrt!«

»Das hab ich auch gesagt. Dass ich sah, wie der Bürgermeister über ihr hing und sie bedrängt hat, der geile, alte Bock, und sie sich gewehrt hat. Da sagte er, vielleicht hätte sie ihn zuerst heißgemacht und dann abgeblockt und ihn überwältigt. Ich sollte also lieber aussagen, dass es einen Kampf gegeben habe und nicht, wer wen bedrängt hat. Und dass Lilou den Becault geschubst habe, sonst wäre der ja kaum so gefallen.«

»Stell dich nicht so dumm an, Gaston. Du verkaufst Lilou allen Ernstes für ein Fahrrad, Calvados und ein paar Kugeln?«

»Er hat gesagt, es würde Lilou helfen, wenn ich es unterschreibe. Der Prozess sei dann schneller zu Ende, verurteilt würde sie sowieso.«

»Und diesen Unsinn hast du geglaubt? Verarsch mich nicht, Gaston. Und verarsche dich selbst nicht.«

Gastons Blick irrte in der Gegend umher. »Er hat mich gedrängt zu unterschreiben, und dann hat er gesagt, er würde Moreau Geld geben, damit er mich noch besser behandeln könnte. Dieser Anwalt trägt einen teuren Anzug und wirkt so seriös, darum hab ich ihm geglaubt.«

»Ach, Gaston. Seit wann urteilst du denn nach dem Aussehen? Dann wärst du selbst ein heruntergekommener Säufer und kein Gedichtschreiber und angesehener Wetterprophet.«

»Ich mag meine neuen Sachen und geb sie nicht wieder her! Oder kaufst du mir dann alles noch mal?«

»Nein, ich will Lilou nicht freikaufen. Oder sagst du nur gegen Geld die Wahrheit? Bist du so korrupt?« Jules blickte ihn ernst an. »Frag dich mal, was dir im Leben geblieben ist. Besitz? Nicht wirklich. Eine Frau, Kinder, eine Karriere? Nein, nein, nein. Stolz auf dein freies Leben? Respekt vor dir selbst? Das könntest du haben. Du bist nicht irgendein Penner, der nachts nicht weiß, wo er schlafen soll. Du hast ein Zuhause in Villers-sur-Mer. Niemand vertreibt dich von deinen Bänken. Du bist einer von uns. Und nun verrätst du eine von uns? Für ein paar Kröten? Schäm dich! Kannst du das noch, dich schämen? Das brauchtest du nämlich schon lange nicht mehr. Du hattest alles, was wichtig ist, die Natur hier und Calvados, selbst wenn es nicht der Beste war, und du hattest Zeit. Jetzt hast du ein Fahrrad, Flaschen und Pétanque-Kugeln, die du nicht richtig werfen kannst. Irgendwann ist das alles kaputt oder leer, aber du bist dann immer noch ein Arschloch, das sich verkauft hat.«

Wütend schob Jules seinen Rollstuhl davon.

Die Blüte stirbt ab
Wie Schnee fallen ihre Blätter
Der Frühling wundert sich

Gustave Eiffel

Drei Wochen später

Kleiner Vogel

Als Lilou aus dem Gerichtssaal trat, kam es ihr vor, als wäre alles darin in Watte gepackt gewesen, am allermeisten sie selbst. Alle Hausmittel in Sachen Beruhigung hatte sie am Morgen in der einen oder anderen Form zu sich genommen: Lavendelöl, Vitamin B, Baldrian, warme Milch, Kava-Kava und was ihr Schrank sonst noch hergab. Wie Amélie ihr erst im Gerichtssaal verraten hatte, zusätzlich auch noch ein paar verschreibungspflichtige Beruhigungspillen, die sie ihr ungefragt ins Müsli geworfen hatte. Denn es war der Tag, an dem der entscheidende Belastungszeuge seine Aussage machte.

Und so hatte alles, was im Gerichtssaal passierte, nichts mit ihr zu tun. Wie ein Film, den sie auf einer Leinwand sah. Zu Beginn suchte sie den Saal nach Jules ab, wie immer, jedes Gesicht hatte sie sich angeschaut. Doch wie jedes Mal fand er sich nicht unter den vielen.

Trotzdem wollte sie auch beim nächsten Gerichtstermin wieder alle absuchen. Als würden ihre suchenden Blicke Jules irgendwann ganz automatisch hierherführen.

Heute allerdings machte sie Gaston im Saal aus und freute sich, ihn zu sehen. Er trug einen Anzug, seine Haare waren gewaschen und geschnitten worden, sein Bart gestutzt. Er sah nicht aus wie eine Raupe, die zum Schmetterling geworden war, sondern wie ein Schmetterling, den man in ein Raupenkostüm gesteckt hatte.

Als er in den Zeugenstand trat, strahlte der Anwalt der Gegenseite vor Selbstzufriedenheit. Dann sagte Gaston, was passiert war, er habe gesehen, wie Becault sie bedrängt hatte, und gehört, wie sie um Hilfe rief. Aus dem Augenwinkel habe er sogar gesehen, wie Becault rückwärts gestolpert und unglücklich gefallen war. Gaston sei danach fortgelaufen, da er mit einem Streit nichts zu tun haben wollte. Der Anwalt fragte immer wieder nach und sagte etwas davon, dass sein Zeuge in der schriftlichen Aussage anderes zu Protokoll gegeben habe, doch Gaston hielt dagegen, dass er damals betrunken gewesen und heute nüchtern sei. Dann war er zur Richterin gegangen und hatte sie angeatmet. Diese bestätigte daraufhin, dass Gaston nach Knoblauch, Zwiebeln und sehr lange gereiftem Livarot-Käse roch, aber nicht nach Alkohol. Der Rechtsanwalt wurde sehr wütend, wedelte aufgebracht vor Gaston mit dessen schriftlicher Aussage herum, es sah aus, als wollte er sie ihm links und rechts um die Ohren hauen, seine Stimme wurde immer lauter, sein Kopf immer roter, schließlich zerriss er Gastons Aussage und warf sie ihm, eine derbe Beleidigung ausstoßend, ins Gesicht. Woraufhin die Richterin ihn streng ermahnte.

Lilous Pflichtverteidiger wirkte so glücklich, als wäre heute schon Weihnachten und auch sein Geburtstag und er würde gleich die Frau seiner Träume heiraten.

Anschließend ging Gaston zu dem wütenden Anwalt, stellte ihm einen Satz Pétanque-Bälle sowie mehrere Flaschen Calvados auf den Tisch und verkündete, das Fahrrad würde er auch noch zurückgeben, das habe nur nicht in seine Plastiktüten gepasst.

Die Richterin bat Gaston zu sich nach vorne, und sie unterhielten sich leise. Kurz darauf wurde der Prozess unterbrochen, und Madame Becaults Rechtsanwalt, der Mann, von dem sie sagten, er gewinne jeden Fall, stürmte als Erster aus dem Saal. Als Lilou hinaustrat, umarmten Menschen sie und klopften ihr auf die Schulter.

Lilou traute sich nicht zu lächeln, Jules hatte ihr ja damals geraten, sie solle bloß nicht lächeln. Keine bunte, auffällige, sexy Kleidung tragen, kein Make-up. Unbedingt gepflegt, aber wie eine Nonne. Lilou hatte sich von Claudette Kleidung geliehen. Sie kam sich in dieser wie ein anderer Mensch vor, als trüge sie ein Büßergewand.

Nun fühlte es sich an, als würde sie auf einer großen, schönen Welle aus lächelnden Menschen durch die Gänge Richtung Ausgang getragen werden. Gaston drängte sich zu ihr, seine Bewegungen sahen aus, als müsste er durch all die Menschen zu ihr schwimmen. Er sagte, es tue ihm leid, doch Lilou verstand nicht, denn wenn sie alles richtig mitbekommen hatte, dann war seine Aussage sehr gut für sie, und das ganze Gerede über den unbekannten Zeugen, der sie so belastete, war nur Unsinn gewesen. Gaston wurde wieder fortgespült, bevor Lilou sagen konnte, dass sie schöne alte Pétanque-Kugeln besaß, die sie ihm gerne schenken würde, da er nun ja keine mehr habe. Lilou versuchte, hinter Gaston herzurennen, um es ihm zu sagen, hatte das Gefühl, als sei es in diesem Moment das Wichtigste. Doch das Meer aus Menschen hatte ihn verschluckt.

Jemand hakte sich bei ihr unter, und es fühlte sich an, als schließe sich ein Rettungsring um ihren Arm. Es war ihre Mutter. Sie weinte, was Lilou nicht von ihr kannte. Als sie in einem Seitengang waren, schloss sie Lilou sogar in ihre Arme. Es fühlte sich fremd an. Da niemand sonst in der Nähe war, lächelte Lilou. Ihre Mutter ordnete Lilous Haare und säuberte mit einem Taschentuch und etwas Spucke ihr Gesicht. Lilou hatte das als Kind immer gehasst, doch nun ging es ihr trotz des Nebels in ihrem Kopf ganz nahe.

Sie gingen zusammen in den Trakt des Justizpalasts, wo sich

das Büro ihres Pflichtverteidigers befand. Das Meer wurde auf dem Weg ruhiger, die Menschen trieben davon, ihr Anwalt stand in einer kleine Gruppe vor seiner Tür. Amélie gehörte auch dazu. Sie rief lautstark etwas von sofortiger Einstellung.

Lilou setzte sich auf eine Bank, ihre Mutter gesellte sich zu den anderen.

Langsam löste sich die Watte auf, flog davon, als bliese jemand sie fort.

Mit einem Mal stand Doktor Moreau vor ihr.

»Mademoiselle Leflaive.« Er verneigte sich kaum merklich. »Ich bin nicht gekommen, um mich zu entschuldigen. Sie haben mich angegriffen, und ich bereue nicht, dies im Prozess ausgesagt zu haben.«

Was für ein komischer Mann er doch ist, dachte Lilou. Nun erst sah sie die tiefen Spuren des Lebens in seiner Haltung, das Gebeugte, welches nicht von Arbeit, sondern von Demütigungen stammte. Und sie sah noch etwas, eine kleine kräftige Krankheit, die an seinem rechten Arm zog wie ein nörgelndes Kind. Sie wusste nicht, was es war, aber dass sie ihn den ganzen Tag begleitete.

Lilou lächelte sanft. Die Welt gewann wieder an Konturen, doch in ihr war alles noch herrlich weich und gedämpft.

»Ich war es, dem Gaston anvertraute, dass er bei Ihnen war, bevor der Unfall geschah. Ich ermunterte ihn, mit dem Rechtsanwalt von Madame Becault zu sprechen. Mir war bewusst, dass er auf eine Verurteilung von Ihnen aus war, doch nicht, zu welchen Mitteln er greifen würde. Wie gesagt, ich will mich nicht entschuldigen, denn dafür gibt es keinen Grund. So wie ich hätte jeder rechtschaffene Bürger agiert.«

Lilou nickte. Das schien Moreau zu erwarten.

»Nun ja, wie auch immer, ich sprach Gaston gerade an, um zu erfahren, was genau geschehen war. Und er erzählte mir nicht nur von der Bestechung, sondern auch etwas, das ich Ihnen nicht vorenthalten möchte. Ich bin kein Unmensch, verstehen Sie, ganz im Gegenteil, mir ist Gerechtigkeit ein großes Anliegen. Deshalb ziehe ich ja gegen Ihre sogenannten Heilkünste zu Felde. Wobei sich herausgestellt hat, dass Sie bei einigen Patienten teils erstaunliche … Aber darum geht es gerade gar nicht. Gaston berichtete mir auf jeden Fall, dass ihm jemand ins Gewissen geredet und ihm klargemacht habe, dass er nicht bis an sein Lebensende ein, und ich zitiere wörtlich, Arschloch sein wolle, das eine Frau aus Villers-sur-Mer für ein paar Kröten verraten hat. Und dieser Mann, der Gaston überzeugte, die Wahrheit zu sagen, war Jules Lignier. Das sollten Sie wissen. Denn wenn Sie ihm dafür danken wollen, müssen Sie sich beeilen.« Er hielt kurz inne, und Lilou blickte auf. »Ich darf darüber eigentlich nicht sprechen, aber er liegt im Sterben, bereits seit zwei Tagen. Vielleicht ist es schon zu spät. Irgendwann setzt die Atemlähmung ein, selbst das Morphium kann diese nur wenig erleichtern. Wissen Sie, das Fortschreiten der Erkrankung ging mit einem Mal sehr schnell. Sein Körper hatte auf einmal nichts mehr entgegenzusetzen, als hätte ihn der Lebenswille verlassen.« Er nickte wie zu sich selbst. »Und eins noch: Wenn Sie mich nochmals körperlich angreifen, werde ich Sie mit Pfefferspray aus dem Verkehr ziehen und anzeigen. Dann werden Sie den Gerichtssaal definitiv verurteilt verlassen.«

Sämtliche Watte war verschwunden, um Lilou herum und in ihr.

Lilou überfuhr so viele rote Ampeln wie in ihrem gesamten Leben nicht. Sie stoppte den Wagen quer auf dem Bürgersteig, sprang heraus und rannte zur Villa. Sie traute sich nicht, Sturm zu läuten, aber als sie den Finger kurz auf den Klingelknopf legte, drückte sie ihn mit aller Wucht.

Es war Claudette, die einen Spalt öffnete. Als sie sah, wer vor der Haustür stand, öffnete sie diese weiter und trat zur Seite, damit Lilou hereinkommen konnte. Sie sagte nichts, schüttelte nur ganz leicht den Kopf. Lilou ging schnellen Schrittes an ihr vorbei zum Wohnzimmer, wo Jules' Bett stand.

Als ihre Schritte durch die Halle mit der großen Treppe hallten, erschien eine Krankenschwester aus dem Zimmer. Sie lächelte. »Sind Sie Lilou?«

»Ja, das bin ich. Hat er etwa von mir …?«

»Nur im Schlaf. Ihren Namen. Gehen Sie rein. Aber er darf sich nicht aufregen. Kriegen Sie das hin?«

Die Frau war etwa Mitte vierzig, und doch schien sie schon viel miterlebt zu haben. Ihre Augen wirkten ehrlich. Sie war einer von den Menschen, die man nicht belügen wollte, selbst wenn man es besser sollte.

»Ich glaube nicht. Aber ich hoffe, dass ich positive Aufregung bringe.«

Die Krankenschwester strich Lilou beruhigend über den Oberarm. »Passen Sie auf ihn auf. Und auf sich. Sie werden ihm guttun. Er hat nämlich nur wenig Besuch. Ein alter General und ein Mann, der immer ganz in Weiß gekleidet ist. Doch deren Namen sagt er im Schlaf nie.« Dann ging sie zur Küche.

Lilou traute sich nicht weiter als bis zum Türrahmen. Im Rausch der Eile hatte sie die Angst vor dieser Begegnung nicht wahrgenommen, doch nun ließ diese sie nicht zu Jules durch, drückte ihr den Hals von allen Seiten zu.

Sie hatten seine schönen Möbel an die Wand geschoben, zum Teil übereinandergestapelt. Er selbst lag in der Mitte des Zimmers in einem wuchtigen Krankenbett, mit strahlend weißer Bettwäsche, umringt von Apparaten, die wie fremde Wesen ihre Schläuche und Leitungen fürsorglich auf ihn legten. Das Einzige, was in diesem Raum noch Wärme ausstrahlte, war die kleine, auf dem Plumeau zusammengerollte, dreifarbige Katze. Mademoiselle schien sich an allem um sie herum gar nicht zu stören, sanft hob und senkte sich ihr Bäuchlein, ihr Gesicht hatte sie zwischen den samtweichen Pfoten verborgen. Plötzlich blickte sie auf und zu Lilou – dann warf sie sich auf den Rücken und schlug mit ihrem Schwanz auf den Stoff. Mademoiselle wollte spielen. Lilou sollte zu ihr kommen.

Durchatmen.

Lilou reckte den Hals, versuchte den Druck loszuwerden, doch sie wusste, dass die einzige Möglichkeit dafür war, die Worte herauszulassen. Jedes Wort würde sie mehr befreien.

Jules blickte in die andere Richtung, als Lilou endlich zu sprechen ansetzte. Er hatte die Augen offen, das sah sie, doch ihr Eintreten noch nicht bemerkt.

»Jules, ich weiß, du willst mich nicht sehen, aber ich wollte Danke sagen. Gaston hat heute seine Aussage gemacht. Es sieht jetzt wohl sehr gut für mich aus. Das wollte ich dir nur sagen, und nun bin ich wieder weg.« Sie drehte sich um. Und wartete. Einundzwanzig, zweiundzwanzig, dreiundzwanzig. Dann gab sie an ihr rechtes Bein das Signal zu gehen.

»Willst du nicht noch etwas bleiben?«

»Doch, das will ich«, flüsterte Lilou. Sie drehte sich nicht um. »Es gibt wirklich nichts, was ich lieber möchte. Aber du willst es nicht.«

»Lilou?«

»Ja?«

»Ich ...« Er holte Luft. Sie hörte, dass es ihm Schmerzen bereitete. »Setzt du dich neben mich, dann muss ich nicht so laut sprechen.«

»Ja, klar.« Sie kam schnell zu ihm, setzte sich vorsichtig auf das Bett. Mademoiselle tatzte zu ihr und drückte das Köpflein gegen ihre Seite.

»Kannst du meine Hand nehmen?«, fragte Jules. »Ich spüre es zwar nicht mehr, aber zu wissen, dass du es tust, wäre sehr schön.«

Lilou rückte langsam vor, um nah genug bei Jules zu sein. Sie wollte keine Erschütterung verursachen, die ihn schmerzen konnte. Dann umfasste sie seine Hand zärtlich mit ihrer.

Jules blickte lange auf die beiden Hände und dann hoch zu Lilou. Es kostete ihn Anstrengung, sie anzusehen.

»Lilou, ich war ein Idiot.«

»Ja, das warst du. Total.« Sie nahm einen tiefen Atemzug und versuchte, ihre Tränen zu unterdrücken. Es war sinnlos.

Er lächelte. »So spricht man eigentlich nicht mit einem Sterbenden.«

»Wenn er sich wie ein Idiot verhalten hat, schon!« Sie lachte auf.

Jules schaffte es nicht, obwohl Lilou sah, dass er wollte. Doch in seinen Zügen war viel zu viel Trauer, als dass ein Lachen dazwischen Platz gehabt hätte. »Es tut mir unfassbar leid, was ich gesagt und getan habe. Ich habe mich um so viele Tage mit dir gebracht, und jetzt habe ich keine mehr übrig.«

Lilou drückte seine Hand, auch wenn er es nicht spüren konnte. »Du hast auch mich um so viele Tage gebracht. Und ich wollte jeden einzelnen davon haben.« Ihre Stimme brach. »Ich wollte dir noch so viel sagen, und so viel von dir hören, und dir nah sein, und alles.« Sie presste ihre Lippen wütend aufeinander. »Du bist so ein Riesenidiot!«

»Ja.« Jules weinte nun auch. »Und ich wusste es die ganze Zeit, aber habe nichts dagegen getan. Umarmst du mich noch mal, kleiner Vogel?«

Lilou zögerte keinen Augenblick, schlang ihre Arme um Jules und bettete ihr weinendes Gesicht auf seine Brust. Zuerst dachte sie, er dufte nicht mehr nach sich, doch unter dem Geruch von Medikamenten und Reinigungsmitteln war ganz schwach noch Jules auszumachen. Sie spürte seine vom Weinen durchgeschüttelte Brust und streichelte ihn sanft über den Nacken. Nur ganz langsam verebbte das Weinen ein wenig, und sie atmeten im Gleichklang. Ganz tief.

Dann sprach Jules sacht in ihr Ohr, seine Stimme ein Zittern. »Ich bin so glücklich, dass du ein Kind von mir bekommst, Lilou. Es darf mit dir leben, darf dich seine Mutter nennen.«

»Ach, Jules.«

»Es wird dich sehr lieben.«

»Welchen Namen soll es haben?« Sie hob den Kopf und sah ihn an. Lilou wollte sein Gesicht sehen, wenn er ihr den Namen nannte. Und sie würde jeden akzeptieren. Na gut, vielleicht nicht ausnahmslos jeden …

»Was wird es denn?«

Lilou schüttelte schmunzelnd den Kopf, während kleine Tränen weiter über ihre Wangen liefen. »Das weiß man so früh doch noch nicht, du Geistesgröße.«

»Das hat mir gefehlt«, sagte Jules lächelnd.

»Was hat dir gefehlt? Dass ich dich beleidige?«

»Ja, das hat mir gefehlt. Mich hat nämlich nie jemand so schön beleidigt wie du.«

Er begann zu husten, immer keuchender und verkrampfter, die Krankenschwester kam hereingerannt und hielt ihm ein Tuch vor den Mund. Es füllte sich mit Schleim und Blut. Jules brauchte Zeit, um sich wieder zu fangen, und Lilou kam sich schrecklich vor, dass ihr Gespräch ihn dazu gebracht hatte. Deshalb schwieg sie nun und sah Jules nur an, damit er Zeit hatte, um über Namen nachzudenken.

Claudette erschien im Türrahmen. »Er ist da. Geht es jetzt?«

Jules nickte schwach. Dann wandte er sich leise an Lilou.

»Guillaume ist einer der Jungs, die mich als Kind immer malträtiert haben, und dann ist er zur Überraschung von ganz Villers-sur-Mer Mönch und irgendwann Abbé geworden und ein guter Kerl noch dazu.« Er holte angestrengt Luft, bevor er fortfuhr. »Claudette besteht darauf, dass ich es mache. Und ich dachte: Wenn, dann wenigstens mit ihm.«

Lilou wusste nicht, was »es« sein sollte, aber sie fragte nicht nach, denn in diesem Moment trat der Abbé in den Raum. Er sah älter aus als Jules und trug einen Vollbart, der sein Gesicht verhüllte, fast als wollte er sich verstecken. Er begrüßte zuerst Jules, dann Lilou und schließlich die Krankenschwester. Er scherzte ein wenig und benahm sich überhaupt nicht, als befände er sich an einem Totenbett, sondern eher wie jemand, der auf ein Bier vorbeikam.

»Ich mache die Kurzform, oder? Ich weiß ja, dass du nicht daran glaubst, Jules. Aber er da oben glaubt an dich.«

»Warum sollte er gerade an mich glauben?«, fragte Jules. »Er hat sich nicht besonders gut um mich gekümmert.«

»Er schenkt uns das Leben und die Liebe, und das sind die größten Geschenke, die es gibt.«

»Und was ist mit der Gesundheit? Und mit der Zeit?«

»Die Wege des Herrn sind unergründlich, Jules. Wir können nur darauf vertrauen, dass er weiß, was er tut. Das Leben schenkt uns Schönheit wie Schmerz. Und wir können es nicht beherrschen, egal, wie sehr wir das auch versuchen.«

Jules wendete den Kopf ab. »Mach einfach schnell, es ist für Claudette.«

Mit einem kleinen Aspergill sprengte der Abbé Weihwasser auf ihn. Etwas traf Mademoiselle, und sie begann sich an der Stelle zu putzen. Der Priester legte seine Hand auf Jules' Haupt, weihte das Öl und salbte damit Stirn und Hände. Dabei sprach er langsam und mit fester Stimme den Segen.

»Durch diese heilige Salbung helfe dir der Herr in Seinem reichen Erbarmen. Er stehe dir bei mit der Kraft des Heiligen Geistes. Der Herr, der dich von Sünden befreit, rette dich, in Seiner Gnade richte er dich auf.«

Dann sprach er das Vaterunser.

Jules sah ihn an. »Danke.«

»Du glaubst doch noch immer nicht daran.«

Jules versuchte ein Lächeln. »Aber ich habe gespürt, dass du es tust. Und wenn Gott einen Kerl wie dich bekehren kann, dann muss er wirklich was draufhaben.«

»Ich war echt ein Idiot.« Der Geistliche schüttelte schmunzelnd den Kopf.

»Der größte im ganzen Ort.«

Langsam packte der Abbé seine Sachen zusammen. »Wenn

dich meine Bekehrung dazu bringt, an Gott zu glauben, hatte meine verkorkste Jugend ja doch etwas Gutes.« Er lächelte sanft. »Mach's gut, Jules. Er wird sich um dich kümmern. Ganz bestimmt.«

Jules presste die Lippen aufeinander. »Kannst du Claudette für mich rufen?«

Erst jetzt fiel Lilou auf, dass Claudette den Raum während der Ölung verlassen haben musste. Sie trat wieder ein, die Wangen feucht glänzend vor Tränen, die sie schnell wegwischte. Jules winkte sie zu sich ans Bett und flüsterte ihr etwas ins Ohr. Sie blickte Lilou an und nickte. Dann ging sie zur Krankenschwester, und beide verließen den Raum.

Lilou sah Jules an. Sah in diese tiefen braunen Augen, die ihr vom ersten Moment an so gefallen hatten. Und Jules blickte in ihre.

»Hast du einen Namen, der dir gefällt?«

Er nickte kaum merklich. »Wenn es ein Mädchen wird, dann nenn sie Lilou. Es gibt keinen schöneren.«

»Spinner«, sagte Lilou, doch selbst im Spaß fiel es ihr immer schwerer, ihm ein Schimpfwort an den Kopf zu werfen. Es tat weh.

»Ich will nicht gehen«, sagte Jules mit einem Mal, seine Stimme zittrig.

»Das will ich auch nicht!« Sie nahm seine Hände und drückte sie ganz fest.

»Es ist zu früh.«

Sie legte ihren Kopf auf seine Brust. »Viel zu früh.«

»Es fängt doch gerade erst an.«

Und doch werden wir nichts als diesen Anfang haben, dachte Lilou. Dabei hätte es ein langer Roman werden sollen. »Wir haben geliebt«, sagte sie. »Wirklich geliebt. Du bist mein Glück. Und du hast mich gerettet.«

»Du hast mich auch gerettet, Lilou. Bevor es zu spät war.«

Sie richtete sich wieder auf und drückte ihren Rücken durch.

»Jetzt wollen wir mal keinen Wettbewerb daraus machen, wer wen mehr gerettet hat. Du hast mich nämlich mehr gerettet. Aber lass es uns unentschieden nennen, ja?«

»Ja. Obwohl das schade ist.«

»Wieso?«

»Ich hatte gehofft, ich sei der Sieger und würde deshalb etwas bekommen.«

Lilou lachte auf. »Vielleicht bekommen ausnahmsweise ja auch ... Unentschiedene etwas.«

»In der Schublade des Nachttischs«, sagte Jules.

Als Lilou diese öffnete, fand sie ihr liebstes Buch. *Der Duft deiner Küsse*.

»Hast du es gelesen?«, fragte sie.

»Nein, es ist kein Buch, das ich selber lesen sollte. Es ist eines, das vorgelesen werden muss. Es war so schön, es mit deiner Stimme zu hören.«

Lilou schlug es zärtlich auf. »Da ist lauter Sand zwischen den Seiten, wo wir aufgehört haben.«

»Ich hatte kein anderes Lesezeichen zur Hand und fand, dass Sand gut passte.«

»Ja, das stimmt. Hier hinten im Kleingedruckten steht übrigens, dass es eines der wenigen Bücher ist, die auch Unentschiedenen vorgelesen werden dürfen.«

»Na, wenn es im Kleingedruckten steht, dann werde ich es nicht anzweifeln.« Er sah sie mit funkelnden Augen an.

Lilou strahlte. Da war es wieder, das Einander-Necken, welches sie so liebte. Sie begann zu lesen und sah, wie Jules' Atem dabei immer entspannter wurde. Nach etwas über einer Stunde war sie beim Ende angelangt.

Sie sagte, es müsse nicht jetzt sein. Denn da wäre noch so viel Zeit. Zeit, um ganze Wände zu tapezieren und den Boden zu fliesen. Zeit, um endlich den Balkon aufzuräumen. Zeit, um den Müll rauszutragen?, fragte er.

Unbedingt, sagte sie, Müll raustragen ist sogar eine der wichtigsten Aufgaben. Ich mache kaum etwas lieber, als dir zuzusehen, wie du den Müll rausträgst. Nicht nur wegen deines süßen Hinterns.

Und Zeit, um noch einmal nach Honfleur zu fahren?, fragte er. Um mit dir eine Sandburg zu bauen und dir aus meinem Lieblingsbuch vorzulesen, dabei Cidre zu trinken und uns zu küssen?

Nein, sagte sie, ganz bestimmt nicht. Wir haben auf keinen Fall nur einmal Zeit dafür. Wir werden noch ganz oft dafür Zeit haben. Küsst du mich jetzt, fragte sie, als wäre es das letzte Mal? Und dann musst du mit mir schlafen, ja? Ganz dringend musst du mit mir schlafen. Als wäre es das erste Mal, als wäre alles neu.

Du bist verrückt, sagte er. Du bist die verrückteste Frau, die ich je kennengelernt habe. Mit Meilen Abstand. Und ich liebe dich dafür.

Es war das schönste Kompliment, das er ihr machen konnte.

Und er küsste sie, als wäre es das erste Mal, und liebte sie, als wäre es das letzte Mal.

Lilou blickte zu Jules, der die Augen in diesem Moment öffnete. »Ich dachte, du wärst eingeschlafen.«

»Doch nicht, bevor ich das Ende gehört habe.«

»Du solltest schlafen.«

»Es ist ein wunderschönes Buch.«

»Das ist es, aber du solltest jetzt schlafen.«

»Ich habe Angst, nicht mehr aufzuwachen. Geht es noch weiter?«

»Es kommt nur noch der Epilog.«

»Nur mit Epilog ist ein Buch ein gutes Buch!«

Lilou stupste ihn leicht an. »Wo hast du diesen Blödsinn denn her?«

»Liest du ihn mir vor?«

Die Krankenschwester schob sich in Lilous Blickfeld und schüttelte den Kopf.

»Erst wenn du geschlafen hast.«

»Ich werde bald nicht mehr aufhören zu schlafen«, sagte Jules. Bei den letzten Worten blieb ihm fast der Atem weg.

»Du wirst den Epilog morgen hören. Denn nur ausgeschlafen weiß man ihn zu würdigen.« Lilou versuchte, ihre Stimme im Zaum zu halten, unbeschwert zu klingen, das Zittern nicht überhandnehmen zu lassen. Sie wollte stark für ihn sein.

»Geh nicht weg, ja? Versprichst du das?«

»Ja, Jules. Ich bleibe.«

»Dann ist gut. Bis gleich, kleiner Vogel.«

Jules öffnete seine vom Schlaf verklebten Augen erst Stunden später wieder. Die Digitaluhr auf dem Nachttisch des Krankenbetts zeigte kurz nach fünf Uhr morgens, die Sonne war noch nicht richtig aufgegangen, doch ihr Leuchten erreichte schon die Atlantikküste, brachte die Vögel zum Singen und die Frühaufsteher unter den Bewohnern Villers-sur-Mers dazu, ihre Fensterläden zu öffnen. Jules' schwacher Blick suchte Lilou und wurde erst wieder ruhiger, als er sie fand. Sie saß auf einem Stuhl an seinem Bett und blickte ihn liebevoll an.

Die Schwester trat leise heran und injizierte ihm eine Morphiumspritze in das rechte Bein. Er zuckte nicht, als die Nadel in seine Haut eindrang.

»Lilou? Mir ist ganz kalt. Legst du dich zu mir? Ich spüre meine Brust nicht mehr.«

Lilou blickte zu der Krankenschwester, die leicht den Kopf schüttelte.

»Ich kann deine Hände halten. Ganz fest. Und deinen Nacken streicheln.« In ihrem Schoß lag immer noch das Buch, aufgeschlagen beim Epilog. Sie hatte nicht geschlafen, nur seine Hand gehalten.

»Ich liebe dich, Lilou Leflaive.«

Sie zögerte nicht. »Ich liebe dich, Jules Lignier.«

»Küsst du mich, als sei es das letzte Mal?« Seine Stimme war kaum mehr als ein Lufthauch.

»Ich küsse dich, als wäre es das erste Mal«, sagte Lilou und berührte die kühlen Lippen mit ihren so vorsichtig, so tastend, so voller zärtlicher Erwartung, als wäre es wirklich der erste Kuss. Jules wurde kurzatmig und zog sich dann völlig zurück.

Lilou hielt inne und legte ihren Kopf auf seine Brust, die sich senkte, aber nicht mehr hob, spürte den letzten tiefen Atemzug. Spürte das Fehlen, als er ausblieb, als sich nichts mehr bewegte. Ihre Hand glitt auf sein Herz, Lilou hoffte auf einen sachten Schlag. Doch es fand sich keiner mehr. Sie wollte nicht fort von Jules, wollte seine Wärme spüren, solange sie noch da war. Wollte ihn ganz festhalten, als würde er sie dann nicht verlassen.

Die Krankenschwester zog sie sanft an der Schulter zurück, dann ging sie zu den piependen und pfeifenden und ratternden Apparaten und stellte sie aus. Einen Schalter nach dem anderen. Es wurde still im Zimmer. »Er kann sehr dankbar sein, so gegangen zu sein.«

Lilou hielt seine Hand, die immer kälter wurde, und konnte nicht anders, als zuerst sie und dann Jules' Gesicht mit Küssen und noch mehr Küssen zu bedecken. Aber sie schmeckten bitter, wie alle Küsse, die nur einer küsst. Und doch küsste sie weiter, auf seine geschlossenen Lider, auf seine Stirn. Denn es würden die letzten Küsse sein. Obwohl sich Lippen und Lippen berührten, waren sie doch wie Luftküsse, die auf die Finger geküsst mit einem sanften Hauch zum Liebsten sollten, der bereits zu weit fort war.

Lilou legte ihren Kopf an seine Schulter, die nun so fest und unbeweglich wirkte, zwischen die Schläuche und Leitungen. Nach einer Weile schmiegte sich Mademoiselle an sie und Jules, und die kleine Katze begann wohlig zu schnurren.

Lilou lag noch lange neben ihm und fühlte, wie die Wärme

seinen Körper verließ. Wie er immer mehr verschwand. Sein Nachthemd saugte ihre Tränen auf. Bis sie leer geweint war.

Dann setzte Lilou sich gerade auf, wischte sich die Nässe aus den Augen und las Jules ganz langsam und Wort für Wort den Epilog des Buchs vor.

Epilog

Als sie auf Saint-Ursules ankamen, war Musik zu hören, die zum Tanz lockte. Und Lilou wollte tanzen, wollte sich drehen, bis sie alles vergaß, ihr schwindlig wurde, bis sie auf den Hosenboden fiel und sich die Welt immer weiter um sie drehte wie auf einem Karussell. Sie stellte das Fahrrad am schmiedeeisernen Eingangstor ab, ordnete ihre vom Wind zerzausten Haare und zog ihr Kleid zurecht.

Dann schnallte sie ihr Kind behutsam ab und nahm es aus dem Sitz.

»Sehe ich gut aus?«

Jules sah sie mit großen Augen an. Dann bildete sich ein Spuckebläschen an seinen Lippen.

»Na, danke!« Sie beugte sich lachend zu ihm und streichelte ihm über den Bauch. Das mochte er sehr.

Das Schwarz der Nacht mischte sich bereits wie starker Kaffee in den Himmel, und die bunten Lampionketten in den Baumkronen waren erleuchtet. Die Insekten hatten den Ball darum genau wie die Menschen darunter bereits eröffnet. Ein alter Mann saß zusammengekrümmt auf einem Barhocker, sein Accordéon in den Händen, und spielte. Ein junger Mann schlug begleitend auf eine Art Teekiste ein. Dazu tanzten zwei ältere Damen zusammen Walzer, während andere Gäste dieser kleinen Feier sich wie Tanzbären im Kreis drehten.

Lilou stand einige Zeit beobachtend im Schatten, ihre Schulter ruhte an einem Baum. Sie atmete das Lachen, das Singen, die Freude ein, den festlich gedeckten, langen Tisch mit all seinen Speisen, das Flackern der Kerzen im leichten Abendwind, den kunterbunt gemischten Haufen Menschen.

Dies war ihre eigene Feier und dies ihre Freundesschar.

»Da seid ihr ja«, rief Claudette und winkte ihr zu. »Wir warten alle schon auf euch. Ihr müsst doch das Büfett eröffnen.«

»Er hat so brav geschlafen«, sagte Lilou und ging auf die vielen Lichter zu. »Ich hab's nicht übers Herz gebracht, ihn zu wecken.«

Claudette kam ihr entgegen und gab ihr drei Küsse auf die Wangen. »Er ist so ein schönes Kind. Und so brav.«

»Wenn du wüsstest! Er tut gerade nur so, der kleine Schauspieler.«

Claudette strich ihm über die warmen Wangen, Jules sah sie interessiert dabei an. »Na, dann kommt mal mit, ihr zwei. Ihr dürft die erste Flasche Lilou köpfen.«

»Klingt irgendwie komisch«, sagte Lilou und band sich Jules mit einem großen Tuch vor Bauch und Brust.

»Da du keine Flasche bist, musst du dir keine Sorge machen.« Claudette zwinkerte ihr zu. Sie schien sehr gut gelaunt.

Lilou hielt sie kurz am Arm. »Sag mal, hast du Lippenstift aufgetragen?«

»Nur ein bisschen. Sieht man es etwa so sehr?«

Es strahlte wie eine Neonreklame in der Nacht. »Kaum«, sagte Lilou. »Das Licht fiel gerade nur darauf. Ist es für den Gene... für Gilbert?«

»Nein, nein, ich wollte es nur mal ausprobieren. Gilbert bemerkt es sicher nicht. Wusstest du, dass er aufgehört hat zu trinken? Und er hat mich gefragt, ob ich mit ihm nächste Woche an die Küste fahren möchte, wo ein Festakt für ehemalige Soldaten stattfindet, die bei der Landung der Alliierten gekämpft haben. Er will, dass ich seine Begleitung bin. Ich glaube nicht, dass ich mitkomme, also ganz bestimmt komme ich nicht mit. Seit Jules' Tod denke ich zwar manchmal, man sollte die Dinge tun, bevor es zu spät ist, aber nein. Man muss es ja auch nicht übertreiben. Doch es ist nett, dass er mich gefragt hat, oder?«

»Ich finde es sogar sehr nett«, sagte Lilou und schmunzelte. Und begann innerlich die Tage zu zählen, bis die beiden zu ihrem Ausflug aufbrachen – denn dass Claudette ihn begleiten würde, da war Lilou sich sicher. Ob es etwas werden würde mit ihnen? Wer konnte das schon sagen? Doch dass sie der Liebe eine kleine Chance einräumten, und sei es auch nur an einem Nachmittag am Meer, war ein schöner Gedanke.

Lilou folgte Claudette ans Ende der festlich gedeckten Tafel und öffnete dort die gekühlte Flasche Lilou, an deren Glas Kondenstropfen herunterrannen und deren Etikett das Foto der Äpfel zeigte, die Jules zu ihrem Namen gelegt hatte. Während die Gläser gefüllt wurden, blickte die Gästeschar Lilou interessiert an – aber noch erwartungsvoller ruhten ihre Blicke auf dem Essen, das reichlich angerichtet worden war.

Sie streichelte Jules über den Kopf und ergriff dann das Wort. »Schön, dass ihr alle da seid. Lasst es euch schmecken und sorgt dafür, dass nichts übrig bleibt, sonst denken Claudette und Marie noch, es hätte euch nicht geschmeckt. À votre santé!«

Sie hob ihr Glas, alle prosteten sich lautstark zu, und der alte Mann auf der kleinen Holzbühne begann wieder auf seinem Accordéon zu spielen.

Lilou kostete den Cidre, den ersten, welcher genau nach Jules' Vorstellungen gekeltert worden war. Er schmeckte wie keiner, den sie jemals zuvor genießen durfte, er erzählte ihr von seiner Heimat, den Apfelhainen der Normandie, erzählte ihr vom Meer, und am allermeisten erzählte er ihr von Jules.

Als sie die Augen wieder öffnete, sah Lilou, dass Marie bereits auf der Tanzfläche stand, die summenden Lippen zusammengedrückt und sich sanft hin- und herbewegend. Sie machte genau dieselbe Bewegung wie beim Kehren, was Lilou zum Lächeln brachte.

In den folgenden Stunden wurde viel gegessen und noch mehr getrunken. Der Cidre löste Lilous Zunge so weit, dass sie Claudette endlich fragen konnte, was schon lange nach einer Antwort verlangte. Sie hakte sich dafür bei ihr unter und zog sie fort von der Tafel, wo Claudette beständig dafür gesorgt hatte, dass genug für alle da war und leere Schüsseln und Platten schnell wieder befüllt wurden. Immer wieder hatte der General sehnsüchtig in ihre Richtung geschaut, bereit, mit ihr zu tanzen. Selbst wenn gerade keine Musik gespielt wurde. Er war herausgeputzt, hatte die wenigen Haare mit Pomade nach hinten gestrichen und seine alte Galauniform angelegt.

»Ich würde dich gern was fragen«, begann Lilou. »Du brauchst nicht zu antworten, wenn du nicht magst. Aber ich bin wirklich neugierig.«

»Was kommt denn jetzt?«, fragte Claudette und schien froh zu sein, dass sie ein paar Schritte von den anderen weggingen.

»Was hat Jules dir damals ins Ohr geflüstert, nachdem der Abbé bei ihm war?«

Claudette blickte sie verwundert an. »Das hättest du mich schon längst fragen können. Es ist kein Geheimnis.«

»Dann mach es nicht so spannend!«

»Er hat nur gesagt, dass ich gut auf dich und das Kind aufpassen soll, weil er es nicht mehr kann. Und das tue ich doch, oder?«

»Ja, das tust du.« Lilou zog sich enger an Claudette, und sie gingen noch weiter in die Dunkelheit, welche die Sterne mit jedem Schritt heller erstrahlen ließ.

»Du vermisst ihn sehr, oder?«

Lilou nickte. »Eigentlich ohne Pause, vor allem wenn ich meinen Kleinen sehe. Dann sehe ich auch ihn.«

»Er sieht ihm ähnlich, aber auch dir. Er hat Jules' Augen und deine Locken.«

Lilou gab ihrem Sohn ein Küsschen auf die warme Stirn. »Ich kann immer noch nicht glauben, dass dies jetzt alles ihm gehört. Und ich seine Treuhänderin bin. Das fühlt sich total irreal an.«

»Testament ist Testament«, sagte Claudette.

»Warum hast du mir nicht schon früher erzählt, dass Jules eins handschriftlich aufgesetzt hatte? Ich habe beim Notar gesehen, dass du und deine Mutter als Zeugen unterschrieben habt.«

»Jules wollte, dass erst einige Zeit nach seinem Tod vergeht, ehe es eröffnet wird, damit nicht gleich das Gerede losgeht. Davon hättest du zu dem Zeitpunkt wegen des Prozesses schon genug gehabt, meinte er.«

»Es ist wirklich nicht zu fassen, dass er das getan hat, obwohl er doch so wütend auf mich war. Schließlich haben wir uns erst einen Tag vor seinem Tod versöhnt. Und er konnte seine Hände ja auch gar nicht mehr bewegen, um es zu schreiben.«

»Stell dir nicht so viele Fragen, Liebes, sondern genieße einfach, wie es ist. Denn es ist richtig so.«

Da war ein ungewöhnliches Lächeln auf Claudettes Gesicht, das sie sich nur erlaubte, weil sie dachte, Lilou könne es in der Dunkelheit nicht sehen. Das vermutete zumindest Lilou.

Sie gingen wieder zurück zu den Feiernden, und Lilou betrachtete die großen Banderolen, die Claudette so kunstvoll beschriftet hatte. Und plötzlich erkannte sie die Schrift, es war, als hätte Jules selbst sie geschrieben. Derselbe Schwung, den sie vor Kurzem noch auf dem Testament gesehen hatte …

Mit einem Mal hatte auch Lilou dieses ungewöhnliche Lächeln auf dem Gesicht und gab Claudette einen sanften Kuss auf die Wange. »Danke. Für alles.«

»Es kommt alles von Herzen.«

Lilou lenkte ihren Schritt ganz sachte zur Tanzfläche. Und als sie beim General vorbeikamen, tat sie so, als verlöre sie leicht das Gleichgewicht, und gab Claudette einen Schubs in dessen Richtung.

Der General vergeudete keine Zeit und ging sofort zum Angriff über. »Hoppla, so stürmisch, Claudette! Willst du etwa mit mir tanzen? Ich würde nämlich sehr gern mit dir ein paar Runden drehen.«

Claudette schüttelte zuerst den Kopf, doch dann nahm sie seine Hand und ließ sich auf die hölzerne Tanzfläche führen.

Die Feier war in vollem Gange, alle schienen sich zu amüsieren, die Kinder krochen kichernd unter den Tischen umher, und einige der Älteren schliefen schon, ihre Köpfe in den Nacken oder auf die Schulter gefallen. Gleich würde Gaston noch ein paar Gedichte vortragen und danach Fragen zu seinem Stuhlgang beantworten. Als Höhepunkt dieses Apfelblütenfestes.

»Setzt du dich jetzt endlich mal zu mir, Süße?«, rief plötzlich Amélie. »Oder muss ich dich erst mit dem Lasso einfangen?«

Lilou ging zu ihrer Freundin, die es sich mit ihrer Tochter Marilise auf einer Bank bequem gemacht hatte, die etwas weiter von der Musik entfernt unter einem blühenden Apfelbaum stand. »Als ich vorhin zu dir gesehen habe, hast du gestillt, und da wollte ich dich nicht stören.«

»Ich kann beim Stillen durchaus reden. Frauen sind schließlich multitaskingfähig.«

»Wie? Keine Stilldemenz mehr?« Lilou grinste.

»Wenn man junge Mütter schlagen dürfte, würde ich dir jetzt eine wischen«, sagte Amélie und hob drohend die Hand.

Lilou klatschte diese spielerisch ab und setzte sich zu ihr. Die beiden Freundinnen redeten viel und lachten laut, immer mal wieder schaute Lilou dabei auf ihre Armbanduhr und irgendwann auch häufiger auf den Weg, der vom Parkplatz zum Fest führte. Als sie dort schließlich eine Bewegung ausmachte, wandte sie sich an Amélie. »Weißt du, manchmal machst du Sachen, die mich schrecklich ärgern, aber trotzdem gut für mich sind. Zum Beispiel, als du meiner Mutter von meiner Schwangerschaft erzählt hast.«

Amélie lächelte breit. »Willst du dich endlich dafür bei mir bedanken?«

»Nein, ich will es dir heimzahlen. Aber auch für dich wird das gut sein. Dahinten kommt Bruno, dein kleiner Hauself.«

Amélie blickte zum Parkplatz, dann zurück zu Lilou. »Was meinst du damit?«

»Frag ihn einfach.«

»Das mit mir und ihm ist vorbei, Süße. Ich brauche keinen Mann!«

»Stimmt, brauchst du nicht. Weil du schon einen hast.«

»Was soll das verrätselte Gequatsche?«

Lilou zuckte fröhlich mit den Schultern und stand dann auf. »Lass mich auch mal meinen Spaß haben. Frag ihn einfach!«

»Du bleibst schön hier. Du hast ihn schließlich auch eingeladen.«

»Nein, ich muss jetzt leider fort.«

»Warum? Es ist *dein* Fest! Muss der Kleine schlafen?«

»Nein. Ich will einen Menschen besuchen, der mir gerade sehr fehlt.«

»Du willst zu Jules' Grab?«

»Nein, ich will zu einem Ort, wo er mir viel näher ist. Das hoffe ich zumindest. Denn heute ist Apfelblütenfest. Und am Apfelblütenfest können kleine Wunder passieren, oder? Beim letzten war es so.«

Amélie holte tief Luft. »Ich kann es dir ja doch nicht ausreden. Also geh schon, Süße.«

Mit einem Lied von Jacques Brel auf den Lippen, in dem es um Perlen aus Regen ging und um die Liebe, verließ Lilou ihr Fest und fuhr mit dem alten Fahrrad in die Dunkelheit hinein, den kleinen Jules schlafend auf dem Sitz hinter sich. Die Wärme, die sie auf dem Fest gespürt hatte, begleitete sie bis zu dem alten Apfelbaum, den Jules ihr als Louis XIV. vorgestellt hatte.

Der Nachthimmel war wolkenlos, und ihre Augen hatten sich längst an das kühle Licht des Mondes gewöhnt. Ihre Fingerspitzen fuhren jeden einzelnen Buchstaben sanft nach, den Jules einst in die dicke Rinde geritzt hatte, jede Rundung nahmen sie, als wären sie eine Augenbraue von Jules, der schmale Grat seiner Nase oder der Halbkreis seines Wangenkochens. Dabei las sie die Worte, leise für sich.

SUCHE NETTE HAUSHÄLTERIN FÜR MEINEN VATER,
DEM ALLES ÜBER DEN KOPF WÄCHST &
DER SEIN GLÜCK VERLOREN HAT. ALTER EGAL.
SIE MUSS IHN NUR WIEDER ZUM LÄCHELN
BRINGEN.

JULES LIGNIER
RUE LE LIEU JOAN (GANZ AM ENDE)
BEUVRON-EN-AUGE
(SIE KÖNNEN AUCH SONNTAGS KOMMEN,
BIN FAST IMMER DA)

Lilou holte den Hausschlüssel aus der Tasche und führte ihn an den Baumstamm. Buchstabe für Buchstabe ritzte sie ihre Worte tief hinein. Bei den letzten ging ihr ein wenig die Kraft aus, ihre Finger schmerzten, doch sie brachte es zu Ende. Das Mondlicht hob ihre Worte silbern leuchtend im Dunkel hervor.

Dann küsste sie die raue Haut des alten Louis XIV., als seien es die Lippen eines Mannes. Ihres Mannes.

JULES HAT SIE GEFUNDEN.
UND SIE HAT IHN SEHR GELIEBT.

Danksagung

Dieses Buch war eine wundervolle Reise für mich, und ich möchte mich bei allen bedanken, die mich auf dieser ein Stück begleitet, mir den richtigen Weg gewiesen oder Steine aus dem Weg geräumt haben: Vanessa Rehme, Christiane Antons, Andreas Izquierdo, Dr. Kerstin Wolff, Judith Merchant, Marita Wolff, Uwe Voehl, Dr. Simone Mietzner, Ralph Thomas, meinem großartigen Agenten und St.-Pauli-Fan Lars Schultze-Kossack, meinen Lektorinnen Moni Kempf (vor allem für ihre Geduld, ihr Verständnis und ihre Ideen), Kerstin von Dobschütz und natürlich Julia Eisele, mit der ich überall in München essen gehen würde.

Ein besonderer Dank geht an meine Kinder, die mir auch in schweren Zeiten Kraft geben und Trost spenden – selbst wenn sie das tun, indem sie mich durchkitzeln, mich vollkrümeln oder nachts mit müden Augen zu mir an den Computer kommen, weil sie nicht schlafen können. Ich bin sehr glücklich, dass es euch zwei gibt!

Und zuletzt möchte ich der Normandie danken, dass es sie gibt. Mit ihrem Essen, bei dem ein Zuviel an Butter und Crème fraîche nicht existiert, ihrem Meer, das jeden Tag anders aussieht, ihrer charmant verblichenen mondänen Pracht in Villers-sur-Mer und ihren Apfelhainen und Bauerndörfern im Hinterland, für Camembert, Pont-l'Évêque, für Calvados, Cidre und Poiré – die ich mir nach dem Schreiben manchmal gegönnt habe. Woraufhin ich noch intensiver an der Atlantikküste weilte, mit den Füßen im warmen Sommersand.